넬라의
비밀
약방

넬라의
비밀
약방

The
Lost
Apothecary

사라 페너 장편소설

이미정 옮김

하빌리스

만물의 창작자이자 창조자인 신 앞에서

맹세하고 약속하나니

배은망덕한 사람들이나 어리석은 자들에게

이 거래의 비밀과 신비를 알리지 않겠노라.

내가 고백 받은 비밀을 누설하지 않겠노라.

독약을 투여하지 않겠노라.

돌팔이 의사들과 경험론자,

연금술사들의 가증스럽고 치명적인 관행을

역병처럼 거부하고 피하겠노라.

내 약방에서는 신선하지 않거나 나쁜 약을

사용하지 않겠노라.

내가 이 맹세를 지켜나가는 동안 신께서

내게 축복을 내리리라!

_ 고대 약제사의 선서

차례

1

넬라

1791년 2월 3일

여자는 동틀 녘에 찾아온다고 했다. 아직 이름도 모르는 그 여자의 편지가 내 손 안에 있었다. 몇 살인지, 어디 사는 여자인지는 모른다. 사회적 지위가 어느 정도인지, 밤에는 어떤 악몽을 꾸는지도 모른다. 피해자일 수도, 아니면 범죄자일 수도 있다. 갓 결혼한 신부거나 혹은 과부일지도.

그 여자에 관해 어느 것 하나 제대로 알지 못하지만 한 가지는 확실했다. 그녀는 자신이 누구를 죽이고 싶어 하는지 정확하게 알고 있었다.

꺼져가는 가느다란 촛불에 붉게 물든 종이를 들어 올리고서 잉크로 쓴 글자들을 손가락으로 쓸어보았다. 여자의 요구는 간단하고 간결했다. 2월 4일 새벽, 주인마님의 남편, 아침식사. 이 짧은 문장을 보자마자 여주인의 지시를 따르는 중년의 하녀가 떠올랐다. 그리고 지난 20년간 완벽하게 갈고닦아 온 나의 본능은 이 요구에 가장 적합한 처방이 마전자(목 주위 근육의 경련을 일으키는 독성이 강한 나무-옮긴이) 씨앗을 주입한 달걀임을 즉시 알아차렸다.

조제 시간은 몇 분밖에 걸리지 않을 터였다. 손만 뻗으면 꺼낼 수 있는 곳에 독약이 있으니까. 그런데도 왠지 모르게 편지의 뭔가가 마음에 걸렸다. 종이에서 희미하게 나는 나무 냄새나, 한때 눈물에 젖었다가 마르면서 안쪽으로 살짝 말려들어 간 종이 왼쪽 아래 모서리가 꺼림칙한 건 아니었다. 속에서 알 수 없는 불안이 뭉글뭉글 피어올랐다. 뭔가를 피해야 한다는 직감적인 신호였다.

하지만 펜 끝이 지나간 자리에 글이 되지 못한 경고가 숨어들 수는 없을 것이다. 나는 스스로를 다독였다. 이 편지는 불길한 징조가 아니야. 그냥 늦은 시간이라 피곤해서, 계속 삐걱거리는 뼈마디가 불편해서 골치 아픈 생각에 잠긴 것뿐이야.

나는 앞쪽 탁자에 놓인 송아지가죽 장부로 시선을 돌렸다. 생과 사를 기록해 놓은 나의 소중한 장부에는 암울한 이곳에서 독약을 구해간 여자들의 명단이 있었다.

장부 첫 장에는 가볍고 부드러운 잉크 필체가 보였다. 슬픔도 적대감도 깃들지 않은 필체였다. 세월에 닳고 닳아 흐릿해진 그 글자들은 엄마가 기록해 둔 것인데, 백 앨리 3번지에 자리 잡은 이 가게는 원래 엄마 소유의 여성 전문 약방이었다.

가끔씩 엄마가 적어둔 글을 읽어본다. 1767년 3월 23일, R. 랜포드 부인, 서양톱풀 15드램(dram, 야드파운드법의 무게 단위이며 약 3.8879그램에 해당-옮긴이). 이 글자들을 보면 엄마의 모습이 떠올랐다. 엄마가 막자로 서양톱풀 줄기를 갈 때 머리카락이 목 뒤쪽으로 어떻게 흘러내렸는지, 꽃에서 씨앗을 따내던 엄마의 손 거죽이 얼마나 얄팍하고 팽팽했는지 같은 것들이다. 하지만 엄마는 가벽을 쳐서 약방을 위장하지 않았다. 진한 적포도주에 조제약을 섞어 넣지도 않았다. 아무것도 숨길 게 없었으니까. 엄마가 조제한 팅크(동식물에서 얻은 약물이나 화학물질을 알코올로 침출하거나 용해시킨 것-옮긴이)는 모두 몸에 좋은 것뿐이었다. 갓 엄마가 된 여성의 쓰라리고 약한 부위들을 진정시켜 주거나 생리 불순을 치료하는 용도였다. 엄마의 장부에는 몸에 좋은 약초 처방이 가득했다. 누가 봐도 의심할 여지가 없었다.

물론 나도 쐐기풀과 히솝풀, 아마란스 같은 것들을 장부에 기록하기는 했다. 하지만 훨씬 유독한 가지속 식물과 헬레보레, 비소도 사용했다. 원기 왕성하던 젊은 남자가 결혼식 전날에 심장병으로 시름시름 앓거나 건강하던 아빠가 갑작스러운 열병에 시달리는 사건들. 그 이면에 깔린 비밀들이 내 장부에 고스란히 담겼다. 그 사건들은 약한 심장 탓도, 열병 탓도 아니었다. 내 장부에 잉크 얼룩으로 이름을 남긴 여자들이 포도주와 파이에 섞어 넣은 흰독말풀즙과 가지속 식물 탓이었다. 그렇게 나는 모든 희생자들을 장부에 기록해 두었다. 단 한 명, 프레데릭만 빼고. 그 날카롭고 시커먼 이름은 오래전에 나의 가슴과 자궁을 망가뜨렸다.

　나는 조심스럽게 장부를 덮었다. 오늘밤에는 필요가 없었다. 대신 편지로 관심을 돌렸다. 뭐가 이렇게 마음에 걸리는 걸까? 종이 가장자리가 계속 내 시선을 끌었다. 마치 뭔가가 그 아래로 기어다니는 것 같았다. 탁자에 오래 붙어있을수록 배가 점점 더 아파왔고 손가락이 떨렸다. 저 멀리 바깥에서 들리는 마차 종소리가 경찰 벨트의 사슬 소리와 무섭도록 비슷했다. 하지만 지난 20년 동안 그랬듯이 오늘밤에도 경찰이 들이닥칠 리는 없었다. 이곳은 나의 독약처럼 아주 교묘하게 위장된 장소였고, 이곳을 찾아낼 수 있는 사람은 아무도 없었다. 런던에서 가장 어둡고 꼬불꼬불한 골목길 안쪽에 자리한 약방인 데다가, 지금 나는 가벽 뒤에 숨겨진 공간에 있었으니까.

　검댕이 잔뜩 묻은 벽으로 시선을 돌렸다. 깨끗하게 닦아낼 마음도, 힘도 없어서 그냥 방치해 둔 벽이었다. 선반 위의 빈 병에 내 모습이 비쳤다. 한때는 엄마의 눈동자처럼 밝은 초록색이었지만 이제는 생기를 거의 잃어버린 눈동자. 넘치는 활기로 발그레했던 뺨은 온데간데없이 누렇게 떠서 움푹 파인 두 뺨. 유령 같은 모습이었다. 실제 내 나이 마흔 한 살보다 훨씬 더 늙어 보였다.

　나는 왼쪽 손목의 둥근 뼈를 부드럽게 문질렀다. 손목 뼈는 불구덩이에 남겨둔 채 깜박하고 꺼내지 않은 돌처럼 뜨겁게 부풀어 오르고 있었다. 뼈마디 마디가 욱신거리는 통증은 오랜 세월 동안 나의 온몸을 기어 다녔다. 그러다 이제는 눈 뜨고 있는 동안에는 한시도 고통에서 벗어나지 못할 정도에 이르렀다. 내가 조제했던 모든 독약이 가져다준 고통이었다. 어떤 날 저녁에는 손가락이 너무 딱딱하게 부풀어 올라서, 이대로 피부가 갈라져 그 속이 훤히 드러날 것만 같았다. 살인과 비밀이 불러온 그 대가로 나는 속에서부터 썩어 들어가고 있었다. 내 안의 뭔가가 살갗을 찢고 나오려고 했다.

순간 공기가 갑갑해졌고, 나지막한 돌 천장으로 연기가 구불구불 피어오르기 시작했다. 초는 거의 다 타버렸다. 이제 곧 아편 팅크의 묵직하고 따스한 기운이 퍼져나갈 것이다. 해가 저문 지 오래였고, 몇 시간 후에는 그 여자가 도착한다. 내 장부에 이름이 기록될 여자, 내가 들여다볼 비밀을 간직한 여자가 온다.

2

캐롤라인
현재, 월요일

런던에 혼자 있어서는 안 되는 날이었다. 결혼기념일 여행은 혼
자가 아니라 둘이 가는 거니까. 하지만 런던의 호텔에서 여름날 오
후의 밝은 햇살 아래로 나섰을 때 내 옆의 빈자리는 다른 이야기
를 하고 있었다.

오늘은 결혼 10주년 기념일이었다. 원래라면 지금쯤 제임스와
함께 템스강이 내려다보이는 관람차 '런던 아이'로 가고 있어야
했다. 스파클링 와인 한 병과 가이드가 딸려 나오는 VIP 캡슐 야간
관람을 예약해 뒀기 때문이다. 별빛 가득한 하늘 아래 흔들리는 캡
슐의 은은한 불빛, 유리로 된 샴페인 잔이 부딪히는 소리, 그 사이
로 간간이 들리는 우리의 웃음소리, 서로 맞닿는 입술. 몇 주 전부

터 고대하고 고대하던 순간이었다.

하지만 지금 이 순간 제임스는 저 바다 건너에 있다. 홀로 런던에 도착한 나는 인생을 뒤바꿔 놓을 결정을 앞둔 채 슬픔과 분노, 시차에 시달리는 중이고.

런던 아이와 템스강을 향해 남쪽으로 가는 대신 그 반대쪽에 있는 세인트 폴 대성당과 러드게이트 언덕을 향해 발걸음을 옮겼다. 회색 스니커즈에 크로스백을 걸친 차림새로 가장 가까운 술집을 찾아 두리번거리는 내 모양새는 누가 봐도 딱 관광객 같았다. 가방 속 수첩에는 파란색 펜으로 적은 열흘짜리 여행 계획들과 끼적거려 놓은 하트 그림들이 빼곡하게 들어차 있었다. 이제 막 여행지에 도착했으니 꺼내 봐야 마땅했지만 제임스와 함께 정했던 일정을 차마 읽을 수가 없었다. 서더크에서 정원 투어 하기. 그 옆에는 제임스가 장난스럽게 긁적거려 둔 메모도 있었다. 나무 뒤에서 아기 만드는 연습하기. 나는 혹시 몰라서 원피스를 입을 생각이었다.

하지만 이제는 그 수첩이 필요 없었다. 그 안의 계획들도 다 내던져 버렸다. 목구멍 안쪽이 타는 듯 따끔거리고 눈물이 차올랐다.

제임스는 대학교 때부터 함께한 연인이었다. 나는 그가 없는 삶을 몰랐다. 그 사람 없이는 내가 누군지도 몰랐다. 아이를 갖는다는 희망도 잃게 될까 봐 두려웠다. 아이 생각을 하자 며칠을 굶주린 것처럼 속이 쓰라렸다. 아이의 작고 완벽한 발가락에 입 맞추고, 동그란 배에 바람을 불어넣는 순간이 내게도 오기를 얼마나 기다렸는데.

겨우 한 블록 걸었을까, '올드 플리트'라는 술집 입구가 보였다. 용기를 내어 그 안으로 들어가려던 차였다. 인도에서 스쳐 지나친 훤칠하게 생긴 남자가 얼룩진 카키색 옷차림에 클립보드를 든 채 손짓으로 나를 불러 세웠다. 오십 줄에 들어선 듯한 남자는 얼굴에 환한 미소를 띤 채 말했다. "환상적인 '머드라킹(mudlarking)'에 참가하시겠어요?"

머드라킹? 그건 진흙둥지 짓는 새(mudlark에는 진흙둥지를 짓는 까치 종달새라는 의미도 있음-옮긴이)를 말하는 거 아냐? 나는 속으로 이렇게 생각하며 미소 짓고는 고개를 가로저었다. "아뇨, 괜찮아요."

하지만 남자는 쉽게 물러서지 않았다. "빅토리아 시대 작가들의 책을 읽어봤나요?" 이렇게 묻는 남자의 목소리는 끼익하는 빨간색 관광버스 소리에 묻혀 흐릿하게 들렸다.

하지만 나는 그 질문에 못 박힌 듯 멈췄다. 10년 전에 역사 학위를 받고 대학교를 졸업했었다. 전 과목에서 그럭저럭 괜찮은 성적을 받았지만 언제나 내 관심은 교재 바깥에 쏠려있었다. 무미건조하고 정형화된 교재들은 낡은 건물의 보관소에서 퀴퀴한 냄새를 풍기는 오래된 앨범들이나 온라인에서 찾아낸 연극 전단지와 인구조사 기록, 탑승객 명단 같은 빛바랜 디지털 이미지만큼 내 흥미를 끌지 못했다. 내가 나 자신마저 잊어버린 채 그 의미 없어 보이는 서류들에 파묻혀 지내는 동안, 같은 과 학생들은 카페에서 만나 공부를 했다. 도대체 어쩌다가 이런 남다른 관심사가 생겼는지는 모르겠지만 시민혁명과 권력에 굶주린 세계적인 지도자들에 관한 토론 수업 중에는 하품만 나왔다. 내게는 옛날 사람들의 세밀한 삶의 모습, 평범한 사람들의 밝혀지지 않은 비밀들이 역사의 매력으로 다가왔다.

"좀 읽어봤어요." 나는 남자의 질문에 이렇게 대답했다. 영국 고전 소설들을 좋아해서 학창 시절에 정신없이 읽어댔으니까. 가끔은 문학 학위를 땄더라면 좋았을 거라는 생각을 하곤 했다. 그게 내 취향에 더 잘 맞는 분야 같았다. 하지만 빅토리아 시대 소설을 안 읽은 지 수년은 지났다. 혹여 남자가 깜짝 퀴즈라도 낼 요량이었다면 그 결과는 처참했을 것이다.

"빅토리아 시대 작가들은 진흙 뒤지는 사람들에 관한 모든 것을 글로 썼어요. 오래되고 가치 있는 뭔가를 찾아 강가를 뒤지는 수많은 영혼들에 관한 이야기죠. 신발은 좀 젖을지 몰라도 과거에 몰입하는 방법 중에서는 진흙 뒤지기 만한 게 없어요. 조수가 밀려들었다가 빠져 나갈 때마다 새로운 뭔가가 나오니까요. 진흙 뒤지기 투어에 참가하고 싶다면 언제든지 환영입니다. 첫 체험은 항상 무료예요. 저기 보이는 벽돌 건물 반대편으로 오면 되니까……" 남자가 손짓으로 방향을 가리켰다. "강 쪽으로 이어지는 계단을 찾아오세요. 조수가 빠져 나가는 2시 반에 모이거든요."

나는 남자에게 미소를 지었다. 지저분한 차림새에도 남자의 옅은 갈색 눈동자는 온기로 반짝거렸다. 남자 뒤쪽에서는 올드 폴트라고 적힌 나무 간판이 끼익거리는 경첩에 매달린 채 흔들리며, 어서 안으로 들어오라고 유혹했다. "말씀은 고맙지만 이만 가봐야 해서요. 다른 약속이 있거든요." 나는 말했다.

진짜로 그랬다. 술을 마셔야 했으니까.

남자가 천천히 고개를 끄덕였다. "그렇군요. 혹시라도 마음이 바뀌면 5시 반 정도까지 하니까 편하게 오세요."

"즐거운 시간 보내세요." 나는 가방을 다른 쪽 어깨로 옮겨 매면서 웅얼거렸다.

어두컴컴하고 눅눅한 가게 안으로 들어가 바의 높다란 가죽 의자에 앉았다. 가게 안에 진열된 맥주를 살펴보려고 앞으로 숙였다가 땀인지 맥주인지 모를 뭔가가 양팔에 닿는 축축한 느낌에 움찔하고 말았다. 간신히 보딩턴 맥주를 주문하고는 크림색 거품이 표면으로 떠올랐다가 가라앉기를 초조하게 기다렸다. 두통이 시작됐고, 복부 왼쪽이 경련하듯 당겼다. 하지만 너무 지친 나머지 개의치 않고 맥주 한 모금을 길게 들이마셨다. 맥주는 뜨듯 미지근했다.

빅토리아 시대 작가들이라⋯⋯. 찰스 디킨스 생각이 났다. 그의 작품은 많이 읽어본 편이었다. 그중에서 《올리버 트위스트》를 제일 좋아했고, 그 바로 다음이 《위대한 유산》이었다. 그런데도 '머드라킹'이라는 어휘가 생소하게 느껴져서 살짝 당혹스러웠다.

가게 바깥에서 만났던 남자는 빅토리아 시대 작가들이 '진흙 뒤지기에 관한 모든 것'을 글로 썼다고 했지만, 나는 그 말의 뜻조차 제대로 몰랐다. 제임스가 옆에 있었다면 십중팔구 책 좀 읽었다면서 그걸 모르냐고 놀려댔을 것이다. 제임스는 항상 대학교가 '북클럽'인 양 밤늦게까지 고딕 동화를 읽는다고 나를 놀려댔다. 그보다는 학계 저널을 분석하고 역사 및 정치에 관한 논문을 쓰는 데 더욱 많은 시간을 투자해야 한다고 했다. 역사 학위 소지자에게 유익한 길이 바로 그런 연구라는 게 제임스의 주장이었다. 그 길로 나서면 학계 진출과 박사 학위, 교수직을 노릴 수도 있으니까.

어찌 보면 제임스의 말이 맞았다. 10년 선 내학교를 졸업할 무렵이 되자, 나는 역사 학위가 제임스의 회계학 학위처럼 유망한 직장을 보장해 주지 않는다는 걸 빠르게 실감했다. 내가 결실 없이 질질 늘어지기만 하는 구직 활동에 매달리는 동안 제임스는 신시내티의 4대 대형 회계법인 중 하나에서 연봉 높은 일자리를 쉽게 꿰찼다. 나는 몇몇 지방 고등학교 교사와 지역 대학교 교수 자리에 지원했지만, 제임스가 예상한 대로 다들 석박사 학위 소지자를 선호했다.

그럼에도 나는 포기하지 않고 학업에 더욱 매진하기로 결심했다. 심지어는 흥분에 들떠 런던에서 북쪽으로 1시간 거리에 있는 케임브리지 대학원에 입학하려고 했다. 제임스는 아주 단호하게 반대했는데 머지않아 그 이유가 밝혀졌다. 얼마 뒤 오하이오강 부두 끝에서 내게 무릎을 꿇고는 눈물을 글썽이며 아내가 되어달라고 청혼한 것이다.

그 청혼을 수락한다면 케임브리지는 나와 거리가 먼 이야기가 될 수도 있었다. 하지만 나는 상관하지 않았다. 케임브리지도, 석박사 학위도, 찰스 디킨스의 모든 소설도. 그 부두 끝에서 제임스의 청혼을 받는 순간, 두 팔로 그의 목을 감싸 안고 '응'하고 대답하는 순간, 역사학자로서의 내 정체성은 스러져 사라지고 예비 아내로서의 정체성이 그 자리를 차지했다. 대학원 입학 지원서를 쓰레기통에 던져버렸고, 폭풍처럼 휘몰아치는 결혼식 준비에 돌입했다. 초대장 글씨 폰트와 핑크 색조의 모란꽃 테이블 장식이 내 머릿속을 가득 메웠다. 그러다가 결혼이 반짝거리는 강변의 추억으로 아련해졌을 때는 생애 최초 주택 마련에 에너지를 쏟아 부었다. 그리하여 마침내 완벽한 곳에 정착했다. 젊은 층이 모여 사는 동네의 막다른 골목, 그곳에 있는 방 세 개에 욕실 두 개짜리 집이었다.

딱딱 맞물려 돌아가는 결혼생활의 일상은 새로 이사 간 동네 거리에 늘어선 층층나무처럼 끝없이 이어지는 예측 가능한 삶이었다. 제임스가 승진의 사다리에 첫 발을 올리기 시작했을 때 신시내티 동쪽에서 농장을 운영하는 부모님이 유혹적인 일자리를 내 앞에 내밀었다. 농장의 기본적인 회계 업무와 행정 업무를 처리하는 월급쟁이 자리였다. 안정적이고 확실한 일이었다. 미지의 요소는 전혀 없었다.

그 일자리를 받아들일지 말지 며칠 고민하는 동안, 나는 아직 풀지도 못한 채 지하실에 처박아 둔, 학생 시절에 좋아했던 책들이 담긴 상자들을 떠올렸다. 《노생거 사원》, 《레베카》, 《댈러웨이 부인》. 그 많은 책을 읽었지만 무슨 소용이 있었던가. 제임스의 말이 옳았다. 오래된 문서들과 유령이 출몰하는 저택들 이야기는 아무리 파고들어봤자 일자리 제의 하나 받지 못했다. 오히려 수만 달러의 학자금 대출만 떠안는 신세가 되었다. 상자들 속에 고이 모셔둔 책들에게 화가 나기 시작했다. 케임브리지에서 공부하려던 생각은 대학교를 졸업하고도 취직하지 못해 안절부절 못하는 실직자의 허황된 꿈이었구나 싶었다.

게다가 제임스가 안정된 직상을 잡은 상황에서 내가 해야 하는 옳은 일 그리고 어른스러운 일은 남편과 새 집이 있는 신시내티에 정착하는 것이었다.

그렇게 내가 가족 농장 일자리를 받아들이자 제임스는 무척이나 기뻐했다. 오랫동안 내가 좋아했던 브론테와 디킨스의 책들, 그 밖에 다른 모든 책들은 상자 밖으로 나오지 못한 채 지하실 끝 모퉁이에 처박혀 결국에는 잊혀갔다.

어둑어둑한 술집에서 남은 맥주를 길게 들이마셨다. 제임스가 런던 여행에 동의한 것이 신기할 노릇이었다. 결혼기념일 여행지를 고를 때 제임스는 자기 취향을 확실하게 밝혔다. 버진 제도의 해변 리조트에서 빈 칵테일 잔을 옆에 놓아둔 채 낮잠을 자면서 시간을 보내고 싶다고 했다. 하지만 다이키리 칵테일에 흠뻑 취해서 보내는 휴가 버전은 이미 지난 크리스마스에 시도해 본 터였다. 그래서 제임스에게 이번에는 뭔가 다른 곳, 영국이나 아일랜드 같은 곳에 가보자고 졸라댔고, 마침내 제임스가 런던행에 동의했다. 단, 조건이 있었다. 희귀서적 가게 구경처럼 너무 학구적인 것은 피한다는 조건이었다. 제임스는 영국 방문이 한때 내 꿈이었다는 사실을 알기 때문에 런던 여행에 동의하는 거라고 말했다.

겨우 며칠 전에 제임스가 크리스털 샴페인 잔처럼 들어 올려 손아귀에서 으스러뜨린 꿈이었다.

바텐더가 거의 비어있는 내 잔을 몸짓으로 가리켰지만 나는 고개를 가로저었다. 한 잔이면 충분했다. 초조한 마음에 나는 휴대폰을 꺼내 페이스북 메신저를 확인했다. 내 평생의 절친 로즈가 보낸 메시지가 있었다. 잘 지내고 있어? 사랑해.

그 다음 메시지는 이거였다. 에인슬리 사진이야. 에인슬리도 널 사랑해. ♥

갓 태어나 회색 린넨 강보에 감싸인 에인슬리. 3.17킬로그램의 완벽한 신생아, 나의 대녀 에인슬리는 사랑스러운 내 친구의 두 팔에 안겨 달콤한 잠에 빠져있었다. 내 안에 차오르는 슬픔에도 나는 미소를 지었다. 다른 모든 것을 다 잃어도 적어도 로즈와 에인슬리, 이 두 사람은 내 곁에 있을 것이다.

소셜 미디어를 기준으로 본다면 친구들 중에서 아직 유모차를 밀지 않고 맥 앤 치즈가 잔뜩 묻은 뺨에 키스하지 않는 부부는 우리뿐이었다. 기다림은 견디기 힘들었지만 우리 부부에게는 그것이 일상이었다. 제임스가 근무하는 회계법인은 고객들에게 술과 식사를 접대하기를 바랐다. 종종 주당 80시간 근무를 요구하기도 했다. 나는 결혼 초부터 아이를 갖고 싶었지만 제임스는 잦은 야근에 아이까지 키워야 하는 스트레스를 원치 않았다. 그래서 제임스가 10년 동안 매일 승진의 사다리를 타고 올라갈 때, 나는 작은 분홍색 알약을 혀끝에 올려놓으며 '언젠가'를 기약했다.

휴대폰을 힐끗거려 오늘 날짜를 확인했다. 7월 2일이었다. 제임스가 회사에서 승진해 파트너 대열에 오른 지 거의 4개월이 지났다. 그런고로 제임스가 고객들과 오랜 시간을 보내던 시절은 이제 끝났다.

우리가 아이를 갖기로 결정한 이후로 4개월이 흘렀다.

내가 기약했던 '언젠가'가 도래한 후로 4개월이 지났다.

나는 엄지손톱을 깨물고 눈을 감았다. 4개월 만에 처음으로 아직 임신하지 않았다는 사실이 기뻤다. 우리 결혼생활은 내가 발견한 사실, 그 참담한 사실의 무게에 짓눌려 무너지기 시작했다. 우리 부부 관계가 더 이상 우리 두 사람만의 것이 아니었다. 또 다른 여자가 우리 사이에 끼어들었다. 이처럼 곤혹스러운 상황에 태어나 마땅한 아이가 이 세상 천지에 어디 있겠는가? 그 어떤 아이도 그런 일을 당해서는 안 된다. 내 아이는 절대 안 된다. 아니, 그 누구의 아이라도 마찬가지다.

그런데 한 가지 문제가 있었다. 어제가 생리 시작일이었는데 아직 생리 소식이 없다는 것이었다. 나는 제발 시차와 스트레스 탓이기를 온 마음을 다해 빌었다.

10년 만에 처음으로 그날 그 부두 끝에서 제임스의 청혼을 수락했을 때 내가 실수를 했을지도 모르겠다는 생각이 들었다. 나는 항상 제임스의 실용주의와 계산적 성격을 높이 평가했다. 결혼생활

동안 거의 대부분은 제임스의 그런 성격 덕분에 내가 현실에 발을 붙이고 안전하게 살았다고 생각했다. 내가 미리 정한 목표와 계획에서 벗어나는 즉흥적인 아이디어를 내놓을 때마다, 제임스는 위험 요인, 즉 단점을 요약해 주면서 빠르게 날 지상으로 끌어올렸다. 그런 합리적 사고 덕분에 제임스는 회사에서도 계속 위로 치고 올라갔다. 하지만 그와 멀리 떨어진 다른 세상에 와 있는 이 순간, 나는 난생처음으로 의문이 들었다. 한때 내가 쫓았던 꿈들이 그에게는 회계 문제에 불과하지 않았을까 하는 궁금증이었다. 제임스는 나의 행복보다는 투자 수익률과 위험 관리에 더 많은 관심을 쏟았다. 항상 참 합리적인 사람이구나 싶었던 그가 처음으로 달라 보였다. 갑갑하고 남을 교묘하게 조종하는 사람 같았다.

나는 끈적거리는 허벅지를 가죽 의자에 떼어내고 휴대폰 화면을 껐다. 집 생각도, 내 인생이 어떻게 달라졌을까 하는 생각도 지금 런던에 있는 내게는 아무런 쓸모가 없었다.

다행스럽게도 가게 안의 몇 안 되는 손님들은 서른네 살의 여자가 바에 혼자 앉아있어도 이상하게 보지 않았다. 그들의 관심 부족이 감사했다. 보딩턴 맥주가 고통을 호소하는, 여행에 지친 전신으로 천천히 퍼져나가기 시작했다. 맥주잔을 두 손으로 단단하게 그러잡자 왼손의 반지가 유리잔에 눌려서 불편했지만 아랑곳하지 않고 끝까지 들이켰다.

가게 바깥으로 나와 다음에는 어디로 갈지 고민했다. 호텔에서 낮잠 한숨 자는 게 좋을 법했지만, 나도 모르게 카키색 옷차림 남자와 마주쳤던 곳으로 다가갔다. 그 남자가 제의했던 게……머드러킹이었나? 아니다, 머드라킹, 진흙 뒤지기였다. 남자는 곧 체험객들이 모일 거라고 했다. 2시 반에 계단 아래에서. 나는 휴대폰을 꺼내 시간을 확인했다. 2시 35분이었다. 갑자기 생기가 넘쳐나서 발걸음을 재바르게 놀렸다. 10년 전이었다면 내가 좋아했을 그런 모험이었다. 친절한 영국인을 따라 템스강으로 가서 빅토리아 시대 사람들과 진흙 뒤지는 사람들에 관해서 알아보는 모험. 제임스라면 이 즉흥적인 모험에 반대했겠지만 내 발걸음을 붙잡아 둘 제임스는 지금 이곳에 없다.

혼자 있는 지금, 나는 내 맘 가는 대로 뭐든지 다 할 수 있다.

가는 길에 라 그랑데 호텔을 지나쳤다. 이 호화로운 호텔은 부모님이 내 결혼기념일 선물로 잡아둔 숙소였다. 강 쪽으로 다가가자 강가로 이어지는 콘크리트 계단이 바로 눈에 띄었다. 강물 저 아래 깊숙한 곳에서 뭔가가 느릿느릿 꿈틀거리듯 불투명한 흙탕물이 출렁거렸다. 나는 앞으로 나아갔다. 주변의 행인들은 좀 더 예측 가능한 모험을 찾아 발걸음을 움직이고 있었다.

계단이 점점 더 가팔라졌고, 상태가 생각보다 훨씬 나빴다. 그것만 아니었다면 현대화된 도시의 중심지에 있다고 생각할 만했다. 계단은 한 칸 높이가 적어도 45센티미터에 달했고, 고대 시대처럼 부순 돌로 만들어져 있었다. 나는 스니커즈에 휴대가 편한 가방을 들고 있다는 데 감사하며 천천히 계단을 내려갔다. 계단 마지막에 다다르자 주변에 내려앉은 정적에 멈춰 섰다. 강 건너 남쪽 둑을 따라 자동차와 행인들이 빠르게 지나다녔다. 하지만 거기서 멀리 떨어진 이곳에서는 아무 소리도 들리지 않았다. 강가에 부딪쳐 부드럽게 찰싹거리는 파도 소리, 자갈이 강물 속에서 이리저리 부딪히며 내는 종소리 같은 소리, 갈매기 한 마리의 외로운 울음소리만 들렸다.

진흙 뒤지기 체험객들은 얼마 떨어지지 않은 곳에 모여 서서 가이드 이야기에 귀를 기울이고 있었다. 가이드는 좀 전에 거리에서 만났던 그 남자였다. 나는 마음을 단단히 다잡은 채 흔들거리는 돌멩이와 진흙 웅덩이를 헤치고 조심스럽게 앞으로 나아갔다. 체험객 무리에게 다가갔을 때는 집에 관한 온갖 생각들을 다 접어두기로 마음먹었다. 48시간 전에 알아냈던 제임스에 관한 비밀을 떠올려봤자 남은 열흘을 잘 보내는 데 득 될 게 없었다.

이곳 런던에서 결혼기념일 '축하' 여행을 하는 동안, 나는 내가 진정으로 바라는 것이 무엇인지, 제임스와 함께 아이를 키우고 싶었던 삶이 여전히 내가 바라는 삶의 일부인지를 알아내야 했다. 하지만 그러기 위해서는 나 자신에 관한 몇 가지 진실을 밝혀내야 했다.

3

넬라

1791년 2월 4일

백 앨리 3번지의 명망 높은 여성 전문 약방은 본래 엄마 소유의 한 칸짜리 가게였다. 이 작은 약방은 수많은 촛불로 환하게 빛났고, 손님들과 아기들로 북적거렸으며, 온기와 안정을 제공했다. 그 시절에는 런던의 모든 사람들이 이 작은 약방을 알고 있는 것만 같았고, 묵직한 참나무 문은 오랫동안 거의 닫힌 적이 없었다.

하지만 수년 전, 그러니까 엄마의 죽음과 프레데릭의 배신을 겪고 나서 내가 런던 여성들에게 독약을 팔기 시작한 이후부터는, 확연하게 구분되는 두 개의 공간으로 약방을 분리해야 했다. 다행히 가벽을 설치하고 선반을 달아서 한 칸짜리 가게를 손쉽게 둘로 나눌 수 있었다.

정면에 위치한 앞쪽 공간은 백 앨리 골목에 바로 면해 있었다. 누구나 정문을 열고 들어올 수 있었고, 거의 항상 열려있었다. 하지만 대부분의 사람들은 막상 약방에 들어와도 잘못 찾아왔다고 생각했다. 낡은 곡물통 외에는 아무것도 없는데, 반쯤 썩은 통보리에 누가 관심이나 있겠는가. 가끔씩 운이 좋을 때는 한쪽 구석에 쥐들이 보금자리를 틀어 아무도 사용하지 않는 방치된 약방이라는 첫인상을 남기는 데 한몫 톡톡히 했다. 앞쪽의 방치된 약방은 첫 번째 위장이었다.

그러자 실제로 많은 손님들의 발길이 끊어졌다. 엄마의 사망 소식을 듣고 나서 텅 빈 약방을 보고는 약방이 영원히 문을 닫았다고 짐작한 것이다.

그보다 훨씬 더 호기심이 많고 무도한 부류가 있었는데, 손버릇 나쁜 어린 소년들이었다. 그들은 텅 빈 약방을 보고도 물러서지 않았다. 건질 게 없나 보려고 약방 깊숙한 곳으로 들어와 상품이나 책이 놓인 선반을 살피곤 했다. 그러나 그들 역시 아무것도 찾지 못했다. 훔칠만한 것, 흥미를 끌만한 것은 하나도 남겨놓지 않았으니까. 결국은 떠날 아이들이었다. 언제나 그랬다.

얼마나 어리석은 녀석들인지. 친구들과 자매들, 엄마한테서 어디를 둘러봐야 하는지 들은 여자들만 빼고는 죄다 멍청이들뿐이었다. 오직 여자들만이 곡물통이 아주 중요하다는 사실을 알았다. 그것은 소통 수단이었고, 감히 입 밖으로 내어 말하지 못하는 내용이 담긴 편지를 숨겨두는 곳이었다. 이 비밀을 아는 여자들만이 선반 뒤에 숨겨진 보이지 않는 문이 나의 약방으로 이어진다는 사실을 알았다. 그 벽 뒤쪽에서 내가 양손가락에 독약의 잔여물을 묻힌 채 말없이 기다린다는 사실을 아는 것도 그 여자들뿐이었다.

약방 정문이 끼익하고 천천히 울리는 소리에 편지를 보낸 여자가 도착했음을 알아차렸다. 나는 어떤 여자인지 어렴풋이나마 보기 위해 선반 기둥의 실금 같은 틈새로 바깥을 엿보았다.

그 순간 깜짝 놀라서 떨리는 손가락으로 입을 틀어막았다. 뭔가 잘못된 게 아닐까? 바깥의 손님은 여자라고 봐줄 수 없었다. 아직 어린 여자아이였다. 열두 살이나 열세 살쯤 되어보였다. 여자아이는 회색 모직 겉옷에 낡아서 너덜너덜한 남색 망토를 어깨 위로 걸치고 있었다. 어쩌면 텅 빈 약방의 외관에 속지 않은 어린 도둑이라서, 뭔가 훔칠 것이 있는지 보러 왔을지도 모른다. 그렇다면 살이나 좀 찌우게 빵가게에서 체리빵을 훔치는 게 나았을 텐데.

하지만 여자아이는 정확하게 새벽녘에 도착했다. 확신에 찬 표정으로 가만히 서서 내 앞쪽 가벽을 응시했다.

그렇군. 절대 우연히 찾아온 방문객이 아니었다.

나이를 생각해서 당장 여자아이를 돌려보내려고 하다가 편지 내용이 떠올라 멈칫했다. 주인마님의 남편에게 줄 것이 필요하다고 했다. 아이의 여주인이 발이 넓은 사람이라서 내가 아이를 돌려보냈다고 소문을 내면 내 명성이 어떻게 되겠는가? 게다가 틈새로 계속 엿보는 내내, 굵고 검은색 머리카락을 가진 이 여자아이는 고개를 당당하게 들고 있었다. 동그랗고 밝은 두 눈을 내려 발치를 쳐다보거나 골목 쪽 약방 정문을 돌아보지도 않았다. 살짝 떨고 있기는 했지만 초조해서라기보다는 서늘한 공기 때문인 게 분명했다. 너무 꼿꼿한 자세로 자신만만하게 서있어서, 도무지 두려워하는 것처럼 보이지가 않았다.

나는 걸쇠를 빼서 가벽을 안으로 당긴 뒤, 여자아이에게 들어오라고 손짓했다. 아이의 두 눈이 한 번 깜박거리기도 전에, 눈앞에 드러난 작은 공간이 가득 담겼다. 이곳은 나와 아이가 나란히 서서 양팔을 옆으로 뻗으면 양쪽 벽에 거의 닿을 정도로 작은 공간이었다.

나는 아이의 시선을 따라서 뒷벽의 선반 수납장으로 고개를 돌렸다. 그곳에는 약병과 양철 깔때기, 약단지, 숫돌이 있었다. 벽난로에서 가장 멀리 떨어진 또 다른 벽면에는 엄마의 참나무 수납장이 있었는데, 그 안에는 희미한 불빛에도 쉽게 상하거나 부식되기 쉬운 팅크들 그리고 허브를 넣어두는 도기병과 자기병들이 자리했다. 비밀 문에서 가장 가까운 벽에는 아이의 어깨 높이쯤 되는 길고 좁은 카운터가 하나 있었다. 그 위에는 금속저울, 유리와 돌로 만든 저울추 세트, 여성 질환에 관한 참고서 몇 권이 있었다. 아이가 카운터 아래쪽 서랍들을 열어본다면 숟가락과 포크, 촛대, 백랍 접시, 급하게 갈겨쓴 글자와 수식으로 너저분한 양피지 수십 장을 찾아볼 수 있으리라.

나는 여자아이 뒤쪽으로 조심스럽게 돌아가 걸쇠를 걸어 문을 잠갔다. 그리곤 거의 즉각적으로 새 손님에게 이곳이 얼마나 안전한지, 내가 얼마나 신중한지 보여주려고 애썼다. 하지만 나의 이런 걱정이 무색하게도 아이는 수백 번은 들락거린 가게라도 되는 양 의자에 털썩 주저앉았다. 아이가 불빛 아래 앉으니 훨씬 더 자세히 살펴볼 수 있었다. 날씬한 몸매를 지니고 있었고, 맑은 녹갈색 눈동자는 타원형 얼굴에 비해 조금 크다 싶었다. 아이는 양손을 깍지 껴서 탁자 위에 올린 채 날 보고 미소를 지었다. "안녕하세요?"

"어, 그래." 아이의 태연한 태도에 깜짝 놀라서 나는 이렇게 답했다. 순간 아이가 써서 보낸 붉게 물든 편지를 보고 불길한 기운을 느꼈던 내가 참으로 어리석게 느껴졌다. 어린 나이에 어떻게 그처럼 글씨를 잘 쓸 수 있는지도 궁금했다. 걱정이 차츰 옅어지자 느긋해진 마음에 호기심이 들어찼다. 이 아이에 관해서 더욱 자세하게 알고 싶어졌다.

나는 한쪽 구석에 자리한 벽난로를 향해 돌아섰다. 좀 전에 불 위에 올려놓은 물주전자에서 김이 모락모락 피어올랐다. "잎을 좀 우려서 차를 끓였단다." 내가 여자아이에게 말했다. 그러고는 머그잔 두 개에 차를 붓고 한 잔을 여자아이 앞에 놓아주었다.

아이는 감사인사를 하고는 머그잔을 자기 쪽으로 끌어당겼다. 아이의 시선이 머그잔이 놓인 탁자로 떨어졌다. 탁자 위에는 불 켜진 양초 하나, 내 장부, 아이가 곡물통에 넣어두었던 편지가 있었다. '2월 4일 새벽, 주인마님의 남편, 아침식사'라고 적힌 편지였다. 이곳에 도착하자마자 분홍빛으로 물들었던 소녀의 두 뺨은 젊음과 생기로 가득했다. "무슨 잎이에요?"

"쥐오줌풀에 계피를 첨가한 거야. 몇 모금 마시면 몸이 따뜻해지고, 좀 더 마시면 마음이 가벼워지고 느긋하게 풀리지." 내가 설명했다.

그 후 한동안 둘 다 말이 없었다. 하지만 어른들끼리라면 으레 그러하듯 딱히 불편하지는 않았다. 아이는 무엇보다 추위를 피할 수 있어서 감사히 여기는 것 같았다. 나는 아이가 잠시 몸을 덥힐 수 있게 놔두고 카운터로 다가가 작은 검정색 돌 몇 개를 부산스럽게 만지작거렸다. 숫돌에 대고 부드럽게 갈아야 이상적인 약병 마개로 쓸 수 있는 것들이었다. 내게 닿는 아이의 시선을 의식하면서 첫 번째 돌을 집어 들어 손바닥으로 꾹 누른 뒤 돌리고 또 돌렸다. 10초나 15초쯤 문질렀을까, 더 이상은 할 수 없어서 동작을 멈추고 숨을 천천히 내쉬었다.

1년 전만 해도 지금보다 훨씬 더 튼튼했고, 얼굴에서 머리카락 한 올 떼어낼 일 없이 순식간에 돌을 갈아서 부드럽게 만들 기운이 있었다. 하지만 아이가 지켜보고 있는 지금은 작업을 계속하기가 힘들었다. 어깨가 지독하게 아팠다. 몇 달 전에 팔꿈치에서 시작된 통증이 반대쪽 손목으로 옮겨갔고, 근래 들어서는 손가락 관절에서 열이 나기 시작했다.

아이는 머그잔을 단단히 그러잡은 채 가만히 있었다. "저기 벽난로 옆에 있는 크림색은 뭐예요?"

나는 돌멩이에서 시선을 떼어내 벽난로로 돌렸다. "연고야. 돼지기름과 보라색 디기탈리스로 만들지."

"그럼 너무 딱딱해서 데우고 있는 거군요."

나는 아이의 재빠른 이해력에 순간적으로 멈칫했다. "그래, 맞아."

"무슨 연고예요?"

얼굴에 열이 올랐다. 말려서 으깬 보라색 디기탈리스 잎이 피부의 열과 피를 흡수하기 때문에 아이를 낳은 지 며칠 안 된 여자에게 좋다고 말하기가 애매했다. 눈앞의 여자아이 또래들은 모르는 경험이었으니까. "피부의 찢어진 상처에 쓰는 거란다." 내가 자리에 앉으면서 대답했다.

"아, 피부의 상처에 바르는 독 연고예요?"

나는 고개를 가로저었다. "거기에는 독이 없어."

아이의 작은 어깨가 긴장했다. "하지만 암웰 부인은, 그러니까 제 주인마님이요, 여기서 독약을 판다고 했는데요."

"맞아. 하지만 독약만 파는 건 아냐. 생명을 앗아가는 약물을 구하러 여기 왔던 여자들이 내 선반을 보고 갔고, 그중 몇몇이 믿을 만한 친구들한테 귀엣말로 입소문을 전했지. 여기서는 오일부터 팅크까지, 명망 높은 약제사라면 당연히 약방에 갖춰놓아야 할 것들을 전부 판단다."

사실 수년 전 독약을 팔기 시작한 이후에도 선반에서 비소와 아편 이외의 것들을 싹 다 치워버리진 않았다. 샐비어과나 위성류속 식물처럼 대부분의 질병 치료에 필요한 순한 재료들도 계속 보관해 두었다. 사악한 남편 같은 하나의 병폐를 처리했다고 해서 다른 모든 병에 면역력이 생기는 것은 아니니까. 내 장부가 그 증거였다. 장부에 기록된 치명적인 약물들 사이사이에는 병을 치료하기 위한 것들도 많았다.

"여기를 찾는 사람은 여자들뿐이고요." 아이가 말했다.

"네 주인마님이 그것도 말씀해 주셨니?"

"네."

"그래, 잘 알고 계시는구나. 여기에는 여자들만 와." 오래전 그 한 사람만 빼고는 다른 어떤 남자도 나의 독약 약방에 발을 들여놓은 적이 없었다. 나는 여자들만 도와주었다.

이 원칙은 엄마가 철저하게 지키던 것이었다. 여자들에게 안전한 피난처이자 치유의 공간을 제공해 주는 것이 얼마나 중요한지에 대해서는 어렸을 때부터 엄마한테서 귀에 딱지가 앉도록 들었다. 런던은 섬세한 보살핌이 필요한 여성들에게 거의 아무것도 제공해 주지 않고, 원칙도 없는 타락한 남자 의사들이 득실대는 곳이었다. 엄마는 여자들에게 피난처를, 즉 남자의 음탕한 발언을 들을 일 없이 자신의 병을 솔직하게 말하고 약점을 드러낼 수 있는 장소를 제공하겠다고 다짐했다.

그런 엄마의 이상은 남자 의사들의 이상과 일치하지 않았다. 엄마는 책에 도표로 그려진 내용이나 안경 쓴 신사들이 연구하는 이론이 아니라 달콤하고 풍요로운 땅에서 증명된 치료법을 믿었다.

내 약방에 자리 잡은 여자아이는 불길처럼 활활 타오르는 눈빛으로 주변을 둘러보았다. "정말 영리하네요. 여기가 맘에 들어요. 좀 어둡긴 하지만요. 아침이 온 건 어떻게 알아요? 여기에는 창문이 없잖아요."

나는 벽에 걸린 시계를 가리켰다. "시간을 알 수 있는 방법이 하나밖에 없는 건 아니란다. 나한테 창문은 필요가 없어." 내가 말했다.

"그럼 어둠이 지겹겠어요."

사실 나는 완전히 깨어있다는 직관적인 느낌을 오래전에 잃어버렸기 때문에, 언젠가는 낮과 밤을 구별하지 못할 수도 있었다. 전신 또한 언제나 피곤했다. "익숙해졌단다." 내가 말했다.

어린아이 앞에 앉아있는 기분은 이루 말할 수 없이 낯설었다. 이 방에 앉아있었던 마지막 아이는 '어린 나'였다. 수십 년 전, 이 자리에 앉아있던 어린 나는 엄마가 일하는 모습을 지켜보고 있었다. 하지만 나는 저 여자아이의 엄마가 아니었고, 그런 생각이 들자 갑자기 아이의 존재가 불편하게 느껴지기 시작했다. 아이의 천진난만한 모습이 사랑스럽긴 했지만 너무 어렸다. 아이가 내 약방을 어떻게 생각하든, 아직 내가 조제하는 출산 보조제와 백당나무(혈액순환을 촉진하고 부기를 가라앉혀 주는 식물-옮긴이) 같은 것들이 필요한 나이가 아니었다. 아이는 단지 독약을 가지러 왔을 뿐이다. 그래서 나는 화제를 돌렸다. "차에는 손도 대지 않았구나."

여자아이가 의심스러운 눈초리로 찻잔을 바라보았다. "무례하게 굴려는 건 아니지만 암웰 부인이 아주 조심해야 한다고 하셔서……."

나는 한 손을 들어 여자아이의 말을 가로막았다. 아이는 영리했다. 나는 아이의 머그잔을 집어 들어서 한 모금 깊이 마시고는 다시 아이 앞에 놓아주었다.

그 즉시 아이는 머그잔을 들어 입술에 갖다 대고는 싹 다 비웠다. "엄청 목이 말랐거든요. 아, 감사해요. 정말 맛있어요! 좀 더 주실래요?"

나는 의자에서 일어서 벽난로를 향해 작게 두 걸음을 옮겼다. 묵직한 주전자를 들어 올려 아이의 잔을 다시 채우면서 움찔하지 않으려고 애썼다.

"손은 왜 그래요?" 뒤쪽에서 아이가 물었다.

"그건 왜 묻지?"

"다친 것처럼 계속 손을 웃기게 들고 있잖아요. 다쳤어요?"

"아니. 그렇게 캐묻는 건 무례한 짓이야." 하지만 이렇게 말하자마자 바로 후회했다. 아이는 내가 한때 그랬던 것처럼 그냥 호기심이 많은 것뿐이었다. "몇 살이니?" 내가 좀 더 부드러운 어조로 물었다.

"열두 살이요."

나도 그쯤 됐을 거라고 예상했기 때문에 고개를 끄덕였다. "상당히 어리구나."

아이가 머뭇거렸다. 리드미컬하게 펄럭거리는 치마로 보아 아이가 바닥에 발을 구르고 있는 것 같았다. "전 한 번도……" 여자아이가 말을 하다가 멈췄다. "사람을 죽여본 적이 없어요."

순간 웃음을 터트릴 뻔했다. "넌 아직 어린아이야. 네가 그 짧은 생을 사는 동안 많은 사람을 죽여 봤을 거라고 생각하지는 않았어." 내 시선이 여자아이 뒤쪽의 선반에 닿았다. 그곳에는 우유 빛깔의 작은 자기 그릇 하나가 놓여있었고, 그 위에는 독약이 든 갈색 달걀 네 개가 있었다. "이름이 뭐니?"

"엘리자요. 엘리자 패닝이에요."

"엘리자 패닝. 열두 살." 내가 아이의 이름과 나이를 다시 읊었다.

"네, 맞아요."

"네 주인마님이 널 여기로 보낸 거지?" 아이를 보낸 걸로 보아 여주인이 아이를 무척 신뢰하는 것이 분명했다.

하지만 엘리자는 바로 대답하지 않고 이맛살을 찌푸렸다. 그러고 나서 아이의 입에서 나온 대답에 나는 깜짝 놀랐다. "처음에는 주인마님 생각이었죠. 하지만 아침 식탁에 올리는 게 어떻겠냐고 한 건 저였어요. 주인님은 친구 분들과 저녁에 스테이크 하우스에 가는 걸 좋아하는데, 가끔은 하룻밤이나 이틀 밤 지나서 집에 들어오시거든요. 그래서 전 아침식사 때가 제일 좋을 거라고 생각했어요."

나는 탁자에 놓인 엘리자의 편지를 쳐다보고는 엄지손가락으로 한쪽 가장자리를 쓸어보았다. 아이가 어린 만큼 반드시 짚고 넘어가야겠다 싶은 것이 하나 있었다. "이게 그 남자가 그냥 다치고 끝날 일이 아니라는 건 알고 있겠지? 그 남자는 그냥 아프고 마는 게 아니라……" 나는 말을 천천히 늘어뜨렸다. "죽을 거야. 이건 동물을 죽이는 것처럼 사람도 죽이는 약물이야. 이게 너와 네 주인마님이 하려는 일이지."

어린 엘리자가 날카로운 눈빛으로 나를 올려다보았다. 엘리자는 양손을 자기 앞에 반듯하게 포갰다. "네, 알아요." 이렇게 대답하는 엘리자는 움찔하는 기색조차 보이지 않았다.

4

캐롤라인
현재, 월요일

"강의 부름에 저항할 수 없었던 거죠?" 낯익은 목소리가 들렸다.
어느 순간, 가이드가 체험객들 무리에서 떨어져 나와 내 앞에 다
가서 있었다. 무릎까지 올라오는 큼직한 장화에 파란색 고무장갑
을 갖춘 차림새였다.

"네, 그런 것 같아요." 솔직히 말해 강둑에 서있는 지금도 내가
뭘 하고 있는지 몰랐다. "저도 그런 게 필요한가요?" 내가 가이드
의 장화를 향해 고갯짓을 했다.

가이드는 고개를 가로저었다. "지금 신고 있는 스니커즈 운동화
도 괜찮아요. 하지만 이건 껴야 해요." 가이드가 등에 멘 가방에서

진흙이 묻은 고무장갑 한 쌍을 꺼냈다. "손을 다치고 싶진 않겠죠? 자, 이제 내려갑시다." 가이드가 앞장서서 가다가 나를 돌아보았다. "아참, 전 알프레드라고 합니다. 하지만 다들 '알프 총각'이라고 불러요. 결혼한 지 40년이나 됐는데 총각이라니 웃기는 별명이죠. 제가 구부러진 반지를 많이 발견해서 그런 별명을 얻었어요."

가이드는 장갑을 당겨올리면서 어리둥절해하는 내 표정을 보더니 계속 설명했다. "수백 년 전 남성들은 청혼을 하기 전에 힘자랑을 하려고 금속 반지를 구부러뜨려 보였거든요. 하지만 청혼한 남자와 결혼하기 싫은 여성은 구부러진 그 반지를 다리 아래로 던지면서 꺼지라고 말했어요. 전 그런 반지를 수백 개 정도 발견했죠. 이 강에서 청혼했다가 거절당하고 돌아간 총각들이 많았던 것 같아요. 참 이상한 전통이죠."

나는 내 손을 내려다보았다. 내 반지는 더러운 고무장갑에 가려 보이지 않았다. 전통은 나한테도 그리 좋은 게 아니었다.

몇 주 전, 내 인생이 뒤흔들리며 멈춰 서기 전에, 나는 제임스의 새 명함을 넣을 빈티지 명함케이스를 구매했다. 그것은 전통적인 10주년 결혼기념일 선물이었고 결혼의 지속성을 상징했다. 제임스의 이름 첫 글자를 새겨 넣은 그 명함케이스는 런던 여행 전날 밤, 제시간에 딱 맞춰 우편으로 도착했다.

나는 여행가방에 이를 숨겨두기 위해 위층으로 향했다. 간 김에 드레스룸을 뒤적거려서 아직 가방에 넣지 않은 물건 몇 가지도 함

께 챙길 생각이었다. 속옷 몇 개와 끈 달린 하이힐 한 켤레, 에센셜
오일 몇 개. 그중에서도 라벤더와 로즈앱솔루트, 스위트오렌지 에
센셜 오일을 따로 챙겨 넣었다. 제임스는 스위트오렌지 에센셜 오
일을 유독 좋아했다.

그 다음 할 일이란 드레스룸 바닥에 양반다리를 하고 앉아서 란
제리 하나를 집어 든 채 챙겨 넣을지 말지 고민하는 거였다. 엉덩
이와 다리 사이에 착 달라붙는, 밝은 붉은색 끈이 많이 달린 란제
리였다. 나는 어깨를 으쓱거리고는 여행가방 속에 던져 넣었다. 여
행가방 옆에는 약국에서 산 임신테스트기가 있었는데, 그걸 보자
미처 먹지 못한 임산부용 영양제가 생각났다. 임신을 계획하면서
의사의 권고에 따라 복용하던 중이었다.

영양제를 가지러 욕실로 가는데 진동 소리가 내 관심을 끌었다.
화장대 위, 제임스의 휴대폰 진동 소리였다. 나는 흘끗 쳐다봤다가
무시하려 했다. 하지만 또다시 진동이 울렸을 때 두 글자가 눈에 들
어왔다. XO(키스와 포옹이라는 뜻의 채팅 줄임말-옮긴이)?

충격에 떨리는 몸을 앞으로 숙여 메시지를 읽었다. 제임스의 연
락처에 B라고 저장된 사람이 보낸 메시지였다.

　　당신이 너무 보고 싶어요.

첫 문장이었다. 그 다음에는……

지난 금요일을 잊어버릴 정도로 샴페인을 많이 마시지 말아요.
XO.

두 번째 메시지에는 끔찍하게도 책상 서랍 속에 든 검정색 팬티 사진이 첨부되어 있었다. 팬티 아래로 제임스의 회사 로고가 있는 형형색색의 팸플릿이 보였다. 제임스의 사무실에서 찍은 사진이 분명했다.

나는 깜짝 놀라서 휴대폰을 노려보았다. 지난 주 금요일이면 로즈가 출산 중이라 로즈의 남편과 함께 병원에서 밤을 보낸 날이었다. 제임스는 사무실에서 일하고 있었다. 아니, 어쩌면 일을 한 게 아니었는지도 모르겠다.

아냐, 그럴 리 없어. 누가 잘못 보낸 걸 거야. 손바닥이 축축해졌다. 아래층 주방에서 제임스가 움직이는 소리가 들렸다. 나는 천천히 숨을 고르고 휴대폰을 무기처럼 꽉 움켜쥐었다.

그러고는 곧장 아래층으로 달려 내려갔다. "B가 누구야?" 움켜쥔 휴대폰을 제임스에게 내밀면서 다그쳤다.

제임스의 눈빛이 답이었다.

"캐롤라인." 제임스가 고객에게 원인 분석이라도 해주려는 것처럼 차분하게 말했다. "당신이 생각하는 그런 게 아냐."

나는 떨리는 손으로 첫 번째 메시지를 찾아 보여주었다. "당신이 너무 보고 싶어요?" 내가 큰소리로 메시지를 읽었다.

제임스가 주방 카운터에 양손을 올려놓고 몸을 앞으로 숙였다. "

그냥 직장동료야. 몇 달 전부터 내가 좋다고 따라다녔어. 사무실에서 다들 농담으로 떠드는 일이야. 캐롤라인, 진짜 아무것도 아냐."

새빨간 거짓말이었다. 두 번째 문자 메시지는 보여주지 않은 채, 나는 애써 차분한 목소리로 물었다. "그 여자랑 무슨 일이 있었는데?"

제임스는 한 손으로 머리카락을 헤집으면서 천천히 숨을 내쉬었다. "몇 달 전에 승진 행사에서 만났어." 마침내 제임스가 털어놓았다. 제임스의 회사에서 새로 승진한 사람들을 위해 시카고에서 개최한 크루즈 만찬이었다. 배우자도 원하면 참석할 수 있었다. 하지만 런던 여행 자금을 마련하려고 부지런히 저축을 하고 있던 참이었고, 그런 행사는 빠져도 무방하다고 생각했었다. "그날 밤에 딱 한 번 키스했어. 술을 너무 많이 마신 후라서 앞도 제대로 보이지 않았어." 제임스가 부드럽고 간절한 눈빛으로 다가왔다. "끔찍한 실수였어. 다른 일은 전혀 없었어. 그 이후로는 그 여자를 보지도 못했고……."

또 거짓말이었다. 나는 다시 휴대폰을 내밀어 책상 서랍 속의 검정색 팬티 사진을 가리켰다. "진짜야? 이런 사진을 보내놓고 지난 금요일을 잊지 말라고 하는데? 지금 당신 책상 서랍 속에 그 여자 속옷이 있는 거 아냐?"

설명할 말을 찾는 제임스의 이마에 반짝거리는 땀방울이 맺혔다. "이건 그냥 장난이야, 캐롤……."

"헛소리 하지 마." 내가 끼어들었다. 눈물이 얼굴을 타고 흘러내렸다. 마음속에서 이름 없는 형체가 모습을 갖추었다. 작은 검정색 팬티의 주인이었다. 내 평생 처음으로, 가늠할 수 없는 분노가 사람을 살인자로 만들 수 있음을 이해했다. "금요일에 사무실에서 일은 별로 못했지?"

제임스는 대답하지 않았다. 젠장, 그 침묵은 사실을 인정한다는 뜻이었다.

그가 할 말을 찾지 못했던 적은 거의 없었다. 그 여자와 뭔가 심각한 일을 저지른 게 아니라면 지금 이 순간 단호하게 자신을 변호했을 사람이었다. 그런 사람이 죄책감 가득한 풀 죽은 표정으로 입을 꾹 닫고 있었다.

제임스가 진짜로 바람을 피웠다는 사실 그 자체만으로도 충분히 나빴다. 하지만 바로 그 순간 떠오르는 궁금증들, 그러니까 그 여자가 어떤 여자인지, 둘의 관계가 얼마나 깊었는지 하는 날것의 추한 의문들보다는 제임스가 몇 달 동안 그 비밀을 숨겨왔다는 사실이 더욱 가슴 아프게 다가왔다. 내가 휴대폰을 보지 못했다면? 얼마나 오랫동안 감추려고 한 거지? 제임스와 사랑을 나눈 게 겨우 어젯밤이었다. 아이를 가지려고 애쓰는 신성한 우리 침대에 어떻게 감히 다른 여자의 흔적을 달고 들어올 수 있단 말인가.

양 어깨가 흔들리고 두 손이 떨렸다. "요 며칠 동안 아이를 가지려고 그렇게 노력했는데 당신은 그 여자 생각을 하고 있었다니, 곁에 있는……." 말하다 보니 숨이 턱 막혀서 '날 두고'라는 뒷말을 도저히 내뱉을 수 없었다. 이 우스꽝스러운 비극이라는 꼬리표를 우리, 아니 내 결혼생활에 붙일 수는 없었다.

제임스의 대답을 듣기도 전에 욕지기가 거세게 치밀어 올라 욕실로 달려가서는 등 뒤로 문을 쾅 닫고 잠갔다. 그리고는 속에 든 게 아무것도 없을 때까지 다섯 번, 일곱 번, 열 번 속을 게워냈다.

강가에서 들리는 보트 엔진 소리에 과거의 기억에서 깨어났다. 고개를 들자 알프 총각이 두 손을 활싹 펼진 채 나를 내려다보고 있었다. "준비 됐어요?"

당황한 나는 고개를 끄덕이고는 알프를 따라서 대여섯 되는 체험객 무리를 향해 다가갔다. 몇몇 사람들이 바위 사이사이에 무릎 꿇고 앉아서 자갈을 뒤지고 있었다. 나는 알프에게 가까이 다가가 조용히 말했다. "저기 죄송한데요, 실은 진흙 뒤지기가 뭔지 전혀 모르겠어요. 뭘 찾는 건가요?"

알프가 나를 쳐다보고는 배를 움켜쥐고 껄껄 웃었다. "이런, 제가 그걸 말해주지 않았군요! 자, 알아둬야 할 게 뭐냐면 말이죠, 템스강은 런던시를 관통해서 길게 흐르고 있어요. 그래서 이곳에서 오랫동안 진흙을 뒤지다 보면 로마 시대까지 거슬러 올라가는 역사의 잔재들을 찾을 수 있거든요. 오래전 진흙을 뒤졌던 사람들은 옛날 동전과 반지, 도자기를 찾아내서 팔았어요. 그게 빅토리아 시대 작가들이 썼던 이야기죠. 먹을 빵을 사려고 진흙을 뒤졌던 가난한 아이들 이야기요. 하지만 지금 우리는 그냥 좋아서 진흙을 뒤져요. 자기가 찾아낸 건 자기가 갖는 게 원칙이에요. 자, 봐요." 알프

가 내 발치를 가리켰다. "지금 당신이 사기 파이프를 밟고 있잖아
요." 알프가 몸을 숙여서 파이프를 집어 올렸다. 내 눈에는 길쭉한
돌멩이처럼 보였지만 알프 총각은 환하게 미소를 지었다. "이런 걸
하루에도 수없이 많이 찾을 수 있어요. 맨 처음 발견했을 때나 신
선하지 자꾸 보면 별거 아니죠. 이건 담뱃잎을 넣어 사용했던 거예
요. 여기 자루를 쭉 따라 올라가서 불룩 솟은 부분 보이죠? 1780
년에서 1820년 사이에 만들어진 것 같아요." 알프가 말을 멈추고
내 반응을 살폈다.

나는 눈썹을 치켜 올리고 사기 파이프를 더욱 자세히 살펴보았
다. 그러자 갑자기 수 세기 전에 마지막으로 인간의 손길이 닿았
던 물건을 손에 넣었다는 짜릿한 흥분에 휩싸였다. 조수가 밀려왔
다가 밀려갈 때마다 새로운 신비가 드러난다고 알프가 말했다. 또
어떤 오래된 골동품들을 손에 넣을 수 있을지 궁금해졌다. 장갑이
단단히 끼워져 있는지 확인해 보고는 무릎을 꿇고 앉았다. 어쩌면
알프 총각이 말했던 것처럼 사기 파이프나 동전, 혹은 구부러진 반
지를 몇 개 더 찾을 수 있을지도 몰랐다. 아니면 내 반지를 빼내서
반으로 구부러뜨려 실패한 사랑의 상징들이 가득한 강 속에 던져
넣어버리던가.

눈으로 천천히 바위들을 훑어보고 손가락 끝으로 반짝거리는
녹빛 자갈들을 쓸어보았다. 하지만 그렇게 몇 분이 흐르자 인상이
찌푸려졌다. 진흙 속에 다이아몬드 반지가 묻혀있다 해도 찾아낼
수 있을지 의심스러웠다.

"무슨 비결 같은 거 없어요?" 내가 알프 총각에게 소리쳤다. "아니면 삽이라도?" 알프는 몇 미터쯤 떨어져 서서 다른 사람이 발견한 달걀 모양의 물건을 살펴보고 있었다.

알프가 웃음을 터뜨렸다. "안타깝지만 런던항만공사에서 도구를 사용해서 땅을 파는 걸 금지하고 있어요. 그냥 표면만 훑어볼 수 있죠. 그러니까 뭔가를 찾는다면 그게 바로 운명이라고나 할까요. 적어도 전 그렇게 생각하고 싶어요."

운명이거나 엄청난 시간 낭비겠지. 하지만 강바닥이 아니면 호텔의 텅 빈 차가운 킹사이즈 침대로 돌아가야 했다. 그래서 몇 발자국 앞으로 내딛어 해안선 가까이 접근했다. 그러고는 다시 무릎을 꿇고 앉아 발치에서 떠도는 모기떼를 손으로 휘휘 저어 쫓아냈다. 천천히 자갈들을 훑어보다가 반짝거리며 빛을 반사하는 뭔가를 발견했다. 하지만 가까이 다가가 반짝이는 가느다란 물체를 잡아당겼을 때 진주 빛깔 물체의 정체가 죽은 물고기의 썩은 꼬리임을 알아차렸다.

"으웩, 이게 뭐야!" 절로 신음이 새어나왔다.

그때 갑자기 뒤쪽에서 흥분해서 질러대는 새된 소리가 들렸다. 뒤를 돌아보자 체험객 무리 중 한 명이 가장자리가 날카로운 희끄무레한 바위를 들고 있었다. 중년의 여자였는데 어찌나 낮게 웅크리고 앉았는지 머리카락 끝이 모래 웅덩이에 거의 닿을 것만 같았다. 여자는 장갑 낀 손으로 바위 앞쪽을 사납게 문지르더니 자랑스럽게 바위를 들어올렸다.

"이야, 델프트 도자기잖아요!" 알프 총각이 감탄했다. "진~짜 아름다운 거네요. 그렇게 푸른색은 더 이상 찾아볼 수 없어요. 18세기 후반에 나온 진청색이에요. 요즘에는 값싼 염료를 사용하죠. 이거 봐요." 알프가 흥분한 여자에게 도자기 문양을 가리켰다. "이 문양은 카누의 가장자리 부분 같아요. 용선의 일부인지도 모르고요."

여자는 행복한 표정으로 수집품을 가방에 떨어뜨려 넣었고, 다들 다시 탐색을 시작했다.

"여러분, 잘 들어두세요. 무의식을 이용해 정상적인 범주에서 벗어난 것을 찾는 게 비결이에요. 우리 두뇌는 패턴이 끊어지는 부분을 찾아내거든요. 수백만 년 전부터 그런 식으로 진화해 왔죠. 물건을 찾는 게 아닙니다. 어딘지 모르게 어긋났거나 빠진 것을 찾는 거죠." 알프가 설명했다.

지금 내게는 없는 것이 많았다. 무엇보다도 남은 내 인생을 보장해 줄 안정감이나 확실성이 없었다. 제임스의 불륜 사실을 알고 나서 욕실 매트에 웅크리고 앉아있었을 때 제임스는 문을 부수고 안으로 들어오려고 했다. 그런 그에게 제발 혼자 있게 해달라고 간청했다. 제임스는 내 간청에도 꼬박꼬박 변명을 쏟아냈다. 내가 다 보상해 줄게. 남은 내 인생을 다 바쳐서 잘못된 걸 바로잡을게. 하지만 제임스가 떠나주는 것이 내가 바라는 전부였다.

로즈에게 전화해서 그 끔찍한 일을 전부 털어놓았다. 경악한 로즈는 갓난아기가 울어대는데도 내 이야기를 차분하게 들어주었다. 나는 이런 상태에서 내일 제임스와 함께 런던으로 결혼기념일 축하 여행을 떠날 수는 없다고 했다.

"그럼 같이 가지 말고 혼자 가." 로즈가 말했다. 그 순간 우리 두 사람의 인생은 무척이나 달랐을지도 모르겠다. 그럼에도 로즈는 절망에 빠진 내가 볼 수 없는 것을 명확하게 찾아냈다. 나는 제임스한테서 멀리, 아주 멀리 떨어져 있을 필요가 있었다. 제임스의 손이, 그의 입술이 가까이 있다는 생각만 해도 견딜 수기 없었다. 그 손, 그 입술만 봐도 온갖 망상이 휘몰아쳤고, 속이 다시 뒤틀렸다. 상황이 이렇다 보니 다가오는 런던 여행은 배 바깥에 떨어진 구명조끼와 같았다. 나는 간절하게 필사적으로 그 구명조끼를 잡으려고 손을 뻗었다.

비행 몇 시간 전, 마지막 옷가지를 가방에 챙겨 넣는데 제임스가 눈에 띄게 상처받은 표정으로 말없이 고개를 가로저었다. 하지만 잠을 자지 못한 데다 울다가 녹초가 된 나는 활활 끓는 분노에 사로잡혀 있었다.

내게는 혼자 있을 시간과 공간이 필요했지만 매순간 제임스가 곁에 없다는 사실을 상기해야 했다. 공항에서는 체크인 카운터 직원이 밝은 주황색 손톱으로 카운터를 두드리며 이상하다는 눈빛을 한 채 예약자 명단에 있는 제임스 파스웰 씨가 어떻게 됐는지 물었다. 호텔 데스크 직원도 방 열쇠가 하나만 필요하다는 말에 인상을 찌푸렸다. 지금도 나는 전혀 예상치 못했던 장소에 있었다. 진흙투성이 강바닥에서 알프 총각이 말했던 '어긋난 것'을 찾고 있었다.

"눈보다는 본능을 믿어야 합니다." 알프의 설명이 이어졌다.

알프의 말을 곰곰이 곱씹던 중, 강 아래쪽 어딘가에서 오수의 역한 냄새가 났다. 순간적으로 예기치 못한 욕지기가 치솟아 올랐다. 그 냄새 때문에 속이 거북한 사람이 나 혼자가 아닌지 몇몇 사람들의 신음 소리가 들렸다.

"삽으로 땅을 파지 않는 이유가 하나 더 있죠. 저 아래서 나는 냄새가 기분 좋은 것과는 거리가 멀거든요." 알프 총각이 덧붙였다.

나는 물가를 따라 나아가면서 다른 사람들이 손대지 않은 곳을 계속 탐색했다. 그러다 발을 잘못 디뎌 진흙 웅덩이에 발목까지 풍덩 빠지고 말았다. 갑작스럽게 신발 속으로 밀려들어 온 찬 기운에 충격을 받아 숨을 헐떡이면서, 지금 바로 포기하고 떠나버리면 알프 총각이 뭐라고 할지 생각했다. 불쾌한 냄새는 둘째치고 진흙 뒤지기 체험을 해도 기분이 전혀 나아지지 않았다.

휴대폰을 확인하고는 12분만 더 해보다가 오후 3시에는 그만두고 떠나겠다고 마음먹었다. 그때까지도 아무런 진전이 없었다면, 어쭙잖게나마 흥미를 돋우는 작은 물건 하나를 발견하지 못했더라면, 이만 실례하겠습니다 하고 손 털고 일어났을 것이다.

단 12분. 한평생의 찰나에 불과했지만 생의 진로를 바꾸기에 충분한 시간이었다.

5

넬라

1791년 2월 4일

나는 엘리자 뒤쪽 선반으로 다가가 작은 우유 빛깔 그릇을 꺼냈다. 그릇 안에는 갈색 달걀 네 개가 들어있었다. 그중 두 개는 나머지 두 개보다 살짝 컸다. 나는 달걀 그릇을 탁자 위에 올려놓았다.

엘리자는 당장이라도 그릇을 움켜쥐고 싶은지 몸을 앞으로 숙이며 양손으로 탁자를 짚었다. 그러자 축축한 손바닥 자국이 탁자에 남았다.

그런 엘리자는 어린 시절의 내 모습과 많이 닮아있었다. 비록 그 시절의 나는 오래전에 죽어버렸지만. 동그랗게 뜬 엘리자의 두 눈에는 새로운 것, 대부분의 다른 아이들이 경험하지 못하는 것에 대한 호기심이 가득했다. 다른 점이라면 내가 약병과 저울, 돌저울추 같은 이 약방의 물건들을 처음 봤던 게 열두 살보다 훨씬 어린 나이였다는 것이다. 내가 물건을 집어들고 구분해 분류하고 정돈하고 재배열할 줄 알게 되자, 엄마는 곧바로 약방 물건들의 용도를 알려주었다.

여섯 살인가 일곱 살 무렵, 아직 집중력이 약했을 때는 색깔별로 분류하는 간단하고 쉬운 방법을 엄마한테 배웠다. 파란색과 검정색 오일 약병들은 이쪽 선반에, 빨간색과 노란색 약병은 저쪽 선반에 놓아야 한다는 식이었다. 그러다가 사춘기에 접어들어 기술과 분별력이 나아지자 점점 더 어려운 일을 맡았다. 엄마가 홉 열매 한 통을 탁자 위에 쏟은 다음 그 씁쓸하고 건조한 열매들을 고르게 펼쳐놓으면, 내가 색깔별로 열매들을 다시 배열했다. 내가 일하는 동안 엄마는 옆에서 팅크와 차를 만들며 스크뤼펄(scruple, 약량의 단위, 약 1.296그램-옮긴이)과 드램, 한 병, 한 술 같은 단위들을 설명해 주곤 했다.

그런 것들이 내 장난감이었다. 다른 아이들이 진흙투성이 골목길에서 나무토막과 막대기, 카드를 갖고 놀 때 나는 이 약방에서 어린 시절을 보냈다. 수많은 약재들의 색과 농도, 맛을 익혔다. 위대한 약초 재배자들에 대해 배웠고, 약초 책에 나오는 라틴어 이름들을 외웠다. 언젠가는 내가 엄마의 약방을 지켜나가고, 여성들을 돕겠다는 엄마의 유산을 이어나갈 게 분명했다.

엄마의 유산을 더럽힐 생각은 없었다. 그 유산을 왜곡하고 변질

시킨다는 건 생각지도 않은 일이었다.

"달걀이네요." 엘리자의 속삭임에 몽상에서 빠져나왔다. 엘리자가 의아한 표정으로 나를 올려다보았다. "독 달걀을 낳는 암탉이 있어요?"

심각한 거래를 위해 엘리자를 마주보고 있음에도 웃음이 터져나왔다. 아이가 생각할 법한 완벽하게 논리적인 결론이었다. 나는 의자에 등을 기댔다. "아니, 그건 아냐." 나는 달걀 하나를 집어 들어 엘리자에게 보여주고는 그릇에 다시 넣었다. "여기 달걀 네 개 중에서 큰 거 두 개를 찾을 수 있겠니?"

엘리자가 눈썹을 찌푸리고는 상체를 숙여서 탁자 높이까지 눈높이를 낮춘 뒤 몇 초 동안 달걀들을 꼼꼼하게 살펴보았다. 그러더니 갑자기 상체를 꼿꼿이 세우고 의기양양한 표정으로 달걀을 가리켰다. "이거 두 개요." 엘리자가 말했다.

"잘했어." 나는 고개를 끄덕였다. "큰 달걀 두 개. 꼭 기억해 둬야 해. 큰 달걀 두 개가 독이 든 달걀이야."

"큰 달걀 두 개요." 엘리자가 되풀이해 말하고는 차 한 모금을 마셨다. "그런데 어떻게 만든 거예요?"

나는 달걀 세 개는 그릇에 놔둔 채 큰 거 하나만 꺼내서 뭉툭한 부분을 손바닥으로 감싸 들었다. "여기 달걀 위쪽에 작은 구멍이 있었단다. 지금은 달걀껍질 색과 비슷한 밀랍으로 막아놨어. 어제 네가 여기 왔다면 내가 바늘을 찔러 독을 주입했던 작은 검정색 점을 볼 수 있었을 거야."

"근데도 깨지지 않았네요!" 엘리자가 마법이라도 보는 것처럼 탄성을 질렀다. "밀랍도 안 보여요."

"맞았어. 하지만 이 안에는 독이 들어있어. 누군가를 죽일 정도로 강력한 독이."

엘리자가 독 달걀을 응시하면서 고개를 끄덕였다. "무슨 독인가요?"

"마전자라고 하는데 쥐약으로 주로 쓰여. 으깬 씨앗을 넣기에는 달걀이 제격이지. 서늘하고 끈적거리는 노른자가 독물을 보호해 주거든. 안에 든 병아리를 보호하는 것처럼 말이야." 나는 꺼냈던 달걀을 다시 그릇에 넣었다. "이 달걀을 바로 사용할 거니?"

"내일 아침에요. 주인님이 집에 돌아오시면 마님과 함께 아침식사를 하시거든요." 엘리자는 아침식탁을 눈앞에 그려보는 것처럼 잠시 말을 멈췄다. "주인마님께 작은 달걀 두 개를 드릴 거예요."

"팬에 달걀을 깨뜨려 넣고 나서는 어떻게 구분할 거지?"

순간 엘리자가 당황했지만 잠시뿐이었다. "작은 달걀을 먼저 요리해서 주인마님 접시에 놓아두고 나서 큰 달걀을 요리할 거예요."

"아주 좋아. 오래 걸리지는 않을 거야. 몇 초 내에 입안이 타는 것 같다고 할지도 몰라. 그러니까 달걀을 가능한 뜨겁게 요리해서 내야 해. 그래야 알아차리지 못할 테니까. 그레이비나 페퍼 소스를 뿌려도 되겠지. 그럼 매워서 혀가 타는 것 같다고 생각할 테니까. 그 직후에는 속이 메스꺼워지면서 틀림없이 눕고 싶어 할 거야." 나는 엘리자가 내 말을 확실히 이해할 수 있게 몸을 앞으로 숙이면서 덧붙여 말했다. "그 이후에 어떻게 되는지는 지켜보지 않는 게 좋을 거야."

"죽을 거니까요?" 엘리자가 무표정한 얼굴로 말했다.

"곧장은 아냐. 마전자를 먹은 사람은 대부분 몇 시간 동안 척추가 경직되거든. 몸이 시위를 당긴 활처럼 뒤로 구부러질 수도 있어. 나도 직접 본 적은 없지만 그 광경이 끔찍하다고 들었지. 평생의 악몽으로 남을 수 있다고." 나는 의자에 등을 기댄 채 부드러운 눈길을 보냈다. "물론 죽고 나면 경직이 풀려서 그보다 더 평화로워 보일 수 없을 거야."

"나중에 누가 부엌이나 팬을 조사해 보려고 하면요?"

"아무것도 발견하지 못할 거야." 내가 엘리자를 안심시켰다.

"마법이라서요?"

나는 양손을 무릎 위에 올려놓은 채 고개를 가로저었다. "얘야, 내 말 잘 들으렴. 이건 마법이 아니야. 주문도, 주술도 아니란다. 네 뺨에 묻은 먼지처럼 이 세상에 존재하는 실체가 있는 것들이지." 나는 엄지손가락에 침을 묻혀서 상체를 숙여 엘리자의 뺨을 닦아 주었다. 그러고는 만족스러운 표정으로 다시 의자에 기대앉았다. "마법과 위장은 그 목적이 같을 수 있지. 하지만 그 둘은 완전히 다르단다." 엘리자의 얼굴에 혼란스러운 표정이 스쳐 지나갔다. "위장의 의미가 뭔지 아니?" 내가 물었다.

엘리자는 고개를 가로저으며 한쪽 어깨를 으쓱거렸다.

나는 엘리자가 들어왔던 숨겨진 문을 가리켰다. "약방의 저 앞쪽 공간에 들어왔을 때 내가 벽에 난 작은 구멍으로 널 지켜보고 있었다는 거 알았니?" 내가 숨겨진 문을 가리켰다.

"아뇨. 여기 이 뒤쪽에 누가 있는지도 몰랐어요. 처음 여기 왔을 때는 약방이 비어있어서 뒤쪽 골목에서 주인이 들어올 거라고 생각했죠. 저도 언젠가는 집 안에 이런 비밀 방을 만들어놓고 싶어요."

내가 고개를 엘리자 쪽으로 기울였다. "음, 뭔가 숨길 게 있다면 비밀 방을 만들어야 할지도 모르지."

"이 방은 항상 여기 있었어요?"

"아니. 내가 어려서 엄마와 함께 일했을 때는 이런 방이 필요 없었단다. 그때는 독약을 만들지 않았거든."

엘리자가 인상을 찌푸렸다. "항상 독약을 팔았던 게 아니에요?"

"항상 그랬던 건 아냐." 예전에는 그렇지 않았다고 인정하자마자 고통스러운 기억이 밀려들었다.

20년 전, 어느 한 주가 시작될 무렵에 엄마가 기침을 하기 시작했다. 그러다가 그 주가 절반쯤 지났을 때 열이 나더니 일요일에 돌아가시고 말았다. 6일이라는 짧은 시간에 이 세상을 떠나버린 것이다. 나는 스물두 살이라는 나이에 유일한 가족이자 친구, 스승이었던 사람을 잃었다. 엄마의 일이 내 일이었고, 엄마와 함께 만들었던 팅크가 내가 아는 세상의 전부였다. 그 당시에는 엄마를 따라 죽고 싶었다.

밀려드는 슬픔의 바다에서 빠져나올 수가 없었다. 알지도 못하는 아빠를 찾아갈 수도 없었다. 몇 십 년 전, 뱃사람이었던 아빠는 몇 달 동안 런던에서 살았다. 엄마를 유혹하기에는 충분히 긴 기간이었다. 하지만 결국은 다시 동료들과 함께 바다로 나갔다. 내게는 형제자매도 없었고, 이야기를 나눌 친구도 몇 되지 않았다. 약제사의 삶은 기이하고 고독하다. 엄마 사업의 본질이 그러했기 때문에 사람들보다는 약물과 함께하는 시간이 훨씬 더 많았다. 엄마가 떠난 후, 내 심장은 깨져버린 것 같았다. 엄마의 유산인 약방도 사라질까 봐 무서웠다.

하지만 프레데릭이라는 검은 머리의 젊은 남자가 내 삶에 나타났다. 당시에는 그것이 축복이라고 생각했다. 그는 뒤틀린 것들을 똑바로 펴서 바로잡아 주기 시작했다. 고기 파는 상인이었던 프레데릭은 엄마의 죽음 이후에 내가 엉망으로 만든 것들을 빠르게 정리해 주었다. 내가 갚지 못했던 빚, 내가 하지 못한 염료 재고 조사, 내가 수금하지 못했던 약값들까지 전부 다. 그렇게 약방의 모든 수치들을 바로잡아 주고 나서도 프레데릭은 떠나지 않았다. 그는 나와 떨어지기 싫어했고, 나도 그랬다.

이후 몇 주 동안 우리 두 사람은 경이로울 정도로 지독한 사랑에 빠져들었다. 내 슬픔의 바다는 점점 얕아졌고, 나는 다시 숨을 쉴 수 있었다. 미래를, 프레데릭과의 미래를 꿈꿀 수 있었다. 그 지독한 사랑에 빠진 지 겨우 몇 달 만에 치명적인 쥐약으로 그를 죽이게 되리라고는 나 자신도 몰랐다.

"그럼 그때는 그렇게 재미있는 가게가 아니었겠네요." 엘리자가 실망했다는 듯 고개를 돌렸다. "독약도 없고, 비밀의 방도 없었다고요? 에이~ 비밀 방은 누구나 다 좋아하는데."

"엘리자, 이건 재미로 하는 게 아냐. 위장이 그 목적이지. 위장은 뭔가를 숨기는 일이야. 누구나 독약을 살 수 있지만 독약 알갱이를 스크램블드에그에 그냥 떨어뜨려 넣을 수는 없어. 그랬다가는 누군가 쓰레기 더미에서 독약의 잔여물이나 독약 상자를 찾아낼지도 모르니까. 그래서 아무도 추적하지 못할 정도로 교묘하게 위장을 하는 거란다. 낡은 가게 안에 또 다른 가게를 위장해 넣은 것처럼 달걀 안에 독을 숨겨 넣는 거야. 그런 위장 덕분에 미리 약속하고 온 사람이 아니면 십중팔구 돌아서서 떠나고 말지. 저 앞쪽 약방은 날 보호하는 수단이라고 할 수 있어."

엘리자가 고개를 끄덕이자 동그랗게 말아 올린 머리가 목덜미에서 까닥거렸다. 이 아이는 머지않아 아름다운 여인으로 자랄 게 분명했다. 긴 속눈썹에 날카로운 얼굴 윤곽이 도드라져서 대부분의 아이들보다 훨씬 예뻤다. 엘리자는 달걀 그릇을 품 안에 끌어안고 주머니에서 동전 몇 개를 꺼내 탁자 위에 올려놓았다. 나는 빠르게 동전을 셌다. 4실링 6펜스.

그때 엘리자가 일어서서 손끝으로 입술을 만졌다. "그런데 이걸 어떻게 가져가죠? 주머니 속에 넣었다가는 깨질지도 몰라요."

엘리자보다 나이가 세 배는 더 많은 여자들에게도 독약을 팔았지만 그들은 주머니 속에서 독이 든 달걀이 흔들려도 상관하지 않았다. 그런 면에서 엘리자는 그 모든 여자들을 다 합친 것보다 훨씬 더 현명했다. 나는 엘리자에게 붉은빛이 도는 유리병을 건네주었다. 그러고는 엘리자와 함께 달걀 하나를 유리병 안에 조심스럽게 넣고 나뭇재를 살짝 깐 다음 다른 달걀 하나를 그 위에 얹었다.

"그래도 조심스럽게 들고 가야 해." 내가 경고했다. "그리고……" 나는 한 손을 엘리자의 손 위에 부드럽게 올렸다. "달걀 하나만 사용해도 충분할 거야."

엘리자의 표정이 어두워졌다. 그 순간 나는 엘리자가 지금까지 보여주었던 팔팔하고 쾌활한 모습과 달리 사실은 자신이 하려는 일의 심각성을 잘 알고 있음을 깨달았다.

"감사합니다, 저, 어……."

"넬라 클라빈저야. 그냥 넬라라고 부르렴. 네 주인어른 이름은 뭐니?"

"톰슨 암웰이요." 엘리자가 자신 있게 말했다. "대성당 근처의 워익가에 살아요." 엘리자는 유리병을 들어 올려서 달걀이 안에 제대로 자리 잡고 있는지 확인하고는 인상을 찌푸렸다. "곰이네요." 엘리자가 유리병에 새겨진 작은 그림을 살펴보면서 말했다. 약병에 곰 그림을 새겨 넣기로 한 사람은 엄마였다. 런던의 수많은 뒷골목 중에서 베어 앨리(Bear Alley)와 맞닿은 곳은 우리 약방뿐이기 때문이다. 유리병에 새겨진 그 작은 그림은 아무런 해가 되지 않았고, 알아야 할 사람만 알아볼 수 있었다.

"그래, 맞아. 그러니까 다른 것과 헷갈리지 마렴." 내가 충고했다.

엘리자가 문으로 향했다. 그러고는 비밀 문 근처에서 새까맣게 변한 돌 하나를 손가락으로 쓸었다. 검댕에 날카로운 선이 하나 그어지면서 그 아래에 숨어있던 흠 하나 없는 돌이 손가락 하나 너비만큼 드러났다. 그것을 본 아이는 미소를 지었다. 종이 한 장에 그림을 그려서 내게 선물한 것처럼 기뻐했다. "고마워요, 넬라. 차도 잘 마셨고, 이 비밀 방도 마음에 들어요. 또 만날 수 있으면 정말 좋겠어요."

나는 눈썹을 치켜 올렸다. 내 손님들은 살인청부업자가 아니었다. 엘리자가 아파서 치료가 필요한 게 아니라면 날 다시 찾아올 일이 없었다. 그럼에도 나는 호기심 많은 아이에게 미소를 지어주었다. "그래. 어쩌면 다시 만날지도 모르지." 나는 걸쇠를 풀어서 문을 안으로 당겨 열었다. 엘리자는 흥분에 들떠서 골목으로 나갔다. 나는 그 작은 형체가 바깥 그림자 속으로 녹아들 듯 사라지는 모습을 지켜보았다.

엘리자가 떠나자마자 잠시 동안 그 아이 생각에 잠겼다. 이상한 아이였다. 그 아이라면 일을 잘 처리할 게 분명했다. 활기라고는 찾아볼 수 없는 내 독약 약방에 잠시나마 유쾌한 분위기를 가져다줘서 고마웠다. 그 아이를 내치지 않아서 기뻤다. 처음에 그 아이의 편지를 보고 느꼈던 불길한 기운에 신경 쓰지 않아서 기뻤다.

다시 탁자에 앉아서 장부를 가까이 끌어당겼다. 장부를 넘겨서 비어있는 공간을 찾아내고는 기록할 준비를 했다.

그러고는 펜촉을 잉크병에 담갔다가 장부에 적었다.

톰슨 암웰, 마전자 달걀, 1791년 2월 4일, 암웰 부인의 하녀 열두 살 엘리자 패닝에게 인도

6

캐롤라인
현재, 월요일

젖은 신발에 묻은 진흙을 털어내고 물가를 따라 계속 나아갔다. 진흙을 뒤지는 체험객 무리들과 멀어지자 조용히 재잘거리는 사람들 소리 대신 부드럽게 철썩이는 파도 소리가 가까이 들려왔다. 하늘을 힐끗 올려다보니, 멍든 것 같은 구름이 머리 위쪽으로 흘렀다. 몸을 부르르 떨면서 먹구름이 빨리 지나가기를 기다렸지만, 더 많은 먹구름이 뒤따라 몰려들었다. 태풍이 빠르게 불어닥치고 있는 것 같아 무서워졌다.

팔짱을 끼고는 발치 근처의 땅바닥을 힐끔 쳐다보니, 잿빛과 구릿빛 바위들이 일정하게 늘어져 기다란 띠처럼 보였다. 어긋난 것을 찾으세요. 알프 총각이 한 말이 맴돌았다. 나는 물가로 가까이 다가선 뒤, 나지막하게 물결치며 왔다가 춤추듯 천천히 물러가는 파도를 지켜봤다. 저만치 물러간 파도는 빠르게 스쳐 지나는 보트에 부딪혀 거세게 솟구쳤다. 그때 소리가 들렸다. 병 속에 갇혀있는 물거품이 팍하고 터지는 듯한 소리였다.

파도가 물러갔을 때 소리 난 곳으로 가까이 다가갔다. 그곳에는 푸른빛이 도는 유리병 하나가 돌멩이 사이에 놓여있었다. 오래된 음료수 병 같았다.

자세히 살펴보려고 쪼그려 앉아 좁다란 병목을 잡아당겼지만, 밑바닥이 돌멩이들 사이에 단단하게 끼어있었다. 병을 잡고 이리저리 흔드니 한쪽에 새겨진 작은 그림이 보였다. 무슨 상표나 회사 로고 같은데? 좀 더 큰 돌멩이 하나를 치우자 마침내 유리병을 그 틈새에서 꺼낼 수 있었다.

길이가 13센티미터가 채 못 되는, 하늘색 투명 유리로 만들어진 유리병이 두툼한 진흙에 감싸여 있었다. 크기가 작은 걸로 보아 약병인 것 같았다. 나는 약병을 물속에 담갔다가 장갑 낀 엄지손가락으로 문질러 닦아내고는 좀 더 자세히 살펴보기 위해 들어 올렸다. 한쪽 면에 단순하게 새긴 듯한 그림이 있었다. 기계보다는 손으로 직접 새겨 넣은 것 같았는데 무슨 동물처럼 보였다.

대체 뭘 발견한 것인지 도무지 알 수 없었지만 그래도 알프 총각을 호출할 만한 거리는 될 것 같았다. 그런데 알프 총각은 내가 부르기도 전에 이미 다가오고 있었다. "뭘 건졌어요?" 알프 총각이 물었다.

"잘 모르겠어요. 무슨 약병 같은데 작은 동물이 새겨져 있어요."

알프 총각이 약병을 잡아서 얼굴 가까이 들어올렸다. 그러더니 약병을 뒤집어서 손톱으로 유리를 긁었다. "이상하네요. 약제사의 약병과 아주 비슷한데 표식이 달라요. 원래는 회사 이름, 날짜, 주소가 적혀있거든요. 가정에서 쓰던 건가 봐요. 조각 기술을 연습하는 초보자 솜씨인데요. 이렇게 연습해서 실력이 좀 나아졌다면 좋을 텐데 말이죠." 알프 총각은 잠시 입을 다문 채 약병 바닥을 유심히 살펴보았다. "유리도 군데군데 울퉁불퉁하네요. 공장에서 만든 건 절대 아니에요. 아주 오래된 게 분명해요. 이제 이건 당신 거예요." 알프 총각이 양 손바닥을 활짝 펼쳤다. "어때요? 끝내주죠? 제 입으로 말하기는 좀 그렇지만 정말 지상 최고의 직업이라니까요."

내 직업도 그렇다고 말할 수 없었던 나는 질투심이 슬그머니 피어올라 어정쩡한 미소를 지었다. 딱 까놓고 말해 가족 농장의 고물 딱지 PC 앞에 앉아 구시대 유물 같은 소프트웨어에 숫자를 쳐 넣으면서 눈앞의 알프 총각처럼 환하게 웃을 일은 별로 없었다. 엄마가 30년 넘게 일했던 그 닳고 닳은 누런색 참나무 책상에서 하루하루를 보내는 게 전부였다. 10년 전, 직장도 없이 새 집을 덜컥 구매했을 때는 농장 일이 놓치기 아까운 기회였다. 그럼에도 종종 이 일을 왜 이렇게 오랫동안 하고 있나 하는 의문이 들었다. 지방 학교에서 역사를 가르칠 수 없다고 다른 선택의 여지조차 없던 것은 아니었을 텐데. 농장에서 행정 업무를 보는 일보다 훨씬 더 흥미진

진한 뭔가가 분명히 있었을 것이다.

하지만 아이도 생각해야 했다. 제임스가 틈만 나면 세뇌하듯 말했던 것처럼 언젠가 가질 아이를 생각하면 안정적인 직업을 찾는 게 무엇보다 중요했다. 그래서 결국은 거기 그대로 눌러앉았고, 더 원대한 뭔가를 놓친 게 아닌가 하는 좌절감과 찜찜한 기분을 견뎌 내야만 했다.

알프 총각과 함께 강바닥에 서있는 지금, 알프 총각도 오래선에 는 지루하기 짝이 없는 책상머리 일을 하지 않았을까 하는 생각이 들었다. 그러다가 마침내 무미건조하게 주당 40시간씩을 보내기 에는 인생이 너무 짧다고 생각했던 건 아닐까? 아니면 그저 나보 다 훨씬 더 용감하고 대담한 사람이라서 자신의 진흙 뒤지기에 대한 열정을 업으로 삼았을지도 모른다. 어쩌다가 이 일을 하게 됐는 지 물어볼까 했는데 내가 운을 떼기도 전에 다른 체험객 한 사람이 자기가 찾아낸 걸 봐달라고 알프 총각을 불렀다.

나는 알프 총각한테서 약병을 받아 원래 있던 자리에 돌려놓으 려고 몸을 숙였다. 그런데 내 안의 감성적인 일부가 미련을 버리지 못했다. 누군지는 몰라도 그 약병을 마지막으로 손에 넣었던 사람 과 기이하게 연결된 것 같은 느낌이 들었다. 지금 나처럼 이 약병 에 마지막으로 지문을 남겼던 사람이 가족처럼 느껴졌다. 이 하늘 색 약병에 무슨 팅크를 넣었을까? 누구를 도와주고 치료해 주려고 약을 만들었을까?

강둑에서 이런 물건을 찾아낼 가능성이 얼마나 될지 생각하는

데 눈이 따끔거리기 시작했다. 이건 분명 역사적인 유물이었다. 교과서에는 나오지 않지만 흥미진진한 인생을 살았던 누군가의 소유물인 것이다. 이것이 바로 내가 역사에 매혹되었던 이유였다. 마지막으로 이 약병을 손에 쥐었던 사람과 나 사이에 수 세기의 간극이 있을지 몰라도, 손가락 사이에 차가운 약병을 쥐는 이 감각만은 똑같이 공유했을 것이다. 전 우주가 내게 손을 뻗어와 한때 내가 품었던 지나간 시대의 유물들에 대한 열정을 상기시켜 주는 것 같았다.

그 순간 오늘 아침 히스로 공항에 도착한 이후로 제임스 때문에 운 적이 한 번도 없었다는 걸 깨달았다. 그게 내가 런던으로 도망쳐 온 이유가 아니었던가? 잠시 동안이라도 종양 덩어리 같은 슬픔에서 벗어나기 위해서. 나는 숨을 돌리려고 런던으로 도망쳐 왔다. 그중 얼마 동안은 진짜 진흙 구덩이에서 시간을 보냈지만 런던에 온 것은 잘한 일이었다.

약병을 가져가야겠다는 생각이 들었다. 한때 약병을 소유했던 사람에게 미미하게나마 애착이 생긴 데다 제임스와 함께 계획했던 원래 일정이 아닌 진흙 뒤지기에서 찾아낸 물건이었으니까. 이 강둑에는 나 혼자 왔다. 내 두 손을 돌맹이 사이의 진흙 속에 집어넣어서 찾아낸 물건이었다. 눈물도 떨쳐버렸다. 나처럼 깨지기 쉽지만 아직은 온전한 이 약병은 내가 용감하게 모험을 할 수 있고, 내 힘으로 힘든 일을 할 수 있다는 증거였다. 나는 약병을 주머니 속에 챙겨 넣었다.

머리 위쪽으로 구름이 계속 몰려들었고, 강굽이 서쪽 어딘가에 번개가 내리쳤다. 알프 총각이 체험객 무리들을 불러 모았다. "여러분, 안타깝지만 번개가 치고 나면 체험을 계속할 수 없어요. 여기서 이만 정리하겠습니다. 또 하고 싶은 분들은 내일 같은 시간에 다시 모여서 시작합시다." 알프 총각이 큰소리로 말했다.

나는 장갑을 벗으면서 알프 총각에게 다가갔다. 이제 좀 익숙해지던 참이었는데 체험이 일찍 끝나버리다니 실망감을 감추기 어려웠다. 첫 발견물을 손에 넣고 호기심이 왕창 생긴 터라 계속 체험을 하고 싶었다. 이런 취미에 중독되는 이유를 알 것 같았다.

"당신이 이 약병에 관해 조사하고 싶다면 어디로 갈 건가요?" 알프에게 물었다. 알프가 생각했던 전형적인 약병의 표식은 없었지만 어쩌면 약병에 관한 몇 가지 정보를 얻을 수 있을지도 몰랐다. 게다가 곰과 유사한 네 발 동물 그림까지 한쪽에 새겨져 있으니, 약병에 관한 정보를 찾기가 더욱 쉬울 수도 있었다.

알프는 따뜻한 미소를 지으며 장갑을 벗어 다른 장갑들이 든 양동이에 던져 넣었다. "아, 그거요. 유리제조술을 연구하는 수집가나 마니아에게 가져가 볼 수 있겠죠. 유리 연마와 몰드, 제조 기법들은 시대에 따라 다르거든요. 어쩌면 그 유리병의 제조 날짜를 알아낼 수 있는 사람이 있을지도 몰라요."

나는 유리제조술을 연구하는 '마니아'를 어디서 찾아야 하는지도 모르면서 고개를 끄덕였다. "이게 런던 어딘가에서 나온 거라고 생각하세요?" 좀 전에 알프 총각이 다른 체험객 한 명에게 원저성이 서쪽으로 약 40킬로미터쯤 떨어진 곳에 있다고 말하는 걸 들었다. 이 약병이 얼마나 멀리서, 어디에서 떠내려 온 것인지 누가 알겠는가?

알프 총각이 눈썹을 치켜 올렸다. "주소나 뭔가 도움이 될만한 문서도 없이 그걸 알아낼 수 있겠어요? 거의 불가능할 겁니다." 머리 위쪽에서 천둥소리가 경고하듯 한 차례 울려 퍼졌다. 알프 총각은 나처럼 호기심에 눈을 빛내는 초보자를 돕고 싶기도 하고 체험객들을 뽀송뽀송한 상태로 안전하게 보호하고 싶기도 한 마음에 갈팡질팡하며 머뭇거렸다. "이봐요, 대영도서관에 가서 지도 전담 부서의 게이너를 찾아가 보세요. 내가 보냈다고 말해요." 알프 총각이 시계를 확인했다. "오늘은 곧 문을 닫겠네요. 지금 출발하는 게 좋겠어요. 템즈링크 선을 타고 가서 세인트 팽크라스 역에 내리면 돼요. 그게 가장 빠르고 비도 안 맞는 경로거든요. 폭풍이 지나가길 기다리기에도 좋은 곳이죠."

나는 알프 총각에게 고맙다고 인사하고는 서둘러 출발했다. 폭풍이 몰아닥치기 전까지 아직 몇 분은 시간이 있기를 바랐다. 휴대폰을 꺼내 노선도를 확인하니 역이 몇 블록 떨어지지 않은 곳에 있어서 안도의 한숨을 내쉬었다. 런던에서 열흘을 혼자 보낼 계획이니 이참에 지하철 타는 법을 배워둬야겠다고 체념하듯 생각했다.

폭우가 쏟아지는 가운데 역에서 빠져나오자 바로 앞에 대영도서관이 보였다. 셔츠 안쪽까지 바람이 통하게 칼라를 잡아당기며

달리기 시작했지만 아무 소용이 없었다. 게다가 신발까지 강가 웅덩이에 빠져서 축축하게 젖어있는 상태라 최악이었다. 마침내 도서관에 들어섰을 때 거울에 비친 내 몰골을 살펴보니 한숨이 나왔다. 게이너가 엉망진창인 이 꼴을 보고 쫓아내지는 않을지 두려웠다.

비를 피하려고 모인 행인들과 관광객들, 학생들이 도서관 로비에 가득했다. 그런데도 그럴듯한 목적도 없이 그곳에 들어선 사람은 나뿐인 것만 같았다. 큰 배낭을 메고 카메라를 든 사람들이 많은 반면 나는 주머니 속에 정체불명의 유리병 하나만 넣은 채 서성거리고 있으니 말이다. 게다가 진짜 도서관 직원인지 아닌지도 모르는 누군가의 이름밖에 아는 게 없었다. 그만 포기할까 하는 생각이 잠깐 들었다. 샌드위치를 하나 사먹고 진짜 여행 일정을 짜야 하는지도 몰랐다.

하지만 그 생각이 스쳐가는 순간 고개를 가로저었다. 그건 제임스나 할 것 같은 소리였다. 빗줄기가 도서관 유리창을 줄기차게 두드려댈 때 나는 이성의 목소리를 무시하기로 했다.

계단 쪽으로 다가갔다. 계단 주위에는 눈을 크게 뜬 관광객들이 맴돌고 있었다. 안내책자를 활짝 펼쳐든 그들 발치에는 비닐커버를 씌운 우산들이 널려있었다. 계단 근처 데스크에는 젊은 여자 직원이 앉아있었다. 다행히 그녀는 푹 젖어 엉망인 내 옷차림에도 눈살 한 번 찌푸리지 않았다.

게이너 씨를 만나고 싶다고 했더니 여자가 싱긋 웃으며 물었다.

"여기 직원이 천 명도 넘어요. 어느 부서에서 일하는지 아시나요?"

"지도 전담 부서요." 이렇게 말하자 좀 더 당당해진 느낌이었다. 그녀는 컴퓨터를 확인하더니 고개를 끄덕이고는 게이너 베이몬트가 3층 지도 전담실 조사 데스크에서 일한다고 확인해 주었다. 그러고는 엘리베이터를 가리켰다.

몇 분 후, 나는 지도 전담실 조사 데스크 앞에 서서 매력적인 30대 여자를 지켜보고 있었다. 적갈색 웨이브 머리 여자는 한 손에는 돋보기를, 다른 손에는 연필을 든 채 깊은 생각에 잠겨 눈썹을 찌푸리며 흑백 지도를 내려다보는 중이었다. 잠시 후 여자가 등을 곧게 펴다가 앞에 서있는 나를 보고 깜짝 놀랐다.

"저기 방해해서 죄송한데요, 게이너 씨 계신가요?" 고요에 가까운 분위기 속에서 내가 속삭이듯 물었다.

여자가 나와 눈을 맞추더니 미소를 지었다. "제대로 찾아오셨네요. 제가 게이너예요." 그녀는 돋보기를 내려놓고 느슨하게 풀린 머리카락을 옆으로 쓸어 넘겼다. "뭘 도와드릴까요?"

찾던 사람을 막상 마주하고 서있자니 내가 하려는 질문이 터무니없게 느껴졌다. 지금 게이너 앞에 펼쳐진 지도는 뒤엉켜 있는 선들과 작디작은 라벨들로 뒤덮여 있었는데, 누가 봐도 중요한 연구처럼 보였다. "다음에 다시 올게요." 나는 게이너가 내 말을 곧이곧대로 듣고서 날 돌려보냈으면 좋겠다고, 반쯤은 그렇게 생각했다. 그럼 어쩔 수 없이 뭔가 더 생산적인 일을 하며 오늘 하루를 보낼 수밖에 없을 테니까.

"아뇨, 그런 말씀 마세요. 이 지도는 150년이나 된 거예요. 5분 정도 보지 않는다고 달라지는 건 없어요."

내가 주머니 속에 손을 넣자 게이너가 어리둥절한 표정을 지었다. 게이너에게는 비에 흠뻑 젖은 채로 주머니 속의 작은 물건을 찾는 여자보다는 기다란 양피지 두루마리를 든 학생들이 익숙한 모양이었다. "좀 전에 강가에서 이 약병을 찾았어요. 알프라는 가이드가 이끄는 체험객 무리들과 진흙을 뒤졌거든요. 알프가 당신을 찾아가보라고 했어요. 그분을 아시나요?"

게이너가 환하게 미소 지었다. "알다마다요. 제 아빠예요."

"어머!" 내가 외마디 소리를 지르자 근처에 있던 방문객이 짜증스런 표정을 지었다. 게이너가 자기 딸이라는 사실을 말해주지 않다니 약아빠진 알프 총각 같으니라고. "저, 여기 이쪽에 작은 그림이 있는데." 내가 그림을 가리켰다. "이 약병에 있는 유일한 표식이에요. 곰 그림 같아요. 이 약병이 어디서 나온 건지 궁금해서 찾아왔어요."

게이너는 호기심 어린 표정으로 고개를 갸우뚱 기울였다. "대부분은 그런 데 관심이 없는데 말이죠." 그녀가 손바닥을 펼쳐서 내밀기에 유리병을 건넸다. "역사학자나 연구원이신가 봐요."

나는 미소를 지었다. "아뇨, 그런 전문가는 아니에요. 그냥 역사에 흥미가 좀 있을 뿐이죠."

게이너가 나를 쳐다보았다. "저랑 관심사가 비슷하시네요. 전이 일을 하면서 온갖 종류의 지도를 보지만 기이하고 오래된 것들을 좋아하거든요. 세월에 따라 조금씩 변해가는 장소들처럼 해석의 여지가 있는 것들을 언제나 좋아하죠."

곧이어 그녀는 약병을 들어 불빛에 비췄다. "이런 오래된 약병들을 몇 개 봤지만 보통은 이보다 훨씬 커요. 전 항상 이런 약병들을 탐탁지 않게 생각했어요. 한때 뭐가 들어있었는지 모르니까요. 어렸을 때는 피나 비소 같은 게 들어있었을 거라고 생각했죠." 게이너는 손가락으로 작은 동물 문양을 쓸어보면서 좀 더 자세히 살폈다. "작은 곰 같네요. 이상하게도 다른 표식이 없어요. 아마 약방을 운영하던 약제사의 표식이겠죠." 게이너가 약병을 다시 내게 건네주면서 한숨을 쉬었다. "아빠는 친절한 분이시지만 당신을 왜 저한테 보냈는지 모르겠어요. 전 이 약병이 무엇인지, 어디에서 나온건지 전혀 모르겠네요." 그녀는 짧은 대화가 끝났음을 넌지시 알려주려는 듯 고개를 살짝 숙였다.

막다른 골목이었다. 내 얼굴에 실망감이 스멀스멀 피어올랐다. 나는 시간을 내주어 고맙다고 인사하고는 약병을 주머니에 집어넣고 돌아섰다. 하지만 그때 뒤쪽에서 그녀가 날 불렀다. "저기요, 성함이 어떻게 되시나요?"

"캐롤라인이요. 캐롤라인 파스웰이에요."

"미국에서 오셨나요?"

내가 미소 지었다. "미국 억양이 티가 났나 보네요. 네, 맞아요."

게이너가 펜을 들고 지도 위로 상체를 쑥 내밀었다. "저기요, 혹시라도 제 도움이 필요하거나 그 약병에 관해서 뭔가 알아낸다면 꼭 말씀해 주세요."

"네, 그럴게요." 대답은 이렇게 했지만 생각보다 실망감이 컸던
나머지, 약병이니 진흙 뒤지기 모험이니 하는 것들을 때려치워야
하나 싶었다. 뭔가를 찾는다면 그게 운명이라는 알프의 말도 그다
지 믿음직스럽게 느껴지지 않았다.

7

엘리자

1791년 2월 5일

배가 아파서 자다가 깼다. 예전과는 전혀 다른 통증이었다. 잠옷 아래로 양손을 넣어서 손가락으로 살갗을 꾹 눌러봤다. 그러자 둔탁한 통증이 넓게 퍼지기 시작해서 나도 모르게 이를 앙다물었다.

사탕을 너무 많이 먹었거나 반딧불이들과 여름정원에서 빙글빙글 돌고 났을 때처럼 배가 아픈 게 아니었다. 볼 일을 보고 싶을 때처럼 아랫배가 아픈 통증이었다. 나는 급히 요강으로 달려갔지만 아랫배의 묵직한 느낌은 사라지지 않았다.

아, 중요한 일을 앞두고 이게 무슨 꼴이람! 지금껏 암웰 부인이 많은 일을 시켰지만 이만큼 중요한 일은 또 없었다. 내가 문질러 닦았던 접시들이나 내가 구워냈던 파이들, 혹은 내가 밀봉했던 봉투들보다 훨씬 더 중요한 일이었다. 몸이 좋지 않아서 침대에 누워 있고 싶다는 말로 주인마님을 실망시킬 수는 없었다. 부모님 농장에서 말갈기를 빗겨줘야 하거나 콩을 따야 하는 날이라면 그런 변명이 통했을지도 모른다. 하지만 오늘은 아니었다. 암웰 저택의 높다란 벽돌 저택에서는 있을 수 없는 일이었다.

세숫대야로 걸어가면서 불편한 아랫배 통증을 부시기로 마음먹었다. 세수를 하고, 허름하고 좁은 내 방을 정리하고, 내 침대 끝에 잠든 이름 없는 통통한 얼룩무늬 고양이를 쓰다듬으면서 조용히 중얼거렸다. 입 밖으로 소리 내어 말해야 조금이라도 더 진짜처럼 느껴질 것 같아서였다. "오늘 아침에 주인님에게 독 달걀을 드릴 거야."

달걀. 달걀은 침대 근처에 걸려있는 내 가운 주머니 속, 나뭇재가 든 병 안에 있었다. 나는 유리병을 꺼내 가슴에 끌어안았다. 유리의 선득한 감촉이 잠옷을 뚫고 살갗에 닿았다. 좀 더 단단히 유리병을 끌어안으니 더 이상 손도 떨리지 않았다.

나는 용감한 소녀였다. 적어도 몇 가지 일에 관해서는.

2년 전, 열 살 때 엄마와 함께 스윈든이라는 작은 마을을 떠나 우후죽순으로 뻗어나가는 대도시 런던에 도착했다. 그때까지 나는 런던에 한 번도 가 본 적이 없었고, 더럽고 부유한 도시라는 소문만 들었다. "우리 같은 사람들은 반기지 않는 곳이야." 농부였던 아빠는 항상 이렇게 웅얼거렸다.

하지만 엄마 생각은 달랐다. 엄마는 나한테만 몰래 교회의 금빛 첨탑들과 공작처럼 화려한 드레스들로 넘쳐나는 런던의 분위기, 수많은 기이한 가게와 상점 이야기를 해주었다. 조끼를 입은 이국적인 동물들과 그 동물들을 데리고 도시의 거리를 누비는 조련사들, 서른 명 넘게 늘어선 손님들에게 따끈한 아몬드체리빵을 파는 가판대가 있다고도 했다.

나 같은 여자아이, 쓰디쓴 열매밖에 달리지 않는 야생 덤불에 둘러싸여 사는 여자아이는 상상도 할 수 없는 곳이었다.

엄마는 농장 일을 돕는 오빠들이 넷이나 있으니, 내가 적절한 나이가 되면 런던에서 지낼 곳을 찾아줘야 한다고 고집을 부렸다. 어린 나이에 시골을 뜨지 않으면 목초지와 돼지우리 너머의 세상을 보지 못한다는 사실을 잘 알고 있기 때문이었다. 부모님은 그 문제로 몇 달 동안 다투었지만 엄마는 조금도 물러서지 않았다.

내가 떠나는 날 아침은 눈물이 바다를 이루었다. 아빠는 쓸만한 농장 일손을 잃는 게 싫었고, 엄마는 막내와 헤어지는 게 싫었다. "심장 한 조각이 잘려나가는 것 같아." 엄마가 내 가방에 넣어두었던 무릎 덮개를 꺼내 펼치면서 흐느꼈다. "그래도 네가 엄마 같은 인생을 살게 놔두지는 않을 거야."

우리의 목적지는 직업 소개소였다. 도시로 들어서자 엄마는 내게 가까이 몸을 붙여 앉았고, 엄마의 목소리에 서린 슬픔도 흥분으로 바뀌었다. "어디에 던져지든 그곳에서 네 인생을 시작해야 해." 엄마가 내 무릎을 꽉 움켜쥐며 말했다. "거기서부터 위로 올라가는 거야. 접시닦이나 하녀로 시작해도 괜찮아. 런던은 마법 같은 곳이니까."

"마법 같다는 게 무슨 말이야, 엄마?" 나는 시야에 들어오는 도시 풍경에 눈을 휘둥그레 뜬 채 물었다. 화창하고 푸르른 날이었다. 내 양손에 밴 군은살이 벌써 옅어지는 것 같았다.

"런던에서는 네가 원하는 건 뭐든지 될 수 있거든. 농상에서는 좋은 일이 생기지 않아. 울타리는 돼지를 가둬놓듯이 널 가둬놓을 거야. 엄마도 그렇게 갇혀 살았지. 하지만 런던에서는 어떤지 아니? 네가 영리하게 행동한다면 때가 됐을 때 마법사처럼 네 힘을 휘두를 수 있어. 거대한 도시에서는 가난한 소녀도 뭐든지 자기가 원하는 사람으로 변신할 수 있단다." 엄마가 이렇게 대답했다.

"짙푸른 나비처럼 말이지?" 나는 여름에 황무지에서 봤던 하얀 번데기들을 생각하며 되물었다. 그 새하얀 번데기들은 며칠 만에 숯처럼 시커멓게 변해서 안쪽의 생명이 쪼그라들어 죽은 것처럼 보였다. 하지만 그 후에 시커먼 어둠이 걷혔고, 얇은 장막 속에서 놀랍도록 아름다운 파란 날개가 보이기 시작했다. 곧이어 날개가 장막을 찢고 나오면서 나비가 하늘로 날아올랐다.

"그래, 나비처럼." 엄마가 맞장구를 쳤다. "힘 있는 사람들도 번데기 안에서 무슨 일이 벌어지는지는 설명하지 못해. 그건 마법이야. 런던에서는 그런 일이 일어나고 있단다."

그 순간부터 나는 마법에 대해 더 자세히 알고 싶었고, 방금 도착한 런던이라는 도시를 한시라도 빨리 탐험하고 싶어 안달이 났다.

엄마가 직업 소개소 한쪽에 서서 차분하게 기다리는 동안 여자 두 명이 날 살펴보았다. 그중 한 명이 핑크색 새틴 드레스에 레이스 테두리가 달린 모자를 쓴 암웰 부인이었다. 나는 암웰 부인한테서 눈을 뗄 수가 없었다. 핑크색 새틴 드레스는 내 평생 한 번도 본 적이 없던 옷이었다.

암웰 부인은 한눈에 내가 마음에 든 것 같았다. 그녀는 나와 얼굴이 거의 닿을 정도로 낮게 허리를 숙이며 내게 말을 걸었다. 그 직후에는 엄마에게 한 팔을 둘렀다. 엄마의 두 눈동자는 또다시 눈물에 젖어 반짝거렸다. 마침내 암웰 부인이 내 손을 잡고서 소개소 앞쪽의 넓찍한 마호가니 책상으로 데려가 직원에서 서류를 달라고 했을 때 나는 무척 기뻤다.

그런데 필수 정보를 작성해 넣는 암웰 부인의 손이 심하게 떨렸다. 암웰 부인은 펜촉이 떨리지 않게 펜을 잡으려고 무진 애를 쓰는 것 같았다. 글자가 이상한 각도로 들쭉날쭉 튀어나오고 구부러졌지만 나한테는 아무 의미도 없는 것들이었다. 당시에는 글을 읽을 수 없었기 때문에 모든 필체가 다 거기서 거기처럼 보였다.

엄마와 눈물로 이별하고 나서 나는 암웰 부인을 따라 마차에 올라탔고, 새 주인마님이 남편과 함께 사는 저택으로 향했다. 처음에는 부엌에서 설거지하는 일을 맡았다. 암웰 부인은 요리 담당 부엌 하녀 샐리에게 나를 보냈다.

그 이후 몇 주 동안 샐리는 돌려 말하는 법이 없었다. 냄비를 제

대로 닭을 줄 알기를 하나, 감자 싹을 깔끔하게 도려낼 줄 알기를
하나, 뭐 하나 제대로 아는 게 없다고 날 타박했다. 샐리가 그런 일
들을 '제대로' 하는 법을 보여줬을 때 나는 조금도 불평하지 않았
다. 암웰 저택에서 일하는 게 좋았기 때문이었다. 다락에는 내 방
도 있었다. 엄마가 기대했던 것보다 훨씬 더 좋은 방이었다. 그 방
에서는 항상 활기차게 돌아가는 아래쪽 거리 풍경을 볼 수 있었다.
가마들이 서둘러 지나다니고, 커다란 상자들을 맨 짐꾼들이 오가
며, 갓 사랑에 빠진 것 같은 젊은 연인들이 속삭이는 풍경이 내 방
아래로 펼쳐졌다.

마침내 샐리가 내 일 솜씨에 만족했을 때 나는 식사 준비를 도
울 수 있게 되었다. 그것만으로도 엄마 말처럼 조금이나마 지위가
높아진 것 같았고 희망도 생겼다. 언젠가는 나도 런던의 장엄한 거
리에서 감자 깎기와 냄비 닦기보다는 훨씬 더 중요한 일을 할 수
있기를 바랐다.

그러던 어느 날 아침, 말린 허브를 접시에 조심스럽게 장식하고
있는데, 하녀 한 명이 아래층으로 달려 내려와서는 암웰 부인이 응
접실에서 날 기다리고 있다고 했다. 순간 나는 두려움에 휩싸였다.
내가 뭔가를 잘못한 게 분명했다. 암웰 저택에서 일한 지 아직 두
달도 채 되지 않았는데, 이렇게 빨리 해고당한다면 엄마가 충격을
받을 게 분명했다.

하지만 암웰 부인의 옅은 파란색 응접실로 들어섰을 때 마님은
내 뒤로 문을 닫고는 미소 지으며 자기 책상 옆에 앉으라고 했다.

그러고는 책을 펼쳐놓고 종이 한 장과 펜, 잉크통을 꺼냈다. 마님은 책에 적힌 글자 몇 개를 가리키고는 종이에 적어보라고 했다.

나는 펜을 잡는 게 여간 불편하지 않았다. 그래도 종이를 가까이 끌어당겨 천천히 글자를 베껴 쓰기 시작했다. 할 수 있는 한 잘 쓰려고 애썼다. 암웰 부인은 양손에 턱을 괴고 눈썹을 찌푸린 채 내가 글 쓰는 모습을 유심히 지켜보았다. 마침내 내가 글쓰기를 끝내자 마님은 몇 글자를 더 골라서 다시 써보라고 했다. 나는 내 글씨체가 처음보다 조금 나아졌다는 사실을 거의 즉각적으로 알아차렸다. 암웰 부인도 그 사실을 알아차렸는지 만족스러운 듯 고개를 끄덕였다.

곧이어 암웰 부인이 종이를 치우고 책을 집어 들더니 아는 글자가 있는지 내게 물었다. 나는 고개를 가로저었다. 그러자 마님은 좀 더 짧은 단어 몇 개를 가리키고는 각각의 글자가 어떻게 소리 나는지, 각각의 단어가 어떻게 결합해서 생각과 이야기를 전할 수 있는지 설명해 주었다.

나는 마법 같은 일이라고 생각했다. 마법은 어디에나 있었다. 어디를 찾아봐야 하는지만 알면 어디서든 찾을 수 있었다.

응접실에서 보냈던 그날 오후가 내 첫 수업이었다. 그 첫 수업 이후로 때로는 하루에 두 번씩, 수많은 수업이 이어졌다. 직업 소개소에서 내가 알아챘던 것처럼, 마님의 상태가 점점 나빠졌기 때문이었다. 마님은 손 떨림이 점점 더 심해져서 더 이상 편지를 쓸 수 없을 정도였고, 그래서 그 일을 대신 해줄 나를 필요로 했다.

내가 부엌에서 일하는 시간이 점점 줄어들면서 암웰 부인의 응접실로 자주 불려가자, 다른 하인들, 특히 샐리는 그런 변화를 잘 받아들이지 못했다. 하지만 나는 신경 쓰지 않았다. 내 주인마님은 암웰 부인이지 샐리가 아니었으니까. 응접실 벽난로 옆에서 맛보는 공 모양과 리본 모양의 가나슈, 또 글씨쓰기 수업을 어떻게 거절한단 말인가?

내가 글을 읽고 쓰는 법을 배우기까지 무수히 많은 달이 지나갔다. 시골에서 온 티를 내지 않고 말하는 법을 배우기까지는 훨씬 더 오랜 시간이 걸렸다. 하지만 암웰 부인은 놀랍도록 훌륭한 선생님이었다. 온화하고 부드러운 목소리로 설명하고 글자를 똑바로 쓸 수 있게 내 손을 잡아주었다. 내가 펜을 떨어뜨리면 나와 함께 웃어주었다. 고향 생각은 싹 사라졌다. 인정하기 부끄럽지만 다시는 농장으로 돌아가고 싶지 않았다. 런던에, 주인마님의 웅장한 응접실에 머물고 싶었다. 암웰 부인의 책상에서 오랜 시간을 보냈던 오후의 그 순간들, 질투 어린 하인들의 날카로운 눈초리만 견뎌내면 힘들 게 없었던 그 순간들은, 내 인생 최고의 시절이었다.

그러던 어느 순간 뭔가가 달라졌다. 1년 전이었다. 통통했던 내 얼굴의 젖살이 빠지기 시작했고, 보디스 가장자리가 죄어오기 시작했을 때였다. 더 이상 무시할 수 없는 뭔가가 있었다. 다른 누군가의 눈초리, 새롭게 다가오는 시선, 누군가 날 아주 유심히 지켜보는 것 같은 감각이 느껴졌다.

암웰 주인님, 마님의 남편이 내게 던지는 시선이었다. 암웰 주인님이 내게 관심을 갖기 시작한 것이다. 나는 어렴풋이 그 이유를 짐작할 수 있었다. 암웰 부인도 그 시선을 알아차린 것이 분명했다.

거의 시간이 다 됐다. 이제는 배가 그렇게 많이 아프지 않았다. 부엌을 돌아다니니까 나아진 것 같았다. 다행이었다. 넬라의 지시대로 하려면 신중을 기해서 차분하게 움직여야 했다. 주인마님의 응접실에서 웃고 넘겼을 실수를 오늘 했다가는 큰일이 난다.

작은 달걀 두 개가 프라이팬 위에서 지글거렸다. 내 앞치마에 기름이 튀었고, 달걀 가장자리가 부풀어 올라 동그랗게 말렸다. 나는 집중해서 지켜보다가 달걀 가장자리가 마님이 좋아하는 꿀 색깔로 변했을 때 꺼내 접시에 올렸다. 그러고는 천을 덮어서 한쪽에 멀리 치워놓았다. 그러고 나서 몇 분 동안 넬라가 제안했던 그레이비소스를 만들었다.

그레이비소스가 걸쭉해졌을 때 이 일을 물릴 수 있는 마지막 순간임을 깨달았다. 아직 꿰매지 않은 실을 풀어낼 수 있는 마지막 순간이었다. 이대로 계속한다면 타이번에서 처형됐다는 그런 사람들처럼 되고 말 것이다. 범죄자가 되는 것이다. 그 생각을 하자 살갗에 소름이 오소소 돋았다. 순간적으로 주인마님에게 거짓말을 하면 어떨까 생각했다. 독 달걀이 너무 약해져 깨졌다고.

나는 고개를 가로저었다. 그런 거짓말은 비겁한 짓이었다. 암웰 주인님도 살아남을 테고. 그럼 계획이, 마님이 준비했던 계획이 나 때문에 실패하고 만다.

원래 오늘은 내가 부엌에 있을 예정이 아니었다. 그런데 지난주에 샐리가 아픈 어머니를 찾아뵙고 싶다면서 며칠간의 휴가를 청했다. 마님은 흔쾌하게 그 요청을 들어주었고, 그 이후에 날 응접실로 불렀다. 하지만 이번에는 글씨쓰기나 편지쓰기 수업 때문이 아니었다. 숨겨진 비밀 약방에 관한 수업이었다. 암웰 부인은 백앨리 3번지 약방 문 안쪽 곡물통에 편지를 넣어두고 오라고 했다. 그 편지에는 약을 가지러 갈 날짜와 시간을 구체적으로 적어야 했는데, 그 약이란 치명적인 독약이었다.

나는 마님에게 암웰 주인님을 해치려는 이유를 물어보지 않았다. 다만 한 달 전에 일어났던 일 때문이 아닐까 하고 짐작했다. 막 새해가 된 직후였다. 암웰 부인은 저택을 떠나 램버스 근처의 겨울 정원에서 하루를 보냈는데, 떠나기 전에 편지 수십 장을 건네주면서 분류해 놓으라고 했었다. 하지만 나는 머리가 아파서 그 일을 끝낼 수가 없었다. 오전이 절반쯤 지났을 때 암웰 주인님이 눈물짓는 날 발견했다. 주인님은 내게 방으로 들어가 잠을 자야 한다고 고집스럽게 말했다. 몇 분 후, 주인님이 도움이 될 거라면서 마실 것을 가져다주었다. 나는 톡 쏘는 꿀색 음료를 최대한 빠르게 들이마셨다. 어찌나 빠르게 마셨는지 기침이 나고 숨이 막힐 정도였다. 내가 마신 것은 가끔씩 마님이 따라 마시는 브랜디 같았다. 물론 나는 사람들이 왜 그런 걸 마시는지 도무지 이해할 수 없었다.

나는 햇볕이 드는 조용하고 아늑한 내 방에서 두통을 가라앉히려고 잠을 청했다. 그러다 마침내 수지양초에서 나는 동물성 지방 냄새와 이마에 와 닿는 암웰 부인의 서늘한 손길에 잠에서 깨어났다. 두통은 사라지고 없었다. 마님이 얼마나 오래 잠들어 있었는지 물었을 때 나는 솔직하게 잘 모르겠지만 오전이 반쯤 지나서 침대에 누웠다고 대답했다. 그러자 마님은 지금이 밤 10시 반이라고 했다. 그렇다면 내가 거의 12시간이나 잠들어 있었다는 소리였다.

암웰 부인은 꿈을 꾸었는지 물어보았다. 나는 망설였지만 실은 희미한 기억이 있었다. 겨우 몇 시간 전에 꾸었던 꿈이 분명했다. 암웰 주인님이 내 방에 들어왔던 기억이 났다. 주인님은 내 침대에서 통통한 얼룩고양이를 들어 올려 복도로 내보내고는 문을 닫고 내게 다가왔다. 그러고는 내 옆에 앉아 한 손을 내 배에 올려놓았다. 그렇게 우리는 이야기를 시작했지만 아무리 애를 써도 그 꿈 속에서 무슨 이야기를 나누었는지 기억나지 않았다. 잠시 후, 주인님의 손이 내 배꼽을 따라 미끄러지며 위로 올라오기 시작했을 때 아래층에서 풋맨(손님을 맞이하고 안내하는 하인-옮긴이)이 소란스럽게 움직이는 소리가 났다. 신사 두 사람이 암웰 주인님과 급하게 나눌 이야기가 있다며 찾아왔기 때문이었다.

나는 마님에게 이 이야기를 했지만 꿈인지, 진짜 있었던 일인지 잘 모르겠다고 했다. 암웰 부인은 내 곁에 앉아서 걱정스러운 표정을 짓더니 비어있는 브랜디 유리잔을 가리키면서 주인님이 준 것인지 물어보았다. 나는 그렇다고 대답했다. 암웰 부인은 내게 가까이 몸을 기울여 한 손을 내 손 위에 올려놓았다. "이런 일이 있었던 게 처음이니?"

나는 고개를 끄덕였다.

"지금은 괜찮아? 어디 아픈 데는 없고?"

나는 또다시 고개를 끄덕였다. 아픈 곳은 없었다.

암웰 부인은 유리잔을 조심스럽게 살펴보더니 이불을 잡아당겨 꼼꼼하게 덮어주고는 잘 자라고 하고 떠났다.

마님이 떠난 직후 내 방 바깥에서 가냘프게 우는 얼룩고양이 소리가 들렸다. 얼룩고양이는 복도에서 방 안으로 들여보내 달라고 울어댔다.

큰 달걀은 유리라도 되는 양 조심스럽게 다루었다. 확실히 까다로운 일이었다. 달걀을 깰 때 얼마나 힘을 줘야 하는지 그토록 심각하게 고민한 적은 한 번도 없었다. 프라이팬은 여전히 뜨거워서 노른자가 거의 즉각적으로 익어가기 시작했다. 나는 프라이팬 가까이 다가가기가 무서웠다. 독 향기를 들이마시지 않으려고 가능한 팔을 길게 뻗어서 달걀을 요리했다. 그러자 얼마 안 가서 어깨가 아파왔다. 시골에서 나무타기를 했을 때 같았다.

요리가 다 되자마자 큰 달걀 두 개를 두 번째 접시에 옮겨놓고 그레이비소스를 듬뿍 뿌렸다. 그러고는 달걀 껍데기 네 개를 쓰레기통에 던져 넣고, 앞치마를 똑바로 폈다. 마지막으로 독 달걀이 쟁반 오른쪽에 있는지 확인하고 나서 밖으로 나갔다.

주인님과 마님은 이미 자리에 앉아서 다가오는 연회 이야기를 조용히 나누고 있었다. "배트포드 씨가 조각품을 전시한대요. 전

세계 각지에서 구한 조각품들이래요." 마님이 말했다.

암웰 주인님은 불퉁하게 대답하면서 식당으로 들어오는 나를 쳐다보았다. "오호, 이제 왔구나."

"아름다운 조각품이라고 장담하더라고요." 마님이 쇄골을 쓰다 듬었다. 손가락으로 문질러댄 부위가 얼룩덜룩하니 붉어져 있었다. 독 달걀 쟁반은 내가 들고 있는데도 마님은 초조한 모양이었다. 그 모습에 살짝 짜증이 났다. 마님은 너무 무서워서 직접 달걀을 찾아오지도 못했는데 이제는 신경을 누그러뜨리지도 못하는 것 같았다.

"음, 그렇군." 암웰 주인님이 나한테서 시선을 떼지 않은 채 마님에게 대꾸했다. "그거 이리로 가져와. 애야, 어서 빨리."

암웰 주인님 뒤쪽으로 가까이 다가가서 쟁반 오른쪽의 접시를 들어 올려 주인님 앞에 조심스럽게 내려놓았다. 그때 주인님의 한 손이 내 다리 뒤쪽에 닿더니 묵직한 치마를 슬그머니 위로 밀어 올렸다. 주인님의 손길이 무릎 뒤쪽에서 허벅지 아랫부분까지 올라왔다.

"아주 좋구나." 암웰 주인님이 드디어 손을 치우고 포크를 집어 들면서 말했다. 주인님의 손이 닿았던 다리가 따끔거렸다. 피부 아래에 눈에 보이지 않는 발진이라도 난 것 같았다. 나는 주인님한테서 멀리 떨어져 나와 두 번째 접시를 마님 앞에 내려놓았다.

마님이 고개를 끄덕여 주었다. 마님의 쇄골은 여전히 붉게 달아올라 있었고, 두 눈은 슬픔과 어둠에 물들어 뒤쪽 벽지의 적갈색 장미 문양처럼 칙칙하게 가라앉았다.

　나는 식당 가장자리의 내 자리로 돌아가 돌처럼 가만히 서서 곧
닥칠 순간을 기다렸다.

8

캐롤라인
현재, 월요일

저녁 늦게 잠에서 깼을 때 침대 옆 시계는 새벽 3시를 가리키고 있었다. 나는 끙 하고 신음하면서 희미한 붉은 전등 불빛에서 등을 돌려 다시 잠들려고 했다. 하지만 뱃속이 요동치기 시작했고, 불안감에 피부가 끈적끈적해졌다. 어딘가에 닿기라도 하면 데인 것처럼 뜨거웠다. 결국은 이불을 걷어 젖히고, 윗입술에 맺힌 땀을 닦아내면서 온도조절기를 확인하려고 일어섰다. 온도조절기가 화씨가 아니라 섭씨로 맞춰져 있어서 실수로 전날 온도를 너무 높게 맞춰뒀는지도 몰랐다. 나는 양탄자 깔린 바닥에 발을 질질 끌면서 걸어가다가 멈춰서는 한 손으로 벽을 짚었다.

갑자기 속이 뒤집히는 것 같았다.

당장 욕실로 달려갔다. 잘못하면 변기에 도착하기도 전에 전날 먹은 것을 다 토해낼 뻔했다. 간신히 도착한 변기를 붙든 채 한 번, 두 번, 세 번이나 토하고 나자 온몸에 힘이 빠져서 변기 위로 축 늘어졌다.

얼마 후, 속이 좀 편해졌을 때 숨을 고르고 나서 세면대 위의 수건을 잡으려고 손을 뻗었다. 그 순간 작고 단단한 뭔가가 손에 걸려 쓰러졌다. 약병이었다. 호텔에 돌아온 후 주머니에서 꺼내 화장실 세면대에 올려뒀던 게 생각났다. 나는 혹시라도 약병을 깨뜨릴까 봐 가방 밑바닥에 안전하게 넣고 나서 다시 화장실로 돌아와 양치를 했다.

외국에서 식중독에 걸렸나 봐. 나는 끙끙대면서 속으로 이렇게 생각했다. 하지만 곧 또 다른 이유가 떠올라 떨리는 축축한 손가락으로 입을 막았다. 식중독이 아니면……다른 이유인가? 어제도 몇 번 속이 메스껍지 않았나? 거의 아무것도 먹지 못했던 터라 상한 음식 때문에 탈이 났을 리가 없었다. 다른 가능성을 생각하니, 끔찍한 농담이라도 들은 것만 같았다. 그냥 생리가 다가와서 배가 묵직하니 불편한 거라고 생각하고 싶었다.

따뜻한 캐모마일 차를 한 잔 만들어 천천히 홀짝이면서 30분 동안 침대에 누워있었다. 반쯤 몽롱한 상태로 메스꺼움이 사라지기를 기다렸다. 임신테스트를 해야 할지도 모른다는 생각은 차마 할 수가 없었다. 며칠 더 기다려볼 생각이었다. 여행과 스트레스 탓이기를 바랐다. 어쩌면 오늘밤 늦게나 내일 생리가 시작될지도 몰랐다.

속이 차츰 가라앉기 시작했다. 하지만 시차 때문에 신경이 곤두서서 잠이 오지 않았다. 한 손을 침대 오른편 위쪽으로 쫙 펼쳤다. 제임스가 있어야 하는 자리였다. 나는 손가락에 잡히는 서늘한 시트를 꽉 움켜잡아 비틀었다. 내 안의 일부는 끔찍하게도 제임스를 그리워하고 있다. 잠시 동안 뼈아프게 다가오는 진실을 부인할 수가 없었다.

아냐. 나는 손아귀 힘을 풀어 시트를 놓고 왼쪽으로 돌아누워 텅 빈 옆자리를 외면했다. 제임스를 그리워하지 않을 테다. 아직은 아니었다.

사실 제임스의 불륜은 또 다른 골치 아픈 문제를 가져왔다. 아직까지는 제일 친한 친구 로즈한테만 제임스의 불륜 사실을 털어놓은 상태였다. 한밤중에 깨어난 지금, 부모님한테 전화해서 다 말해버릴까 하는 생각이 들었다. 하지만 부모님은 환불 불가능한 고급 호텔을 잡아주신 분들이다. 그런 부모님에게 둘이 아니라 나 혼자만 체크인 했다고 말씀드릴 용기가 나지 않았다. 돌아가서 말씀드리는 게 낫겠어. 생각을 정리할 시간을 갖고 나서, 내 결혼생활의 미래를 결정짓고 나서 그 문제를 해결하는 거야.

결국은 다시 잠드는 걸 포기했다. 침실 스탠드를 켜고 충전기에서 휴대폰을 빼냈다. 인터넷 브라우저를 불러와 검색을 하려고 손가락을 들어 올렸다. 런던의 명소를 검색해 볼까 싶었다. 하지만

웨스트민스터와 버킹엄 궁전 같은 주요 관광지는 이미 개장시간
과 입장료 등이 수첩에 적혀있었고, 그중에서는 마음에 끌리는 곳
이 여전히 없었다. 널찍한 호텔방에서 느껴지는 제임스의 부재를
견디기가 힘들었다. 하이드 파크의 구불구불한 오솔길을 걸어가
면서 어떻게 옆의 빈자리를 의식하지 않을 수 있을까? 차라리 가
지 않는 게 나았다.

대신 대영도서관 웹사이트에 들어갔다. 지도 전담실의 게이너
와 이야기를 나누었을 때 온라인 데이터베이스 검색을 홍보하는
작은 전단지를 봤던 터였다. 나는 시차에 시달리는 김에 조사를 좀
더 해보기로 마음먹었다.

자료 검색 창을 클릭해서 '약병(vial)', '곰(bear)' 이렇게 두 단어
를 적어 넣었다. 주제별로 광범위한 검색 결과 몇 개가 나왔다. 생
물역학 저널의 최근 기사, 종말적 예언에 관한 17세기 서적, 19세
기 초에 세인트 토마스 병원에서 찾아낸 문서들. 이중 세 번째 검
색 결과를 클릭한 후, 페이지가 로딩되기를 기다렸다.

몇 가지 추가적인 세부사항들이 나타났다. 1815년에서 1818
년까지라는 문서 작성 날짜와 문서 취득 정보가 보였다. 사이트 설
명에 따르면 세인트 토마스 병원 남쪽 별관에서 찾아낸 문서들이
었고, 병원 직원과 환자 소유의 문서들도 있었다.

그 검색 결과 맨 위쪽에 문서 요청 링크가 걸려있었다. 나는 링
크를 클릭하고 한숨을 폭 쉬었다. 도서관에 회원등록을 해야 실제
문서를 볼 수 있을 거란 생각에서였다. 그런데 놀랍게도 샘플 페이

지 몇 장이 디지털화 되어있었다. 몇 분 후, 휴대폰 화면에 샘플 페이지가 나타나기 시작했다.

이런 조사를 마지막으로 한 것이 10년 전이었다. 갑자기 가슴 속에서 아드레날린이 솟구쳤다. 게이너가 대영도서관에서 매일 이런 기록 보관소를 마음껏 들락거리며 하루하루를 보낸다고 생각하자 질투심이 날 정도였다.

이미지가 선명하게 떴을 때 휴대폰 화면에 전화 알림이 떴다. 모르는 전화번호였지만 발신번호 표시에는 '미니애폴리스'라고 적혀있었다. 나는 인상을 찌푸리면서 미니애폴리스에 아는 사람이 누가 있는지 생각해 내려고 애썼다. 하지만 생각나는 사람이 없어 고개를 가로저었다. 광고 전화가 분명했다. 수신 거절을 누르고는 베개에 더 깊이 머리를 묻으며 샘플 페이지를 읽기 시작했다.

처음 몇 페이지는 관련 없는 내용들이 가득했다. 병원 관리자들 이름, 임대차 계약서, 환자가 죽기 직전에 서명한 것 같은 유언장 사본. 하지만 네 번째 페이지에는 내 시선을 사로잡는 것이 있었다. '곰'이라는 단어였다.

비뚤비뚤하게 손으로 쓴 짧막한 쪽지가 군데군데 흐릿했지만 디지털화 되어있었다.

1816년 10월 22일

남자들에게는 미로다. 그들이 베어 앨리(Bear Alley)에서 찾으려 했던 것을 나는 알려줄 수 있었는데.

살인자는 길고 섬세한 손을 들어 올릴 필요도 없다. 죽어가는 남자를 만질 필요도 없다.

그보다 더 현명한 다른 방법이 있다. 약병과 음식(vials and victuals).

그 약제사는 우리 여자들의 친구이자 여자들의 비밀을 제조하는 자였다. 남자들이 우리 때문에 죽었다.

다만 그 일은 내 계획대로 진행되지 않았다.

그 약제사 잘못이 아니었다. 내 잘못도 아니었다.

다 내 남편 탓이었다. 자신에게 허락되지 않은 걸 탐한 남편 탓이었다.

쪽지에 서명은 없었다. 손이 떨리기 시작했다. '곰'과 '약병'이라는 단어가 들어있는 걸 보니 내가 검색했던 키워드와 정확하게 일치하는 문서였다. 이 쪽지를 누가 썼는지는 몰라도 세인트 토마스 병원에서 투병 생활을 하는 동안 무거운 비밀을 털어놓은 모양이었다. 죽기 직전에 고백한 것이었을까?

'베어 앨리에서 찾으려 했던 것'이 무엇이었을까? 미로라는 단어에서 짐작해 보자면 쪽지 작성자는 그 미로를 빠져나가는 방법을 알고 있었다. 미로가 있었다면 논리적으로 추론해 봤을 때 귀중하거나 비밀스러운 뭔가가 미로 끝에 있었을 것이다.

아무리 생각해 봐도 그 아리송한 단어의 뜻을 알 수 없어서 손톱을 물어뜯었다.

그때 다른 뭔가가 번뜩 떠올랐다. 약제사라는 단어였다. 쪽지 작성자는 약제사가 '친구'이자 비밀 '제조자'라고 했다. 남자들이 죽었다는 게 비밀이라면 사고사는 절대 아니었을 것이다. 그 남자들의 죽음을 이어주는 공통 고리가 약제사였으리라. 약제사 연쇄살인범! 순간 등골이 서늘해져서 침대 시트를 더욱 바짝 끌어당겼다.

쪽지를 다시 살펴보는데 읽지 않은 메일 알림이 반짝거렸다. 나는 알림을 무시한 채 구글 지도로 들어가 쪽지 첫 단락에 나왔던 '베어 앨리, 런던'을 빠르게 검색했다.

그 즉시 검색 결과가 하나 나왔다. 런던에 진짜로 베어 앨리가 있었다. 그것도 아주 가까운 곳에 있어서 믿을 수가 없을 정도였다. 내가 묵고 있는 호텔에서 아주 가까운 곳, 걸어서 10분이면 도착하는 곳에 있었다. 하지만 그 베어 앨리가 쪽지에 나온 그곳일까? 지난 200년 동안 몇몇 거리 이름은 바뀌었을 게 분명했다.

구글 지도 위성사진에서 보면 런던의 베어 앨리는 거대한 콘크리트 건물들로 들어차 있었고, 지도에 표시된 기업체 목록에는 투자은행과 회계법인이 주를 이루었다. 그곳이 내가 찾는 베어 앨리가 맞다 하더라도 정장 차림으로 돌아다니는 남자들밖에 없을 터였다. 제임스 같은 남자들만 가득할 것이다.

약병을 넣어둔 가방을 힐끗 쳐다보았다. 게이너는 약병 옆면에 새겨진 이미지가 곰이 맞다고 했다. 그 약병이 베어 앨리와 연관이 있을까? 불가능하지는 않지만 가능성이 희박한 그 생각이 낚싯바늘에 걸린 미끼처럼 눈앞에서 달랑거렸다. 만약이라는 미지의 가능성이 숨겨져 있는 미스터리의 매력에 저항할 수가 없었다.

시간을 확인해 보니 새벽 4시가 거의 다 된 시각이었다. 해가 뜨자마자 커피 한 잔을 마시고 나서 베어 앨리로 탐험을 나서기로 마음먹었다.

휴대폰을 치워놓기 전, 읽지 않은 메일을 열어보는 순간 숨이 턱 막혔다. 제임스가 보낸 메일이었다. 메일을 읽기 시작했을 때는 턱이 딱딱하게 굳어갔다.

> 미니애폴리스 공항에서 전화했었어. 캐롤라인, 숨을 쉴 수가 없어. 내 심장의 절반이 런던에 있는 것 같아. 당신을 만나야겠어. 지금 히스로행을 타려고 해. 거기 시간으로 아침 9시에 도착해. 세관을 통과하려면 시간이 좀 걸릴 거야. 11시에 호텔에서 만날까?

깜짝 놀라서 아무 말도 못한 채 메일을 한 번 더 읽었다. 제임스가 런던으로 오고 있었다. 그는 내가 자기를 만나고 싶어 하는지 묻지도 않았고, 지금 내게 간절히 필요한 고독과 거리를 허락해 주지도 않았다. 몇 분 전에 걸려왔던 전화는 공항에서 제임스가 걸었던 게 분명했다. 어쩌면 공중전화로 걸었을지도 모른다. 내가 발신번호 표시를 보고 자기 전화를 받지 않을 걸 알았을 테니까.

손이 다시 떨리기 시작했다. 마치 제임스의 불륜 사실을 막 알아차렸을 때 같았다. 손가락을 들어 올려서 답장 버튼을 누르려고 했다. 아니, 여기 올 생각하지 마. 하지만 제임스를 알고 지낸 지 오래라서, 뭔가를 할 수 없다는 소리를 들으면 어떻게든 하려고 두 배는 더 애를 쓴다는 사실을 잘 알고 있었다. 게다가 제임스는 내가 묵는 호텔이 어디인지도 알고 있었다. 내가 만나지 않겠다고 해도 로비에서 몇 시간이고 기다릴 게 분명했다. 내가 영원히 방 안에 틀어박혀 지낼 수도 없을 테고.

이제 잠자기는 글렀다. 제임스가 11시에 도착한다면 그 사람 없이, 그 사람의 변명을 들어줘야 한다는 부담감 없이 지낼 수 있는 시간이 몇 시간밖에 없었다. 망가진 내 결혼생활을 외면할 수 있는 시간이, 베어 앨리를 탐험할 수 있는 시간이 몇 시간밖에 남지 않았다.

나는 침대에서 일어나 창문으로 걸어갔다. 몇 분 간격으로 하늘을 쳐다보면서 이른 새벽빛이 퍼져 나오지 않는지 필사적으로 확인했다. 조금이라도 빨리 해가 뜨기를 빌었다.

9

엘리자
1791년 2월 5일

　1분, 또 1분이 지났지만 아침식탁에 앉은 암웰 주인님은 멀쩡했다. 내 안의 용기가 점점 사라지는 것 같았다. 넬라의 따뜻한 쥐오줌풀 차 한 잔, 넬라의 비밀 방에서 긴장을 풀어주었던 그 차 한 잔이 간절했다.

　암웰 주인님이 뱃속에서 뒤섞이는 독 달걀 때문에 분에 찬 말들을 토해내는 것은 두렵지 않았다. 넬라가 평생의 악몽이 될지도 모른다고 경고했던 대로 주인님의 전신이 경직되고 구부러진다 해도 태연할 수 있었다.

　내가 두려워하는 것은 암웰 주인님의 유령이었다. 주인님 사후에 풀려날 유령이 무서웠다. 벽을 뚫고 사람을 통과해 돌아다닐, 그 보이지 않는 존재가 두려웠다.

유령을 무서워하게 된 계기는 몇 달 전이었다. 그때 샐리가 날 춥고 어두컴컴한 지하 저장고로 데려가 요하나라는 여자아이 이 야기를 들려주었는데, 그날 이후로 난 그렇게 용감한 아이가 아니 었다. 이 도시의 마법이 사라질 수도 있다는 사실을 알았기 때문 이다.

요하나는 내가 암웰 저택에 도착하기 전에 잠깐 동안 일했던 아 이라고 했다. 나보다 한 살인가 두 살 밖에 많지 않았던 요하나는 병에 걸렸다. 너무 아파서 방 밖으로 나가지도 못할 정도였다. 그 렇게 요하나가 갇혀 지내는 동안 속살거리는 소문이 퍼져나갔다. 요하나가 아픈 게 아니라 임신을 해서 곧 출산할 예정이라는 소문 이었다.

샐리는 11월의 추운 날 아침에 위층 하녀 한 명이 하루 종일 산 고를 겪는 요하나 곁에 앉아있었다고 했다. 요하나는 배에 힘을 주 고 또 주면서도 울음소리 한 번 내지 않았다. 하지만 아이는 나오 지 않았고, 요하나는 다시는 깨어나지 못할 잠 속으로 빠져들었다.

내가 잠자는 다락방 바로 옆방이 요하나와 아기가 죽었다는 곳 이었다. 샐리한테서 그 이야기를 듣고 난 이후로 늦은 밤 벽 너머 에서 요하나의 울음소리가 들리기 시작했다. 그건 마치 요하나가 나를, 내 이름을 부르는 소리 같았다. 가끔은 물 흐르는 소리와 요 하나의 뱃속 아기가 주먹 쥔 작은 손으로 쿵, 쿵 두드리면서 밖으로 빠져나오려고 애쓰는 소리도 들렸다.

"아빠가 누구였어?" 지하 저장고에서 나는 샐리에게 물었다.

샐리는 아직 그것도 모르냐는 듯 사납게 날 노려보았다.

나는 용기를 내서 암웰 부인에게 샐리한테서 들었던 요하나 이야기를 털어놓았다. 하지만 마님은 자신의 저택에서 임신한 여자아이는커녕 죽은 여자아이도 절대 없다고 했다. 샐리가 내 자리를 시기해서 그런 이야기를 했고, 쿵쿵 소리는 집에 질린 내 심장소리라면서 그 모든 것이 다 나쁜 꿈에 불과하다고 했다. 나는 마님의 말에 반박하지 않았다. 하지만 늦은 밤에 무슨 소리를 들었는지는 내가 더 잘 알고 있었다. 자기 이름을 부르는 소리를 잘못 들을 사람은 없었다.

암웰 주인님이 달걀 요리를 먹는 모습을 지켜보자니, 마음이 더없이 불안했다. 그래서 넘어지지 않으려고 손바닥으로 등 뒤의 식당 벽을 짚어야 했다. 내가 한 짓은 후회하지 않았다. 그저 독 달걀이 주인님의 숨을 끊어놓기만을 바랐다. 가능하면 빨리 대낮에 말이다. 또 다른 목소리가 벽 너머로 내 이름을 부른다는 것은 생각만 해도 견딜 수가 없었다. 나는 주인님의 가련한 영혼이 이 방에 풀려나지 않기를, 설령 풀려난다 해도 오래 머물지 않기를 바랐다.

이런 종류의 마법은 도무지 알 수가 없었다. 요하나의 영혼이 왜 아직도 이곳에 갇혀있는지, 게다가 왜 내 곁을 맴도는지 알 수 없었다. 나는 주인님의 영혼도 곧 요하나와 함께 저택 복도에 떠돌아다니는 건 아닐지 무서웠다. 비록 내가 독을 무서워하지는 않지만,

자유롭게 풀려난 화난 영혼 앞에서는 무릎이 꺾이고 만다.

그때, 암웰 주인님이 두 번째 달걀을 먹다가 목을 움켜잡았다. "으윽." 주인님이 소리를 질렀다. "대체 그레이비에 뭘 넣은 거야? 목이 타서 죽겠잖아." 내가 그릇을 치우려고 식당 가장자리에서 대기하고 있는 동안 주인님은 물 주전자를 반이나 비웠다.

암웰 부인의 두 눈이 휘둥그레졌다. 마님은 보디스의 연 노란색 골진 주름을 만지작거렸다. 손목이 떨리는 것처럼 보였는데 이조차 내 상상인 걸까? "여보, 괜찮아요?" 마님이 물었다.

"내가 괜찮아 보여?" 암웰 주인님이 신경질적으로 말했다. 주인님은 부풀어서 빨개지기 시작한 아랫입술을 빨아 당겼다. "입이 너무 말라. 후추를 뿌렸니?" 턱에 묻은 그레이비 방울을 문지르던 주인님은 손에 들고 있던 냅킨을 바닥으로 떨어뜨렸다. 그때 암웰 주인님의 분노가 공포로 변해가는 모습이 선명하게 보였다.

"아뇨, 주인님. 항상 만들던 대로 똑같이 만들었어요. 우유가 그새 상하려나 봐요."

"이미 팍 상한 것 같은데." 주인님이 기침을 하기 시작하더니 다시 목을 움켜쥐었다.

마님은 자신의 달걀 요리를 조심스럽게 한 입 먹었다.

"젠장!" 암웰 주인님이 접시를 밀쳐버리고 일어났다. 그 바람에 의자가 뒤쪽으로 넘어지면서 깨끗한 데이지 꽃무늬 커튼을 스쳤다. "아파 죽겠어! 이거 치워버려!"

나는 앞으로 달려 나가 접시를 움켜쥐었다. 주인님이 이미 첫 번째 달걀을 다 먹고 두 번째 달걀도 거의 다 먹은 걸 보자 마음이 놓였다. 넬라가 하나밖에 사용할 수 없다면 하나만으로도 충분하다고 했다.

계단을 오르는 암웰 주인님의 발자국 소리가 식당에 울려 퍼졌다. 마님과 나는 말없이 서로를 쳐다보았다. 솔직히 말해서 계획했던 일이 성공하자 나도 어느 정도는 깜짝 놀랐다. 나는 오래된 지저분한 물속에 재빨리 접시를 집어넣었다.

암웰 부인은 식당에서 식사를 계속했다. 다행스럽게도 마님은 전혀 아무렇지도 않아 보였다. 하지만 위층에서는 암웰 주인님의 구역질 소리가 시끄럽게 울렸다. 나는 주인님이 독에 당하기 전에 구역질하다가 죽는 게 아닐까 생각했다. 그토록 고통스럽게 신음하면서 구역질하는 소리는 들어본 적이 없었다. 얼마나 오래 걸릴까? 넬라는 그 시간을 말해주지 않았고, 나도 물어볼 생각을 하지 못했다.

2시간이 지났다. 암웰 부인과 나는 쓸 필요도 없는 편지를 작성하면서 잘못된 일이 아무것도 없는 것처럼 행동했다. 하지만 마님이 응접실 책상에 숨어서 계속 나오지 않는다면 의심을 살 것이 분명했다.

암웰 주인님이 술을 좋아해서 요강에 머리를 깊숙이 박고 구역질하느라 고생하는 날이 많다는 것은 모두가 알고 있었다. 하지만 이번처럼 고통스럽게 신음한 적은 없었다. 이번은 뭔가 달랐다. 몇몇 하인들은 그 차이를 알아차렸을 게 분명했다. 마님과 나는 함께 주인님을 보러 올라갔다. 마님은 주인님이 말을 못하는 걸 보고는 하인 한 명에게 의사를 불러오라고 했다.

의사는 주인님의 복부가 부풀어 오른 데다 지금까지 본 적 없는 경련을 일으키고 있어서 위독한 상태라고 즉각 진단을 내렸다. 의사가 마님에게 낯선 의학 용어로 주인님의 상태를 설명했지만 나는 무슨 말인지 하나도 알아들을 수가 없었다. 하지만 주인님의 복부 경련은 누구나 볼 수 있었다. 주인님의 뱃속에서 무슨 동물이 꿈틀거리는 것 같았다. 두 눈은 충혈되었고, 촛불을 똑바로 쳐다보지도 못했다.

마님은 의사와 나란히 서서 조용히 이야기를 나누었다. 그동안 암웰 주인님은 고개를 돌려 움푹 팬 시커먼 구멍 같은 두 눈으로 나를 응시했다. 마치 내 영혼을 꿰뚫어 보는 것 같아서 그 순간 주인님이 모든 사실을 다 알고 있다는 확신이 들었다. 의사가 주인님의 사타구니를 건드리자 주인님의 목구멍 깊숙한 곳에서 동물적인 신음소리가 새어나왔다. 나는 암웰 주인님의 영혼이 막 풀려난 것만 같아 두려워서 새어나오려는 비명을 집어삼키며 서둘러 방을 빠져나갔다.

하지만 끊어졌다 이어졌다 하는 주인님의 거친 숨소리가 복도에 서서 덜덜 떨고 있는 내 귓가에 들렸다. 아직은 주인님이 돌아가시지 않은 모양이었다.

"방광이 거의 파열됐어요." 내가 방을 나올 때 의사가 마님에게 이렇게 말했다. "전에도 이런 일이 있었나요?"

"자주 그랬어요." 암웰 부인이 대답했다. 거짓말은 아니었지만 완전한 진실도 아니었다. 나는 방문 바로 앞, 서늘하고 어두컴컴한 복도 벽에 기대어 마님의 말소리와 죽어가는 주인님의 약한 숨소리에 귀를 기울였다. "술이 문제예요."

"하지만 복부가 이렇게 붓는 일은 흔치 않은데……." 의사가 말꼬리를 흐렸다. 의사는 이전의 기이했던 사례를 생각하며 경찰을 불러야 할지 고민하는 것 같았다. 죽어가는 남자와 아름다운 아내. 우리가 일부러 아래층에 어지럽게 늘어놓은 빈 버번 병들을 의사가 봤을지 궁금했다.

나는 호기심을 억누를 수가 없어서 앞으로 한 발 나아가 열린 문 안쪽을 들여다보았다. 의사는 팔짱을 낀 채 손가락을 두드리면서 하품을 참고 있었다. 잠시 머뭇대다가 그가 말했다. "목사를 불러야겠어요, 부인. 지금 당장이요. 오늘밤을 넘기지 못할 겁니다." 마님이 손으로 입을 막았다. "맙소사." 그 목소리는 진짜 놀란 듯했다.

나는 암웰 부인의 지시에 따라 의사를 저택 바깥으로 안내했다. 그러고 나서 저택 문을 닫고는 돌아섰다. 그곳에는 주인마님이 날 기다리고 있었다.

"벽난로 옆에 같이 앉자." 마님이 속삭였다. 우리는 항상 앉던 자리에 앉았다. 마님은 담요를 우리 다리 위에 펼쳐놓고 필기장을 꺼내 노리치에 있는 어머니에게 보낼 편지 문구를 불러주기 시작했다. "어머니, 남편이 많이 아파서……."

나는 마님의 이야기가 진실이 아니라는 사실을 알면서도 그대로 정확하게 받아 적었다. 편지를 다 썼는데도 -여섯 장에서 여덟장까지 했던 말을 쓰고 또 썼는데도- 계속 말을 해서 나도 받아 적었다. 우리 중 누구도 움직이는 걸 원치 않았다. 위층으로 올라가고 싶지도 않았다. 시계는 거의 자정을 가리켰다. 태양빛은 사라진 지 오래였다.

하지만 영원히 그렇게 있지는 못했다. 갑자기 뭔가 이상한 느낌이 들었다. 다리 사이가 축축해지고 끈적거렸다. 그와 동시에 하인 한 명이 아래층으로 한 번에 두 계단씩 뛰어내려와 물기 어린 두 눈을 크게 뜨고 이렇게 말했다. "마님, 주인님이, 주인님이 돌아가셨어요."

암웰 부인이 무릎 위의 담요를 던져버리고 일어섰다. 나도 똑같이 그 뒤를 따라 일어났다. 그런데 내가 앉아있었던 따뜻하고 오목한 자리에 금방 딴 사과처럼 선명한 붉은색 얼룩이 묻어있었다. 나는 소름끼치게 무서워서 입이 딱 벌어졌다. 내게도 죽음이 찾아온 걸까? 나는 숨을 빼앗기지 않으려고 필사적으로 들이쉬었다.

암웰 부인이 계단을 향해 걸어가기 시작했다. 하지만 내가 소리쳤다. "잠깐만요……제발, 제발 절 여기 혼자 두고 가지 마세요." 내가 간청했다.

의심의 여지가 없었다. 뭔가 끔찍한 마법에 걸린 것이 분명했다.

암웰 주인님의 영혼이 위층에 있는 몸에서 빠져나왔고 요하나의 영혼처럼 완전히 사라지지 않은 게 분명했다. 그게 아니면 주인님이 사망한 순간에 내 몸에서 피가 날 이유가 없었다.

나는 바닥에 무릎을 꿇고 털썩 주저앉았다. 눈물이 펑펑 쏟아졌다. "절 두고 떠나지 마세요." 나는 다시 애원했다.

암웰 부인이 이상하다는 듯 날 바라보았다. 널 혼자 두고 떠난 게 한두 번도 아니었는데 왜 그러느냐는 눈빛이었다. 하지만 지금은 축축하고 따뜻한 것이 몸에서 흘러나오는 게 느껴졌다. 나는 바닥에 주저앉은 채 좀 전에 앉아있었던 소파를 가리켰다. 내가 앉아있었던 자리와 그 주변의 핏자국에서 눈을 뗄 수 없었다. 흔들리는 촛불 그림자가 날 조롱하면서 더욱 가까이 다가왔다. 모든 곳에 암웰 주인님이 숨어있는 것 같았다.

10

넬라

1791년 2월 7일

2월의 일곱 번째 날, 곡물통에 또 다른 편지가 들어있었다.

지친 내 두 손의 살갗처럼 얇은, 그 질 좋은 양피지를 들고 향기를 맡아보았다. 라벤더와 장미수가 베이스로 깔린 체리 향이었다.

엘리자의 편지를 봤을 때처럼 일정하게 구부러지고 둥글게 말리기도 하는 필체로 보아 편지 주인이 학식과 매너를 갖춘 사람임을 즉각 알아볼 수 있었다. 나는 상인의 아내이자 한 가정의 여주인일지 모를 내 또래의 여자를 떠올렸다. 온화하고 충성스러운 친구, 사교적이지는 않지만 정원과 연극을 좋아하는 여자, 하지만 창녀는 아닌 여자. 풍만한 가슴과 평퍼짐한 엉덩이를 가졌을, 어쩌면 한 아이의 엄마.

뭉게뭉게 피어오르는 상상을 한쪽으로 밀쳐둔 채 양피지 위에 조심스럽게 적혀있는 글자들을 읽어나갔다. 혀가 바짝 말라왔다. 편지 내용이 아주 특이했다. 편지 주인은 원하는 것을 대놓고 말하기가 꺼려졌는지 두루뭉술하게 돌려서 적어놓았다.

집사가 정문 관리실에서 그들을 발견했어요.

이틀 후에 모임이 있고, 그 여자가 참석할 거예요.

성욕을 자극하는 뭔가를 갖고 계시겠죠? 내일 10시에 가게로 찾아갈게요.

아, 복도에 침묵이 내려앉고 내가 홀로 누워 기다릴 때, 연인의 품에 안겨 죽게 해주세요.

생쥐의 내장처럼 꼬이고 꼬인 문장을 분석해서 그 이면에 숨겨져 있는 단서를 찾아내려고 애썼다. 여자의 집에는 집사와 정문 관리실이 있었고, 그로 보아 상당히 부유한 여자였다. 이 부분이 살짝 걱정스러웠다. 내가 수년 동안 알아낸 바에 따르면, 상류층은 예측불가능하고 불안정하기 짝이 없는 족속들이었다. 그들의 삶에 개입하고 싶지 않았다. 편지를 쓴 여자는 성욕을 자극하는 뭔가를 원했다. 그걸 이용해서 자신의 남편이 정부의 품속에서 죽기를 바랐다. 그 모든 안배가 다소 비정상적으로 느껴졌고, 편지 내용도 이해하기가 어려웠다.

게다가 이틀 안에 준비를 마쳐야 해서 시간도 충분하지 않았다.

하지만 엘리자의 편지 때도 감은 안 좋았지만, 모든 일이 결국엔 완벽하게 처리되었다. 이번에도 몸이 아프고 마음이 지쳐서 불안하게 느껴지는 게 분명했다. 어쩌면 앞으로는 모든 편지를 볼 때마다 불안을 느낄지도 몰랐다. 빛이 없는 약방에 익숙해졌듯이 그런 느낌에도 익숙해져야 하는 걸지도 몰랐다.

게다가 여자의 편지에는 배신의 감정이 깃들어 있었다. 내가 애초에 독약을 팔기 시작했던 이유, 여자들의 비밀을 짊어지고 내 장부에 기록하고 그들을 보호하고 돕기 시작했던 이유가 바로 배신이었다. 최고의 약제사는 환자가 느끼는 신체적 혹은 정신적 절망을 잘 아는 사람이다. 편지를 쓴 여자의 사회적 지위는 알 수 없었지만, 여자의 내적 혼란은 즉각 알아차릴 수 있었다. 가슴 아픈 고통은 지위에 상관없이 누구에게나 찾아든다.

그 여자의 고통이 느껴져서인지 나도 모르게 약방을 나설 준비를 했다. 제일 묵직한 외투를 걸치고 양말 한 켤레를 여분으로 챙겼다. 내가 가려는 들판은 매력이라곤 찾아볼 수 없는 눅눅한 곳이지만 물집딱정벌레가 살고 있었다. 여자의 기이한 요구에 딱 들어맞는 재료가 바로 물집딱정벌레였다.

도시의 구불구불한 골목길을 요령 좋게 재빨리 헤쳐 나갔다. 가마와 말똥을 피하고, 가게와 집을 들락거리는 사람들의 거센 물결을 뚫고 서더크의 월워스 근처 들판으로, 물집딱정벌레를 찾을 수 있는 곳으로 향했다. 템스강은 자주 갔던 곳이라서 눈을 감고도 블랙프라이어스 다리까지 걸어갈 수 있었다. 하지만 지금은 발밑에서 느슨하게 흔들거리는 돌멩이들도 위험했다. 나는 죽은 뭔가를 물어뜯는 잡종 개와 지독한 냄새에 파리가 들끓는 반쯤 포장된 생선 같은 것들을 피해 조심스럽게 걸음을 옮겼다.

워터가를 서둘러 내려가자 탁 트인 강물이 눈앞에 펼쳐졌다. 길 양쪽에서는 여자들이 문 앞에서 쓰레기와 오물을 쏟아내는 바람에 재와 먼지 구름이 뭉게뭉게 피어올랐다. 그 바람에 기침을 살짝 했다가 갑자기 발작적으로 터져 나왔다. 나는 두 손으로 무릎을 짚은 채 몸을 반으로 접고서 기침을 토해냈다.

다행스럽게 아무도 그런 내게 주의를 기울이지 않았다. 지금 이 순간 내가 가장 원치 않는 것이 내 목적지와 이름을 물어보는 사람들의 관심이었다. 다들 자기 아이들과 집안일, 가게 일에 신경 쓰느라 바빠서 남 일에는 관심이 없었다.

나는 폐를 들썩이며 계속 공기를 빨아들였다. 그러자 마침내 목구멍의 열기가 가라앉았다. 입가가 축축해서 입술을 닦아내는데 손바닥에 녹색 점액이 묻어나서 소스라치게 놀랐다. 마치 강물에 손을 담갔다가 꺼냈더니 미끌미끌한 해조류가 살갗에 달라붙어 나온 것만 같았다. 나는 녹색 점액을 바닥에 털어내고 형체 하나 남지 않게 신발로 짓뭉갠 후, 어깨를 쭉 펴며 강으로 향했다.

블랙프라이어스 다리 아래쪽 계단으로 가다가 길 건너편에서 다가오는 남자와 여자 한 쌍을 발견했다. 그중 남자는 두 눈을 가늘게 뜨고는 단호한 눈빛으로 날 똑바로 쳐다보고 있었다. 나는 남자가 내 뒤쪽의 누군가를 바라보고 있기를 간절하게 바랐다. 남자 옆의 여자는 갓난아기를 가슴에 안고 있어서 힘겨워 보였다. 멀리서도 아기의 부드러운 달걀 모양의 머리를 알아볼 수 있었다. 아름다운 크림색 포대기가 아이를 꼼꼼하게 감싸고 있었다.

나는 땅바닥으로 시선을 돌리고는 걸음을 빨리했다. 하지만 다리 맨 아래 계단에 다다랐을 때 어깨에 닿는 가벼운 손길이 느껴졌다.

"이봐요?" 내가 돌아서자 그들이 서 있었다. 아빠와 엄마, 아이, 이렇게 완벽한 한 가족이 보였다. "괜찮으세요?" 남자가 얼굴을 가린 모자를 밀어올리고 목을 감싼 스카프를 끌어내렸다.

"저, 전 괜찮아요." 내가 더듬거렸다. 손가락 아래 잡힌 난간이 얼음처럼 차갑게 느껴졌지만 꽉 움켜쥔 손을 풀지는 않았다.

남자가 안도의 한숨을 쉬었다. "세상에, 저기서 당신이 기침하는 걸 봤습니다. 어서 이 추운 길가에서 벗어나 따뜻한 불 옆으로 가야 해요." 남자가 내가 가려던 계단을 올려다보았다. "이 다리를 건너서 서더크로 갈 생각은 아니겠죠? 이 추운 날에 그렇게 가다가는……."

나는 포대기에 단단하게 감싸여 보조개를 짓고 있는 갓난아기한테서 눈을 떼려고 애썼다. "전 괜찮으니 걱정 마세요."

여자가 가여운 눈빛으로 고개를 기울였다. "저, 그러지 말고 우리랑 같이 가요. 뱃사공을 고용할 거거든요. 이 어린아이를 안고

걸어가기가 힘들어서요." 여자가 아기를 내려다보고 나서 근처 강
둑에서 기다리고 있는 몇몇 남자들을 고갯짓으로 가리켰다.

"감사합니다. 하지만 전 정말 괜찮아요." 나는 계단을 올라가려
고 한 발을 들어 올리면서 고집스럽게 말했다. 친절한 부부에게
미소를 지어주면서 그들이 떠나기를 바랐다. 하지만 또다시 기침
이 목구멍에 걸려 간질거렸고 참으려고 해도 소용이 없었다. 결국
에는 고개를 돌려 다시 기침을 하기 시작했다. 다시금 어깨를 잡
는 손길이 느껴졌다. 이번에는 전보다 더 단단하게 부여잡은 손길
이었다.

아이 엄마의 손이었다. 아이 엄마의 표정이 사납게 이글거렸다.
"당신이 꼭 가야겠다면 우리랑 같이 배를 타요. 당신은 저 다리를
건너기는커녕 이 계단도 다 올라가지 못할 거예요. 어서요, 이리
와요." 아이 엄마가 날 끌어당겼다. 한 손은 갓난아기의 머리 위
에, 다른 한 손은 내 등에 올려놓고 강가에서 기다리고 있는 뱃사
공 쪽으로 향했다.

나는 순순히 그 손길에 응했다. 배에 앉아서 두툼한 울 담요를
무릎에 덮자 잠시 숨을 돌릴 수 있어서 고마웠다. 아이 엄마는 아
이에게 젖을 물렸고, 배는 덜커덩거리면서 차가운 물 위를 나아가
기 시작했다. 나는 몸을 살짝 숙이면서 강을 가로질러 서더크로 가
는 동안 속이 울렁거리지 않기를 바랐다. 한순간, 내가 왜 이 강에
왔는지, 내가 왜 이 아름다운 가족과 함께 배에 올라탔는지를 잊어
버렸다. 그러다가 기억이 되살아났다. 물집딱정벌레. 정문 관리실.

집사. 성욕을 자극할 만한 것.

"속이 안 좋아요?" 남자가 물었다. "오늘 물살이 좀 거치네요. 그래도 걷는 것보다는 훨씬 나을 거예요."

나는 말없이 고개를 끄덕였다. 게다가 속이 뒤틀리는 느낌도 낯선 것이 아니었다. 20년이 지난 지금도 기억하고 있는 입덧과 아주 비슷했다. 그 당시 생리가 끊어지기도 전에 파도처럼 울렁거리는 욕지기가 일찌감치 찾아왔고 뒤이어서 피로가 몰아닥쳤다. 그 즉시 일반적인 피로가 아님을 알아차렸다. 씨앗 두 개를 나란히 놓고 어떤 것이 노란색 백합이고 하얀색 백합인지 구분할 수 있는 것처럼 내가 아이를 가졌다고 확신했다. 그때의 나는 욕지기와 피로에도 불구하고 누가 봐도 모든 행복의 비밀을 알아낸 사람 같았다. 내 평생 프레데릭의 아이를 가졌던 그 시절보다 더 즐거웠던 적은 없었다.

아이 엄마가 내게 미소 짓고는 잠든 아이를 젖가슴에서 떼어냈다. "한 번 안아볼래요?" 아이 엄마가 물었다. 나는 내가 아이를 계속 응시하고 있었다는 사실도 깨닫지 못한 채 얼굴을 붉혔다.

"네." 나는 내가 무슨 말을 하는지도 모르고 이렇게 속삭였다. "네, 안아보고 싶어요."

아이 엄마가 아이 이름이 베아트리스라고 하면서 아이를 건네주었다. "기쁨을 가져오는 자라는 뜻이에요." 아이 엄마가 설명했다.

하지만 아이의 몸집이 내 두 팔을 꽉 채우고 아이의 온기가 내

살 거죽 너머로 전해져 왔을 때 나는 기쁨을 전혀 느끼지 못했다. 내 두 팔에 와 닿는 아이의 복숭앗빛 피부와 여린 숨결이 묘비이자 상실의 표식, 뭔가 특별한 것을 빼앗긴 증표처럼 느껴졌다. 뭔가가 목구멍에 걸린 것만 같았다. 나는 그 즉시 서더크에 가려고 이 배에 올라탄 것을 후회했다.

복도에 침묵이 내려앉고 내가 홀로 누워 기다릴 때, 연인의 품에 안겨 죽게 해주세요.

날 이곳으로 이끈 편지 속의 그 말들이 저주처럼 들렸다.

아기가 불안한 내 기분을 눈치 챘는지 잠에서 깨어나 혼란스러운 표정으로 주위를 둘러보았다. 배부르게 먹고 났음에도 한바탕 울어 젖히려는 것처럼 눈썹을 찌푸렸다.

본능적으로 아기를 위아래로 흔들어 달래야겠구나 싶었다. "쉬." 날 지켜보는 아이 엄마와 아빠의 시선을 의식하면서 아이에게 속삭였다. "쉬, 얘야, 이제 괜찮아. 불안해할 것 없어." 베이트리스가 조용해지더니 내 눈을 뚫어지게 쳐다보았다. 내 안의 깊숙한 곳까지 들여다보고, 내 비밀들과 날 아프게 하는 모든 것을 엿보는 것 같은 눈빛이었다.

배를 타고 물살을 가로질러 건너편으로 가는 동안, 아름다운 아기 베아트리스, 기쁨을 가져오는 자를 두 팔에 안고서도 블랙프라이어스 다리에서 시선을 뗄 수가 없었다. 그 구조물을 물 위로 높이 들어 올린 돌 아치를 올려다보며 그 다리에서 한 발만 내딛어도 쉽게 손에 넣을 수 있는 해방과 자유를 꿈꾸었다.

순간의 자유낙하와 폭발하듯 튀어 오르는 차가운 물보라로 단한순간에 이 저주를, 다른 모든 것들을 끝낼 수 있다. 내밀한 비밀들을 봉하고, 내게 맡겨진 것들을 보호할 수 있다. 단 한순간에 내뼈마디에서 상실감과 썩은 것들을 뽑아내고, 내 아기가 있을 그 어딘가로 갈 수 있다.

나는 베아트리스를 계속 아래위로 흔들었다. 아기가 나처럼 어둡고 끔찍한 생각들을 절대 하지 않기를 속으로 간절히 바라면서. 아이의 얼굴은 타고난 반점 하나 없이 깨끗했다. 아이의 턱과 목 주변에 잘게 주름 잡힌 피부를 더 자세히 살펴보려고 크림색 포대기를 살짝 잡아당겨 내렸다. 엄지손가락에 와 닿는 부드러운 울의 감촉으로 보아 아이를 감싼 포대기가 아이 엄마와 아빠 옷을 합친 것보다 더 비쌀 것 같았다. 베아트리스, 넌 엄마와 아빠의 사랑을 많이 받고 있구나. 나는 눈빛만으로도 내 마음이 전해지기를 바라면서 속으로 이렇게 말했다. 배가 강가로 나아가기 시작했을 때 나는 떨리는 손으로 베아트리스를 아이 엄마에게 건네주었다.

다음날 아침 일찍, 들판에서 가져온 물집딱정벌레를 벽난로에 굽고 난 후였다. 바닥에 주저앉은 몸을 일으킬 수가 없었다. 전날 살을 에는 듯 차가웠던 날씨에 무릎이 뻣뻣해졌고, 배를 타고 나서 오래 걸은 탓에 발목이 부었다. 손가락도 살갗이 벗겨지고 붉어졌지만 다 예상한 일이었다. 월워스 근처 들판에서 물집딱정벌레를 백 마리 넘게 잡아서 사랑하는 가족들과 떼어놓았으니까 당연한 일이었다.

이렇게 몸이 불편한데도 약하게 타오르는 불길과 그 위에서 부글부글 끓고 있는 아편 섞인 물소리에 마음은 편안했다. 곧 도착할 손님 때문에 불안한 마음은 여전했지만 부유한 손님이 도착할 때까지 1시간은 쉴 수 있었다.

하지만 그것은 어리석은 생각이었다. 막 머리를 기댄 채 쉬려고 했을 때 숨겨진 문을 두드리는 소리가 났다. 너무나 갑작스러운 노크 소리에 비명을 지를 뻔했다. 재빨리, 서둘러 머릿속 생각들을 헤집어보았다. 내가 너무 지쳐서 약속 시간을 잊어버렸나? 놓친 편지가 있었나? 10시에 오겠다던 여자가 도착하기에는 너무 이른 시간이었다.

젠장, 약쑥이나 화란국화처럼 일상적인 치료약을 찾는 여자가 분명했다. 나는 신음을 뱉어내며 바닥에서 몸을 일으키기 시작했지만 내 몸무게가 날 끌어당겨 내렸다. 그때 또다시 노크소리가 좀 전보다 더 크게 들렸다. 피곤에 지친 날 괴롭히는 침입자에게 속으로 욕을 퍼부었다.

문으로 다가가 누가 찾아왔는지 보려고 좁은 틈새로 밖을 내다보았다.

뜻밖의 방문객은 엘리자였다.

11

엘리자

1791년 2월 8일

자그마한 자기 몸 쪽으로 문을 당겨 연 넬라는 혼이 나간 듯 놀
란 표정을 짓고 있었다. "놀라게 해드렸다면 죄송해요." 내가 사
과했다.

"아, 아냐, 들어와." 넬라가 가슴에 손을 얹고 숨을 들이쉬었다.
나는 젖은 발을 안으로 내딛었다. 약방 안은 며칠 전과 똑같았지만
냄새가 달랐다. 촉촉하고 건강한 흙냄새가 공기 중에 가득했다. 나
는 호기심에 선반을 유심히 살펴보았다.

"어제 신문을 읽었어." 넬라가 나와 눈을 맞추며 말했다. 넬라의
움푹 들어간 두 뺨이 전보다 더욱 짙은 그림자에 묻혀있었고, 뻣뻣

한 진회색 머리카락이 기이한 각도로 뻗쳐 나와 있었다. "암웰 씨가 쓰러졌더구나. 모든 게 계획대로 된 것 같던데."

고개를 끄덕이는 내 안에선 자부심이 피어올랐다. 독 달걀 효과가 얼마나 뛰어났는지 한시라도 빨리 넬라에게 말하고 싶어서 기다릴 수가 없었다. 내가 직접 다 말해주고 싶었다. 넬라가 신문을 읽지 않았다면 좋았을 텐데. "주인님은 즉시 앓기 시작했고 상태가 조금도 나아지지 않았어요."

다만 한 가지 문제가 있었다. 나도 모르게 아랫배로 손이 내려갔다. 암웰 주인님이 사망한 이후로 아프기 시작한 곳이었다. 주인님은 계획대로 독물에 쓰러졌을지 몰라도 그의 영혼은 저택 안에 풀려나 돌아다녔다. 그 이후 나는 피를 흘리기 시작했다. 넬라의 약방을 다시 찾아가는 것이 유일한 해결책 같았다. 넬라에게는 암웰 주인님의 유령을 없애줄 약물이 있을 게 분명했다.

그뿐만 아니라 넬라의 약병과 약물에도 마음을 빼앗겼다. 넬라는 마법이 아니라고 생각할지 모르지만 내 생각은 완전히 달랐다. 암웰 주인님은 그냥 돌아가신 게 아니었다. 주인님 안에서 뭔가가 번데기 속의 나비처럼 새로운 형태로 변했다. 어떻게든 원래대로 되돌려야 했다. 그럼 내 뱃속에서 흘러내리는 피도 멈추겠지. 그러자면 넬라의 약이 꼭 필요했다.

하지만 아직은 그 이야기를 넬라에게 털어놓을 수 없었다. 성가시거나 완전히 미친 사람 취급을 받고 싶지 않았다. 그래서 다른 방법을 쓰기로 했다.

넬라가 팔짱을 낀 채 나를 아래위로 훑어보았다. 내 얼굴 바로 앞에 보이는 넬라의 손가락 관절들은, 체리처럼 빨갛고 둥그스름하게 부풀어 오른 것 같았다. "달걀이 효과가 있었다니 정말 기쁘구나. 그건 그렇고 그 일은 다 끝났는데 왜 다시 날 찾아온 거지? 그것도 이렇게 느닷없이." 나무라는 말투는 아니었지만 넬라가 날 달가워하지 않는 것은 분명했다. "네 주인마님에게도 주인님과 같은 운명을 안겨드리려고 온 건 아니겠지?"

"절대 아니에요." 내가 고개를 가로저었다. "마님은 항상 저한테 잘해주셨어요." 갑자기 연기 한 줄기가 공중에 피어올랐고, 촉촉한 흙냄새가 강하게 훅 끼쳐왔다. "이게 무슨 냄새예요?"

"이리 와." 넬라가 벽난로 근처 바닥에 있는 항아리 쪽으로 오라고 손짓하며 말했다. 내 허리 높이까지 올라오는 항아리 안에는 푸석푸석한 검은 흙이 있었다. 내가 가까이 다가가자 넬라가 한 손을 내밀어 날 가로막았다. "더 가까이 가지는 마렴." 넬라가 말했다. 그러고는 엉성하게 만든 가죽 장갑을 꺼내 끼고 삽처럼 생긴 작은 도구로 흙을 가장자리로 약간 밀어냈다. 그러자 그 속에서 딱딱한 하얀 물체가 드러났다. "투구꽃 뿌리야." 넬라가 말했다.

"투구……꽃." 내가 천천히 되풀이해서 말했다. 바위처럼 보이는 물체였다. 하지만 목을 쭉 빼고 들여다보아도 불룩 튀어나온 작은 매듭 같은 것만 겨우 보여서 감자나 당근과 비슷해 보였다. "늑대를 죽이려고요?"

"너도 아는 모양이구나. 그리스인들은 늑대를 사냥할 때 이 독을 추출해서 화살에 발랐지. 하지만 요즘은 그러지 않아."

"여기서는 늑대가 아니라 사람 죽이는 독을 만들죠." 나는 내가 얼마나 잘 이해하고 있는지 과시하고 싶어서 이렇게 말했다.

넬라가 눈썹을 치켜 올리며 이렇게 말했다. "넌 내가 만나봤던 여느 열두 살짜리 아이 같지 않아." 넬라는 항아리로 돌아가 투구꽃 뿌리를 다시 흙으로 부드럽게 덮었다. "한 달 안에 이 투구꽃 뿌리를 수천 조각으로 자를 거야. 이걸 한 꼬집 집어서 쌉쌀한 고추냉이 소스에 잘 섞어 먹으면 1시간 내로 심장이 멈추지." 넬라가 내쪽으로 고개를 기울였다. "그런데 넌 아직 내 질문에 답하지 않았구나. 달리 필요한 게 있어서 온 거니?" 넬라는 장갑을 벗고 두 손을 깍지 꼈다.

"전 암웰 저택에 머물고 싶지 않아요." 내가 웅얼거리듯 말했다. 완전한 진실도 아니지만 진실이 아닌 것도 아니었다. 기침이 터져 나오자 끈적끈적하고 축축한 피가 새어나오는 게 느껴졌다. 어제 세탁실에서 얇은 천을 가져와 조각내서는 속옷이 젖지 않게 안에다 덧대놓은 참이었다.

넬라가 어리둥절한 표정으로 고개를 갸웃거렸다. "네 주인마님은 어떡하고? 네 일은?"

"마님은 몇 주 동안 노리치에 있는 가족들과 함께 지내려고 북쪽으로 가셨어요. 오늘 아침에 검정색 마차를 타고 떠나셨죠. 가족들과 함께 지내야 한다면서요. 그……." 나는 암웰 부인이 떠나기 전에 편지 몇 통에 적으라고 했던 내용을 그대로 읊다가 잠시 멈췄다. "애도 기간 중에는요."

"그럼 처리할 집안일이 많아서 바쁘겠는데."

나는 고개를 가로저었다. 마님이 떠난 상황에서 주인님은 돌아가셨고, 샐리가 돌아왔기 때문에 내가 할 일이 거의 없었다. "전 암웰 부인의 편지 쓰는 일만 해요. 마님은 자기가 없는 동안은 저택에 남아있을 필요가 없다고 하셨어요."

"부인의 편지를 쓴다고? 그래서 네 글씨체가 좋았구나."

"마님은 손이 떨려서 더 이상 글씨를 많이 쓸 수가 없거든요."

"그래, 알겠어. 그럼 넌 한동안 해고된 거네." 넬라가 말했다.

"마님이 시골에 계시는 부모님께 가보라고 하셨어요. 스윈든에요. 저도 휴식을 취하는 게 좋을 거라고 생각하신 것 같아요."

넬라는 눈썹을 치켜 올렸지만 그 말은 사실이었다. 내가 흐느끼면서 바닥에 쓰러졌을 때 암웰 부인이 의자에 묻은 핏자국을 발견하고는 두 팔로 날 끌어안았다. 나는 암웰 주인님의 풀려난 영혼 생각에 슬픔을 가눌 수가 없었다. 딸꾹질도 멈출 기미가 보이지 않았다. 하지만 마님은 조금도 동요하지 않았고, 심지어는 차분해 보이는 것 같았다. 왜 진실을 보지 못하는지 의아했다. 나는 암웰 주인님이 사망한 바로 그 시각부터 피를 흘리기 시작했다. 그날 밤, 주인님의 추악한 유령이 내 배를 휘감은 것이다.

이런 일로 울지 마. 이건 달이 하늘을 가로지르는 것처럼 자연스러운 일이야. 암웰 부인은 그렇게 속삭였다.

하지만 이틀이 지났음에도 아직 멈추지 않는 이 죽음의 피는 절대 자연스러운 게 아니었다. 암웰 부인은 요하나에 대해서도 잘못 알고 있었다. 나는 요하나가 내 옆방에서 죽었다는 사실을 알고 있었지만, 마님은 그것도 사실이 아니라고 말했으니까.

"하지만 넌 스윈든에 가지 않았구나." 넬라가 다시 내 주의를 끌면서 말했다.

"가는 길이 멀거든요."

넬라는 믿을 수 없다는 표정으로 팔짱을 꼈다. 내가 거짓말을 하는 걸 아는 눈치였다. 뭔가 다른 이유가, 집으로 돌아가지 않는 이유가 있다는 사실을 알고 있었다. 넬라가 시계를 쳐다보다가 다시 문을 주시했다. 누가 찾아오기를 기다리는지, 아니면 내가 떠나기를 기다리는지 알 수 없었다. 하지만 피를 흘리는 내 증상을 솔직하게 말할 수 없다면 이곳에 머물 다른 방법을 찾아내야 했다. 그것도 아주 빨리.

나는 양손을 꽉 움켜쥐고는 여기까지 걸어오면서 연습했던 말을 뱉어낼 준비를 했다. 목소리가 떨렸다. 내 방법이 통하거나 쫓겨나거나 둘 중 하나였다. "여기 머물면서 일을 돕고 싶어요." 단숨에 와르르 터져 나온 말이었다. "투구꽃 뿌리를 자르는 법과 달걀을 깨뜨리지 않고 그 안에 독을 넣는 방법을 배우고 싶어요." 나는 잠시 기다리면서 넬라의 반응을 살폈다. 넬라의 무표정한 얼굴을 보자 용기가 났다. "견습생처럼 잠깐 동안만 여기서 일하는 거예요. 암웰 부인이 노리치에서 돌아오실 때까지요. 제가 아주 큰 도움이 될 거예요."

넬라가 미소를 짓자 눈 가장자리에 주름이 잡혔다. 좀 전까지만 해도 넬라가 주인마님보다 나이가 많지 않다고 생각했는데 지금은 마흔, 아니 심지어는 쉰 살이 아닐까 하는 생각이 들었다. "얘야, 내 팅크는 나 혼자 만들 수 있어."

나는 포기하지 않고 몸을 더욱 꼿꼿이 세워 앉았다. 첫 번째 방법이 통하지 않을 때를 대비해서 두 번째 방법도 준비해 왔다. "그럼 저기 약병 정리를 도와드릴게요." 내가 선반 하나를 가리키며 말했다. "약병 라벨 몇 개가 흐릿하네요. 저번에 팔을 이상한 모양으로 들고 있는 거 봤어요. 전 더 진하게 쓸 수 있어요. 제가 도와드리면 팔도 아프지 않을 거예요." 나는 암웰 부인과 함께 응접실에서 몇날 며칠 동안 완벽하게 글 쓰는 연습을 하면서 보냈던 수많은 시간들을 생각했다. "제 솜씨에 실망하지 않을 거예요." 내가 덧붙여 말했다.

"아니, 그건 안 돼, 엘리자. 내가 허락할 수 없구나." 넬라가 말했다.

심장이 터질 것만 같았다. 나는 넬라가 거절할 거라고는 꿈에도 생각하지 않았다. "왜요?"

넬라는 믿을 수 없다는 듯 웃음을 터뜨렸다. "견습생이 되고 싶다고? 독약 제조법을 배우는 견습생이 되고 싶다고? 이건 여자들에게 남편을 죽일 수 있는 독을 만들어주는 일이야. 남편뿐이겠니, 주인과 오빠, 동생, 구혼자, 운전사, 아들도 죽일 수 있는 독이지. 여기는 사탕 가게가 아니란다. 이 약병들은 으깬 산딸기를 넣은 초콜릿 병이 아니야."

나는 입술을 깨물었다. 며칠 전에 독 달걀을 팬에 깨뜨려 넣어 요리해서 주인님에게 갖다준 사람이 나라고 소리치고 싶은 걸 꾹 참았다. 암웰 부인의 편지를 대신 쓰면서 가끔은 가장 하고 싶은 말을 마음속 깊이 숨겨두어야 한다는 사실을 깨달았기 때문이다. 나는 침묵을 지키다가 차분하게 말했다. "저도 여기가 사탕 가게가 아니란 건 알아요."

이제 넬라의 표정이 진지해졌다. "얘야, 왜 이 일을 하려는 거니? 내 심장은 저 불길 아래 잿더미처럼 시커멓게 타버렸어. 그 이유를 말해줘도 넌 아직 어려서 이해하지 못할 거야. 그런데 넌 아직 열두 살 밖에 되지 않았잖니. 무슨 상처를 입었기에 이런 일을 하려는 거야?" 넬라가 두 팔을 휘둘러 약방 안을 가리켰다. 그러다 마지막으로 투구꽃이 숨겨져 있는 흙 항아리에 시선을 떨어뜨렸다.

"둘은커녕 한 사람이 눕기에도 좁은 침대에서 잠자는 게 괜찮을 것 같아? 이곳에서는 사생활이라는 게 조금도 없다는 거 모르겠어? 휴식을 취할 수도 없어, 엘리자. 항상 뭔가를 끓이고 졸이고 담그는 곳이야. 난 지금 네 주변에 보이는 이것들을 살펴보느라 밤을 꼬박 새워야 해. 이곳은 조용한 저녁 시간을 즐길 수 있고 핑크색 벽지가 발라져 있는 웅장한 저택이 아냐. 넌 그냥 저택의 하녀에 불과하겠지만 그래도 여기보다는 훨씬 더 좋은 방을 갖고 있을걸." 넬라가 숨을 들이쉬더니 부드러운 손을 내 손에 얹었다. "이런 곳에서 일하는 게 네 꿈이라고 말하지 마. 이보다 더 좋은 뭔가를 바라지 않니?"

"네, 전 바다 근처에서 살고 싶어요. 브라이튼의 모래성 사진을 봤거든요. 전 거기서 살고 싶은 것 같아요." 나는 넬라에게 잡혔던 손을 빼내서 손가락으로 턱을 쓰다듬었다. 바늘 끝보다 크지 않은 근질근질한 뾰류지 하나가 손끝에 잡혔다. 나는 잡생각에서 빠져나와 숨을 내쉬고는 체념한 채 넬라에게 모든 이야기를 다 털어놓기로 했다. "암웰 주인님의 영혼이 절 괴롭혀요. 주인마님이 없는 저택에 있으면 주인님의 영혼이 절 더 못살게 괴롭힐 거예요."

"말도 안 돼." 넬라가 격하게 고개를 가로저었다.

"진짜예요! 그 저택에는 다른 영혼도 있어요. 저보다 먼저 온 요하나라는 젊은 여자애 영혼이요. 요하나는 제 옆방에서 죽었대요. 밤이면 그 아이의 울음소리가 들려요."

넬라는 내 말을 믿을 수 없다는 듯 손바닥을 쫙 펼쳤다. 내가 미쳤다고 생각하는 것 같았다.

하지만 나는 꿋꿋하게 계속 말했다. "전 암웰 부인을 계속 모시고 싶어요. 약속할게요. 주인마님이 런던에 돌아오시면 곧바로 돌아갈 거예요. 성가시게 하려는 게 아니네요. 그냥 암웰 저택의 유령을 없애는 약 만드는 법을 배우고 싶어서 그래요. 요하나의 끝없는 울음소리도 더 이상 들리지 않고, 암웰 주인님도 절 건드리지 못하면 좋겠어요. 다른 일도 배울 수 있어요. 제가 여기 있으면 도움이 될지도 몰라요."

넬라가 딱딱하게 굳은 시선으로 날 쳐다보았다. "잘 들어, 엘리자. 우리가 숨 쉬는 이 세상에서 영혼을 없애주는 약은 없어. 만약 그런 게 실제로 있고 내가 만들어 병에 담을 수 있다면 난 부자가 되어 어딘가의 저택에 살고 있을 거야." 넬라는 우리가 앉아있는 탁자의 긁힌 자국을 손톱으로 쓸어보았다. "네 마음을 솔직하게 다 말해주다니 넌 정말 용감하구나. 하지만 난 널 도울 수 없고, 너도 여기에 머물 수 없어. 미안하지만 그건 안 돼."

실망감이 온몸으로 퍼져 나갔다. 내가 아무리 애원해도 넬라는 조금도 날 도와주지 않았다. 암웰 부인이 돌아올 때까지 머물 곳도 제공해 주지 않았다. 하지만 미세하게 떨리는 넬라의 목소리에 나는 희망을 버리지 않았다. "영혼이 있다고 믿으세요? 암웰 부인은 제 말을 믿지 않아요. 조금도요."

"난 유령을 믿지 않아. 그게 네가 묻는 거라면 말이야. 너 같은 아이들은 밤에 악령이 나올까 봐 무서워하지. 하지만 생각해 보렴. 우리가 죽어서 유령이 되어 한때 살았던 곳을 떠돌아다닌다면 런던 전체가 영원히 안개 속에 파묻혀 있지 않겠니?" 넬라가 잠시 말을 멈추자 뒤쪽에서 시끄럽게 타오르는 불길 소리만 들렸다. "가끔은 예전에 살았던 사람들의 잔재를 느낄 수 있다고 생각한단다. 하지만 그건 영혼이 아냐. 그보다는 절박한 우리의 상상력이 만들어낸 것들이지."

"하지만 제 옆방에서 요하나가 우는 소리가 들리는데……그게 제가 상상한 거라고요?" 그럴 리가 없었다. 나는 그 여자아이를 만

난 적도 없었다.

넬라가 어깨를 으쓱거렸다. "그건 나도 잘 모르겠구나. 내가 널 오래 알고 지낸 건 아니지만 넌 아직 어려. 그래서 터무니없는 생각들을 하기 쉬워."

"전 열두 살이에요." 나는 인내심이 바닥나서 이렇게 쏘아붙였다. "전 그렇게 어리지 않아요."

넬라가 내 시선을 마주본 채 얼굴을 찡그리면서 일어나 약방 뒤쪽의 커다란 수납장으로 향했다. 그러더니 혀를 차면서 책등 몇 개를 손가락으로 쓸었다. 하지만 원하는 것을 찾지 못했는지 수납장 문 하나를 열어 다른 책들을 살펴보았다. 안쪽의 책은 훨씬 더 어수선하게 쌓여있었다. 그 책 더미 맨 아래에서 넬라가 작은 책 하나를 찾아 꺼냈다.

아주 얇아서 책이라기보다는 소책자에 가까웠다. 부드러운 표지는 한쪽 모퉁이가 찢어져 있었다. "엄마가 갖고 있었던 책이란다." 넬라가 내게 책을 건네주면서 말했다. "엄마가 이 책을 펼쳐보는 건 보지 못했지만. 나한테도 필요 없는 책이고."

나는 빛바랜 진홍색 표지를 열었다가 눈에 들어온 삽화에 놀라서 숨을 헉 들이마셨다. 한 여자가 풍성한 작물과 순무, 딸기, 버섯을 낳고 있는 그림이었다. 여자의 맨 가슴 주변에는 물고기 몇 마리와 갓 태어난 돼지새끼 한 마리가 흩어져 있었다. "이게 뭐예요?" 내가 뺨을 붉히면서 넬라에게 물었다.

"오래전에 누군가가 엄마한테 준 책이야. 엄마가 돌아가시기 일이 년 전쯤이었지. 마법이 가득한 책이라서 산파와 치료사가 사용한다고 했어."

"하지만 넬라의 어머님은 마법을 믿지 않았고요." 내가 짐작해서 말했다.

넬라는 고개를 끄덕이고는 장부로 걸어가서 페이지를 넘겼다. 날짜를 살펴보는지 이맛살을 잔뜩 찌푸리고 있었다. 손가락으로 항목을 훑어보던 넬라가 고개를 끄덕였다. "아, 여기 있다. 이걸 좀 보렴." 넬라가 장부를 돌려서 내 얼굴 앞에 들이대고는 찾아낸 항목을 가리켰다.

1764년 4월 6일, 브레일리 부인의 갓난아기, 호주산 야생꿀 1/2 파운드, 바르는 약

"야생꿀 반 파운드." 넬라가 큰소리로 읽었다.

나는 두 눈을 동그랗게 떴다. "그걸 먹는다고요?"

넬라가 바르는 약이라는 글자를 가리켰다. "아니, 피부에 바르는 거야." 넬라는 목청을 가다듬고 설명을 이어나갔다. "브레일리 부인은 어린 나와 비슷한 나이였어. 네 또래였지. 자정이 넘어서 찾아온 브레일리 부인의 울음소리에 우린 잠에서 깼어. 브레일리 부인은 두 팔에 갓난아기를 안고 있었는데, 며칠 전에 뜨거운 물 주전자에 심하게 데였다고 했지. 엄마는 어쩌다가 그랬는지 묻지 않아. 그 가여운 아이의 상태를 살피는 게 더 중요했으니까. 아

이의 상처는 곪아서 고름이 나고 있었단다. 게다가 상처가 전신으로 퍼졌는지 다른 부위에도 발진이 나고 있었지. 엄마가 아이를 끌어안았는데 가슴에 닿는 아이의 몸에서 열기가 느껴졌어. 엄마는 아이를 이 탁자 위에 내려놓고 옷을 벗겼지. 그러고는 야생 꿀 병을 열어서 아이의 몸에 듬뿍 발랐어. 갓난아기가 울기 시작했고, 아이 엄마도 따라 울었어. 엄마는 아이의 연약한 피부가 얼마나 쓰리고 아플지 잘 알고 있었지. 누군가에게 고통을 안겨주는 건 무척이나 끔찍한 일이야, 엘리자. 병을 치료하려면 어쩔 수 없다고 해도 말이야."

넬라가 자신의 눈을 살짝 문질렀다. "엄마는 아이와 아이 엄마를 3일 동안 잡아두었어. 그 두 사람은 우리 약방에 머물렀고, 엄마는 2시간마다 아이에게 꿀을 발랐단다. 단 한 번도 치료를 빼먹지 않았어. 3일 동안 단 1분도 늦지 않고 정해진 시간에 아이에게 꿀을 발라주었지. 엄마는 자기 아이인 것처럼 그 아이를 치료했어." 넬라가 장부를 덮었다. "고름은 말라붙었고, 번져나가던 발진도 사라졌어. 곪아가던 상처도 거의 흉터 없이 나았지." 넬라는 내게 준 마법 책을 몸짓으로 가리켰다. "그래서 엄마는 그 책을 절대 열어보지 않은 거야. 이 땅의 선물로 생명을 구하는 게 바로 마법이니까."

꿀을 뒤집어쓴 채 이 탁자에 누워있었던 아이를 생각하자 마법 운운하는 내가 부끄러워졌다.

"그래도 넌 자꾸 유령이 신경쓰이겠지. 그 책 뒤표지에 책방 이름이 적혀있단다. 책방이 있는 거리 이름도 있고. 잘 기억이 안 나는데 베싱가인가 그랬던 것 같아. 그곳에는 마법에 관한 온갖 책들이 다 있어. 아니, 그렇다고 들었어. 지금은 그 책방이 없어졌을지도 몰라. 하지만 네가 저택의 유령을 없애주는 약을 찾는 거 보니까 그 책방에 가보는 게 좋을 것 같구나." 넬라가 수납장 문을 닫았다. "여기서 일하는 것보다는 그게 나을 거야."

나는 넬라한테서 받은 책을 꽉 움켜쥐었다. 축축한 손바닥에 묵직한 책의 차가운 기운이 느껴졌다. 마법 책이야, 더 많은 마법 책을 파는 책방 주소도 적혀있어. 나는 만족스럽게 이런 생각에 잠겼다. 조금 전만 해도 오늘 넬라를 찾아온 게 다 헛수고라고 생각했는데 그래도 건진 게 있었다. 가슴 속에서 기대가 부풀어 올랐다. 당장 그 책방에 가볼 생각이었다.

그때 갑자기 가볍고 부드럽게 문 두드리는 소리가 났다. 똑, 똑, 똑, 똑. 딱 네 번 들리더니 그 소리가 멈췄다. 넬라가 시계를 쳐다보고는 신음을 흘렸다. 나는 의자에서 일어나 떠나려고 했다. 하지만 문으로 향하던 넬라가 한 손을 내 어깨에 올리더니 부드럽게 밀어서 날 다시 의자에 앉혔다.

내 심장이 펄떡펄떡 뛰기 시작했다. 넬라는 나지막하게 속삭였다. "내 손이 떨려서 저 밖에 있는 여자한테 팔려는 가루를 병에 담을 수가 없구나. 이번 한 번만 날 도와줄 수 있겠니? 네가 괜찮다면 말이야."

나는 열렬하게 고개를 끄덕였다. 마법 책방은 나중에 갈 수 있

었다. 넬라가 여전히 붉게 부풀어 오른 손마디를 움직여 문을 열
었다.

12

캐롤라인
현재, 화요일

6시가 막 지난 시각이었다. 한 손에 커피를 든 채 이른 아침 햇살을 쐬며 베어 앨리로 향했다. 상큼한 공기를 깊이 들이마시면서 곧 도착할 제임스를 어떻게 하면 좋을지 생각했다. 제임스에게 다른 호텔, 이왕이면 다른 도시의 호텔을 예약하라고 해야 하나. 아니면 우리의 결혼 서약서를 보여주며 충실하겠다는 말을 제대로 이해한 건지 지적할 수도 있겠지. 내가 제임스에게 뭐라고 요구하든 한 가지는 아주 분명했다. 제임스는 내가 할 말을 그다지 좋아하지 않을 것이다.

생각에 빠져서 횡단보도를 걷는 바람에 빨간불에 파랗던 거리를 건너려다가 택시에 치일 뻔했다. 택시 운전자에게 손을 흔들어 사과하고는 제임스 때문에 거의 죽을 뻔했다고 속으로 욕을 퍼부었다.

파링던 거리 양쪽에는 콘크리트와 유리로 된 인상적인 빌딩들이 하늘 높이 솟아올라 있었다. 걱정했던 대로 베어 앨리 주변 지역은 대부분 대기업들의 차지였다. 200년 전에 있었던 뭔가가 오늘날까지 남아있을 가능성은 희박해 보였다. 목적지가 반 블록 정도 남았을 때 지금 현재의 베어 앨리는 진입로에 불과할 거라는 사실을 체념하고 받아들였다.

마침내 고층 빌딩들 사이에 숨겨진 골목길을 표시해 주는 검정색과 하얀색의 작은 표지판을 발견했다. 베어 앨리, EC4. 지금의 베어 앨리는 택배차가 다니는 길 같았다. 길 한쪽의 쓰레기통은 쓰레기로 넘쳐 흘렀고, 담배꽁초와 패스트푸드 용기들이 시커먼 노면 위에 버려져 있었다. 가슴 속에 실망감이 무겁게 자리 잡았다. 살인마 약제사가 여기 있었다는 간판을 기대하지는 않았지만 그래도 이보다는 뭔가 흥미로운 것이 남아있기를 바랐다.

골목길 안쪽으로 더욱 깊숙이 들어가자 뒤쪽에서 들리던 거리의 소음이 빠르게 희미해졌다. 콘크리트와 강철 빌딩들 뒤쪽은 알고 보니 훨씬 더 오래된 벽돌 구조물이 가득했다. 안쪽으로 골목길이 200미터 정도 길게 뻗어있었다. 주변을 둘러보자 벽에 기대어 담배를 피우면서 휴대폰을 들여다보는 남자 한 명이 보였다. 하지만 그 남자를 제외하면 골목길은 텅 비어있었다. 그럼에도 무섭지 않았다. 제임스가 곧 도착할 예정이라 아드레날린이 치솟은 탓이었다.

나는 벽돌 건물들 사이로 골목길 끝까지 천천히 걸어가면서 뭔가 흥미로운 것이 있는지 찾아보았다. 하지만 보이는 것이라고는 쓰레기뿐이었다. 넌 대체 뭘 찾고 있는 거니? 내 안에서 다그쳐 묻는 소리가 들렸다. 그 유리병이나 이름 모르는 약제사가 이 골목길과 관련이 있었다는 증거가 필요한 것은 아니었다. 사실 그 약제사가 실제로 존재했다는 확신도 없었다. 병원에서 발견된 쪽지는 환각에 빠진 정신 나간 여자가 죽기 몇 시간 전에 쓴 것일 수도 있었다.

하지만 약제사의 존재 가능성, 그에 얽힌 신비가 날 깊숙이 끌어들였다. 젊고 모험심 가득한 캐롤라인이 다시 살아나기 시작했다. 지금껏 써먹지 못했던 역사 학위, 책상 서랍에 쑤셔 넣어두었던 졸업장을 떠올렸다. 나는 학창 시절에 언제나 교과서에 수록되지 않은 평범한 사람들의 삶에 빠져 살았다. 그런데 지금 이곳에서 기억 속으로 사라진, 이름 없는 한 여자의 미스터리를 마주하고 있는 것이다.

솔직히 말해서 이 모험에 이끌린 또 다른 이유가 있었다. 받은 편지함에 있는 제임스의 메일을 신경 쓰고 싶지 않아서였다. 아무거라도 좋으니 제임스와의 대면을 늦춰줄 수 있는 뭔가를 간절히 바랐다. 그뿐만 아니라 아직 생리가 시작되지 않았다는 사실도 외면하고 싶었다. 나는 한 손을 배 위에 올려놓으며 한숨을 쉬었다.

실망스러운 마음을 안고서 골목길 끝에 다다랐다. 그런데 오른쪽에 강철 문이 하나 보였다. 높이 1.8미터에 너비가 1.2미터 정도되는 강철 문은 세월에 갈라지고 휘어져 있었다. 문 너머로는 작고 네모난 공터가 보였다. 농구장 반만 한 공터는 포장되지 않은채 무성하게 자란 관목들이 가득했고, 버려진 장비들이 공터 여기저기에 흩어져 있었다. 녹슨 파이프와 금속판, 그밖에 다른 쓰레기들이 널려있어서 길고양이들에게 잘 어울릴 성 싶은 곳이었다. 벽돌 건물들의 낡은 벽들이 공터를 감싸고 있었다. 인기 있는 상업지구 내에 사용하지 않는 공터가 있다니 누가 봐도 이상했다. 내가 부동산 개발업자는 아니었지만 이렇게 좋은 땅을 놀리는 게 낭비처럼 보였다.

나는 돌기둥 옆 강철 문에 바짝 기대고는 공터를 더 자세히 들여다보기 위해 창살에 얼굴을 갖다 댔다. 그 약제사가 살았을지도 모르는 시대로부터 200년이나 흘렀다. 그럼에도 눈에 잘 띄지 않는 버려진 공터가 옛날 모습 그대로 보존됐을 가능성을 붙잡아 두려고 애썼다. 어쩌면 그 약제사가 이곳을 걸어 다녔을지도 몰랐다. 관목과 잡초들이 그처럼 무성하게 자라지 않았다면 얼마나 좋았을까? 공터를 둘러싼 벽돌도 오래되어 보였다. 이곳 건물들은 얼마나 오래됐을까?

"길 잃은 고양이를 찾고 있나요?" 뒤쪽에서 걸걸한 목소리가 들렸다. 나는 깜짝 놀라 문에서 고개를 떼어내 돌아보았다. 4.5미터쯤 떨어진 곳에 파란색 캔버스 바지에 파란색 셔츠를 걸친 남자가 재미있다는 표정으로 날 쳐다보고 있었다. 건설 인부일지도 몰랐다. 불붙은 담배가 남자의 입술에 매달려 달랑거렸다. "겁줄 생각은 없었어요." 남자가 말했다.

"아, 전, 괜찮아요." 내가 처한 상황이 우습게 느껴져서 더듬거리며 말했다. 으슥한 골목에서 잠긴 문틈을 들여다보는 모습을 뭐라고 설명해야 할까? "남편이 저 모퉁이 너머에 있어요." 나는 거짓말을 했다. "이 오래된 문 앞에서 제 사진을 찍으려고요." 말은 이렇게 했지만 속은 민망해서 죽을 지경이었다.

남자가 보이지 않는 내 남편이 있는지 확인하려는 듯 뒤쪽을 흘끗거렸다. "그럼 방해하지 않을게요. 근데 사진 찍기에는 좀 으스스한 곳인데요." 남자가 담배를 한 모금 빨면서 히죽 웃었다.

나는 남자가 안전하게 거리를 둔 채 가까이 다가오지 않아서 고마웠다. 게다가 위쪽을 올려다보니 창문 몇 개가 보였다. 다행스럽게도 안전한 곳이 확실했다. 외딴 곳처럼 느껴지기도 했지만 주변 건물에서 많은 사람들이 내다볼 수 있는 곳이었다.

마음이 살짝 놓이고 나니 이왕 내 눈앞에 나타난 사람에게 도움을 좀 받기로 마음먹었다. 어쩌면 쓸만한 정보를 얻을 수 있을지도 몰랐다. "네, 좀 으스스하네요. 왜 이런 곳에 공터가 있는지 아세요?"

남자가 담배꽁초를 발로 짓밟아 끄고는 팔짱을 꼈다. "그건 모르겠는데요. 몇 년 전에 여기에 맥주집이 들어서려고 했죠. 그렇게 됐다면 완벽했을 텐데 허가를 못 받았다고 들었어요. 여기서는 잘 안 보이지만 저쪽에 문이 하나 있어서……." 남자가 공터 왼쪽 끝을 가리켰다. 그곳에는 내 키보다 훨씬 큰 덤불들이 있었다. "아마 지하실이나 뭐 그런 곳으로 이어지는 문일 거예요. 건물 소유주들이 저 문으로 다니려고 이곳을 비워두고 싶어 하는지도 모르죠." 그때 갑자기 남자의 주머니에서 진동 소리가 들렸다. 남자는 작은 무전기를 꺼냈다. "절 찾네요. 언제나 고치거나 수리할 파이프가 있거든요." 남자가 말했다.

그렇다면 남자는 배관공이었다. "이것저것 알려주셔서 감사해요." 내가 말했다.

"뭘요." 남자가 손을 흔들면서 저 멀리 걸어갔다. 나는 남자의 일정한 발자국 소리가 희미해질 때까지 귀를 기울였다.

그러고는 강철 문으로 돌아갔다. 문 너머를 더 자세히 살펴보려고 돌기둥 아래로 튀어나온 돌판을 밟고 몇 센티미터 더 높게 올라섰다. 그러고는 배관공이 가리켰던 공터 왼쪽으로 시선을 던졌다. 높은 곳에서 나뭇가지 너머를 보려고 눈을 잔뜩 찌푸렸다.

관목 한 그루 뒤쪽으로 오래된 벽돌 건물에 박힌 커다란 나뭇조각 같은 것이 보였다. 나뭇조각 아랫부분 일부가 높다랗고 무성한 잡초들에 가려져 있었다. 미풍 한 줄기가 나뭇가지들을 살짝 흔들고 지나갔다. 그때 나뭇조각 중간쯤에 불룩 튀어나온 불그스름한 것이 보였다. 곧 바스러질 것 같은 그것은 녹슨 문 손잡이었다.

나는 헉 하고 숨을 들이마시다가 돌기둥에서 미끄러질 뻔했다. 문이 분명했다. 그 모양새로 보아 아주, 아주 오랫동안 열린 적이 없는 문이었다.

13

넬라

1791년 2월 8일

내가 달갑지 않게 생각했던 여자가 도착했다. 문을 열자 어둠에 묻혀서 여자의 윤곽만 드러났고, 얼굴은 얇은 베일에 가려져 있었다. 보이는 것이라고는 치마폭과 목깃 가장자리에 달린 섬세한 레이스뿐이었다. 그때 여자가 머뭇거리며 한 발을 약방 안에 들여놓았다. 여자 뒤쪽에서 라벤더 향기가 따라 들어왔고, 촛불이 여자를 비추었다.

나는 헉 하고 튀어나오려는 숨소리를 집어삼켰다. 이번 주만 벌써 두 번째였다. 여느 때와는 다른 손님이 이 약방을 찾아온 것이. 처음에는 아이였고, 이번에는 상류층 여성이었다. 겉모습만 봐도 비밀스럽고 천박한 내 약방보다는 켄싱턴의 우아한 응접실에 더 잘 어울릴 것 같았다. 가장자리에 황금빛 백합이 수놓인 짙은 초록 색 드레스가 약방의 거의 4분의 1을 차지했다. 여자가 한 번 획 돌기만 해도 휘날리는 치맛자락에 내 약병의 절반이 바닥에 나뒹굴 것 같아 걱정스러웠다.

여자는 베일과 장갑을 벗어서 탁자에 올려놓았다. 엘리자는 그 화려한 방문객을 보고도 놀라지 않았는지 재빨리 벽난로로 장갑을 가져가 말리기 시작했다. 너무나 당연한 행동이었지만 나는 생각지도 못한 것이었다. 나는 그저 깜짝 놀라서 눈앞의 부인을 빤히 쳐다보고만 있었다.

"여긴 너무 어둡군." 여자가 코치닐(연지벌레 암컷을 말려서 만든 염료, 양홍이라고도 함-옮긴이)을 바른 입술을 아래로 끌어내리며 말했다.

"벽난로에 나무를 더 넣을게요." 엘리자가 지저귀듯 말했다. 엘리자가 내 약방에 온 것은 겨우 두 번째였지만 어떤 면에서는 나보다 훨씬 나았다.

"여기 앉으세요, 부인." 내가 다른 의자를 가리키면서 말했다.

여자는 우아하게 몸을 낮춰 의자에 앉고는 떨리는 숨을 길게 내쉬었다. 그러고는 머리 뒤쪽에서 작은 머리핀을 빼내더니 빠져나온 곱슬머리 몇 가닥을 가지런히 쓸어 모아 다시 단정하게 고정시켰다.

엘리자가 한 손에 머그잔을 들고 다가와 여자 앞쪽 탁자에 조심스럽게 내려놓았다. "따뜻한 페퍼민트 차예요." 엘리자가 허리를 굽혀 예를 갖추며 말했다.

나는 당황스러운 표정으로 엘리자를 쳐다보았다. 빻아놓은 페퍼민트 잎사귀는 물론이고 여분의 머그잔을 어디서 찾아냈는지 궁금했다. 엘리자가 앉을 의자는 없었지만 그냥 바닥에 앉거나 내가 줬던 마법 책을 뒤적여 보겠거니 했다.

"편지는 잘 받았어요." 내가 여자에게 말했다.

여자가 눈썹을 치켜세웠다. "어디까지 적어야 할지 모르겠더군. 들킬 경우에 대비해서 신경을 많이 썼지."

상류층과 얽히고 싶지 않은 이유가 하나 더 있다. 그들은 언제나 비밀 엄수를 원했다. "그 정도면 충분했어요. 제가 준비한 물건에도 만족하실 겁니다."

그때 끼익거리는 시끄러운 소리가 방해했다. 뒤를 돌아보자 엘리자가 나무상자를 끌어오고 있었다. 엘리자는 여자 손님과 나 사이에 나무상자를 끌어당겨 놓고 앉아 두 손을 무릎 위에 포개 얹었다. "전 엘리자예요. 손님이 이곳을 찾아주셔서 정말 기뻐요." 엘리자가 여자 손님에게 말했다.

"그래, 고맙구나." 여자가 부드러운 눈빛으로 엘리자를 바라보며 대답했다. "오늘 여기 올 때는 두 사람이 있을 줄 몰랐는데." 여자가 기대에 찬 눈빛으로 날 쳐다보았다. "당신 딸인가?"

아, 내 딸이 내 곁에 있다면 얼마나 좋을까. 하지만 딸이 살아있었다면 어둠 속에 숨어서 독약을 파는 이런 일은 하지 않았을 것이다. 목이 꽉 메여왔다. "가끔씩 절 도와주는 아이예요." 나는 거짓말을 했다. 엘리자를 붙잡아 둔 것이 후회되기 시작했다. 평생 동안 신중에 또 신중을 기해 살아왔는데 이 여자 손님과 비밀을 나누는 자리에 엘리자를 들이다니 내가 넋이 나갔나 보다. "엘리자, 넌 이만 가는 게 좋겠구나."

"아니." 여자는 모든 일을 자기 뜻대로 하는 게 익숙한 사람답게 단호한 어조로 말했다. "이 페퍼민트 차가 아주 좋군. 좀 더 마시고 싶을 것 같아. 게다가 아이가 있는 편이……훨씬 더 마음이 놓이고. 알다시피 나한텐 아이가 없거든. 지독하게도 아이가 갖고 싶지만 우리가……." 여자가 말을 멈췄다. "아, 신경 쓸 필요는 없어. 넌 몇 살이니, 엘리자? 어디서 왔고?"

믿을 수가 없었다. 대저택의 상속인이 분명한 이 여자가 나와 같은 점이 있다니. 눈앞의 여자는 다행스럽게도 아직 시기를 놓치지 않았다. 눈가의 피부가 서른을 넘지 않았다고 말해주었다. 아직은 늦지 않은 나이였다.

"열두 살이요. 스윈든에서 왔어요." 엘리자가 여릿한 목소리로 말했다.

여자는 알겠다는 듯 고개를 끄덕였다. 반면 나는 이 만남을 빨리 끝내고 싶어서 선반으로 다가가 양뿔로 만든 작은 병을 꺼냈다. 엘리자에게 도와달라고 몸짓하고는, 탁자 위의 그릇에서 딱정벌레 가루를 조심스럽게 숟가락으로 떠 병에 담으라고 지시했다. 기대했던 대로 엘리자의 손은 내 손보다 훨씬 더 차분했다.

일을 마치자마자 뚜껑을 덮지 않은 병을 직접 살펴보라고 여자 손님 앞에 내려놓았다. 그 안에는 윤기가 흐르는 초록색 가루가 반짝거렸다. 손가락 사이로 물처럼 흘러내릴 만큼 아주 가는 가루였다. "칸타리스라는 최음제예요." 내가 속삭였다.

여자의 눈이 휘둥그레졌다. "이렇게 가까이 있어도 안전한가?" 여자가 이렇게 물으며 앞으로 다가앉자 풍성한 치마가 다리를 스치며 바스락거렸다.

"네, 만지지만 않으면 돼요."

엘리자도 병 속을 들여다보려고 몸을 앞으로 숙였다. 여자는 여전히 놀라서 눈썹을 치켜세운 채 고개를 끄덕였다. "딱 한 번 들어본 적은 있어. 파리의 사창가에서 이걸 사용한다고⋯⋯." 여자가 병을 자기 쪽으로 살짝 기울였다. "이걸 만드는 데 얼마나 걸렸지?"

템스강을 가로질렀던 기억이 났다. 발작적으로 터져 나왔던 기침과 아기 베아트리체에게 젖을 먹였던 아이 엄마도. "어젯밤부터 오늘 아침까지요." 나는 숨을 들이쉬었다. "딱정벌레만 구하면 끝나는 일이 아니에요. 딱정벌레를 불에 구워서 빻아야 하죠." 내가 작은 방 저편에 있는 막자사발과 막자를 가리켰다. 막자사발은 여자의 가슴팍만큼 널찍했다. "저기 있는 저 그릇에 넣고 빻았죠."

아직 이름도 모르는 여자 손님이 딱정벌레 가루 병을 들어 올려 불빛 아래에서 이리저리 돌려보았다. "이 가루를 음식이나 음료에 넣기만 하면 되나? 진짜 그렇게 간단하다고?"

나는 발목을 꼬고 앉아 의자에 등을 기댔다. "욕정을 불러일으키는 걸 원하셨죠. 칸타리스는 무엇보다 성욕을 자극하는 약이에요. 온몸의 피가 사타구니로 몰려서……." 나는 엘리자가 유심히 듣고 있다는 사실을 깨닫고는 말을 멈추고 엘리자를 돌아보았다. "네가 들을 얘기가 아냐. 넌 밖에 나가 있을래?"

하지만 여자 손님이 한 손으로 내 손을 덮어누르며 고개를 가로 저었다. "이건 내가 쓸 가루 아닌가? 그냥 말해. 저 아이도 알아두는 게 좋겠지."

나는 한숨을 쉬면서 말을 이어나갔다. "사타구니가 부풀어 올라 성욕을 주체할 수 없어지죠. 이런 상태가 얼마 동안 계속 되다가 배가 아프고 입에 물집이 생길 거예요. 당밀주 같은 진한 걸 우려내서 가루에 붓고 잘 저어주세요." 나는 할 말을 신중하게 고르느라 잠시 말을 멈췄다. "이 병의 4분의 1을 먹이면 남자는 밤을 넘기지 못할 거예요. 절반이면 1시간을 넘기지 못하고 죽을 거예요."

여자 손님이 생각에 잠겨있는 동안 긴 침묵이 흘렀다. 문 옆에서 째깍거리는 시계 소리와 타닥거리며 타오르는 불길 소리만 들렸다. 나는 미동도 없이 가만히 있었다. 여자의 방문을 앞두고 불안했던 마음이 복수심과 함께 다시 되살아났다. 여자는 손가락을 장식한 가는 결혼반지를 멍하니 만지작거렸다. 내 뒤쪽에서 나지막하게 타오르는 불길에 고정된 여자의 눈동자에서 불길이 춤을 추었다.

여자가 턱을 들어올렸다. "그이를 죽일 수는 없어. 그이를 죽이면 아이를 가질 수 없으니까."

순간 내가 가루의 위험성을 충분히 설명하지 않았나 하는 의문이 들었다. 내 목소리가 떨리기 시작했다. "분명히 말씀드리는데 이건 치명적인 독약이에요. 사람이 죽지 않을 만큼만 사용할 수는 없⋯⋯."

여자가 한 손을 들어 올려 내 말을 가로막았다. "내 말을 오해했군. 내가 원한 건 치명적인 독약이 맞아. 다만 그이가 아니라 그 여자를 죽이고 싶다는 거지."

여자라니. 그 말에 나는 움찔했다. 더 이상 들을 말이 없었다.

이런 요구를 받은 게 처음은 아니었다. 지난 20년 동안 다른 여자에게 쓸 독약을 달라는 요구를 수차례 받았다. 하지만 그런 손님들은 단칼에 거절했다. 어떤 배신의 그림자가 드리워졌든 내 손으로 여자에게 고통을 안겨줄 수는 없었다. 엄마는 여자들을 치료하고 돌봐주려고 백 앨리 3번지에 이 약방을 차렸고, 나는 죽는 날까지 그 유지를 이어나가겠다고 다짐했다.

물론 몇몇 손님들이 거짓말을 했을 수는 있었다. 진짜 의도를 숨긴 채 독약을 주문한 다음, 자매나 창녀에게 사용했을지도 모른다. 그 모든 걸 내가 막는 건 불가능하다. 하지만 여자에게 사용한다는 사실을 아는 한은 절대 허락할 수 없었다. 절대로. 내가 살아있는 한은 그 사실을 알고도 용인할 수가 없었다.

이제 어떻게 말해야 할지 고민스러웠다. 저 여자에게 그건 안 된다는 말을 어떻게 해야 할까? 여자의 눈빛이 짙게 변했다. 거절하려는 내 마음을 알아차린 것이 분명했다. 여자는 침묵의 순간이 무엇을 의미하는지 알아차렸다. 토끼가 되어 여우에게 쫓기는 기분이었다. 여자는 어깨를 쫙 폈다. "내 계획이 달갑지 않은 모양인데."

명해졌던 감각들이 다소 돌아왔고, 막혔던 말도 다시 순조롭게 흘러나왔다. "힘들게 절 찾아주신 건 감사하지만 이 일은 못하겠어요. 이 약방은 여자들을 돕고 치유해 주는 곳이지 해치는 곳이 아니에요. 그게 이 약방을 지탱해 주는 주춧돌이죠. 그걸 빼낼 수는 없어요."

"하지만 당신은 살인자야." 여자가 따지고 들었다. "그런 당신이 어떻게 남자든 여자든 누군가를 돕고 치유한다고 말할 수 있지?" 여자는 열려있는 딱정벌레 가루 병을 힐끗거렸다. "그 여자가, 그 벌레 같은 여자가 어떤 인간인지 알기는 해? 그 여자는 그이의 정부에 창녀……."

여자가 말을 계속했지만 그 말소리가 점차 희미하게 웅얼거리는 소리로 들렸다. 게다가 방안이 점점 어두워져서 나는 천천히 눈을 깜박거렸다. 오래된 수치스러운 기억이 밀려들었다. 나도 한때는 누군가의 정부였다. 그 당시에는 내가 정부라는 사실도 몰랐다. 눈앞의 여자 손님이 말하는 벌레, 창녀가 나였다. 나는 그림자 속에 숨겨진 비밀스러운 존재였다. 사랑받지 못하고 단순하게 즐기는 상대가 나였다. 내가 프레데릭을 얼마나 사랑했든 그의 가면을, 거미줄처럼 얼기설기 얽혀있던 그의 거짓말들을 알게 된 순간은 잊을 수가 없다.

방안이 빙빙 돌기 시작했을 때 마침내 여자의 종알대는 소리가 끊어졌다. 나는 떨리는 두 손으로 평평하고 딱딱하고 안전한 탁자를 짚었다.

몇 초, 아니 몇 분이 흘러갔는지도 알 수 없었다. 그러다가 내 어깨를 잡고 흔드는 엘리자의 손길에 정신이 돌아왔다. "넬라, 넬라, 괜찮아요?" 엘리자가 속삭였다.

눈앞이 다시 밝아졌다. 두 사람이 맞은편에 앉아서 걱정스러운 표정을 짓고 있었다. 엘리자는 내 건강이 걱정스러운지 날 만지려고 몸을 앞으로 숙이고 있었다. 하지만 여자는 심통 부리는 아이처럼 자기가 원하는 것을 갖지 못할까 봐 안달하고 있었다.

나는 엘리자의 손길에 마음이 편안해져서 억지로 작게 고개를 끄덕이며 옛 기억들을 떨쳐냈다. "난 괜찮아." 내가 엘리자를 안심시켰다. 그러고는 여자 손님을 돌아보았다. "이건 제 사업이니까 누구를 돕고 누구를 해칠지는 제가 선택해요. 부인에게는 이 가루를 팔지 않겠어요."

여자는 안 된다는 말을 처음 들어온 사람처럼 믿을 수 없다는 듯 눈을 가늘게 뜨고 날 쳐다보았다. "난 카터가의 클라렌스 부인이야. 내 남편은……." 여자가 딱정벌레 가루 병을 쳐다보면서 말을 멈췄다. "내 남편은 클라렌스 경이라고." 여자는 내가 놀랄 거라 생각했는지 날 유심히 쳐다보았다. 하지만 나는 그 기대에 부응해 주지 않았다. "당신은 이게 얼마나 다급한 일인지 이해 못하는군." 여자가 계속 이어 말했다. "편지에 적었듯이 우린 내일 저녁에

파티에 갈 예정이야. 내 남편의 사촌이자 정부인 버크웰 양도 참석할 거고." 클라렌스 부인은 입술을 맞부딪혀 비비면서 보디스 가장자리를 잡아당겨 매무새를 다듬었다. "그 여자는 내 남편과 사랑에 빠졌지. 내 남편도 마찬가지고. 계속 그대로 둘 수는 없어. 이대로는 한 달 또 한 달이 지나도 난 아이를 갖지 못해. 남편이 그 여자한테 모든 것을 쏟아 붓고 나한테는 아무런 여지도 주지 않으니까. 난 이 가루를 가져가야겠어." 클라렌스 부인이 치마 허리춤에 달린 주머니 속으로 손을 넣으면서 말했다. "얼마를 원하지? 원하는 금액의 두 배를 주지."

나는 돈에 아랑곳하지 않고 고개를 가로저었다. 그 돈은 받지 않을 작정이었다. 정부든 아니든 나 때문에 여자가 죽는 일은 절대 용납할 수 없었다. "아뇨." 나는 의자에서 일어나 바닥에 발을 단단하게 디뎠다. "제 대답은 거절이에요. 이만 가주세요."

클라렌스 부인이 의자에서 일어나 나와 눈높이를 맞추었다.

엘리자는 우리 두 사람을 번갈아 쳐다보느라 고개를 이쪽저쪽으로 획획 돌렸다. 등은 곧게 펴고 앉아 입술을 꽉 다물고 있었다. 내 견습생이 되고 싶다고 했을 때 이런 상황을 상상이나 했을까? 어쩌면 이 일로 엘리자가 마음을 바꿀지도 몰랐다.

갑자기 다급한 움직임이 느껴졌다. 빠르게 스쳐 지나가는 클라렌스 부인의 손이 보여서 그 여자가 돈을 탁자 위에 떨어뜨렸나 보다 했다. 그런데 알고 보니 그 손은 엘리자와 내가 아직 뚜껑을 닫지 않은 채 탁자 중앙에 올려둔 가루 병을 향해 뻗어나가고 있었다. 그녀의 또 다른 손은 주머니를 활짝 열어젖혔다. 클라렌스 부인은 내 거절에도 아랑곳하지 않고 윤기가 흐르는 초록색 가루를 가져가려고 했다.

나는 가루 병을 향해 달려들어 마지막 순간에 여자의 손끝에서 낚아챘다. 그 와중에 엘리자와 부딪혀서 엘리자는 나무상자에서 떨어질 뻔했다. 그 순간 떠오르는 생각은 딱 하나뿐이었다. 나는 독성이 있는 딱정벌레 가루 병을 뒤쪽의 불길 속에 던져 넣었다.

불길이 밝은 초록빛으로 폭발하듯 타올랐고, 그 즉시 독약은 무용지물이 되었다. 나는 내가 한 짓임에도 놀라서 벽난로를 쳐다보았다. 하룻밤과 오전 내내 일했던 노고가 그토록 쉽게 재로 변해버리다니 믿을 수가 없었다. 두 손이 덜덜 떨렸다. 나는 천천히 클라렌스 부인을 돌아보았다. 놀라서 벌겋게 달아오른 클라렌스 부인의 얼굴이, 달걀처럼 두 눈을 동그랗게 뜬 채 날 빤히 보는 어린 엘리자가 보였다.

"이건……" 클라렌스 부인이 말을 더듬었다. "이건 말도 안……." 클라렌스 부인의 두 눈이 생쥐처럼 방 안을 훑으면서 또 다른 병이 있는지, 가루가 더 있는지 살펴보았다. "정신 나갔어? 파티가 내일 저녁이야!"

"더는 없어요." 내가 문을 향해 몸짓하면서 말했다.

클라렌스 부인이 나를 노려보더니 엘리자를 돌아보았다. "내 장갑." 클라렌스 부인이 명령했다. 엘리자는 재빨리 건조대에서 조심스럽게 장갑을 집어 들어 클라렌스 부인에게 건넸다. 클라렌스 부인은 손가락을 한 번에 하나씩 깊숙이 넣어 장갑을 꼈다. 그러고는 몇 차례 거칠게 숨을 들이쉬고 나서 다시 말했다. "그 정도는 쉽게 하나 더 만들 수 있겠지."

맙소사, 정말 못 말리는 여자였다. 나는 황당하다는 듯 두 손을 들어올렸다. "다른 의사들도 있지 않나요? 왜 꼭 저한테 시키려는 거죠? 제가 두 번이나 거절했는데."

클라렌스 부인은 얼굴 위로 베일을 드리웠다. 베일의 섬세한 레이스가 마치 독미나리 잎사귀 같았다.

"어리석군." 클라렌스 부인이 레이스 너머로 쏘아붙였다. "내가 이 도시의 의사라는 의사, 약제사라는 약제사를 다 알아봤을 거라는 생각은 못했나 보지? 나는 붙잡힐 꼬투리를 남겨두고 싶지 않아. 당신은 그런 면에서는 재주가 있지." 클라렌스 부인이 말을 멈추고 드레스를 정돈했다. "당신을 믿은 게 실수였어. 하지만 이제 와서 후회해 봤자 소용없지." 클라렌스 부인은 장갑 낀 손을 힐끗 내려다보면서 손가락 몇 개를 꼽아보았다. "그 딱정벌레 가루를 단 하루 만에 만들었어. 그렇지?"

나는 혼란스러워서 이맛살을 찌푸렸다. 지금 그게 뭐가 중요하지? "네." 내가 퉁명스럽게 대답했다.

"아주 좋아. 내일 다시 오겠어. 그 정도면 딱정벌레 가루를 새로 만들기에 충분할 테니까. 방금 당신이 어리석게 태워버린 그 가루와 똑같은 칸타리스 한 병을 만들어놔. 내일 1시 반까지."

나는 어이가 없어서 클라렌스 부인을 노려봤다. 필요하다면 엘리자의 도움을 받아서 저 여자를 문 밖으로 밀어낼 작정이었다.

"내가 요구한 대로 가루를 준비해 놓지 않을 거면 짐을 싸서 서둘러 떠나는 게 좋을 거야. 그 길로 곧장 경찰을 찾아가서 거미줄과 쥐약이 가득한 당신의 이 작은 약방에 대해서 다 털어놓을 테니까. 저 앞쪽 약방을 수색하고 벽 뒤쪽도 조사해 보라고 특별히 귀띔해 주고 말이야. 그럼 이 추잡한 굴의 비밀이 만천하에 드러나겠지." 클라렌스 부인이 숄을 단단히 끌어당겨 몸에 둘렀다. "난 귀족 부인이야. 날 속일 생각은 하지 마." 클라렌스 부인이 문을 열고 나가더니 등 뒤로 문을 쾅 닫았다.

14

캐롤라인
현재, 화요일

제임스가 도착하기까지 몇 시간 남지 않아서 공터 안쪽 문까지
조사하기는 애매했다. 하지만 어제 돋아났던 호기심이 이제는 활
활 불타고 있었다. 유리병, 베어 앨리에 관한 아리송한 쪽지, 보일
듯 말듯 애태우며 새로운 퍼즐 조각으로 떠오른 골목길 안쪽 문,
모을 수 있는 정보들은 다 모은 것 같았다. 나는 다시 이곳에 돌아
와 자세히 조사해 보기로 마음먹었다.

베어 앨리를 빠져나가는 길에는 태양이 구름 뒤로 숨어 시원한
그늘을 드리웠다. 그 약제사가 실존했다면 어떤 여자였을지 상상
해 보았다. 가마솥 앞에서 대부분의 시간을 보내는, 머리카락 끝이

갈라진 백발머리 노파가 검정색 망토를 두른 채 이 자갈 깔린 골목 길을 서둘러 빠져나가지 않았을까? 그러다가 고개를 가로저어 상상 속의 이미지를 날려버렸다. 그 약제사는 마녀가 아니었으니까. 이게 무슨 해리포터 이야기도 아니고.

나는 다시 병원에서 발견된 쪽지를 떠올렸다. 그 쪽지를 누가 썼는지는 몰라도 남자들이 죽었다고 했다. 남자 한 명이 아니라 남자들이라고 했다. 쪽지 내용은 답답할 정도로 모호했지만, 그 약제사 때문에 몇 사람 이상이 죽었다면 그 명성이 온라인 어딘가에 기록되어 있어야 마땅했다.

파링던 거리에 들어섰을 때 휴대폰을 꺼내 인터넷 검색 창을 열고 '런던 약제사 살인마 1800년대'라고 검색했다.

검색 결과는 뒤죽박죽이었다. 18세기 진 중독에 관한 기사 몇 개, 위키 백과사전에 실린 1815년 약사법 자료, 골절 위험에 관한 학계 저널 등 다양한 검색 결과 중에서 두 번째 페이지를 클릭했다. 런던의 오래된 형사 재판소 올드 베일리의 기록물이 가장 유력한 검색 결과 같았다. 나는 손가락으로 페이지를 넘겨봤지만 끔찍하게도 길었다. 휴대폰으로 문서 검색을 어떻게 해야 할지 알 수가 없었다. 조금 지나자 사이트의 데이터가 너무 많아서 웹브라우저가 먹통이 되고 말았다. 나는 욕설을 내뱉으며 휴대폰 화면을 툭 쳐서 창을 닫아버렸다.

좌절감에 한숨이 새어나왔다. 간단하게 웹 검색으로 이 문제를 해결할 수 있다고 생각했단 말인가? 제임스라면 검색 요령이 부족해서 그렇다고 날 비난했을 것이다. 학부 시절에 대학교 도서관에서 소설 나부랭이를 덜 읽고 교재를 더 많이 읽었더라면 검색 실력이 더 좋아졌을 거라고 말이다.

도서관. 그래, 도서관. 나는 고개를 번쩍 쳐들고 지나가는 행인에게 가장 가까운 지하철역이 어디인지 물어보았다. 게이너가 오늘도 근무하고 있으면 좋을 텐데.

얼마 후, 나는 지도 전담실 안에 발을 들여놓고 있었다. 이번에는 지난번처럼 비에 흠뻑 젖지도 악취를 풍기지도 않아서 기분이 좋았다. 게이너가 바로 눈에 들어왔다. 하지만 컴퓨터 앞에서 다른 사람을 도와주고 있어서 게이너가 용무를 마칠 때까지 차분하게 기다렸다.

몇 분 후, 게이너가 있는 데스크로 향했다. 게이너는 날 발견하자마자 미소를 지었다. "돌아왔군요! 약병에 관해서 뭐 좀 알아냈나요?" 게이너가 활기차게 물었다. 그러다가 표정을 바꿔 진지한 척 했다. "아니면 또 진흙을 뒤져서 다른 미스터리를 가져왔나요?"

나는 게이너가 따스하게 느껴져서 웃음을 터뜨렸다. "실은 둘 다 아니에요." 나는 게이너에게 병원에서 발견된 문서들과 약제사가 다수의 죽음에 관련됐을 가능성을 암시하는 익명의 쪽지 이야기를 했다. "쪽지에 적힌 날짜는 1816년이었어요. 마침 쪽지에 언급된 베어 앨리가 제 호텔과 아주 가까운 곳에 있더라고요. 오늘 아침에 그곳에 가봤는데 별 다른 건 찾지 못했어요."

"유망한 조사원이네요." 게이너가 농담조로 말했다. "저라도 그렇게 했을 거예요." 게이너는 자기 앞쪽에 놓인 서류철 몇 개를 정리해서 한쪽으로 치웠다. "베어 앨리라고 했나요? 음, 그 약병에 새겨진 이미지가 곰 같았죠. 그 둘이 연관이 있다고 보기에는 좀 무리가 있는 것 같지만요."

"제 생각도 그래요." 나는 데스크에 엉덩이를 기댔다. "솔직히 말해서 그 쪽지의 내용 전체가 좀 허황된 것 같지만……" 나는 게이너 뒤쪽의 책 더미에 시선을 던지면서 말꼬리를 흐렸다. "하지만 만약 그렇지 않다면요? 거기에 뭔가가 있다면요?"

"그럼 이 약제사가 실제로 존재했다고 생각해요?" 게이너가 호기심 어린 눈빛으로 날 쳐다보면서 팔짱을 꼈다.

나는 고개를 가로저었다. "제가 무슨 생각을 하는지도 잘 모르겠어요. 그래서 여기 온 거예요. 그것 말고도 그 지역, 그러니까 베어 앨리의 옛날 지도가 있는지 물어보고 싶었고요. 1800년대 초반 지도요. 그냥 웹 검색을 하는 것보다는 당신을 찾아오는 게 더 나을 것 같았어요. 구글에서 런던의 약제사 살인마를 검색해 봤는데 건질 만한 게 별로 없더라고요."

지도 이야기에 게이너의 얼굴빛이 환해졌다. 처음 만났을 때도 게이너는 오래된 역사 지도를 제일 좋아한다고 했었다.

"음, 어제는 아니었지만 오늘은 도와드릴 수 있을 것 같아요. 아주 훌륭한 자료가 좀 있거든요. 이리 오세요." 게이너가 컴퓨터 한

대로 날 안내하고는 자리에 앉으라고 몸짓했다. 10년 만에 처음으로 다시 역사학도로 돌아간 것만 같았다.

"어디 보자, 로크(Rocque, 프랑스 태생의 측량사이자 18세기 지도 제작자-옮긴이)의 1746년 지도부터 찾아보는 게 제일 좋겠어요. 우리가 찾는 시대보다 좀 이른 시기에 제작됐지만 한 세기가 넘는 세월을 통틀어서 가장 정확하고 빈틈없는 런던 지도라고 알려져 있거든요. 로크가 조사를 시작해서 그 지도를 출판하기까지 10년이 걸렸어요." 게이너가 컴퓨터 화면의 아이콘을 클릭해서 하얀색과 검정색 사각형으로 뒤덮인 화면으로 넘어갔다. "각각의 사각형을 확대해서 거리를 찾아보거나 그냥 거리 이름을 쳐볼 수 있어요. 일단 베어 앨리로 검색해 볼게요. 그 거리 이름이 쪽지에 나와 있었으니까요."

게이너가 엔터키를 누르자 그 지도에서 하나 뿐인 베어 앨리가 즉각 튀어나왔다. 게이너는 지도를 돌려보면서 설명을 이어나갔다. "우리가 있는 곳을 찾아야 하니까 주변 지역을 살펴보죠. 저기 동쪽에 세인트 폴 대성당이 있고, 이 아래 남쪽으로 강이 흐르고 있어요. 여기가 당신이 오늘 가봤던 곳 같아요?"

나는 확실하지 않아서 인상을 찌푸렸다. 그 지도는 250년이 넘은 옛날 지도였다. 주변의 거리 이름을 읽어봤지만 아는 곳이 하나도 없었다. 플리트 교도소, 밀 야드, 플리트 마켓, 하나 같이 다 낯설었다. "음, 잘 모르겠어요." 이렇게 말하는 나 자신이 멍청하게 느껴졌다. "전 지도를 잘 못 봐요. 제가 갔던 주도로인 파링던 거리만 기억나네요."

"그거 아주 괜찮은 단서인데요. 덕분에 현재 지도를 이 로크의 지도에 손쉽게 겹쳐 볼 수 있거든요." 게이너는 버튼 몇 개를 더 눌렀다. 그러자 즉시 두 번째 지도가 첫 번째 지도 위에 겹쳐졌다. "파링던 거리는 바로 여기예요. 옛날 지도에서는 플리트 마켓이라는 곳이네요. 어느 시기에 명칭이 바뀌었나 봐요. 뭐 그리 놀랄 일은 아니죠."

잠시 후 현재 지도가 화면에 떴다. 나는 즉각 그 지역을 알아볼 수 있었다. 현재 지도에는 내가 택시에 치일 뻔했던 교차로까지 나와 있었다. "여기예요!" 내가 몸을 앞으로 숙이면서 소리쳤다. "네, 여기가 베어 앨리 맞아요."

"좋아요. 그럼 옛날 지도로 돌아가서 좀 더 살펴보죠." 게이너가 겹쳐진 현재 지도를 없애고 로크의 지도에서 베어 앨리를 최대한 확대했다.

"이거 아주 흥미로운데요. 이거 보여요?" 게이너가 작은 선을 가리켰다. 베어 앨리에서 튀어나온, 머리카락 한 가닥처럼 가는 선이었다. 그 선에는 백 앨리(Back Alley)라고 표기되어 있었다.

갑자기 아랫배가 꽉 죄어오기 시작했지만 나는 그 통증도 거의 알아차리지 못했다. "네, 보여요. 그게 왜 흥미로운데요?" 내 혀끝에서 말은 이렇게 튀어나갔지만 내 심장은 훨씬 더 빠르게 뛰기 시작했다. 그 문이야.

"이건 아주 작은 거예요. 로크는 거리의 크기를 아주 잘 그려냈거든요. 주요 도로는 제일 넓게 그렸죠. 하지만 이건 로크가 지도에 그려 넣은 아주 좁은 길이에요. 실제로도 눈에 잘 띄지 않는 작은 도로였을 거예요. 좁은 골목길에 불과했을지도 모르고요. 백 앨리라고 부를 만하네요." 게이너가 마우스를 딸각 딸각 눌러서 다시 현재 지도를 옛 지도에 겹쳐놓았다. "이 길은 오늘날 존재하지 않는 게 분명해요. 뭐, 흔한 일이죠. 이 도시에 깔린 수천 개의 거리가 다른 길로 바뀌거나 그냥 묻혀 버렸으니까요." 게이너가 나를 힐끗 쳐다보았다. 나는 무심코 손톱을 물어뜯고 있다가 그 시선에 입에서 손을 빼냈다. "뭔가 마음에 걸리는 게 있나 본데요." 게이너가 말했다.

우리의 시선이 마주쳤다. 나는 지금은 사라지고 없는, 베어 앨리에서 튀어나온 백 앨리가 있던 바로 그 자리에 문이 있었다는 이야기를 게이너에게 해야 할지 고민했다. 배관공은 그 문이 근처 빌딩의 지하 저장고로 이어져 있다고 했다. 게다가 내가 아직 탐험하지 못한 그곳을, 아직 아무것도 확실하지 않은 내 발견의 성과를 벌써 다 털어놓고 싶지는 않았다. "그런 거 없어요." 나는 억지 미소를 지으며 화면으로 시선을 돌렸다. "그럼 베어 앨리는 2세기 동안 살아남았지만 백 앨리는 그렇게 운이 좋지 못했네요. 그 자리에 건물이 들어섰나 봐요."

게이너가 고개를 끄덕였다. "항상 그런 일이 일어나죠. 로크의 지도 출판 시기에서 100년 후로 가볼게요." 게이너가 버튼 몇 개를 더 눌러 또 다른 지도를 겹쳐놓았다. 이번에는 짙게 처리된 불규칙

한 도형들이 널려있는 지도였다. "이건 19세기 후반의 병참 조사 지도예요. 여기서 짙게 처리된 지역들은 구조물을 뜻하죠. 그래서 어떤 건물이 있는지 쉽게 알아볼 수 있어요." 게이너가 설명했다.

게이너는 잠시 말을 멈추고 화면을 살펴보았다. "여기 이 지역 전체에는 1800년대 중반에 건물이 꽤 많이 들어섰네요. 이걸로 봐서 백 앨리가 18세기에는 있었을지 몰라도 19세기에는 사라졌을 거예요. 하지만……." 게이너가 말을 끊고는 병참 조사 지도를 가리켰다. "여기에 들쭉날쭉한 선이 있는데 두 건물을 분리해 주는 것 같아요. 이게 백 앨리와 거의 완벽하게 일치하고요. 어쩌면 19세기에도 백 앨리가 건물 사이의 좁은 골목으로 남아있었을지도 몰라요. 정확한 사실은 알 수 없죠."

나는 고개를 끄덕였다. 병참이니 뭐니 하는 말을 다 이해하지는 못했지만 그래도 게이너의 논리적인 설명은 알아들을 수 있었다. 재깍재깍 시간이 흘러감에 따라서 19세기 지도에서 백 앨리를 뜻하는 들쭉날쭉한 좁은 선이 오늘 오전에 봤던 문과 연관이 있다는 확신이 점점 더 짙어졌다. 게이너가 보여준 두 개의 옛날 지도를 비교해 봤을 때 그 문의 위치가 너무나 공교롭게도 백 앨리의 위치와 일치했다.

약병을 발견한 이후 처음으로 중요한 역사적 미스터리를 파헤치는 꿈을 마음껏 펼치기로 마음먹었다. 나는 심호흡을 하면서 알고 있는 사실들을 천천히 논리적인 순서대로 떠올려보았다.

"아주 멋지죠? 이렇게 지도 여러 장을 교차 대조해 보는 거요."

"그런데 저, 이 약제사가 실제로 존재했다는 사실을 증명하고 싶다면 어떤 방법이 가장 좋을까요? 아까도 말씀드렸지만 온라인 검색은 별 소용이 없더라고요."

게이너는 전혀 놀랍지 않다는 듯 고개를 끄덕였다. "인터넷은 아주 좋은 도구지만 구글 같은 검색 엔진에서 사용하는 알고리즘은 조사원들에게 악몽과 같죠. 디지털화된 것이라 해도 오래된 문서와 신문을 찾는 데는 전혀 적합하지 않거든요." 게이너는 컴퓨터로 돌아가 새로운 아이콘을 클릭했다. 그러자 영국 신문 기록 보관소(British Newspaper Archive)가 나왔다. "됐어요." 게이너가 날 돌아보면서 말했다. "여기서 해보죠. 여기서는 지난 몇 백 년 동안 나왔던 영국 신문 대부분의 내용을 검색할 수 있어요. 약제사에 관한 기사가 실렸다면 여기 나올 거예요. 여기서 관건은 얼마나 제대로 된 키워드를 입력하느냐죠. 아까 뭐라고 검색해 봤다고 했죠?"

"1800년대 약제사 살인마 런던, 그 비슷한 키워드로 검색해 봤어요."

"알겠어요." 게이너가 그 키워드를 입력하고 엔터키를 눌렀다. 잠시 후, 검색 결과가 없다는 메시지가 떴다. "좋아요, 날짜를 빼보죠." 게이너가 말했다.

"검색 기능에 이상이 생긴 건 아닐까요?" 내가 물었다.

게이너가 웃었다. "이래서 재미있는 거예요. 점점 더 오랫동안 점점 더 힘들게 검색하다 보면 마침내는 더 큰 보상을 얻게 되거든요." 게이너가 새로운 키워드를 계속 입력하는 동안 나는 그녀가 했던 말의 이중적인 의미를 생각했다. 내가 지금 찾고 있는 것은 비밀에 휩싸인 약제사였다. 하지만 내 인생 역시 수천 개의 부서진 조각들에 둘러싸여 길고 힘든 탐색의 길을 걸어나가야만 했다. 내가 간직하고 싶은 조각들과 그렇지 않은 조각들을 걸러내야 하는 과정이 날 기다리고 있었다.

게이너가 숨죽여 욕설을 토해냈다. 좌절감이 그녀의 얼굴에 선명하게 서렸다. "휴우, 아직 아무것도 안 나왔어요. 온라인 검색이 소용없었던 게 이해가 가네요. 다른 방법으로 해볼게요." 게이너가 약제사라는 단어 하나를 검색 창에 치고는 화면 왼쪽 편에서 상세 검색 조건을 수동으로 입력했다. 날짜는 1800년에서 1850년으로 정하고, 장소는 영국 런던으로 지정했다.

그러자 몇 가지 검색 결과가 나왔다. 그중에서 신문 기사 헤드라인 하나를 발견하는 순간, 심장이 펄떡 뛰었다. '미들섹스(Middlesex, 잉글랜드 남동부의 옛 주-옮긴이)의 사기꾼이자 살인마.' 하지만 기사 날짜가 1825년이라서 시기가 너무 늦은 것 같았다. 게다가 말을 훔치고 나서 죽임을 당한 남자 약제사에 관한 기사였다.

실망감에 어깨가 축 처졌다. "이제 어떻게 하죠?"

게이너가 불만스러운지 입술을 한쪽으로 모아 오므렸다. "음, 아직은 신문 검색을 포기할 수 없어요. 어쩌면 약제사라는 단어를 버리고 다른 걸 시도해 봐야 할지도 몰라요. 베어 앨리 같은 거요. 검색 가능한 다른 자료들도 수없이 많고요. 필사본 데이터베이스가 있는데……." 게이너가 새로운 웹페이지로 넘어가면서 말꼬리를 흐렸다. "저널, 일기, 심지어는 가족 서류 같은 친필 문서들을 포함한 필사본들이에요. 대부분 아주 개인적인 정보가 담겨있죠. 타자로 친 원고와 인쇄물도 약간 포함되어 있어요."

나는 학창시절에 배웠던 것을 떠올리면서 고개를 끄덕였다.

게이너가 펜을 집어 들어서 손가락 사이에 끼우고 빙빙 돌리기 시작했다. "여기 소장된 필사본은 수백만 개에 달해요. 문제는 이걸 검색하는 거예요. 보시다시피 신문 기록은 디지털화되어 있어서 화면에 바로 나와요. 하지만 이 필사본들은 신청을 먼저 해야 해요. 그리고 나서 한 이틀 정도 기다려야 검색할 수 있는 실제 문서가 도착해요."

"그럼 검색하는 데 며칠 걸리겠네요."

게이너가 인상을 찌푸리면서 천천히 고개를 끄덕였다. 마치 환자에게 나쁜 소식을 전하는 의사 같았다. "네, 몇 주나 몇 달은 아니지만 그 정도는 걸려요."

그 정도로 검색이 까다롭다니 생각하기만 해도 지치는 것 같았다. 게다가 약제사 이야기가 근거 없는 이야기에 불과하다고 생각하면 더더욱 그랬다. 그토록 힘들게 검색했는데 그런 사람이 실제로 존재하지도 않아서 다 헛수고가 된다면? 나는 풀이 죽어서 의자에 기대앉았다.

"힘내요." 게이너가 무릎으로 내 무릎을 툭 치면서 말했다. "당신은 진짜 이런 일에 관심이 많네요. 그게 참 드문 일인데 말이죠. 제가 여기 도서관에서 일하기 시작했던 첫 주가 기억나요. 그때는 제가 뭘 하고 있는지도 몰랐죠. 하지만 이곳에서 일하는 그 누구보다도 옛날 지도를 좋아했어요. 우리 같은 사람들은 뭉쳐서 끝까지 파고들어야 해요."

끝까지 파고들어라. 내가 정확히 뭘 찾고 싶어 하는지, 아니 찾을만한 게 있기는 한지 잘 몰랐다. 하지만 한 가지 무시할 수 없는 것이 있었다. 옛날 지도의 백 앨리와 완벽하게 일치하는 길 끝에 있는 문. 내가 찾는 약제사가 그 지역에서 일했는지 아닌지는 상관없었다. 200년 전의 사람들만 알았던 오래된 좁은 골목길이나 거리가 여전히 이 도시 아래 묻혀있다는 사실이 내 마음을 사로잡았다.

이것이 바로 게이너가 말했던 검색의 재미인지도 몰랐다. 그 문 뒤에 무엇이 있는지는 알 수 없었다. 부서진 벽돌 더미와 생쥐, 거미줄이 가득할 공산이 컸다. 하지만 며칠 전에는 몰랐지만 이제는 알게 된 나 자신에 관한 사실이 하나 있었다. 내가 언제나 안을 들여다보기 꺼려한다는 점이었다. 그것이 바로 지금까지 내가 제임스 생각을 하지 않으려고 했던 이유였다. 로즈 이외의 다른 사람이나 부모님에게 제임스가 저질렀던 일을 말하지 않은 이유였다. 실은 그것이 애초에 비밀스러운 약제사 이야기에 정신이 팔린 이유이기도 했다.

나는 게이너와 전화번호를 교환하고, 필사본을 신청하거나 디지털화된 신문 기록을 더 검색하고 싶을 때 연락하겠다고 말했다.

도서관을 나섰을 때 휴대폰 시계가 막 10시를 넘었다고 알려주었다. 제임스가 곧 도착할 예정이었다. 아무것도 건지지 못해서 실망스러웠지만 런던의 따스한 공기를 들이마시며 마음을 단단히 먹었다. 지하철과 러드게이트 언덕을 향해 나아가면서 더 이상 외면할 수 없는 정면대결을 준비했다.

지난 며칠 동안은 심란하기 짝이 없었다. 그랬던 만큼 지금은 더 생생하게 살아 숨 쉬고 있는 것 같았다. 이곳 런던에서 과거의 신비, 오래된 이야기에 휩싸여 지내며 수년 동안 느껴보지 못했던 생기를 맛보았다. 나는 조사를 계속 하겠다고 다짐했다. 어둠을 뚫고 들어가 그 속을 들여다볼 시간이다.

15

엘리자

1791년 2월 8일

클라렌스 부인이 넬라의 약방을 쌩하니 빠져나가고 나자, 작은
약방 안의 공기는 마치 부엌마냥 눅눅하고 뜨거워졌다. 내 양팔의
솜털은 전부 곤두서 있었는데, 넬라와 클라렌스 부인이 방금 전 주
고받았던 그런 말투를 여태 한 번도 들어본 적이 없던 탓이었다.

넬라의 얼굴이 피로와 고통으로 일그러졌다. 이마에 새겨진 주
름, 움푹 파인 두 뺨. 클라렌스 부인 같은 여자들의 요구를 들어주
는 일을 하다가, 그 무게에 짓눌려 저리 된 모양이다. 넬라가 의자
한쪽에 털썩 주저앉았을 때 공기 중에는 여전히 희미한 연기가 피
어오르고 있었다. 엎질러진 식초처럼 넬라의 얼굴에 걱정이 퍼져

나갔다.

"귀족의 정부를 죽여야 한다니." 넬라가 웅얼거렸다. "그게 싫으면 교수대에 매달리게 된다고?" 넬라는 딱정벌레 가루가 남아있는지 살펴보려는 것처럼 고개를 돌려 불길 속을 들여다보았다. "이러든 저러든 다 끔찍한 길밖에 없구나."

"가루를 다시 만들어야 해요." 내가 이렇게 말했지만 넬라는 대꾸가 없었다. 그럼에도 나도 모르게 말이 먼저 툭 튀어나왔다. "그 방법밖에 없어요."

넬라가 광기어린 눈빛으로 사납게 반박했다. "여자를 죽이는 일보다 더 쉬우니까? 난 평생 동안 여자들을 도우려고 했어. 그건 내가 유일하게 그나마 성공적으로 지켜온 엄마의 유산이야."

하지만 나는 넬라의 장부를 봐서 알고 있었다. 그 장부에는 이름과 날짜, 약물 목록이 가득했다. 게다가 암웰 부인의 이름과 내 이름도 그 안에 기록되어 있었다. 그렇다는 것은 넬라가 가루를 다시 만들지 않고 클라렌스 부인이 복수를 한다면 나도 잡힐 거라는 뜻이었다.

그 장부에 기록된 모두가 드러날 것이다.

나는 손가락으로 넬라의 장부를 가리켰다. "저 장부에 버크웰 양의 이름을 적지 않을 방법이 있을지도 모르죠. 하지만 그럼 저는요? 저 장부에 적힌 다른 사람들은 어떡하죠?"

넬라가 장부를 내려다보고는 그 생각을 전혀 못했다는 듯 인상을 찌푸렸다. 클라렌스 부인이 정말로 경찰을 찾아갈 거라고는 생각도 하지 않은 것 같았다. 넬라는 장부의 마지막 몇 줄을 천천히 읽었다.

"하지만 지금은 남은 기력이 없어." 넬라가 마침내 속삭였다. "어젯밤 내내 들판에서 딱정벌레를 잡아와서 해가 뜰 때까지 굽고 빻았어. 클라렌스 부인이 다시 찾아오면 기운이 없어서 못 만들었다고 말할 거야. 못 믿겠다고 하면 드레스 아래에 부풀어 오른 곳과 아픈 곳을 다 보여주는 수밖에. 내가 하고 싶어도 지금은 가루를 다시 만들 수 없어."

눈앞에 기회가 다가왔다. 내가 영리하게만 군다면 잡을 수 있는 기회였다. 나는 여전히 암웰 주인님의 영혼이 두려웠다. 게다가 이제는 또 다른 걱정거리까지 떠안았다. 경찰이 넬라의 약방과 장부를 찾아낼지도 모르니까.

나는 탁자에서 빈 머그잔을 집어 들어 설거지통에 넣고 씻기 시작했다. "그럼 제가 할게요. 방법만 알려주시면 제가 딱정벌레를 잡아서 굽고 빻을게요." 어차피 나는 다른 사람들 대신 손을 더럽히는 일에 익숙해져 있었다. 그게 암웰 부인을 위해 편지에 거짓말을 쓰는 일이든, 넬라를 위해 딱정벌레를 빻는 일이든 절대 입 밖으로 발설하지 않는다. 나는 믿을 수 있는 사람이었다.

넬라는 오랫동안 아무런 대답도 하지 않았다. 나는 이미 한참 전에 깨끗해진 머그잔을 헹구고 또 헹궜다. 그사이 넬라의 곤두섰던 신경이 많이 누그러진 것 같았다. 내가 도와주겠다고 해서 희망을 품은 덕분인지 아니면 그냥 자신의 운명을 체념한 탓인지는 알 수 없었다.

"딱정벌레 들판은 강 건너에 있어." 마침내 넬라가 의자에 앉아 앞으로 몸을 숙인 채 말했다. 다시 거기로 갈 생각만 해도 지치는 모양이었다. "오래 걸어야 할 거야. 너 혼자서는 할 수 없어. 내가 힘을 낼 테니, 해가 지면 같이 가자꾸나. 딱정벌레는 밤에 잡기가 훨씬 쉬워. 그때 휴식을 취하거든." 넬라가 몇 번 기침을 하고는 손을 치마에 문질러 닦았다. "그때까지 남은 시간을 알뜰하게 써야 겠구나. 아까 네가 내 약병에 라벨 붙이는 걸 도와주겠다고 했지?" 넬라가 곁눈질로 날 쳐다보았다. "그런 건 필요 없어. 라벨이 있든 없든 어디에 뭐가 들어있는지 다 외우고 있거든."

"약병이 섞이면요? 순서가 뒤죽박죽되면요?"

넬라는 먼저 자기 코를 가리켰다가 이어서 눈을 가리켰다. "냄새 를 맡아보고 나서 눈으로 확인하는 거지." 넬라가 탁자 중앙의 장 부를 향해 몸짓했다. "네가 도와줄 일은 따로 있어. 내 장부에 흐릿 해진 부분이 몇 군데 있는데 네가 고쳐주면 좋겠구나. 난 손이 떨 려서 못하겠거든."

나는 큼직한 장부를 끌어당기면서 인상을 찌푸렸다. 장부에 적 힌 이름과 날짜가 어떻게 선반의 약병보다 더 중요할 수 있단 말인 가? 그와 정반대가 되어야 할 것만 같았다. 장부에는 넬라의 독약 을 구매한 모든 사람들의 이름이 적혀있었다. 그런 장부는 고쳐 쓰 는 게 아니라 불태워 버려야 하지 않을까?

"흐릿해진 부분을 고쳐 쓰는 게 왜 그렇게 중요해요?" 내가 물었다.

넬라는 앞으로 몸을 숙여서 빽빽한 1763년도 명단을 찾아 펼쳤다. 그러고는 맨 아래 왼쪽 모퉁이를 손으로 쓸었다. 거기엔 액체를 쏟아서 흐릿해진 항목들이 보였다. 넬라가 깃펜과 잉크통을 내쪽으로 밀었다. 나는 넬라의 지시대로 펜을 집어 들어 희미해진 부분들을 신선한 잉크로 덧쓰기 시작했다. 손님들 이름뿐만 아니라 수영, 발삼나무, 잇꽃 같은 약재 이름도 조심스럽게 따라 적었다.

"이토록 많은 여자들의 이름이 기록된 곳은 이 장부뿐일지도 몰라. 그들이 역사에 기억될 유일한 곳일 거야. 나는 엄마랑 약속을 했단다. 이런 것도 없다면 역사에서 지워져 버릴 여자들의 존재를 보호해 주겠다고 말이야. 이 세상은 우리 여자들에게 친절하지 않아. 여자가 지워지지 않는 흔적을 남길 만한 곳은 몇 되지 않지." 나는 한 줄을 다 쓰고 나서 다음 줄로 넘어갔다. "하지만 이 장부는 그들의 이름과 추억, 가치를 지켜줄 거야."

흐릿해진 글자를 진하게 덧쓰는 일은 생각보다 훨씬 어려웠다. 글자를 쓰는 것과 전혀 똑같지 않았다. 다른 사람의 필체를 따라서 천천히 펜을 놀려야 했다. 그렇게 쓴 결과물은 내가 바랐던 만큼 자랑스럽게 느껴지지 않았다. 하지만 넬라는 신경 쓰지 않는 것 같았다. 나도 양 어깨의 긴장을 풀고 좀 더 빨리 글자를 덧써 내려갔다.

넬라가 몇 달 전에 기록한 최근의 항목으로 넘어갔다. 어느 순간 종이 몇 장이 들러붙어서 글 몇 줄이 흐릿해진 게 분명했다. 나는 그중 첫 번째 줄을 읽으면서 덧쓰기 시작했다.

베켐 씨, 검은 헬레보레 12그램, 1790년 12월 7일, 여동생 알리 베켐에게 인도

나는 여동생이라는 단어를 보면서 숨을 헉 들이마셨다.

"그 일은 잘 기억하고 있지." 내가 글자를 짙게 덧쓸 때 넬라가 말했다. "베켐 양의 오빠는 탐욕스러운 남자였어. 베켐 양은 편지 한 장을 발견했는데, 거기에는 오빠가 재산을 물려받으려고 1주일 후에 아버지를 죽이려 한다는 내용이 적혀있었어."

"그래서 오빠가 아버지를 죽이지 못하게 여동생이 오빠를 죽였다고요?"

"바로 그거야. 엘리자, 탐욕은 절대 좋은 것을 가져다주지 않아. 이 일도 마찬가지고……베켐 양은 누군가가 죽어야 한다고 생각했어. 문제는 누가 죽느냐는 거였지."

나는 베켐 양의 이름을 덧쓰면서 아래쪽으로 길게 뻗은 필체를 따라 펜을 놀렸다. 깃펜은 알리 베켐의 이름과 그녀가 한 일을 기록해 보존하는 일이 얼마나 중요한지 잘 아는 것처럼 거친 종이 위로 쓱쓱 손쉽게 움직였다.

그때 그 여자의 이름이 또다시 눈에 들어왔다. 며칠 후인 12월 11일에 베켐 양이 약방을 찾아왔다는 기록이었다.

"이때는 베켐 양의 엄마에게 줄 개불알꽃을 팔았어." 넬라가 설명했다. "그 가련한 엄마는 막 아들을 잃었지. 그것도 난데없이 말이야. 개불알꽃은 아주 순하고, 히스테리 증세에 좋은 약제란다."

"불쌍한 여자네요. 그 약이 효과가 있었으면 좋겠어요."

넬라가 장부를 몸짓으로 가리키며 글자 덧쓰기를 끝내라고 재촉했다. "개불알꽃은 아주 효과가 좋아. 물론 아들의 계획을 사실대로 다 알려주는 게 가장 좋은 치료법이었겠지만. 맙소사, 딸이 그 사실을 엄마한테 털어놓았는지는 모르겠구나. 어찌됐든 그녀의 비밀은 여기에 안전하게 보관되어 있지." 넬라가 장부 가장자리를 손가락으로 쓸면서 몇 장을 들척여 보았다.

이제야 넬라가 왜 독약 외에 다른 치료약도 팔았는지 이해가 갔다. 베켐 양 같은 사람들에게는 그 두 가지가 모두 필요했던 것이다.

하지만 넬라가 왜 독약을 팔기 시작했는지는 여전히 알 수 없었다. 처음 넬라의 약방을 찾아왔을 때 넬라는 엄마와 함께 일했던 어린 시절에는 이 약방에 숨겨진 방이 없었다고 했다. 왜 비밀의 방을 만들고 그 안에서 끔찍한 것들을 만들기 시작했을까? 조만간 용기를 내서 그 이유를 물어보겠다고 속으로 다짐했다.

내가 글자 덧쓰기를 끝냈을 때 넬라가 다시 페이지를 넘겨 1789년 항목을 찾아 펼쳤다. 그해는 내 기억에도 선명하게 남아있었다. 엄마가 암웰 저택에서 일하라고 날 런던에 남겨두고 떠난 해였다. 다만 그해 항목은 상태가 아주 좋아보였다. 손볼 곳이 보이지 않았다.

"아, 이건 제가 런던에 도착하기 직전에 기록한 거네요."

"네가 이걸 좋아할지 모르겠구나. 여기에는 네가 아는 이름도 있어." 넬라가 대꾸했다.

그 즉시 신나는 게임이 시작됐다. 나는 항목들을 눈으로 훑으면서 날짜와 재료들을 무시하고 내가 아는 이름을 찾으려고 최선을 다했다. 혹시 엄마 이름이 있을까?

그때 이름 하나가 눈에 들어왔다. 암웰 부인.

"세상에!" 내가 숨을 헉 들이마셨다. "주인마님이에요!" 나는 재빨리 나머지 내용을 읽었다. 마님이 전에도 누군가에게 독약을 먹였단 말이야? "인도대마?" 내가 장부를 가리키면서 넬라에게 물었다.

"우리 약방에서 가장 효력이 강한 약물이야. 하지만 개불알꽃처럼 전혀 해롭지 않단다. 특히 떨림이나 경련에 좋은 약물이지." 넬라가 날 쳐다보면서 내 반응을 기다렸다. 하지만 내가 아무런 대꾸도 하지 않자 설명을 계속했다. "엘리자, 네 주인마님은 처음으로 손이 떨리기 시작했을 때 내 약방을 찾아왔어. 네가 마님 대신 편지를 쓴다고 했을 때야 그 사실이 기억났지." 넬라가 장부의 항목을 손가락으로 쓰다듬으면서 요원한 눈빛에 잠겼다. "암웰 부인은 남자 의사들을 여러 명 만났지만 아무 소용이 없었어. 더 이상 다른 방도가 없어서 날 찾아온 거였지." 넬라는 한 손을 재빨리 손등에 얹었다. "네 주인마님은 여기에 와 본 적이 없었어. 그냥 친구한테 들어서 알고 있었던 거란다."

감당하기 힘든 슬픔이 온몸을 짓눌렀다. 암웰 부인이 그렇게 많은 의사들을 찾아다녔을 줄은 생각도 못했다. 자신의 장애를 어떻게 받아들이고 있는지도 전혀 생각지 못했고.

"인도대마가 도움이 됐나요?" 나는 약초 이름을 정확하게 말했는지 확인하려고 항목을 다시 힐끗거리며 물었다.

넬라는 잠시 말을 멈추고 부끄럽다는 듯이 자신의 손을 내려다보았다. "엘리자, 지금부터 내가 하는 말 잘 기억해 두렴." 마침내 넬라가 말을 꺼냈다. "이곳은 마법 가게가 아냐. 이 땅의 귀중한 선물들도 만병통치약이 아니고." 넬라가 몸을 한 차례 흔들어 몽상에서 빠져나오며 고개를 들어올렸다. "하지만 그래도 괜찮아. 인도대마의 효능이 아주 좋았다면 네가 암웰 부인 대신 편지를 쓸 필요가 없었겠지. 그럼 네가 지금 여기 앉아서 내 장부를 고쳐줄 일도 없었을 거야. 이 장부가 왜 중요한지 이야기했던 거 기억하니?"

나는 넬라에게 깊은 인상을 남기고 싶어서 몇 분 전에 들었던 이야기를 암송했다. "이 여자들의 이름은 이곳이 아니면 잊혀버리기 때문에 이 장부가 중요해요. 이 이름들은 여기 장부에 남아 보존되는 거죠."

"아주 잘 기억하고 있구나." 넬라가 칭찬했다. "자, 좀 더 하자. 해가 빨리 지고 있어."

그걸 어떻게 알지? 창문도 없고 시계도 쳐다보지 않아서 나는 해가 빨리 지고 있는지 어떤지 전혀 알 수 없었다. 하지만 넬라가 이미 장부의 다른 쪽을 펼치고 살펴봐야 할 곳을 손가락으로 가리키고 있어서 물어볼 수가 없었다.

나는 새로운 선생님 마음에 들고 싶어서 다시 펜을 들었다.

해가 지고 난 후, 외투를 챙기고 장갑을 꺼냈다. 내 손은 이미 글자를 조심스럽게 덧쓰느라 뻣뻣해져서 아팠다. 그럼에도 다음 모험을 빨리 시작하고 싶어서 잠시도 기다리기 힘들었다.

넬라는 초롱초롱 빛나는 내 눈빛을 보고 눈썹을 치켜 올렸다. "일이 끝났을 때 네 장갑이 지금처럼 그렇게 깨끗할 거라고 생각하지 마렴. 이건 아주 지저분한 일이야." 넬라가 말했다.

1시간 이상을 걸은 뒤, 마침내 우리는 나보다 키가 큰 생울타리를 사이에 두고 도로와 분리된 널찍하고 조용한 들판에 도착했다. 어둠이 하늘을 뒤덮으면서 견디기 힘들 정도로 공기가 차가워졌다. 내가 딱정벌레라면 오래전에 따뜻하고 촉촉한 해변가 마을로 떠났을 거라는 생각이 들었다. 하지만 넬라는 딱정벌레가 추운 날씨를 좋아한다고 날 안심시켰다. 딱정벌레는 비트처럼 탄수화물이 많은 뿌리 식물을 좋아해서 그 속에 파고 들어가 당분을 먹고 잠이 든다고 했다.

의지할 빛이라고는 달빛 한 줄기뿐이었다. 넬라와 나는 각각 린넨 주머니를 하나씩 들고 있었다. 나는 어둠 속에서 넬라를 유심히 살펴보았다. 넬라는 두 손과 두 발로 기어 다니며 잎맥이 많은 초록색 나뭇잎들을 찾아냈다. 그러고는 얇게 덮인 건초들을 치워내고 땅 속에 파묻힌 비트 뿌리를 찾기 시작했다.

"여기 있다." 넬라가 계속 땅을 팠다. "딱정벌레는 식물의 잎을 좋아하지만 밤에는 땅 속으로 파고 들어가지." 그때 갑자기 넬라가 윤이 나는 작은 벌레를 끄집어냈다. 넬라의 엄지손톱만한 벌레였다. "봐, 이게 제일 중요하단다." 넬라가 꿈틀거리는 딱정벌레를 주머니 속에 떨어뜨리면서 말했다. "딱정벌레를 누르거나 뭉개면 안 돼."

나는 신발 속의 발가락을 꼼지락거렸다. 들판에 나온 지 몇 분밖에 되지 않았는데 발가락에 감각이 없어진 것 같았다. "딱정벌레를 누르지 않고 어떻게 잡아요?" 나는 갑자기 모는 일이 시들해져서 이렇게 물었다. "딱정벌레를 발견해도 도망가 버리니까 살짝 누르지 않고는 잡을 수가 없어요."

"그럼 같이 해보자." 넬라가 옆쪽의 땅바닥을 탁탁 두드리면서 말했다. 넬라의 통증과 불편함은 많이 사라진 것 같았다. 어쩌면 추워서 감각이 마비됐는지도 몰랐다. "내가 방금 손을 넣었던 곳에 손을 넣어 봐. 딱정벌레가 한 마리 더 있는 것 같았어."

나는 어깨를 부르르 떨었다. 그물이나 삽 같은 도구를 사용할 줄 알았는데 장갑 낀 손으로 잡아야 한다니 소름이 끼쳤다. 그럼에도 넬라의 말대로 손을 밀어 넣었다. 밤하늘이 어두워서 찡그린 내 얼굴이 보이지 않아 다행이었다. 나는 딱딱하면서도 부드러운 비트 뿌리를 더듬었다. 그때 뭔가가 느껴졌다. 생생하게 살아 숨 쉬는 뭔가가 내 손가락 위로 기어올랐다. 나는 마음을 단단히 먹고 땅속에서 밀어 넣은 손을 비틀어 손가락으로 딱정벌레를 감쌌다. 그러고는 흙 한 줌을 들어 올려 넬라에게 보여주었다. 아니나 다를까 초록색 줄무늬 딱정벌레가 인사라도 하려는 것처럼 흙더미 사이로 기어 나왔다.

"아주 잘했어. 첫 번째 수확물이구나. 딱정벌레를 주머니에 넣고 꽉 묶어놔. 안 그러면 딱정벌레가 재빠르게 빠져나와 저 작은 비트 뿌리로 돌아가 버리거든. 난 저쪽에서부터 시작할게. 모두 백 마리를 잡아야 해. 네가 잡은 딱정벌레 개수를 세두렴."

"백 마리요?" 나는 가방 속에서 꿈틀거리는 딱정벌레 한 마리를 힐끗 내려다보았다. "와아, 밤새도록 여기 있어야겠네요."

넬라가 진지한 표정으로 날 쳐다보며 고개를 까닥거렸다. 넬라의 왼쪽 눈에 달빛이 반사되어 두 얼굴의 낯선 여자로 돌변한 것 같았다. "너도 참 별난 아이구나. 밤새 딱정벌레를 잡아야 한다고 불평하면서도 사람 죽이는 일은 아무렇지 않게 생각하니."

순간 암웰 주인님의 영혼이 생각나 온몸이 바르르 떨렸다. 여전히 내 안에 들어앉은 암웰 주인님의 영혼과 그 때문에 내가 피를 흘리기 시작했다는 사실이 기억나 버렸다.

"이건 힘든 일이야. 지금의 나한테는 더 힘든 일이고. 자, 어서 시작하자." 넬라가 말했다.

밤이 흘러갔지만 시간이 얼마나 지났는지는 확실히 알 수 없었다. 달이 하늘의 4분의 1을 가로질러갔지만 그걸 보고 시간을 알 정도로 내가 똑똑한 사람은 아니었다.

"일흔네 마리." 뒤쪽에서 넬라가 말했다. 땅에 깔린 건초를 바스락바스락 밟아대는 그녀의 발소리가 들렸다. "넌?"

"스물여덟 마리요." 내가 대답했다. 머릿속으로 되뇌면서 부지런히 헤아려 둔 숫자였다. 바스락거리는 벌레들을 몇 마리 잡았는지 잊어버려서 그 수를 다시 세려고 주머니 속에 또 손을 넣고 싶지는 않았기 때문이다.

"와아, 그럼 끝났네요. 두 마리는 남고요." 무릎이 아프고 손이 까져서 일어나기 힘들었는데 넬라가 도와주었다.

그렇게 일어서서 도로를 향해 걷기 시작했다. 하지만 그 순간 고통이 밀려들어서 넬라의 팔을 움켜잡았다. "이렇게 늦게까지 마차가 다니지는 않을 거예요." 숨이 가빠졌다. "꼭 걸어서 돌아가야 하는 건 아니잖아요, 그쵸?" 나는 하늘이 두 쪽 나도 그렇게는 못할 것 같았다.

"넌 아주 튼튼한 두 다리를 갖고 있잖아." 넬라가 이렇게 말했지만 오만상 찡그려진 내 얼굴을 보고는 미소를 지었다. "에구, 그렇게 죽을상 짓지 마렴. 저기 헛간에서 쉬었다 갈 거니까. 상당히 따뜻하고 아주 조용한 곳이야. 거기서 쉬었다가 아침에 첫 마차를 잡아타고 가면 돼."

무단침입이 독 딱정벌레를 잡는 것보다 더 큰 범죄 같았지만 나는 흔쾌히 넬라를 따라갔다. 쉬고 싶은 마음이 너무나 절박해서 범죄고 뭐고 간에 그냥 기뻤다. 잠기지 않은 문을 열고 헛간으로 들어가자 넬라가 장담했던 대로 따뜻하고 어둡고 조용했다. 시골집의 헛간이 생각나는 곳이었다. 한밤중에 독 벌레 주머니를 손에 들고 서있는 지금 내 모습을 보면 엄마가 뭐라고 할까? 그 생각을 하자 몸이 움츠러들었다.

눈이 어둠에 적응하는 데 몇 분이 걸렸다. 그러다 마침내 저 안쪽 끝에 놓인 외바퀴 손수레 하나가 눈에 들어왔다. 그보다 더 가까운 곳에는 구색을 갖춘 밭일 도구들이 있었다. 오른쪽 벽에는 건초더미 몇 개가 차곡차곡 쌓여있었다. 넬라가 앞으로 나아가 건초더미 하나에 기대앉았다.

"여기가 제일 따뜻해." 넬라가 자신 있게 말했다. "땅바닥에 건초를 약간 깔아놓으면 근사한 침대가 되지. 생쥐는 조심해야 하지만. 생쥐들도 우리처럼 이곳을 좋아하거든."

나는 화가 난 땅주인이 쫓아오지 않을까 두려워서 문을 힐끔힐끔 돌아보다가 마지못해 넬라를 뒤따라가 자리를 잡고 앉았다. 우리는 서로의 발이 거의 닿을 듯 가까운 자리에 마주보고 앉았다. 넬라가 외투 안쪽에서 작은 보따리를 하나 꺼내더니 빵 한 덩이와 치즈 약간, 물병 같은 가죽 통 하나를 내놓았다. 물통을 건네받는 순간에야 그동안 목이 얼마나 바짝 말라있었는지 깨달았다. 물을 마시는 동안 주머니 속의 딱정벌레들이 내 옆에서 바스락거렸다.

"마음껏 마셔도 돼. 여기 헛간 뒤쪽에 빗물이 가득한 통이 있거든." 이렇게 말하는 걸 보니 넬라는 예전에도 이 헛간을 이용한 적이 있는 게 분명했다. 게다가 주변에 쓸만한 것이 있는지도 찾아본 모양이었다.

양껏 물을 마시고 나서 물통을 떼어내고 긴 치맛자락으로 입가에 흐른 물을 닦아냈다. "필요한 걸 찾으려고 다른 사람 땅에 자주 들어가나요?" 나는 우리 소유가 아닌 이 헛간뿐만 아니라 거의 밤을 꼬박 보낸 들판도 염두에 두고 물었다.

넬라가 고개를 가로저었다. "그런 일은 거의 없어. 필요한 건 아무도 손대지 않은 야생의 땅에서 대부분 얻을 수 있거든. 벨라도 나꽃을 본 적 있니? 고치가 벌어지듯 활짝 열리는 꽃이야. 아주 매혹적이지. 희귀하고 특별한 꽃처럼 보이지만 사실 그런 류의 식물은 사방에서 찾아볼 수 있단다. 이 땅은 위장의 대가거든. 사람들은 자신들이 부지런히 일구는 저지대 밭과 키스를 나누는 머리 위쪽의 넝쿨 시렁에 독을 품은 줄기가 있다는 사실을 믿지 못하지. 어디를 찾아봐야 하는지 아는 사람한테만 보이는 거야."

나는 우리가 기대앉은 건초더미를 힐끗거렸다. 넬라는 마른 풀처럼 무해한 것에서도 독을 추출해 낼 수 있는 게 아닐까? "그걸 전부 책에서 배웠어요?" 넬라의 약방에서 봤던 수십 권의 책들이 기억났다. 그중 몇 권은 많이 봐서 해진 것 같았다. 이제야 짧은 수습기간 동안 뭘 배워보겠다고 했던 게 얼마나 어리석은 소리였는지 실감났다. 넬라는 그 많은 지식을 쌓기까지 몇 년이 걸렸을 게 분명했다.

넬라가 치즈 한 입을 베어 물고 천천히 씹었다. "아니. 엄마한테서."

날카롭고 퉁명스러운 말투였지만 오히려 내 호기심만 더 커졌다. "하지만 가벽이나 독약을 만들지 않았던 분이라고 했잖아요."

"그래, 맞아. 전에도 말했지만 비밀이 없고 잘못한 게 없는 여자는 벽 뒤에 숨을 필요가 없어."

그 순간, 암월 주인님이 위층에서 고통에 몸부림칠 때 닫힌 응접실 문 뒤에서 마님과 함께 편지를 쓰는 척했던 일이 생각났다.

"엄마는 좋은 사람이었어." 넬라가 떨리는 숨과 함께 뱉어낸 말이었다. "엄마는 평생 동안 단 한 번도 독약을 팔지 않았단다. 아까 내 장부에서 옛날 기록들을 살펴보면서 너도 알아차렸을 거야. 옛날의 치료약들은 아픈 곳을 치료해 주는 유익한 것들이었지. 전부 다 말이야."

넬라가 마침내 자기 이야기를 털어놓으려는 건가 싶어서 나는 허리를 꼿꼿하게 폈다. 그러고는 대담하게 질문을 던졌다. "독약을 팔지 않은 엄마한테서 어떻게 독약에 관해 배웠어요?"

날 쳐다보는 넬라의 표정이 딱딱하게 굳었다. "좋은 약도 아주 많이 복용하거나 특정한 방법으로 조제하면 독이 되는 경우가 많아. 엄마는 나뿐만 아니라 손님들의 안전을 위해서 올바른 약물 복용량과 조제법을 가르쳐 주셨지. 엄마가 누군가를 해치는 독약을 사용하지 않았다고 독약 만드는 법을 모른 것도 아니었고." 넬라는 건초 더미 속으로 더욱 깊숙이 몸을 파묻었다. "그래서 엄마가 더욱 존경스러웠던 것 같아. 날카로운 이빨이 있어도 절대 공격 하지 않는 개처럼, 엄마는 무기와도 같은 지식을 단 한 번도 사용하지 않았거든."

"하지만 넬라는……." 나는 입 밖으로 굴러 나온 말을 끝맺기 전에 다급히 입을 딱 닫아버렸다. 넬라는 자신의 지식을 무기처럼 휘두르기로 마음먹은 게 분명했다.

"그래, 난 다르지." 넬라가 양손을 무릎 위에 포개놓고 내 눈을 똑바로 쳐다보았다. "엘리자, 하나 물어볼게. 네가 암웰 씨 앞에 접시를 내려놓았을 때 말이야. 넌 암웰 씨가 그 달걀을 먹으면 죽는다는 걸 알고 있었어. 그때 심정이 어땠니?"

나는 겨우 몇 분 전에 일어난 일처럼 그날 아침 일을 조심스럽게 떠올려보았다. 식당으로 들어서던 암웰 주인님의 질척한 시선. 말 없이 나와 비밀을 공모했던 마님의 부드러운 눈빛. 내 무릎 뒤쪽에서 허벅지까지 타고 올라왔던 기름진 손가락의 감촉. 마님이 집을 비운 사이에 암웰 주인님이 내게 브랜디를 줬던 그날도 떠올랐다. 한때는 그렇게 믿었던 주인님이었는데. 그날 손님이 찾아오지 않았다면 어떻게 됐을까?

"제 자신을 지키는 일이라고 생각했어요. 주인님이 절 해치려고 했으니까요."

넬라는 숲속에서 길을 안내하며 잘 따라오라고 다독이는 것처럼 고개를 끄덕거렸다. "무슨 일 때문에 널 지키려고 했니?"

진실을 말하려니 초조해져서 침을 꿀꺽 삼켰다. 암웰 부인이 왜 남편을 죽이려고 했는지, 내가 왜 그 일을 도왔는지는 넬라에게 말한 적이 없었다. 하지만 내가 먼저 개인적인 질문을 던졌으니 나도 내 속 이야기를 털어놓아야 마땅했다. "주인님이 절 만지기 시작했는데 그게 너무 싫었어요."

넬라의 고개가 또다시 천천히 끄덕거렸다. "그랬구나. 하지만 이유가 그것만은 아닐 거야. 더 깊이 생각해 보렴. 달갑지 않은 주인님의 손길은 물론 아주 역겨웠겠지. 하지만 거리에서 낯선 사람한테 희롱당하는 것도 역겹기는 마찬가지 아니니? 그렇지만 손을 잘못 놀린 낯선 사람을 죽이겠다고 덤벼들지는 않겠지?"

"거리에서 만난 낯선 사람은 대부분 제가 믿는 사람이 아니니까요. 하지만 암웰 주인님은 믿었어요. 최근까지만 해도 주인님을 믿지 않을 이유가 없었죠." 나는 말을 멈추고 숨을 천천히 고르면서 요하나 생각을 했다. "주인님 저택의 비밀도 알아버렸죠. 주인님이 무엇을 망가뜨렸고, 무엇을 숨겨두었는지요. 저도 그렇게 주인님에게 당할까 봐 무서웠어요."

만족스러운 대답이었는지 넬라가 앞으로 몸을 숙여 내 발을 토닥거렸다. "그래, 먼저 신뢰가 있어야 배신도 있는 거야. 신뢰 없이는 배신도 없지. 누군가를 믿지 않으면 배신당할 일도 없어." 나는 고개를 끄덕였고, 넬라는 다시 등을 뒤로 기댔다. "엘리자, 나한테서 독약을 사갔던 모든 여자들이 방금 네가 말했던 것처럼 가슴 찢어지는 일을 겪었어. 나도 그와 같은 길을 걸어왔고."

넬라는 오래전에 파묻어 버린 기억을 떠올리는 것처럼 인상을 찌푸렸다. "나도 처음에는 독약을 만들지 않았어. 날 때부터 살인자는 아니었으니까. 그런데 일이 있었어. 사랑에 빠졌거든. 프레데릭이라는 남자를 사랑했어." 그리고는 조용해졌다. 이야기를 그만하려나 보다 했는데 넬라는 목청을 가다듬고 이야기를 계속했다. "청혼을 기다리고 있었지. 그이가 결혼을 약속했었거든. 맙소사, 그 사람은 기가 막히게 뻔뻔스러운 배우에 거짓말쟁이였어. 나중에야 그가 사랑한 사람이 나 혼자가 아니란 사실을 알았지."

나도 모르게 헉 소리가 나서 손으로 입을 틀어막았다. "그걸 어떻게 알았어요?" 나보다 좀 더 나이 많은 여자들이나 들을 법한 추문과 비밀을 엿듣는 것 같았다.

"슬픈 이야기야, 엘리자." 넬라가 발로 내 발을 쿡 찔렀다. "그리고 지금 내가 하는 이야기 잘 들어둬. 아침에 나랑 같이 딱정벌레 가루를 만들고 나면 다시는 내 약방을 찾아오지 마. 이건 내 일이야. 내가 밀봉해서 짊어져야 하는 슬픔이야." 실망감과 기쁨이 양쪽에서 팽팽하게 날 잡아당겨 내 몸이 두 쪽 날 것만 같았다. 그럼에도 넬라가 이야기를 계속할 수 있게 나는 고개를 끄덕였다.

"내가 젊었을 때 엄마가 돌아가셨어. 20년이나 지난 일이지만 그 상처는 여전히 남아있어서 멍 자국처럼 살짝 건드리기만 해도 아프구나. 누군가를 잃고 슬픔에 잠겼던 적이 있니?"

나는 고개를 가로저었다. 암웰 주인님 외에 내 주변에서 다른 누군가가 죽은 일은 없었다.

넬라는 천천히 깊게 숨을 내쉬었다. "그건 끔찍하고 진이 빠지는 외로운 경험이야. 어느 날, 내 슬픔이 이루 말할 수 없이 깊어졌을 때 프레데릭이라는 젊은 남자가 내 약방을 찾아왔단다. 그 남자는 여동생 리사에게 줄 약을 달라고 간청했어. 여동생이 생리를 시작한 지 반 년이 지났는데 복부 경련이 너무 심해서 생리 촉진제를 달라는 거였지."

이맛살이 찌푸려졌다. 도대체 생리가 뭔지 알 수가 없었다. 하지만 리사가 어떤 여자였든 복부의 고통이 얼마나 끔찍했을지는 공감할 수 있었다. 넬라는 이야기를 계속했다. "내 약방에 처음 발을 들인 남자였어. 남자 손님은 받지 않지만 그 사람은 너무 절박해 보였어. 리사가 여자 형제나 엄마가 없어서 그 남자를 보냈을지도 모르는데 어떻게 그 남자의 부탁을 거절할 수 있었겠니? 그래서 생리 촉진제인 익모초 팅크를 남자한테 만들어줬어."

"익모초." 내가 되풀이했다. "엄마들한테 좋은 거예요?"

넬라가 미소 짓고는, 100년도 더 지난 옛날에 컬페퍼(Nicolas Culpeper, 1616년 영국 런던에서 태어난 17세기 영국의 약초학자이자 의사.《약용식물전집(complet Herbal)》을 영어로 출간해서 의사의 전유물이었던 약초 지식을 평민들에게도 전달-옮긴이)라는 위대한 치유사가 아이를 갓 낳은 엄마들에게 기쁨을 안겨주고, 출산 후 흔히 나타나는 우울증을 없애기 위해 처방한 약초라고 설명했다. "하지만 익모초는 자궁을 안정시켜 주고 복부를 자극해서 안에 든 것을 빼내주기도 해. 그렇기 때문에 아주 신중하게 복용해야 해. 임신하지 않은 사람들만 먹어야 하지."

넬라는 건초 더미에서 줄기 하나를 잡아당겨 빼더니 반지처럼 손가락에 감기 시작했다. "그 다음 주에 프레데릭이 생기 넘치는 신사 같은 모습으로 다시 찾아와서는 여동생이 평소처럼 건강해졌다고 고마워했어. 나는 왜 그런지 몰라도 그 사람에게 강하게 끌렸어. 그때는 이유를 모르는 그 끌림이 사랑이라고 생각했지. 하지만 지금 돌이켜 보면 뭔가가 밀고 들어와 황폐한 감정을 몰아내 주기를 바랐던 내 안의 공허한 슬픔 탓이 아닌가 싶어."

넬라가 숨을 토해냈다. "프레데릭도 나한테 끌렸지. 그렇게 몇 주가 흐르고 프레데릭은 결혼을 약속했어. 하루하루가 지나면서 달콤한 약속을 들을 때마다 내 안의 뭔가가 살아나는 것 같았지. 프레데릭은 아이들로 가득한 집, 엄마의 추억이 살아 숨 쉬는 분홍색 유리창으로 빛나는 가게를 약속했어. 그때 내 기분이 어땠는지……. 그게 사랑이 아니면 뭐겠니?" 넬라가 건초줄기를 반지처럼 손가락에 동그랗게 감아둔 자신의 손을 내려다보았다. 하지만 그 즉시 건초 줄기를 풀어내버렸고, 건초 줄기는 넬라의 무릎 위로 스르륵 떨어졌다.

"얼마 되지 않아 난 아이를 가졌단다. 나는 슬픔에 잠겨있었지만 내 안의 새로운 생명 덕분에 희망을 품었어. 이 세상의 모든 것이 엄마처럼 마지막 숨을 놓아버린 것은 아니었지. 이른 겨울날 아침, 프레데릭에게 아기 이야기를 했더니 프레데릭은 무척 기뻐하는 것 같았어. 다음 주 성 마르틴 축일 이후에 결혼하자고 했으니까. 내가 아이를 가진 걸 누가 알아차리기 전에 말이야. 엘리자, 넌 아직 어리지만 그래도 혼외 관계에서 태어난 아이가 밝은 태양 아래서 떳떳하게 살아가지 못한다는 건 잘 알 거야."

내 안에서 불안이 몽글몽글 피어올랐다. 넬라는 성인이 된 자식이나 아직 어린 자식이 있다는 이야기는 한 번도 한 적이 없었다.

"그래, 너도 짐작하겠지만 난 그 아이를 그리 오랫동안 품지 못했단다. 엘리자, 종종 그런 일이 일어나. 하지만 자주 일어나는 일이라고 그 고통이 덜해지지는 않아. 넌 그런 일을 겪지 않았으면 좋겠어." 넬라가 두 다리를 품에 바짝 끌어당겨 안고는 팔짱을 꼈다. 지금부터 하려는 말에 상처받지 않기 위해 자신을 보호하려는 것 같았다. "아주 늦은 밤이었어. 프레데릭이 가족을 방문하러 떠날 예정이어서 우린 그날 저녁 내내 함께 시간을 보냈지. 프레데릭이 저녁 식사를 준비하고, 선반 몇 개도 고쳐주고, 자기가 쓴 시도 읽어주고……완벽한 저녁이었어. 아니 난 그렇다고 생각했지. 프레데릭은 다음 주에 돌아오겠다고 하면서 긴 입맞춤을 하고 떠났어." 넬라의 어깨가 떨리더니 순간 침묵이 내려앉았다. "그러고 몇 시간 후에 경련이 시작됐고 난 아이를 잃었지. 그 고통은 말로 표현할 수가 없구나. 그날 이후, 프레데릭의 품에 안겨 위로받고 싶은 마음만큼 간절한 게 없었어. 몸을 가눌 수 없는 고통 속에서 그 한 주가 빨리 흘러가기만 기다렸지. 프레데릭이 돌아와 내 아픔을 나눠 짊어줄 때까지 슬픔을 억눌렀어. 그런데 그 사람이 나타나지 않는 거야. 그 다음 주, 그 다다음주에도 그는 돌아오지 않았지. 그러자 뭔가 끔찍한 의심이 싹텄어. 돌이켜보니 내가 아팠던 그날 밤이 뭔가 이상하더구나. 아이를 잃었던 그날 밤, 프레데릭이 마지막으로 얼굴을 보여주었던 그날 밤이 수상하게 느껴졌어.

프레데릭은 내 약방 선반들과 서랍장들을 아주 잘 알고 있었거든. 좀 전에도 말했지만 순한 치료약들도 많이 복용하면 목숨을 잃을 수 있어. 난 즉시 몇몇 약병들을 장부와 대조해서 확인해 봤어.

그런데 익모초가 기록된 양보다 적은 거야. 순간 소름이 쫙 끼쳤지. 프레데릭은 여동생 리사한테 익모초를 갖다 준 적이 있어서 그 속성을 잘 알고 있었어. 그제야 프레데릭이 내가 만든 익모초 팅크를 나한테 먹였다는 걸 깨달았지. 내 아이를 없애려고 말이야. 프레데릭과 내가 많은 시간을 함께 보냈으니, 그가 저녁 식사 중에 날 속여서 익모초를 먹이는 게 불가능한 일은 아니었지. 시간이 지날수록 익모초가 내 뱃속의 아이를 앗아갔다는 확신이 강해졌어."

넬라의 이야기를 듣는 동안 목구멍 안쪽이 타는 것처럼 죄어들었다. 어떻게 프레데릭에게 속을 수 있었는지, 프레데릭이 그녀의 물건을 뒤져서 약물을 찾아 음식이나 음료에 몰래 넣었는데도 어떻게 그걸 몰랐는지 넬라에게 묻고 싶었다. 하지만 그렇지 않아도 비참한 기분에 휩싸인 넬라에게 화살을 돌려서 기분을 더 상하게 하고 싶지는 않았다.

"그러던 어느 날, 내가 그렇게 기다렸던 노크 소리가 마침내 들렸어. 엘리자, 넌 누가 날 찾아왔을 거라고 생각하니?"

"프레데릭이요." 내가 몸을 앞으로 숙이며 대답했다.

"아니, 그의 동생 리사였어. 그런데 알고 보니 그 여자는……프레데릭의 동생이 아니었어. 그 여자는 조금도 망설임 없이 프레데릭의 아내라고 했어."

넬라의 옛 기억이 지금 바로 내 눈앞에서 벌어지는 일만 같아서 나는 고개를 가로저었다. "어, 어떻게 그 여자가 넬라가 있는 곳을 알고 찾아왔어요?" 나는 더듬거렸다.

"그 여자는 부인병을 치료하는 엄마의 약방을 알고 있었어. 기억나니? 처음에 프레데릭을 나한테 보낸 사람도 그 여자였지. 익모초가 절실하게 필요해서 말이야. 그 여자는 프레데릭이 뭐랄까, 대충 둘러대는 경향이 있다면서 나한테 사실대로 말해달라고 했어. 그게 내가 아이를 잃은 지 겨우 4주가 지났을 때였지. 아직 출혈이 멈추지 않았고, 지독한 가슴앓이로 고통스럽던 때였어. 나는 그 여자한테 다 말해주었단다. 그러자 여자는 내가 프레데릭의 첫 번째 정부가 아니라고 하더구나. 그러고는 약방 선반에 있는 약병들과 약물들이 뭔지 물었어. 난 너한테 설명했던 것처럼, 거의 모든 약물이 많이 사용하면 치명적인 독이 된다고 말해줬지. 그러자 놀랍게도 그 여자 리사는 마전자를 달라고 했어. 마전자는 아주 적게 쓰면 열병뿐만 아니라 역병도 치료할 수 있는 약이야. 하지만 그와 동시에 쥐약이기도 하지. 네 주인님을 죽였던 그 약물 말이야."

넬라가 양손을 활짝 펼쳤다. "리사의 요구에 난 잠시 머뭇거렸어. 하지만 결국에는 마전자를 치사량만큼 공짜로 주고 그 향을 잘 숨길 수 있는 방법까지 일러주었지. 프레데릭이 나한테 몰래 독약을 먹인 것과 똑같은 방법을 리사에게 가르쳐줬어. 그때 아이를 잃은 후로 이 일을 시작했단다. 리사와 프레데릭을 만난 이후부터 시작된 일이야. 리사가 떠난 후, 내 안의 뭔가가 해방되는 것 같았어. 복수 그 자체가 치료약이 된 거지." 넬라가 작게 기침을 했다. "프레데릭은 다음날 죽었어. 그 주 신문에서 읽었지. 의사는 사인이 심장마비라고 했어."

넬라의 기침이 점점 더 심해져서 발작적으로 터져 나왔다. 넬라는 배를 움켜잡은 채 몇 분 동안 거칠게 숨을 몰아쉬었다. 급기야는 몸을 앞으로 굽힌 채 헉헉거렸다. "엄마에 이어서 내 아이, 그리고 사랑했던 연인까지 모두 그렇게 떠났어. 그 와중에 조금씩 새는 물처럼 숨죽여서 오가던 소문이 도시 전체로 퍼지기 시작했지. 리사가 누구한테 내 이야기를 처음 전했는지, 혹은 그 이야기를 듣고 다른 사람에게 전한 사람이 누구였는지는 몰라. 어느 순간부디 사람들이 편지를 남겨놓기 시작했고, 난 몸을 숨기기 위해서 벽을 설치할 수밖에 없었단다. 내가 아무리 이 약방을 망쳐놓았다 해도 엄마의 유산인 이곳을 닫을 배짱은 없었거든."

넬라가 옆의 건초더미를 토닥거렸다. "나도 끔찍한 일을 겪었지만 남자의 사악함을 조금도 경험하지 못한 여자는 없을 거야. 너도 그렇고." 넬라는 몸이 자꾸 한쪽으로 기울자 한 손으로 바닥을 짚어 균형을 잡았다. "난 약제사야. 여자들에게 치료약을 나눠주는 게 내 의무지. 오랜 세월 여자들이 날 찾아왔고, 난 그들에게 원하는 것을 줬단다. 그들의 비밀도 지켜주었고, 그들의 짐을 다 받아냈지. 아이를 잃고 나서 다시 피를 흘렸다면, 내 자궁이 망가지지 않았다면 오래전에 이 일을 그만뒀을지도 몰라. 하지만 더 이상 생리는 없었고, 그건 프레데릭의 배신과 그에게 빼앗긴 것을 끊임없이 상기시켜 주더구나."

어둠 속에서 혼란에 사로잡힌 내 이마에 주름이 깊이 잡혔다. 피를 흘렸다면? 나는 넬라가 피곤해서 말을 잘못했다고 생각했다.

넬라가 기운이 빠지는지 하품을 하면서 천천히 옆으로 쓰러졌다. 넬라의 이야기가 거의 끝나가고 있었다. 넬라는 무척 피곤해 보였지만 나는 잠이 확 달아났다.

"영원히 이렇게 살 수는 없겠지. 오래전에는 남에게 고통을 안겨주면 내 고통이 가라앉을 거라고 생각했지만, 그건 잘못된 생각이었어. 내 고통은 점점 더 악화되기만 했거든. 한주 한주가 지나면서 내 뼈마디가 붓고 아프기 시작하더구나. 이런 독약을 파니까 내 안이 망가져 가는 게 분명해. 하지만 이 모든 것을 무너뜨리는 건 쉽지 않은 일이야. 클라렌스 부인의 말을 너도 들었겠지만……내 명성이 널리 알려져 있거든."

넬라가 목청을 가다듬고 입술을 핥았다. "기묘한 퍼즐 같아." 넬라는 이렇게 결론 내렸다. "여자들의 병을 치료해 주려고 애쓰면서도 나 자신의 병은 조금도 치료할 수가 없구나. 내 슬픔은 20년이 지났는데도 사라지지 않아." 그 다음은 너무 나지막한 목소리라 잘 들리지 않았다. 나는 넬라가 평화로운 악몽 속으로 빠져든 것은 아닌가 싶었다. "이 고통을 없애주는 약은 이 세상 어디에도 없어."

16

캐롤라인
현재, 화요일

호텔 로비로 들어서는 내 심장이 두려움으로 딱딱하게 굳었다. 호텔까지 오는 동안에는 약제사 생각에 다른 생각을 할 겨를이 없었지만 이제는 그보다 더 다급한 걱정거리, 곧 도착하는 남편을 마주해야 하는 문제가 다른 생각을 밀어내 버렸다.

세관을 통과해서 택시를 잡아타는 시간을 감안하면 제임스가 이미 호텔에 도착했을 것 같지는 않았다. 그럼에도 나는 호텔 방문 앞에서 머뭇거렸다. 노크를 해야 하는 게 아닐까 하는 생각이 들어서. 혹시 모르니까.

아냐. 이 방은 내 방이었고, 이 여행은 나만의 여행이었다. 제임스는 침입자였다. 나는 카드식 열쇠를 밀어 넣어 문을 열고 안으로 들어갔다.

다행스럽게도 방 안에는 아무도 없었고 방 안의 물건들도 모두 내 것뿐이었다. 다만 호텔방을 나섰을 때보다 모든 것이 훨씬 더 단정하게 정돈되어 있었다. 매트리스 안으로 깔끔하게 밀어 넣은 뽀송뽀송하고 새하얀 침대시트, 깨끗한 머그잔으로 싹 갈아놓은 테이블, 그리고……젠장. 문 근처 작은 탁자 위, 꽃병에 꽂혀있는 연한 푸른색의 아름다운 수국이라니.

꽃다발 중앙에서 작은 봉투를 꺼내 열었다. 제발, 아무것도 모르는 엄마나 아빠가 보낸 축하 메시지이길.

하지만 아니었다. 메시지는 아주 짧았다. 하지만 누가 보낸 것인지 즉각 알아차렸다. 그 시작은 이러했다. 미안해. 당신에게 만회할 일이 정말 많아. 설명할 것도 많고. 난 언제나 당신을 사랑할 거야. 곧 만나, J가.

나는 눈을 부릅뜨고 눈망울을 사납게 굴렸다. 제임스는 똑똑한 사람이었다. 자기가 도착하기 전에 미리 작업을 해놓으려는 수작이 분명했다. 어떻게 해서든, 적어도 내가 호텔 방문을 열어주도록 만들 요량으로 말이다. 하지만 겨우 아침나절 이야기를 나누고 미소사 칵테일 한 잔을 주고받은 뒤 서로 죽고 못 사는 잉꼬 한 쌍처럼 원래 계획대로 여행을 시작할 수 있다고 생각한다면 크나큰 오산이었다.

나는 죄책감 따위는 갖지 않기로 마음먹었다. 설령 내가 그와 함께한 삶에 백 퍼센트 만족하지는 못했다 해도 그 삶을 내던져 버린 사람은 내가 아니었으니까.

잠시 후, 내가 침대에 누워서 얼음처럼 차가운 물을 홀짝거리고 있을 때 노크 소리가 들렸다. 직감적으로 제임스가 도착했음을 알 수 있었다. 결혼식장에서 그의 몸에서 뿜어져 나오는 환희를 느낄 수 있었던 것처럼 그의 기운이 느껴졌다.

한 차례 숨을 깊이 들이마시고 문을 열었다. 달갑지 않은 그의 향이 콧속으로 밀려들었다. 소나무와 레몬 향과 비슷한 향기, 그가 무척이나 좋아하는 수제 비누의 잔향이었다. 몇 달 전, 틈만 나면 핀터레스트에서 임신에 관한 정보를 찾아보았던 그 시절에 함께 노천시장에 가서 샀던 비누였다.

제임스가 지금 바로 눈앞에 서있었다. 진회색 여행가방을 다리 사이에 놓아둔 채. 제임스는 미소 짓지 않았고, 나도 마찬가지였다. 때맞춰 누군가가 운수 나쁘게 우리 곁을 스치고 지나갔다면 저렇게 어색하고 불편한 재회의 장면이 또 있을까 하고 생각했을 것이다. 우리는 말없이 서로를 응시하기만 했다. 그제야 나는 조금 전까지만 해도 제임스가 진짜로 런던에 나타날 리는 없다고 마음 한편으로 생각했음을 깨달았다.

"안녕." 제임스가 문턱 저편에서 서글픈 목소리로 속삭였다. 한 팔을 뻗으면 닿을 거리에 서있음에도 바다가 우리 사이를 갈라놓고 있는 것 같았다.

나는 문을 더 활짝 열고는 짐 가방을 가져온 호텔 직원 대하듯 들어오라고 몸짓했다. 제임스가 여행가방을 끌고 들어올 때 나는 물잔을 채우러 갔다. "내 방을 찾아왔네." 내가 어깨 너머로 말했다.

　제임스의 시선이 탁자 위 꽃병에 닿았다. "내 이름도 예약자 명단에 있어." 제임스가 여권과 영수증 몇 장을 탁자 위 꽃병 옆에 던졌다. 양 어깨가 축 처져 있는 데다 눈 가장자리에 주름이 깊이 잡혀있어서 그런지, 그렇게 피곤해 보이는 모습은 처음이었다.

　"피곤해 보여." 꽉 잠긴 듯한 내 목소리가 울려 퍼졌다. 입안이 바짝 말라왔다.

　"3일 동안 잠을 못 잤어. 피곤하다는 말로는 부족하지." 제임스의 손가락 하나가 연푸른 꽃잎의 부드러운 가장자리를 쓸었다. "문 앞에서 날 쫓아내지 않아서 고마워." 제임스가 눈물이 그렁그렁한 눈빛으로 날 쳐다보며 말했다. 제임스가 우는 모습은 딱 두 번밖에 보지 못했다. 한 번은 결혼식 피로연에서 그가 내게 분홍색 샴페인 잔을 들어 올렸을 때였다. 나머지 한 번은 그의 삼촌 장례식에서 곧 흙더미에 파묻힐 순간만 기다리고 있는 관을 뒤로하고 나올 때였다.

　하지만 지금 흘리는 그의 눈물은 내 마음을 조금도 움직이지 못했다. 그의 곁에 머물고 싶지도 않았다. 그와 똑바로 눈을 마주칠 수도 없었다. 나는 창가의 팔걸이가 둥근 스티치 버튼 소파를 가리켰다. 잠자는 용도는 아니었지만 느긋하게 대화를 나누고 늦은 밤 농밀하게 사랑을 나누기 좋은 소파였다. 제임스와 나는 절대 하지 않을 일이었지만. "좀 쉬는 게 좋겠어. 옷장에 여분의 이불이 있어. 룸서비스도 빨리 오니까 배고프면 시키고."

제임스가 혼란스러운 표정을 지었다. "당신은 어디 가?"

늦은 아침 햇살이 방안을 밝게 비추며 방바닥에 연노랑 줄무늬를 남겼다. "난 점심 먹으러 나갈 거야." 스니커즈 운동화를 벗고 굽 없는 플랫슈즈를 신으면서 말했다.

호텔방 탁자 위의 바인더 인에는 추천 식당 목록이 있었다. 그중 이탈리아 식당 하나가 몇 블록 떨어지지 않은 곳에 있었다. 마음을 달래줄 음식이 필요했다. 거기에 이탈리아산 와인 키안티를 한 잔 곁들이면 더 좋겠지. 게다가 이탈리아 레스토랑이니 말할 것도 없이 조명이 어두울 가능성이 높았다. 비교적 은밀해서 나처럼 생각할 게 많고, 어쩌면 울 장소가 필요한 사람에게 완벽한 곳이리라. 피와 살로 된 제임스의 실체를 마주하고 있자니 딱딱한 덩어리가 목구멍을 막고 있는 것만 같았다. 그를 붙잡아 흔들면서 왜 우리 사이를 이렇게 망쳤냐고 다그쳐 묻고 싶으면서도 그 사람을 꼭 껴안아 주고 싶기도 했다.

"나도 같이 가도 돼?" 제임스가 3일은 안 깎은 듯 덥수룩하게 자라난 턱수염 아래 숨겨진 턱 선을 한 손으로 쓸었다.

시차로 인한 두통이 얼마나 끔찍한지 잘 알고 있었다. 나도 모르게 저 사람 저렇게 힘들어서 어쩌나 하는 안쓰러운 마음이 들었다. 안을 좀 더 깊숙이 들여다보는 게 불편하다고 피하는 일을 그만두기로 하지 않았던가? 먼저 내 가슴에 맺힌 몇 가지를 털어내는 일부터 시작해야 할지도 모르겠다. 다만 눈물이 흐르지 않기만을 바랐다. "그래, 좋아." 내가 웅얼거리듯 말하고는 가방을 움켜쥐고 먼저 호텔방을 빠져나왔다.

달 피우메 레스토랑은 템스강에서 겨우 한 블록 떨어진 곳에 있었다. 여종업원이 다른 손님들과 멀찍이 떨어진 한쪽 구석의 작은 테이블로 안내해 주었다. 우리가 서로 어색하게 거리를 두는 모습에 첫 데이트를 나온 연인이라고 생각한 모양이었다. 늦은 저녁 시간인양 고풍스러운 랜턴 몇 개가 레스토랑 안을 은은하게 밝혔고, 묵직한 주홍색 커튼이 고치처럼 내부를 감싸고 있었다. 다른 날이었다면 분위기가 아늑하다고 생각했겠지만 오늘은 숨이 막힐 듯 갑갑하게 느껴졌다. 너무 은밀한 곳을 골랐는지도 모르겠다. 하지만 우린 둘 다 배가 고프고 지친 상태였다. 테이블 양쪽의 가죽 의자에 털썩 주저앉은 우리 입에서 동시에 한숨 소리가 새어나왔다.

반갑게도 큼직한 메뉴판이 시선을 끌었다. 우리는 서로 말 한마디 나누지 않았다. 물잔을 놓고 갔다가 다시 키안티 두 잔을 갖고 돌아온 여종업원에게 이야기하는 목소리만 들렸다. 그런데 여종업원이 내 앞에 술잔을 내려놓았을 때 갑자기 생각나는 게 있었다. 아직 시작하지 않은 생리. 술. 임신.

손가락으로 술잔 받침을 쓸면서 나는 어떻게 해야 할지 고민했다. 술을 안 마시겠다고 물릴 수도 있었지만 그랬다가는 제임스가 의심할 게 분명했다. 하지만 내 고민을 지금 그에게 털어놓고 싶지 않았다. 그것도 여기서는 아니었다. 우리 두 사람을 질식시키려고 작정한 듯 침울한 이 붉은 방에서는 절대 아니올시다였다.

그 순간 로즈가 생각났다. 로즈도 임신테스트를 하기 전 임신 초기에 술을 마셨었고, 로즈의 의사는 그렇게 이른 임신 초기 단계에서는 걱정할 필요가 없다고 했다.

그렇다면 나도 괜찮겠지. 나는 와인 한 모금을 꿀꺽 마시고 메뉴판을 계속 훑어봤지만 글자가 하나도 눈에 들어오지 않았다.

몇 분 후, 종업원이 주문을 받아가고 메뉴판도 가져가 버렸다. 그 즉시 제임스와 나 사이를 막아주던 보호 장벽이 사라졌다. 이제는 서로에게 집중하는 수밖에 없었다. 그와 너무 가까이 앉아있어서 숨소리마저 들릴 정도였다.

제임스를 똑바로 쳐다보았다. 레스토랑 불빛 아래서 바라본 그의 얼굴은 좀 전보다 훨씬 더 퀭해 보였다. 살이 몇 킬로그램 빠진 것 같아서 마지막으로 뭘 먹었는지 궁금해졌지만 그런 생각은 하지 않으려고 애썼다. 와인 한 모금을 든든하게 마시고 나서 말을 꺼냈다. "난 너무 화가 나서……."

"잠깐, 내 말 좀 들어봐." 제임스가 손가락들을 서로 얽어 만지작거리면서 끼어들었다. 그가 고객들과 전화통화를 할 때 자주 하던 행동이었다. "다 끝냈어. 그 여자를 다른 부서로 보냈고, 또다시 나한테 추근대면 인사과에 연락하겠다고 말했어."

"그럼 다 그 여자 잘못이야? 그 여자 문제라고? 당신은 파트너 대열에 오른 사람이야. 인사과에서는 그 여자보다 당신 불륜 문제에 더 관심을 가지지 않겠어?" 나는 벌써 좌절감에 사로잡혀 고개를 가로저었다. "왜 이 문제가 당신 일 이야기로 흘러가는 건데? 우리 결혼생활에 대한 얘기잖아."

제임스가 몸을 앞으로 숙이며 한숨을 쉬었다. "이 일이 이런 식으로 밝혀져서 안타까워." 참 흥미로운 단어 선택이었다. 제임스는 자신의 책임을 덜어내려고 했다. "하지만 상황이 그렇게 나쁜 건 아닐지도 몰라." 제임스가 덧붙여 말했다. "덕분에 우리 두 사람의 관계에 이로운 점도 있을 거야."

"덕분에 이로운 점도 있다고?" 나는 깜짝 놀라서 되풀이했다. "이런 일이 뭐가 어떻게 이로울 수 있다는 거지?"

종업원이 커다란 파스타 숟가락을 가져와서 우리 앞에 조심스럽게 올려놓았다. 그동안 세 사람 사이에 묵직하고 어색한 침묵이 흘렀다. 종업원은 재빨리 자리를 떴다.

"덕분에 내가 당신에게 속마음을 다 터놓으려고 애쓰고 있잖아. 내가 지금 여기 와서 상담치료든 자아성찰이든 뭐든 다 하겠다고 말하고 있잖아."

런던에 홀로 여행 온 것은 내게 상담치료와 같았다. 제임스가 내 호텔 방문 앞에 나타나기 전까지는. 제임스의 그 오만한 태도에 오히려 더 화가 났다. "그럼 지금 당장 자아성찰을 해보자고. 대체 왜 그랬어? 승진 행사 이후에 왜 그만두지 않았어?" 그 여자와 뭘, 어떻게 했는지 그 끔찍한 사실도 알고 싶었지만 그 순간 가장 간절하게 알고 싶은 것은……왜 그랬는지였다. 갑자기 한 가지 의문이 들었다. 전에는 생각하지 못했던 의문이었다. "아이를 가지려니까 두려웠어? 그래서 그랬어?"

제임스가 아래를 내려다보고 고개를 가로저었다. "그건 절대 아니야. 당신만큼이나 나도 아이를 갖고 싶어."

가슴을 짓누르던 작은 돌덩이 하나가 치워진 듯 마음이 살짝 가벼워졌다. 하지만 어떻게든 끝장을 내고 싶은 내 안의 일부는 제임스가 그렇다고 대답하기를 바랐다. 그럼 그 진실을 다이아몬드처럼 들어 올려 불빛 앞에 내려놓고 진짜 문제를 해결해 나갈 수 있을 테니까. "그럼……왜 그랬어?" 나는 그럴듯한 온갖 이유들을 하나하나 다 꼬집어 말하고 싶은 충동을 억누른 채 와인 잔 가장자리에 다시 입술에 갖다 댔다.

"그냥 그렇게 행복하지 않아서 그랬던 것 같아." 이렇게 말하는 것조차 지친다는 듯 피곤한 목소리였다. "내 인생이 너무 안전하고, 지겹게도 너무 뻔했어."

"우리 인생 말이겠지." 내가 말을 바로잡았다.

제임스가 동의한다는 듯 고개를 끄덕였다. "그래, 우리 인생. 하지만 당신이 안전하고 예측 가능한 삶을 원한다는 거 잘 알아. 그래서 아기도 원하고……."

"내가? 내가 예측 가능하고 안전한 삶을 원한다고?" 나는 고개를 가로저었다. "아니, 당신은 아주 잘못 생각하고 있어. 케임브리지가 너무 멀다고 케임브리지 입학에 반대한 건 당신이야. 당신이……."

"입학 신청서를 찢어버린 사람은 내가 아냐." 얼음처럼 차가운 목소리였다.

나는 그에 지지 않고 사납게 대꾸했다. "당신은 결혼 초기에 근무시간이 길어서 부담스럽다고 아이를 갖고 싶지 않다고 했어. 안정적이고 편한 일이라면서 농장 일을 받아들이라고 간청했던 사람도 당신이야."

제임스가 두 손가락으로 하얀 식탁보를 톡톡 두드렸다. "그 일을 받아들인 건 당신이야. 내가 아니라."

그때 여종업원이 파스타 두 그릇을 가져와 우리 앞에 내려놓았다. 그동안 우리 사이에 침묵이 내려앉았다. 나는 여종업원이 멀어져 가는 모습을 지켜보았다. 여종업원의 완벽하게 동그스름하고 탱탱한 엉덩이가 내 눈에 들어왔지만 제임스의 시선은 나한테서 떨어지지 않았다.

"당신이 나한테 한 짓은 되돌릴 수 없어." 나는 건드리지도 않은 접시를 밀쳐놓으며 말했다. "그거 당신도 알아? 난 절대 이 일을 잊지 못해. 우리가 지금 이 상황을 용케 헤쳐 나간다 해도 이 일은 우리에게 영원한 상처로 남을 거야. 우리가 다시 행복해지기까지 얼마나 오래 걸릴 것 같아?"

제임스가 테이블 중앙에서 롤빵 하나를 집어 들어 입안에 밀어넣었다. "그건 당신한테 달려있어. 난 이미 다 끝냈다고 말했어. 내가 실수를 했고, 그래서 지금 이렇게 바로잡으려고 하잖아."

지금으로부터 5년이나 10년 후를 상상해 보았다. 앞으로 제임스가 내게 충실한다면 다른 여자의 존재도 한때의 실수로 여겨질

날이 올지도 모른다. 불륜으로 흔들리는 부부가 전체의 절반에 가깝다고 하니까. 하지만 내 인생이 불행한 이유가 그 여자 때문만은 아니라는 사실을 최근에 깨달았다. 테이블을 사이에 두고 제임스와 마주보고 앉아있는 지금, 그 이야기를 할까 고민했다. 하지만 제임스는 내가 속마음을 털어놓을 수 있는 아군이 아니었다. 내게 제임스는 적군이었고, 나는 이 여행에서 발견하기 시작한 진실을 숨기고 싶었다.

"당신한테 사과하려고 런던에 왔어. 여행이야 어떻게 되든 상관없어. 원래 일정은 다 취소해 버리자. 그냥 호텔방에서 뒹굴 거리며 중국 음식을 먹을 수도 있고……."

내가 한 손을 들어 올려 그의 말을 가로막았다. "아니, 제임스." 그의 기분이 얼마나 엿 같든 그건 내가 상관할 바가 아니었다. 내 마음은 여전히 끔찍하게 상처받은 상태였다. "당신이 나한테 물어보지도 않고 런던에 온 거 전혀 반갑지 않아. 난 당신이 나한테 무슨 짓을 했는지 생각해 보려고 여기 왔어. 그런데 당신이 날 사냥감 쫓듯 추격해 온 것만 같아. 도망은 절대 용납할 수 없다는 것처럼."

제임스가 멍한 표정으로 날 쳐다보았다. "내가 사냥감 쫓듯 당신을 추격해 온 것 같다고? 난 약탈자가 아냐." 제임스가 나한테서 시선을 떼고는 벌겋게 달아오른 얼굴로 포크를 집어 들었다. 포크 한 가득 찍어 올린 음식을 입안에 밀어 넣고는 빠르게 씹어 넘기고 또 한 가득 찍어 올렸다. "당신은 내 아내야. 내 아내가 생애 처음으로 혼자 외국에 갔다고. 내가 얼마나 걱정했는지 알아? 소매

치기를 당한 건 아닌지, 또 어떤 변태 같은 녀석이 당신이 혼자 있는 걸 알고⋯⋯."

"젠장, 제임스, 나한테도 상식이라는 게 있다고." 내 와인 잔이 텅 비었다. 나는 여종업원에게 손을 흔들어 잔을 채워달라고 했다. "사실 난 아주 잘 지냈어. 그 어떤 문제도 없었다고."

"그건 다행이네." 제임스가 부드러운 어조로 말했다. 제임스는 냅킨으로 입술 가장자리를 닦았다. "당신 말이 맞아. 와도 되는지 당신한테 물어봤어야 했어. 그러지 못해서 미안. 하지만 난 이미 여기 왔어. 마지막 순간에 급하게 구한 비행기 표가 3000달러나 했어. 집으로 돌아가는 비행기 표도 싸지 않을 거야."

3000달러? "알겠어." 나는 애초에 예약하지도 말았어야 하는 비행기 표를 사느라 그렇게 많은 돈을 썼다는 사실에 더 화가 치밀어서 입술을 앙다물고 말했다. "그럼 적어도 앞으로 며칠 동안은 나 혼자 시간을 가져도 되는 거지? 아직 생각할 게 많아."

제임스가 입을 열고 숨을 토해냈다. "하지만 이야기해야 할 게 있지 않아?"

나는 부드럽게 고개를 가로저었다. "아니. 난 혼자 있고 싶어. 당신은 호텔방 소파에서 자도 돼. 하지만 그게 끝이니까 다른 생각하지 마. 난 그럴만한 이유가 있어서 혼자 여행 온 거야."

제임스가 실망감 가득한 얼굴로 눈을 감았다. "알았어." 마침내 제임스가 반쯤 먹다 만 음식을 옆으로 치우고 말했다. "난 호텔방으로 돌아갈게. 너무 피곤해." 제임스가 지갑에서 20파운드짜리

지폐 몇 장을 꺼내 테이블에 올려놓고 내 쪽으로 밀어주더니 자리에서 일어섰다.

"가서 좀 쉬어." 나는 그의 빈 의자에서 눈을 떼지 않은 채 말했다. 제임스가 떠나기 전, 정수리에 닿는 그의 입술 감촉에 온몸이 뻣뻣해졌다. "그래, 노력해 볼게." 제임스가 말했다.

그가 가는 모습을 지켜보려고 뒤돌아보지 않았다. 대신 먹던 파스타를 다 먹고 키안티를 한 잔 더 마셨다. 몇 분 후, 테이블 위의 휴대폰 화면이 반짝거렸다. 무심결에 인상을 찌푸리면서 새로운 메시지를 읽었다.

> 캐롤라인, 잘 지내죠? 당신이 가고 나서 조사를 좀 더 하다가 필사본 데이터베이스에서 문서 몇 개를 찾았어요. 신청을 해놨으니까 며칠 걸릴 거예요. 언제까지 여기 있어요?
> 게이너가 XX(키스를 보내며-옮긴이)

나는 의자에 허리를 꼿꼿이 세우고 앉아 즉시 답장을 보냈다.

> 안녕하세요? 정말 고마워요. 다음 주까지 있어요! 어떤 자료예요? 뭔가 실마리가 있을 것 같아요?

나는 테이블에 팔꿈치를 올린 채 게이너의 답장을 기다렸다. 도서관에서 함께 조사하는 동안 게이너는 필사본들이 손으로 직접 쓴 원본이거나 인쇄한 사본일 수 있다고 했다. 게이너가 약제사에 관한 또 다른 편지, 또 다른 '임종 고백'을 찾아낼 수 있을까? 게이너의 답장이 도착하자마자 바로 읽어보았다.

> 신문 기사예요. 정기간행물이죠. 1791년도 기사인데 디지털화된 신문 컬렉션에 없고 1800년 이전 기사라서 우리가 못 찾았던 거예요. 그 신문 기사 중 하나에 이미지가 실려있대요. 혹시 또 모르잖아요. 쓸만한 게 나올지도. 계속 연락할게요!

나는 휴대폰을 닫았다. 흥미로운 소식이었지만 제임스의 반쯤 먹다 만 음식과 더러운 냅킨이 테이블 위에서 내 시선을 잡아끌며 신경 써야 할 더 큰 문제가 있다고 말하는 것 같았다. 여종업원이 와인 한 잔을 더 마시려는지 물었지만 거절했다. 점심시간에는 두 잔이면 충분했다. 주변에서 두런두런 들려오는 대화 소리에 묻혀서 잠시 생각할 시간이 필요했다.

제임스는 그날이 그날인 안전한 생활에 만족하지 못해서 불륜을 저질렀다고 했다. 우리 둘 다 정체된 삶에 만족하지 못했고, 결국에는 쳇바퀴처럼 돌던 우리의 삶이 끼익하고 소름끼치는 소리를 내며 멈춰버린 건 아닐까 싶었다.

날 미국 땅에, 그 농장에 붙들어둔 제임스를 탓하고 싶지만 그 사람만 탓할 수도 없었다. 그 사람 말대로 케임브리지 대학원 입학 신청서를 찢어버린 사람은 나였으니까. 부모님이 제의한 농장 일을 받아들인 사람도 나였다.

아이를 갖고 싶었던 바람이 진실을 위장하려는 무의식적인 몸짓이었던 건지 나에게 묻고 싶었다. 그것이 내가 상상한 대로 인생이 흘러가지 않았다는 진실을 숨기려는 몸부림이었는지 말이다. 무엇보다 더 끔찍한 것은 무서워서 시도조차 하지 못하면서도, 임신을 핑계로 숨기려 했을지 모른다는 것이다.

언젠가라는 먼 미래에 온 신경을 쏟으면서 엄마가 되기를 간절히 바랐을 때, 나의 다른 꿈들을 모두 묻어버린 줄 알았는데. 왜 인생의 위기를 겪고 나서야 이런 의문을 던질 수 있게 된 걸까?

17

엘리자

1791년 2월 9일

넬라 말대로 새벽이 되자 마차가 다니기 시작했다. 우리는 런던으로 돌아가는 첫 마차를 잡아탔다. 마차에는 더럽고 남루한 차림의 우리 두 사람과 지저분한 린넨 주머니 속 딱정벌레들 외에는 아무도 없었다. 딱정벌레들은 대부분 살아있었지만 꽉 묶어놓은 주머니 속에서 질식하기 일보 직전이었다.

가는 동안엔 아무도 입을 열지 않았다. 지난밤을 거의 뜬 눈으로 보낸 나는 너무 피곤해서 말할 기운이 없었다. 하지만 넬라는 간밤에 아주 잘 잤다. 밤새 시끄럽게 코고는 소리가 들렸으니까. 어쩌면 넬라는 그 모든 이야기, 그러니까 프레데릭을 사랑한 이야기나 처녀의 몸으로 아이를 가졌다가 잃어버렸던 이야기까지 다 털어놓은 게 어색해서 입을 다물고 있는지도 몰랐다. 떠나보내고 나면 다시는 만나지 않을 사람인 나에게 그런 이야기를 다 해버려서 부끄러운 걸지도.

마차가 플리트 거리에 멈춰 섰다. 마차에서 내린 우리는 진흙투성이 길을 따라 책방, 인쇄소, 코르셋가게를 지나쳐 넬라의 약방으로 향했다. '3실링에 위스키 한 모금 무료'라고 창문에 붙은 받치 광고문이 눈에 들어왔다. 그때 둥둥 떠다니듯 스쳐 지나가는 파스텔 드레스 차림의 젊은 여자 두 명이 시야에 들어와 흠칫 놀랐다. 여자들의 새하얀 얼굴에는 입술이 짙게 칠해져 있었다. 두 여자의 대화 한 자락이 내 귓가에 들어왔다. 새로 산 신발의 레이스 장식이 어떠니 저떠니 하는 소리다. 그러고 보니 여자 한 명이 쇼핑 가방을 들고 있었다.

나는 기어 다니는 벌레들이 가득한 린넨 주머니를 내려다보았다. 앞으로 처리할 중요한 일을 생각하자 내 안에서 공포가 뭉글뭉글 피어올랐다. 암웰 주인님에게 줄 달걀을 받을 때는 이렇게 두렵지 않았다. 야경대원이 달걀을 든 어린 소녀를 심문하지는 않을 테니까. 하지만 지금은 누가 린넨 주머니를 흘낏 보기만 해도 이상하다고 생각하고 즉각 질문을 던질 만했다. 게다가 난 아무런 설명도 준비해 놓지 않은 상태였다. 누가 뒤따라오지는 않는지 자갈길을 돌아보고 싶은 충동을 애써 억눌렀다. 들킬지도 모른다는 사실이 묵직한 짐처럼 느껴졌다. 넬라가 그 무게를 매일 어떻게 감당하는 건지 궁금했다.

우리는 매여있는 말들과 총총거리며 돌아다니는 닭들을 지나쳐 빠르게 계속 걸었다. 억지로 발을 앞으로 내딛는 내 마음속에는 곧 체포될지도 모른다는 두려움이 가득했다.

마침내 약방에 도착했다. 그림자와 생쥐밖에 없는 텅 빈 골목길이 내 평생 그토록 반갑게 느껴진 적이 없었다. 우리는 약방 문을 열고 숨겨진 문 안쪽까지 곧장 들어갔다. 넬라는 즉시 불을 피웠다. 클라렌스 부인이 1시 반에 도착할 거라서 낭비할 시간이 없었다.

약방 안은 금방 따뜻해졌다. 나는 얼굴에 닿는 온기가 고마워서 숨을 깊이 토해냈다. 넬라가 수납장에서 순무와 사과, 와인을 꺼내 탁자 위에 올려놓았다. "먹어두렴." 넬라가 말했다. 내가 게걸스럽게 먹는 동안 넬라는 지친 몸을 이끌고 약방 안을 힘겹게 돌아다니며 막자와 쟁반, 양동이를 꺼냈다.

너무 빨리 먹어서 그런지 배가 지독하게 아파오기 시작했다. 뱃속에서 요란하게 요동치는 소리가 넬라의 귀에 들리지 않길 바라며 몸을 앞으로 숙였다. 순간 넬라가 나한테 독약을 먹인 게 아닌가 하는 생각마저 들었다. 통증이 점점 심해지면서 가슴까지 답답해졌지만 트림이 터져 나오면서 아픈 게 싹 사라졌다.

넬라가 고개를 뒤로 젖히며 웃어댔다. 넬라를 만난 이후 처음으로 두 눈에 진짜 즐거운 빛이 어렸다. "이제 좀 괜찮아?" 넬라가 물었다.

나는 자꾸만 낄낄 새어나오려는 웃음을 참으며 고개를 끄덕였다. "뭐 하는 거예요?" 입술에 묻은 사과 조각을 닦아내면서 내가 물었다. 넬라는 딱정벌레가 든 주머니 하나를 집어 들고는 세게 흔들고 있었다.

"벌레들을 기절시키는 거야. 아직 살아있는 것들이 있거든. 이 양동이에 딱정벌레를 쏟아 부을 건데, 화난 딱정벌레 백 마리가 한꺼번에 기어 나온다고 생각해 보렴. 그것들을 다 붙잡아 넣으려면 끔찍할 거야."

나는 다른 주머니를 움켜쥐고 넬라가 했던 대로 온 힘을 다해 흔들었다. 주머니 속에서 딱정벌레들이 튕겨 올라갔다 떨어지는 소리가 들렸다. 솔직히 딱정벌레들에게 좀 미안한 마음이 들었다.

"이제 여기다 부으렴." 넬라가 양동이를 발로 밀어서 내 쪽으로 보냈다. 나는 주머니 맨 위쪽의 끈을 조심스럽게 풀고 이를 앙다문 채 주머니를 활짝 열었다. 아직 주머니 속을 제대로 들여다보지 않았던 나는 어떤 광경이 펼쳐질지 두렵기만 했다.

딱정벌레들 절반은 이미 죽었는지 눈과 작은 다리가 자갈처럼 늘어졌다. 나머지 절반은 양동이 속으로 쏟아져 들어가는 내내 조금씩 꿈틀거렸다. 초록빛이 도는 검은 몸체들이 양철 양동이 속으로 굴러 떨어졌다. 뒤이어서 넬라도 주머니를 양동이에 쏟아 붓고는 양동이를 집어 들어 벽난로로 다가가 불 위의 고리에 걸었다.

"이제 구우려고요? 그렇게 간단해요?" 내가 물었다.

넬라가 고개를 가로저었다. "아직은 아냐. 여전히 살아있는 딱정벌레들을 죽이려는 거야. 이 양동이 채로는 구울 수가 없단다. 이대로 구웠다가는 딱정벌레 스튜가 나올걸."

나는 어리둥절해서 고개를 까닥거렸다. "스튜요?"

"딱정벌레 몸속에는 너나 나처럼 물이 있거든. 엘리자, 너도 주방에서 일해 봤으니 알 거야. 생선 십여 마리를 불 위의 작은 팬에 가득 넣고 구우면 어떻게 되니? 네 주인님이 좋아하시는 것처럼 생선 아래쪽이 바삭바삭해져서 잘 벗겨질까?"

나는 그제야 알아차리고 고개를 가로저었다. "아뇨, 축축하고 질척해져요."

"그렇지. 그리고 질척하고 축축한 생선은 가루로 만들기 힘들어." 넬라가 찡그린 내 표정을 보고 설명을 계속했다. "이 딱정벌레들도 마찬가지야. 한 번에 다 넣어버리면 푹 찐 상태가 되지. 그러니까 훨씬 더 큰 팬에 몇 마리만 넣고 구워야 한단다. 그래야 바짝 말라서 바삭바삭해지거든."

"바삭바삭해지고 나면요?"

"하나씩 하나씩 막자로 빻아야지. 아주 고운 가루가 되게. 그래야 물에 넣어도 표가 나지 않거든."

"하나씩 하나씩이요." 난 기가 막혀서 넬라의 말을 그대로 따라했다.

"그래, 하나씩 하나씩. 클라렌스 부인이 너무 빨리 오지 않길 바라야지. 우리가 이 일을 끝내려면 마지막 일 초까지도 다 써야 하거든."

넬라가 딱정벌레 가루를 벽난로에 던져 넣어 초록빛 불꽃이 일었던 순간이 떠올랐다. 온종일 걸려 만든 것을 불길 속에 던져 넣자면 얼마나 신경줄이 단단해야 할까 싶었다. 이제야 넬라가 여자를 죽이는 일을 얼마나 돕기 싫어하는지 생생하게 느껴졌다.

앞으로 해야 할 일이 얼마나 지루할지 예상하고는 즐겁게 하려고 마음을 단단히 먹었다. 넬라는 이 일이 끝난 후에 내가 떠나기를 바랐다. 하지만 내가 이번 일을 잘 해낸다면 넬라가 마음을 바꿔서 날 쫓아내지 않을지도 몰랐다. 그 생각을 하자 기운이 샘솟았다. 게다가 배에서 흘러내렸던 진홍색의 뜨거운 피도 마침내 멈추고 적갈색 얼룩만 남아있었다. 그것이 의미하는 바는 단 한 가지일 것이다. 암웰 주인님의 영혼이 내 몸에서 빠져나가 다른 곳에서 날 기다리기로 했다는 것. 내가 곧 돌아갈 곳, 워익가의 외로운 암웰 저택.

아, 죽은 주인님의 영혼이 돌아다니는 그곳에 발을 들이느니 이곳에 남아서 딱정벌레 수천 마리를 굽는 게 나았다. 다음에는 주인님의 영혼이 또 얼마나 추악한 형태로 나타날지 누가 알겠는가?

어느덧 클라렌스 부인이 도착하기까지 12분이 남았다. 바깥에서는 거센 폭풍이 고삐 풀린 듯 몰아치고 있었다. 하지만 우리는 막자사발 위로 몸을 숙인 채 최대한 곱게 딱정벌레를 빻느라 바깥 날씨가 어떤지는 알아차리지도 못했다.

넬라가 클라렌스 부인이 도착하기 전에 날 내보내려고 했다면 그건 이제 요원한 일이 되어버렸다. 내 도움 없이는 제 시간에 일을 끝낼 수가 없었으니까. 6분 남았을 때 넬라가 병을 골라 오라고 시켰다. 크기만 적절하면 아무거나 괜찮다고 했다. 고개를 푹 숙인 채 집중해서 막자사발 속 막자를 시끄럽게 문질러대는 넬라의 팔 뚝에는 땀이 몽글몽글 맺혀있었다.

1시 반, 클라렌스 부인이 딱 맞게 도착했다. 가벼운 인사말도 오가지 않았다. 약방 안으로 들어서는 클라렌스 부인의 입술은 끊어질 듯 팽팽하게 당겨져 있었고, 양 어깨에도 힘이 잔뜩 들어가 있었다. "준비해 놨겠지?" 클라렌스 부인이 물었다. 그녀의 얼굴에서는 빗방울이 눈물처럼 미끄러져 내렸다.

넬라는 탁자 아래를 쓸고 있었다. 그동안 나는 수납장 아래 칸에서 찾아낸 모래빛깔 도기 병에 남은 가루를 조심스럽게 넣고, 코르크 마개를 닫았다. 코르크 마개가 내 손가락의 온기로 여전히 따뜻할 때 넬라가 대답했다.

"네." 나는 그 어느 때보다 더 조심스럽게 클라렌스 부인에게 병을 건넸다. 클라렌스 부인은 즉시 병을 낚아채서 가슴 쪽으로 가져가더니 외투 아래에 숨겼다. 누가 그 독약을 먹든 상관없었다. 나는 넬라처럼 엄격한 기준 같은 건 갖고 있지 않았으니까. 그저 오랜 시간 준비해서 그 약을 만들었다는 자부심이 나도 모르게 내 안에서 부풀어 올랐다. 그렇게 자랑스러웠던 적이 또 없었다. 암웰 부인을 대신해서 장문의 편지를 쓰고 난 이후에도 느껴보지 못한 감정이었다.

클라렌스 부인이 넬라에게 지폐 한 장을 건넸다. "파티는 여전히 오늘밤인가요?" 넬라가 물었다. 넬라의 목소리에는 희미한 희망의 기운이 서려있었다. 모든 일이 날씨 때문에 취소됐기를 바란 모양이었다.

"그게 아니면 내가 왜 이 빗속에 여기까지 왔겠나?" 클라렌스 부인이 쏘아붙였다. "이런, 그렇게 뭐 씹은 표정 짓지 마." 클라렌스 부인이 넬라의 표정을 보고 덧붙였다. "버크웰 양의 음료에 독약을 섞어 넣을 사람은 당신이 아니니까." 클라렌스 부인이 말을 멈추고 입술을 꽉 다물었다. "그 여자가 빨리 이걸 마셔서 이 모든 일이 다 끝나기만 바랄 뿐이야."

넬라는 그 말에 마음이 아파오는 것처럼 두 눈을 질끈 감았다.

클라렌스 부인이 떠난 후, 넬라는 내가 앉아있는 곳으로 천천히 걸어왔다. 몸을 낮추어 의자에 앉은 그녀는 장부를 끌어당겼다. 넬라가 깃펜을 잉크에 담그는데 그게 어찌나 느린지 그처럼 괴롭도록 느린 동작은 한 번도 본 적이 없었다. 무거운 발걸음을 질질 끌며 뒤따라오던 시간들이 마침내 넬라를 따라잡은 것만 같았다. 지금까지 수없이 많은 독약을 팔았을 텐데 이 약병 하나 때문에 저토록 가슴 아파하다니 나는 이해할 수가 없었다.

"넬라, 너무 그렇게 마음 아파하지 말아요. 딱정벌레 가루를 만들어주지 않았다면 그 여자가 가만있지 않았을 거예요." 내가 속에 든 말을 꺼냈다. 내가 보기에 넬라는 아무것도 잘못한 게 없었다. 오히려 수많은 사람들의 목숨을 구해주었다. 내 목숨까지도. 그런데 왜 그걸 모르는 걸까?

내 이야기에 깃펜을 든 넬라의 손이 공중에 우뚝 멈춰 섰다. 하지만 넬라는 아무 대꾸도 없이 펜촉을 양피지 위에 대고 장부를 작성하기 시작했다.

버크웰 양, 클라렌스 경의 정부이자 사촌
칸타리스, 1791년 2월 9일, 클라렌스 경의 아내 클라렌스 부인에게 인도

클라렌스 부인의 이름을 적는 부분에서 넬라는 펜촉을 양피지에 올려놓기만 한 채 숨을 내쉬었다. 곧 터져 나오려는 울음을 참고 있는 것 같았다. 마침내 깃펜이 옆으로 누워 글씨를 써내려 갔고, 때마침 바깥 어딘가에서 천둥소리가 부드럽게 굴러가듯 우르 릉거렸다. 날 돌아보는 넬라의 눈동자가 어둡게 가라앉아 있었다.

"엘리자, 이건, 이건 정말……" 넬라가 할 말을 고르며 머뭇거렸다. "생전 처음 느껴보는 기분이야."

한기가 약방 안을 가득 채운 것처럼 온 몸이 떨리기 시작했다. "기분이 어떤데요?"

"뭔가 지독하고 끔찍한 일이 터질 것 같구나."

이 말을 끝으로 고요한 침묵이 이어졌다. 넬라의 소름끼치는 말에 나는 뭐라고 대꾸해야 할지 몰라 입을 닫았다. 이름도 없고 보이지도 않는 사악한 존재가 우리 곁을 맴돌고 있다는 확신이 강해졌다. 암웰 주인님의 영혼이 넬라도 괴롭힐 수 있는 걸까? 아직도

탁자 한쪽에 놓여있는 낡은 진홍색 책이 내 시선을 끌었다. 넬라가 산파들과 치유사들 전용이라고 했던 책이었다. 뒤표지 안쪽에는 그 책을 판매한 가게 주소가 적혀있었다. 그곳에 가면 비슷한 책들을 더 많이 찾아볼 수 있을 터였다. 암웰 주인님의 영혼이 두려워서 그 가게를 찾아가 보려고 했는데 이제는 넬라의 불길한 예언 때문에 서둘러 그곳에 가봐야 할 것 같았다.

"아침에 책방에 가보려고요. 비가 그치자마자요." 내가 마법 책을 가리키면서 말했다.

넬라가 눈썹을 치켜올리고는 내가 이미 잘 알고 있는 회의 가득한 표정을 지었다. "아직도 영혼을 없애주는 치료약을 찾아보려는 거니?"

나는 그렇다고 고개를 끄덕였다. 넬라는 불만스럽다는 듯 툴툴거리다가 새어나오려는 하품을 한 손으로 막았다.

"엘리자, 넌 이제 그만 가야 해." 넬라가 안타깝다는 눈빛으로 내게 가까이 다가왔다. "암웰 저택으로 돌아가야 해. 네가 그곳을 무척 두려워하는 거 알아. 하지만 장담하는데 두려워할 필요가 전혀 없단다. 네가 저택 문 앞에 발을 들여놓고 돌아왔다고 선언하는 순간, 상상이든 진짜든 남아있는 암웰 씨의 영혼이 달아나 버릴지도 몰라. 두려움으로 무거워진 네 가슴도 가벼워지고."

나는 말없이 넬라를 쳐다보았다. 여기서 쫓겨날 일은 없을 거라고 생각했다. 그런데 지금 넬라가 떠나라고 했다. 이렇게 쉽게 날 떠나보낼 용기가 있을 거라고는 상상도 하지 못했는데. 그것도 이렇게 비가 퍼붓는 날에. 게다가 내가 딱정벌레를 훨씬 더 많이 빻았다. 내가 도와주지 않았다면 그 일을 끝내지 못했을 텐데.

나는 의자에서 일어났다. 심장이 뜨겁게 달아올라 쿵쾅거렸고, 거부당한 어린아이처럼 뜨겁게 눈물이 차올랐다. "나, 날 다시는 보고 싶지 않은 거군요." 더듬거리며 말하는데 기어코 눈물이 터져 나왔다. 그제야 여기서 쫓겨나서가 아니라 새로 사귄 친구를 다시는 만나지 못할 거라서 슬프다는 사실을 깨달았다.

적어도 내가 아는 넬라는 돌로 만들어진 사람이 아니었다. 넬라가 의자에서 일어나 다가와서는 날 꽉 껴안아 주었다. "네가 이별의 삶을 살아가는 나처럼 되는 건 싫구나." 넬라가 손등으로 흐트러진 내 머리카락을 쓸어 넘겨주었다. "넌 아직 망가지지 않은 아이야. 그리고 난 네가 어울릴 만한 그런 사람이 아니란다. 제발 어서 가렴, 지금 당장." 넬라가 탁자에서 마법 책을 집어 들어 내 손에 쥐어주었다. 그러고는 냉정하게 떨어져 벽난로로 걸어가면서 뒤도 한 번 돌아보지 않았다.

하지만 나는 숨겨진 문턱을 넘어 넬라한테서 멀어져 갈 때 한 번 더 뒤를 돌아보지 않을 수 없었다. 넬라는 벽난로의 따뜻한 불길 위로 허리를 숙이고 있어서 그 속으로 떨어질 것만 같았다. 넬라의 거친 숨소리 사이로 들리는 것은 울음소리가 분명했다.

18

캐롤라인

현재, 화요일

날이 어두워진 후, 소파에서 깊이 잠든 제임스를 깨우지 않으려고 조심조심 호텔방을 빠져나왔다. 텔레비전 옆에 짤막한 쪽지를 남겨두었다. 늦은 저녁을 먹으러 나가, C. 제임스가 잠에서 깨어나 그 쪽지를 너무 빨리 발견하지 않기만 바랐다.

등 뒤로 살며시 문을 닫았다. 초조하게 기다렸다가 텅 빈 엘리베이터를 잡아타고 내려가 호텔 로비를 서둘러 가로질렀다. 아래쪽 대리석 바닥이 반짝반짝 닦아놓은 거울처럼 밝게 빛났다. 위험천만한 흥분에 사로잡혀 빛나는 내 얼굴이 대리석 바닥에 어른거렸다. 호텔 로비에서 사과 한 개와 물병 하나를 낚아채 크로스백에 집어넣었지만 휴대폰이나 지도는 꺼내지 않았다. 한 번 가봤던 곳으로 가는 길이니까.

늦은 시간이라서 그런지, 거리는 복잡했던 어제와는 완전 딴판이었다. 자동차도 거의 없었고 행인들은 더욱 적었다. 나는 재빨리 베어 앨리로 향했다. 저녁 공기가 차분하고 서늘하게 내려앉았다. 오늘 아침에 봤던 쓰레기통들과 패스트푸드 용기들도 지나쳤다. 내가 왔을 때 이후로 미풍조차 그냥 지나친 것처럼 모든 물체들이 시간 속에 얼어붙어 있었다.

고개를 숙인 채 골목길 끝까지 걸어갔다. 모든 게 여전히 그 자리에 있었다. 돌기둥 두 개 사이에 있는 강철 문, 풀이 무성하게 자란 공터. 그리고 강철 문 너머로 고개를 쭉 빼면 보이는 또 다른 문. 또다시 눈앞에 펼쳐진 광경은 한 번 봤던 것임에도 여전히 놀라웠다. 대영도서관에서 게이너와 함께 옛 지도들을 검색해 봤기 때문에 더 그랬다. 이 근처에 한때 존재했던 백 앨리라는 작은 골목길. 바로 아래쪽에 있었던 플리트 교도소라는 곳. 과거에는 다른 이름으로 불리었을 몇 발자국 떨어진 곳의 파링던 거리까지. 모든 사람들, 모든 장소가 오래전에 묻혀버린, 아무에게도 말하지 않은 진실을 품고 있는 것처럼 보였다.

오늘 아침에는 베어 앨리를 둘러싼 건물들의 창문들이 고맙게 느껴졌었다. 배관공이 너무 가까이 다가올지도 몰랐으니까. 하지만 지금은 그 누구에게도 내 모습을 들키고 싶지 않았다. 어두워진 후에야 호텔을 나선 것도 그 때문이었다. 진회색 하늘에는 서쪽으로 스러지는 태양의 마지막 빛줄기만 조금 남아있었다. 주변 건물들의 몇몇 유리창에 불이 켜있었고, 한 건물 창문 너머로는 책상과 컴퓨터, 주식 시세판의 밝은 빨간색 글자들이 깜박이는 것까지 보였다. 고맙게도 늦게까지 일하는 직원들은 없었다.

아래를 내려다보았다. 잠긴 철문 아래쪽에 오늘 아침에는 보지 못했던 붉은색과 하얀색의 작은 표지판이 있었다. 무단침입 금지. 739-B 명령. 신경이 곤두서서 목 뒤쪽이 따끔거렸다.

나는 잠시 기다렸다. 휙 스쳐 지나가는 참새 한 쌍 외에는 그 어떤 소리나 움직임도 없었다. 가방 끈을 팽팽하게 당겨놓고 돌기둥 아래쪽의 흔들거리는 돌판 위로 올라섰다. 철문 꼭대기까지 몸을 쭉 뻗어 올려서 쓰러질 듯 말 듯 아슬아슬하게 자세를 잡았다. 마음을 바꿀 시간이 있다면 지금뿐이었다. 지금은 들켜도 뭐라고 변명을 둘러대거나 설명을 할 수 있었다. 하지만 두 다리를 저쪽으로 넘겨 반대쪽에 내려선다면……, 아냐, 신경 쓰지 마. 무단 침입하는 거지, 뭐.

미끄러지지 않으려고 몸의 중심을 낮추고 어정쩡하게 몸통을 틀어 두 다리를 철문 반대쪽으로 넘겼다. 마지막으로 뒤쪽을 흘낏 쳐다보고는 철문 안쪽으로 훌쩍 뛰어내렸다.

깔끔하고 조용한 착지였다. 눈을 감고 있었다면 아무것도 달라진 게 없다고 자신했을 정도였다. 물론 법을 어겼다는 사실만은 변함없었다. 하지만 이미 결정을 내렸고 물은 엎질러졌다.

사방이 어두웠지만 몸을 살짝 웅크린 채 몇 걸음 성큼성큼 걸어서 공터를 가로질러 문 바로 앞쪽의 덤불을 향했다. 나뭇가지들이 갈색을 띠는 까끌까끌한 초록 잎사귀들과 2센티미터가 넘는 가시들로 뒤덮여 있었다. 나는 숨죽여 욕설을 내뱉으면서 가방에서 휴대폰을 꺼내 손전등을 켰다. 그러고는 땅바닥에 무릎을 꿇은 채 다른 한 손으로 가시달린 나뭇가지들을 조심스럽게 치웠다.

순간 손바닥이 따끔하고 아파서 손을 확 떼어냈다. 가시에 찔려 피가 났다. 아픔을 달래려고 손바닥을 입술에 갖다 대면서 덤불 뒤쪽을 좀 더 자세히 보기 위해 손전등 불빛을 비췄다. 건물 정면의 불그스레한 벽돌들이 세월에 닳아있었고, 얼룩덜룩한 초록색 이끼가 틈틈이 끼어있었다. 하지만 덤불 바로 뒤쪽으로는 오늘 아침에 봤던 그 나무 문이 보였다.

아드레날린이 치솟아 올랐다. 호텔을 나서 여기까지 오는 내내, 마음 한구석에서는 이 순간이 실제로 찾아올 거란 기대가 없었다. 베어 앨리는 공사 중이라 막혀있을 거야. 아니, 너무 어두워서 문이 보이지 않을 거야. 아니, 내가 그냥 겁이 나서 돌아서고 말 거야. 그랬는데 지금은 공터 안쪽 깊숙한 곳에 들어와 있다. 이걸 용감하다고 해야 할지, 어리석다고 해야 할지는 모르겠지만, 내가 찾던 문이 코앞에 있었다. 자물쇠는 보이지 않았다. 왼쪽 가장자리에 부서져 가는 경첩 하나만 달랑 달려있었다. 문을 적당히 밀기만 하면 열릴 것 같았다.

이제는 숨이 점점 가빠졌다. 솔직히 말해서 무서웠다. 저 문 뒤에 뭐가 있을지 누가 알겠는가? 공포 영화 초반부의 여주인공처럼 달아나는 게 상책인 것 같았다. 하지만 이런 상황에서는 이렇게 해야 한다느니, 위험성이 적고 실용적이고 책임감 있는 길을 걸어야 한다느니 말하는 건 이제 지긋지긋했다.

가시 많은 나뭇가지들을 맨손으로 헤쳐 나가는 것보다는 등과 어깨로 밀치고 가는 게 낫겠다 싶었다. 다행히 조심스럽게 덤불 뒤쪽으로 나아가는 내내 거의 상처를 입지 않았다. 마침내 발걸음을 멈추고 차가운 나무 문에 두 손을 갖다 댔다. 저 문 인쪽에서 무엇을 보게 될지 마음의 준비를 하면서 천천히 숨을 내쉬고는 문을 안쪽으로 세게 밀었다.

문이 조금 움직이는 걸로 보아 잠겨있지 않은 게 분명했다. 한 번더, 또 한 번 더 밀었다. 마지막으로 한 발을 문에 대고 힘껏 힘을 줘서 밀었다. 마침내 부서질 듯 긁히는 소리가 나면서 문이 안쪽으로 열렸다. 일단 저지르고 나면 예전과 같은 상황으로 되돌릴 수 있는 길이 없다. 그 사실이 이제야 피부로 전해져 온몸이 움츠러들었다.

문이 열리자 나무 향이 섞인 메마른 공기가 밀려나와 날 감쌌다. 자다가 깨서 사사삭 달아나는 벌레 몇 마리도 보였다. 휴대폰을 들어 올려 시커멓게 입을 벌린 움푹한 공간을 재빨리 비쳐보았다. 안도의 한숨이 흘러나왔다. 생쥐도, 뱀도, 사람 시체도 없었다.

불안한 발걸음을 앞으로 내딛으면서 손전등을 챙겨올 생각을 하지 못한 내 어리석음을 탓했다. 휴대폰 손전등 밝기를 좀 더 높일 수 있는지 확인해 보았다. 그때 휴대폰 화면 오른쪽 맨 위 구석에 시선이 갔다. 배터리가 55퍼센트였다. 절로 욕설이 튀어나왔다. 손전등 때문에 배터리가 빨리 닳은 게 분명했다.

손전등으로 시커먼 입구를 비추자 앞쪽으로 쭉 뻗은 통로가 보여서 이맛살이 구겨졌다. 배관공이 말했던 것처럼 지하 복도나 지하 저장고 같았기 때문이었다. 통로 너비는 몇 센티미터 정도밖에 되지 않았다. 하지만 불빛이 충분히 밝지 않아서 통로가 얼마나 깊은지는 알 수가 없었다.

닫히지는 않을지 확인하려고 부서져 열린 문을 힐끗 쳐다본 뒤, 안쪽으로 몇 발자국 더 깊숙이 걸음을 내디뎠다. 손전등 불빛으로 앞을 밝히면서.

처음에는 밀려드는 실망감을 떨쳐낼 수가 없었다. 안쪽에는 시선을 끌만한 게 거의 없었다. 더러운 바닥에는 돌멩이 몇 개만 흩어져 있었고, 기계나 도구 혹은 건물주가 창고 안에 재어둘 필요가 있는 것들은 하나도 없었다. 하지만 오늘 아침에 게이너가 보여주었던 지도들이 생각났다. 베어 앨리에서 삐쭉삐쭉 튀어나와 있었던 오래된 백 앨리는 마치 계단처럼 90도 각도로 날카롭게 몇 차례 꺾인 길이었다. 앞쪽에 희미하게 빛나는 길이 딱 그렇게 꺾여있는 것 같았다. 대담하게 통로 저 끝까지 갈 마음이 없었음에도 가슴 속 심장이 사납게 고동쳤다.

눈앞의 길은 틀림없이 백 앨리였다. 아니면 적어도 그 잔재는 되지 않을까?

나 자신이 대견스러워서 미소를 지었다. 알프 총각이 곁에 있었다면 뭐라고 했을까? 아마 앞장서서 옛 유물들을 찾아 두리번거릴 테지.

그때 한 줄기 바람이 날 쓸고 지나갔다. 눈으로 쫓기도 전에 감촉만을 남긴 채 사라져 버린 그 바람의 근원지를 찾으려고 휴대폰을 들어올렸다. 앞쪽에 또 다른 문이 살짝 열려있었다. 내가 입구의 문을 열고 들어오면서 또 다른 문 안쪽의 공기가 빨려나온 것 같았다. 양팔에 소름이 돋았다. 갑자기 목덜미를 간질이는 머리카락 한 올의 감촉에 놀라서 펄쩍 뛰었다. 진신의 근육이 긴장해서 도망치거나 비명을 지를 태세를 갖추었다. 아니면 안쪽을 더 자세히 들여다보거나.

여기까지는 나의 무단침입이 대체로 예측 가능한 수순을 밟아 왔다. 방금 열고 들어온 저 바깥의 문이 있다는 사실은 알고 있었다. 그 문이 구불구불한 통로-게이너 말을 빌자면 파묻힌 거리나 골목길-로 이어져 있을지 모른다고 추측하기도 했다. 그렇게 찾아낸 통로가 들어서자마자 시시해질지 모른다는 가능성도 충분히 예측했다.

지금까지는 그 예상들이 모두 들어맞았다. 하지만 이 문은? 이 문은 지도에 나와 있지 않았다.

문 안쪽을 들여다보고 싶어 조급증이 생겼다. 그래, 그게 내가 할 일이야, 하고 나 자신을 부추겼다. 문은 이미 살짝 열려있어서 발로 차거나 밀 필요도 없었다. 일단 휴대폰 손전등으로 문 안쪽을 비춰서 빠르게 훑어보고 떠나기로 마음먹었다. 게다가 휴대폰 배터리를 확인해 보니 32퍼센트밖에 남지 않았다. 불빛 하나 없이 어둠 속에 갇히고 싶은 게 아니라면 둘러보고 말고 할 시간도 별로 없었다.

"진짜 죽겠네. 이게 뭐하는 짓인지." 문으로 다가가면서 투덜거렸다. 내가 진짜로 미쳐가는 게 분명했다. 정상적인 사람이 할 짓은 아니었다. 이제는 약제사의 흔적을 쫓고 있는 게 맞는지도 아리송했다. 혹시 나한테 무슨 일이 생겨도, 미끄러지든 사나운 동물에게 물리든 느슨한 마룻장에 발이 끼든 아무도 모를 것이다. 이곳에서 죽는다면 언제 발견될지 기약할 수도 없었다. 제임스는 내가 또다시 그를 떠났다고 생각할 것이다. 휴대폰은 빠르게 꺼져 가는데 이런 깨달음이 훅 하고 일자 미친 듯이 뛰는 심장을 가라앉히기가 힘들었다. 나는 안을 들여다보고 재빨리 자리를 뜨기로 마음먹었다.

두 번째 마주친 문을 끝까지 활짝 밀어 열었다. 휘어지고 녹슨 바깥쪽 문과는 달리 상당히 잘 건조되어 온전한 형태를 유지한 경첩이 부드럽게 돌아갔다. 문턱 안쪽에 들어서서는 안쪽에 뭐가 있는지 더 자세히 살펴보려고 휴대폰을 반 바퀴 휘 돌렸다. 방은 작았고, 바닥이고 어디고 할 것 없이 방안 전체가 온통 먼지투성이였다. 상자도, 연장도, 오래된 건축설비도 없었다. 아무것도 없었다.

하지만 뒤쪽 벽이 어딘지 모르게 이질적으로 보였다. 방 양쪽 벽은 건물 외벽과 비슷한 벽돌이었는데 뒤쪽 벽은 나무로 되어있었다. 그 나무 벽에 부착된 선반 몇 개는 붙박이 책장이나 수납장이었던 것 같았다. 선반에 남아있는 것이 있는지 궁금해서 좀 더 가까이

다가갔다. 오래된 책들이나 도구들, 그밖에 다른 과거의 기억에 묻힌 잔재들이 있을지도 몰랐다. 하지만 이번에도 흥미로운 것은 하나도 없었다. 선반은 대부분 휘어지거나 부서졌고, 몇 개는 완전히 무너져 내려서 근처 바닥에 떨어져 있었다.

그런데 이상하게도 어딘가가 어긋난 것 같았다. 뭐가 이상한지 딱 꼬집어 말할 수가 없어서 뒤로 물러서 선반 전체를 살펴보았다. 진흙 뒤지기 체험에서 알프 총각이 했던 기묘한 말이 생각났다. 물건을 찾는 게 아닙니다, 어딘지 모르게 어긋나거나 빠진 것을 찾는 거죠. 내가 지금 바라보고 있는 것이 어딘가 이상한 건 확실했다. 하지만 뭐가 이상한 거지? 절로 인상이 찌푸려졌다.

그래, 저거야. 무너진 선반 대부분이 벽 한쪽에서 떨어져 나와 있었다. 바로 왼쪽 면에서. 왼쪽 선반들은 대부분 벽에 고정되지 못한 채 휘어지고 부서져 바닥에 내려앉았다. 가까이 다가가서 벽면을 손전등 불빛으로 비춰보았다. 왼쪽 벽면에는 선반 하나만 달랑 붙어있었다. 그 선반을 잡아 살짝 흔들었다. 손 안에 잡힌 선반이 쉽게 덜컹거리는 걸 보니, 너무 느슨하게 붙어있어서 힘들이지 않고 잡아떼 낼 수 있을 것 같았다. 왜 왼쪽 선반들만 다 떨어져 나갔을까? 애초에 선반들이 정확하게 설치되지 않았거나 그 뒤쪽 구조물이 부실해서…….

번뜩 떠오르는 생각에 나는 깜짝 놀라서 손으로 입을 틀어막았다. 선반들이 떨어져 나간 공간은 높이가 내 키만 하고 너비는 내 덩치보다 살짝 넓었다. 본능적으로 한 발짝 뒤로 물러섰다. "아냐."

나도 모르게 튀어나온 말이 텅 빈 작은 방에 울려 퍼졌다. "아냐, 아냐, 그럴 리 없어." 하지만 이렇게 말하는 순간 내가 뭔가를 우연찮게 발견했음을 알았다. 또 다른 문이 있었다.

남자들에게는 미로. 병원에서 발견된 쪽지의 첫 문장이 기억 속에서 불쑥 떠올랐다. 이제는 그게 무슨 뜻인지 바로 알아차릴 수 있었다. 수납장 같은 구조물 뒤에 어딘가로 통하는 숨겨진 문이 있었던 것이다. 오늘날 누군가가, 어쩌면 건물 준공 검사원이 그럴만한 이유가 있어서 이곳에 들어온다면 나처럼 이상한 점을 바로 알아차릴 것이다. 하지만 눈앞에 무너져 내린 선반들 상태로 보아 수십년 간 이곳에 들어왔던 사람이 한 명도 없는 게 분명했다. 저 안쪽의 비밀 문을 열어보기는커녕 발견한 사람도 없었다.

나는 웅크리고 앉아서 손잡이를 찾아보았지만 아무것도 보이지 않았다. 오른손을 벽에 대고 밀다가 손가락에 걸리는 끈적끈적하고 부드러운 거미줄에 기겁하고 손을 떼어냈다. 윽 하는 신음을 내뱉으며 바지에 손을 문질러 닦고는 휴대폰 손전등으로 딱 하나 멀쩡하게 붙어있는 선반을 비추었다. 그때였다. 선반 아래쪽에 있는 작은 손잡이가 보였다. 다른 나무 선반들이 떨어져 나간 자리였다. 그 손잡이를 잡아당기고 다시 벽을 밀어보았다.

삐거덕, 끼익 하는 소리 하나 없이, 마침내 찾아내 줘서 고맙다는 듯 숨겨진 문이 활짝 열렸다.

떨리는 한 손을 벽에 댄 채 다른 한 손으로 꺼져가는 휴대폰을 움켜쥐고 들어올렸다. 앞쪽으로 뻗어나간 불빛이 어둠을 뚫었다. 믿을 수 없는 광경에 숨도, 입도 막힌 채 눈앞에 드러난 모든 것을 받아들였다. 너무나 오랫동안 묻혀있었던, 아무도 기억하지 못하는 그 모든 것을 눈에 담았다.

19

엘리자

1791년 2월 10일

건조하고 맑은 날 아침, 자갈길을 우르르 달려가는 마차의 강철 바퀴 소리에 잠에서 깨어났다. 어젯밤에는 넬라의 약방에서 거리 하나를 지나 바틀릿 골목 안쪽의 움푹 들어간 곳에서 잠을 청했다. 이틀 전에 잠시 머물렀던 헛간만큼 아늑하지도 않고 그보다 훨씬 눅눅한 곳이었지만, 그래도 유령이 출몰하는 암웰 저택의 내 방보다 훨씬 나았다.

잠에서 깨자마자 피를 흘리는 복부의 통증이 다시 시작되는 게 아닐까 싶어 이를 앙다물었다. 암웰 주인님의 영혼이 더 이상 속지 않고 다시 나를 찾아오면 어쩌지? 하지만 그렇지는 않았다. 복부 통증은 사라졌고, 피도 거의 새어나오지 않았다. 더없이 고마운 일이었지만 암웰 주인님의 영혼이 다른 어딘가에서 날 기다리고 있을 것만 같았다. 그 생각을 하자 화가 났다. 지난 며칠 동안은 암웰 주인님이 날 지배했을지도 모르겠다. 하지만 더 이상은 안 된다. 난 주인님이 죽어서 갖고 노는 장난감이 아니다.

어젯밤 클라렌스 부인의 디너파티는 어땠을지도 궁금해졌다. 모든 게 계획대로 됐다면 버크웰 양은 지금쯤 죽었을 것이다. 끔찍한 장면이 그려졌지만, 넬라한테 들었던 배신당한 이야기와 복수가 치료약이라는 말이 함께 떠올랐다. 반갑지 않은 버크웰 양의 존재가 사라진 지금, 클라렌스 부인은 자신의 결혼생활을 잘 꾸려나가고 아이를 가질 수 있는 방법을 찾게 될 것이다.

비틀거리는 걸음으로 일어나 빨아야 할 정도로 지저분해진 치마를 꾹꾹 눌러 폈다. 한 손으로는 주머니 속에 넣어둔 책 표지를 쓰다듬었다. 마법 책이었다. 지금 처리해야 하는 가장 다급한 일은 책에 적힌 주소를 찾아가는 것이다. 암웰 저택에서 유령을 몰아낼 다른 방도가 없는 이상, 지금으로서는 이 책이 유일한 희망이었다.

베싱가에 있다는 책방을 향해 걸음을 옮기기 시작했다. 간밤에 잠을 잘 못 잔 탓에 사나운 동물마냥 기분이 좋지 않았다. 두 손이 떨리고 눈 안쪽이 욱신거리며 머리가 아팠다. 주변에서 돌아다니는 사람들이 물안개에 휩싸인 듯 흐릿하게 보였다. 심부름꾼들이 경주하듯 수레를 밀고 다녔고, 생선 장수들은 손을 휘휘 저어 갈매기들을 쫓았다. 노인들은 얄팍한 갈대로 염소 궁둥이를 찰싹찰

싹 때렸다. 꽉 끼는 신발 끝에 자꾸만 발가락들이 닿는 게 불편해서, 집으로 돌아가고 싶은 순간적인 충동을 억누르기가 힘들었다. 그게 아니면 암웰 부인을 처음 만났던 직업 소개소에라도 가봐야 하나 싶었다. 지금의 나는 예전보다 백 배는 더 괜찮은 조건을 갖췄다. 일단 글을 읽고 쓸 줄 아니까 부유한 가문에 고용될 수도 있었다. 내 기술이면 다른 곳, 불안하게 떠도는 영혼들로 북적거리지 않는 집에서도 귀한 일꾼이 될 수 있을 게 분명했다.

마법 책방으로 걸어가는 내내 생각해 봤지만 무시할 수 없는 많은 이유들이 떠올라 고민은 빠르게 사라졌다. 무엇보다 그동안 충실하게 모셨던 암웰 부인 곁을 떠날 수가 없었다. 몇 주 후에는 암웰 부인이 노리치에서 돌아올 예정이었다. 그때까지는 저택에서 암웰 주인님과 요하나의 유령을 모두 없애버리고 싶었다. 게다가 다른 여자아이가 암웰 부인의 편지를 대신 써주는 일은 상상할 수도 없었다. 그 일은 나만 할 수 있는 아주 특별한 것처럼 느껴졌다.

그리고 무엇보다 영혼은 돌아다닐 수 있었다. 암웰 주인님의 영혼이 넬라의 약방까지 따라올 수 있었다면 런던 어디를 가든 계속 따라올 게 틀림없었다. 이 도시를 떠나 스윈든으로 돌아가도 문제는 해결되지 않는다. 벽을 통과해 떠다니는 존재를 피할 방법은 없을 테니까. 달아날 수 없다면 없애는 수밖에 없었다.

분명 지금도 너무 많은 위험이 도사리고 있었지만, 그중에서도 암웰 주인님의 영혼을 없애는 일이 무엇보다 중요하게 느껴졌다. 마침내 베싱가가 눈에 들어오자 기쁨이 차올랐고, 수월하게 그 책방을 찾을 수 있기를 기대했다. 하지만 기쁨은 오래가지 않았다. 수많은 가게들-재봉용품점, 빵가게, 그 밖에 여러 가게-을 하나하나 훑어보다가 인상을 찌푸리고 말았다. 내가 찾는 책방은 보이지 않았다. 다른 골목도 가보고, 왔던 길도 돌아가 보고, 심지어는 거리 맞은편 가게도 살펴보았다. 그렇게 책방을 찾아다니는 동안 마음이 끝없이 불편해서 괴로웠다. 눈물이 흘러 눈이 따끔거렸고, 차가운 공기에 목이 타는 것 같았다. 발바닥은 물집이 잡혀 욱신거리고 축축했다.

다시 베싱가 끝까지 걸어가는데 건물들 사이에서 휘몰아치는 바람 소리에 시선이 돌아갔다. 그 순간 베싱가에서 쑥 들어간 곳에서 어깨 너비의 골목길 하나를 발견했다. 그리고 그 골목길 한쪽에 위치한 건물에 나무 간판이 달려있었다. 책방 겸 잡화점. 말문이 막혔다. 그곳은 내가 몇 번이나 지나친 곳이었는데, 마치 위장이라도 하듯 다른 가게 뒤에 숨겨져 있었다. 넬라가 곁에 있었다면 왜 그 위장을 더 빨리 알아차리지 못했냐고 실망했을지 모른다.

책방 손잡이에 한 손을 올려놓고 가게 안으로 들어섰다. 큰 가게는 아니었지만 암웰 부인의 응접실만 했다. 카운터에서 두툼한 책에 얼굴을 묻고 있는 젊은 남자 한 명을 빼면 아무도 없어 황량했다. 덕분에 잠시 주변을 둘러볼 수 있었다. 가게 앞쪽에는 먼지 쌓인 아이들 장난감과 잡다한 상품들이 가득한 선반 몇 개가 있었고, 점원 뒤쪽의 작은 공간에는 책들이 있었다. 근처에 빵가게가 있는지, 가게 안은 습하고 이스트 냄새가 났다. 내가 문을 닫자 부드러운 종소리가 딸랑딸랑 울렸다.

가게 점원이 눈을 크게 뜨고는 안경 너머로 날 올려다보았다. "찾으시는 게 있나요?" 말끝에 남자의 목소리가 갈라져 나왔다. 젊은 남자는 나보다 겨우 몇 살 더 많아 보였다.

"저 책들이요." 내가 선반을 가리켰다. "빌릴 수 있나요?"

남자는 고개를 끄덕이고는 다시 보던 책으로 시선을 돌렸다. 나는 서너 걸음 성큼성큼 내딛어 가게를 가로질렀다. 책장에 가까이 다가가자 각 책장에 주제를 명시해 놓은 작은 표지판이 보였다. 역사, 의술, 철학. 나는 표지판들을 부지런히 눈으로 쫓았다. 산파의 마법 주문에 관한 책이 의학 코너에 있을지, 아니면 주술에 관한 책들을 진열해 놓은 책장이 따로 있을지 궁금했다.

원하는 것을 찾지 못해서 두 번째 책장으로 다가갔다. 책장 아래쪽의 작은 표지판들을 더 잘 읽으려고 웅크리고 앉았다가 숨을 헉 들이마셨다. 한 칸짜리 책장 맨 아래쪽에 마법이라는 표지판이 있었다. 그곳에 꽂힌 책은 십여 권밖에 없어서 다 살펴볼 수 있을 것 같았다. 왼쪽 끝에 있는 책부터 꺼내 손바닥 위에 펼쳐놓았다. 하지만 처음 몇 장에 인쇄된 그림들을 보고는 움찔하고 말았다. 가슴에 거대한 칼 여러 개가 꽂힌 큼직한 검은 새, 기괴하게 뒤섞여있는 세모와 동그라미들. 이해할 수 없는 언어로 적혀있는 긴 문장. 책을 다시 책장에 돌려놓으면서 다음번에는 운이 더 좋기를 바랐다.

다음 책은 넓이와 두께가 앞서 꺼낸 책의 반만 했고, 부드러운 모래 빛깔 표지에 감싸여 있었다. 몇 장을 넘긴 뒤 마침내 고르고 작은 글씨체의 제목을 찾아냈다. 현대 가정용 묘약 조리법. 이상한 상징 같은 것은 하나도 없이 모두 우리말로 적혀있는 걸 보자 기쁨이 차올랐다. 처음에는 일상적이고 광범위한 '조리법'이 적혀있었다. 말이 조리법이지 푸딩이나 스튜 만드는 법과는 거리가 멀었다.

> 아이의 거짓말하는 버릇을 없애는 묘약
> 자궁 내 태아의 성별을 정해주는 차
> 하룻밤 사이에 거부로 만들어주는 묘약
> 여자의 신체 나이를 줄여주는 차

한 줄 한 줄 읽어나갈수록 더욱더 기괴한 조리법이 나왔다. 하지만 그 속에서 뭔가 쓸만한 것을 찾아낼 수 있을 것만 같았다. 좀 더 편안하게 자세를 잡고는 다리를 접어 앉았다. 그러고는 모든 처방을 하나도 빼놓지 않고 읽어나가기 시작했다. 특히 영혼이나 유령에 관한 것이 있는지 찾아보았다.

> 구체적 혹은 일반적인 기억을 없애주는 혼합물
> 갈망하는 대상(무생물 포함)에게 애정을 불어넣는 미약
> 죽은 갓난아기의 폐에 숨을 불어넣는 영약

살갗에 소름이 오소소 돋아서 책 읽기를 멈췄다. 그때 목덜미에 닿는 따뜻한 숨결이 느껴졌다.

"저희 어머니가 그 묘약을 사용했죠." 젊은 사람의 목소리가 바로 등 뒤에서 들렸다.

나는 부끄러운 마음에 손에 든 책을 탁 닫았다.

"죄송해요." 바로 뒤에서 들리던 남자의 목소리가 차츰 멀어졌다. "겁주려던 건 아니었어요."

가게 점원이었다. 가게 점원을 돌아보자 턱 주위의 여드름과 동그란 눈매가 훨씬 더 선명하게 눈에 들어왔다. "괜찮아요." 나는 보던 책을 무릎 위에 아무렇게나 내려놓은 채 웅얼거렸다.

"혹시 마녀인가요?" 가게 점원이 입꼬리에 다 안다는 웃음을 매단 채 물었다.

나는 당황해서 고개를 가로저었다. "아뇨. 그냥 호기심에 보는 거예요."

그 대답에 만족했는지 가게 점원이 고개를 끄덕였다. "전 톰 페퍼예요. 저희 가게를 찾아주셔서 감사합니다."

"아, 네. 전 엘리자 패닝이에요." 내가 우물우물 대답했다. 난 그냥 다시 책을 펼쳐서 찾던 걸 계속 찾고 싶었다. 하지만 가까이서 보니 톰은 그렇게 불쾌한 사람 같아 보이지 않았다.

톰이 내 무릎 위의 책을 내려다보았다. "거짓말 아니에요. 그건 저희 어머니 책이었거든요."

"그럼 어머니가 마녀인가요?" 내가 농담조로 말했지만 가게 점원은 내 예상과 달리 웃지 않았다.

"마녀는 아니었어요. 전혀요. 하지만 아이를 여러 차례 잃었죠.

한 명, 두 명, 그렇게 절 낳기까지 아홉 명이나요. 어머니는 절망에 빠져서 방금 그 책에 있던 영약을 사용했어요. 제가 봐도 될까요?" 톰이 책을 가리켰다. 내가 고개를 끄덕여 승낙하자 그제야 조심스럽게 내 무릎에서 책을 가져갔다. 그러고는 방금 내가 펼쳐보았던 부분을 찾아 가리켰다. "죽은 갓난아기의 폐에 숨을 불어넣는 영약." 톰이 소리 내어 읽더니 고개를 들어 설명했다. "아버지는 제가 이전의 다른 모든 아기들처럼 죽은 채로 태어났다고 했어요. 그때 이 주문이 제게 숨을 다시 불어넣어 줬죠." 톰은 그 사실을 털어놓는 게 고통스러운지 잔뜩 긴장했다. "어머니가 아직 살아계셨다면 직접 다 이야기해 주셨을 텐데."

"너무 안타깝네요." 내가 속삭였다. 우리 얼굴이 아주 가까이 있었다.

톰이 입술을 적시면서 가게 정면을 바라보았다. "여기는 아버지 가게예요. 아버지는 어머니가 돌아가신 후에 이 가게를 열었죠. 저 앞쪽에 있는 잡화들은 모두 어머니 거였어요. 어머니가 수년 동안 아기에게 주려고 모았던 것들이죠. 대부분 손도 대지 않았거나 사용하지 않은 거예요."

난 이렇게 묻지 않을 수 없었다. "어머니가 언제 돌아가셨나요?"

"제가 태어나고 얼마 안 돼서요. 실은 그 주 끝 무렵에 돌아가셨죠."

내가 한 손으로 입을 막았다. "그럼 당신이 살아남은 첫 아이였는데 어머니가……."

톰이 손톱을 물어뜯었다. "그게 마법의 저주라고 말하는 사람들도 있어요. 그래서 지금 손님이 들고 있는 것과 같은 그런 책들을 태워버려야 한다고요." 나는 무슨 말인지 이해하지 못해 인상을 찌푸렸다. 그러자 톰이 계속 설명했다. "하나를 얻으면 그 대가로 다른 하나를 잃는 게 마법의 저주래요. 어떤 묘약이든 효력을 발휘하면 현실 세계에서 다른 뭔가가 끔찍하게 잘못 되는 거죠."

나는 톰의 손에 들어간 책을 쳐다보았다. 책 속 묘약을 모두 다 살펴보려면 상당히 오랜 시간이, 적어도 몇 시간은 걸릴 것이다. 그렇지만 거기서 유용한 뭔가를 찾아낼 수 있을지도 모르는데. "마법의 저주를 믿나요?" 내가 물었다.

톰은 머뭇거렸다. "제가 뭘 믿는지는 모르겠어요. 다만 이게 저한테 아주 특별한 책이라는 건 알아요. 이 책이 없었다면 전 지금 여기 없었을 테니까요." 톰이 책을 다시 내 무릎에 살며시 올려놓았다. "손님이 이 책을 가져가시면 좋겠어요. 이 책이 마음에 드신다면 공짜로 드릴게요."

"아뇨, 책값은 낼 수 있어요. 당연히……." 나는 땀에 젖은 손을 주머니 속에 넣어 동전을 찾았다.

톰이 그러지 말라는 듯 한 손을 내밀었지만 내게 닿지는 않았다. "전 그 책이 완전히 낯선 사람보다는 제 마음에 드는 사람에게 갔으면 좋겠어요."

그 즉시 뱃속이 팔딱거리면서 아픈 사람처럼 온몸이 달아올랐다. "감사합니다." 나는 책을 가슴에 바짝 끌어안으면서 말했다.

"한 가지만 약속해 주세요. 그 책에서 효과가 있는 묘약을 발견하면요. 백발백중 찾을 수 있을 거예요. 그때는 꼭 들러서 알려 주세요."

"네, 약속할게요." 나는 얼얼한 다리를 펴고 일어서면서 말했다. 당장 떠나고 싶지 않았지만 더 이상 머물 이유도 없었다. 문으로 향하면서 마지막 순간에 뒤를 돌아보았다. "묘약을 사용했는데 효과가 없으면요?"

내 말에 가게 점원이 깜짝 놀란 것 같았다. "묘약이 효력이 없다면……음, 그럼 그 책이 믿을 수 없는 거니까 다른 책으로 바꾸러 오셔야죠." 남자의 두 눈이 장난스럽게 반짝거렸다.

"그러니까 무조건……."

"다시 만나요. 엘리자."

몽롱한 기분에 젖어 가게 문 밖으로 나왔다. 기이하고 새로운 느낌이었다. 12년 동안 단 한 번도 느껴보지 못했던 기분. 이름 없는 이질적인 기분이었지만 허기나 피로는 절대 아니었다. 그런 것 때문에 발걸음이 이렇게 가벼워지고 얼굴이 따스하게 달아오르지는 않으니까. 서쪽으로 서둘러 걸음을 옮겼다. 세인트 폴 대성당의 묘지 남쪽 가장자리를 따라가다가 앞쪽의 조용한 곳에서 벤치 하나를 발견했다. 책 속의 모든 묘약을 살펴보기 딱 좋은 곳이었다. 그중에서 오늘 암웰 저택에서 쓸만한 걸 찾아내야 했다.

마법 책 속에서 완벽한 주문을 찾아낼 수 있기를 온 힘을 다해 빌고 또 빌었다. 영혼들을 없애줄 뿐만 아니라 망가진 것을 모두 고쳐

줄 수 있는 묘약, 가능한 빨리 톰 페퍼에게 좋은 소식을 전해줄 수 있는 묘약을 찾고 싶었다.

20

넬라

1791년 2월 10일

오래전, 악마가 내 몸속으로 기어들어 왔다. 그 악마는 내 뼈마디를 으드득 갉아먹고, 휘어놨으며, 관절을 딱딱하게 만들고, 손목과 엉덩이까지 손길을 뻗쳤다. 그 악마가 이제는 두개골까지 이르렀다. 그래, 그게 정해진 수순이겠지. 두개골도 손이나 가슴처럼 뼈로 만들어졌으니까. 다른 것들 못지않게 약하기도 하고.

하지만 손가락과 손목을 뜨겁게 달구고 팽팽하게 잡아당겼던 그 악마가 두개골에서는 다른 만행을 저질렀다. 두개골 안쪽에서 톡, 톡, 톡 두들겨대는 진동과 떨림이 끊이질 않았다.

뭔가가 일어난 조짐이 분명했다.

엘리자를 내보낸 순간부터 그 아이가 그리웠다. 그러던 것이 로즈메리 줄기에서 잎을 따고 있는 지금에 와서는 손가락에 묻은 잔여물처럼 끈적끈적하게 달라붙어 날카롭게 가슴을 찔러댔다. 엘리자의 두려움이 별거 아니라고 해도 그렇게 쫓아낸 건 너무 잔인했을지 모른다. 그 아이의 말처럼 암웰 저택에 유령이 들끓는다고 믿지는 않지만, 그곳에 살지도 않는 내가 뭐라고 생각하든 무슨 의미가 있을까.

어젯밤 엘리자의 기분이 어땠을지 궁금했다. 딱정벌레를 잡느라 더러워진 옷차림에 닳아서 해진 장갑을 끼고, 유령을 없애주지 못할 게 뻔한 마법 책을 끌어안은 채 암웰 저택으로 돌아갈 때의 기분 말이다. 그 아이가 늦지 않게 그런 허황된 생각을 버리고 진짜 중요한 것들을 얻는 법을 배우길 바랐다. 남편을 향한 사랑과 먹여 살릴 아이들, 내가 가지지 못했던 모든 것들을 얻게 되기를 바랐다. 엘리자가 오늘 아침에 눈을 떠서 다시는 내 생각을 하지 않기를 바랐다. 즐겁게 재잘거리는 엘리자의 수다가 그리웠지만 그리움은 내게 아주 익숙한 것이었다. 나는 이 그리움도 잘 견뎌나갈 수 있을 것이다.

로즈메리 줄기를 네 개째 훑고 있었을 때였다. 바깥쪽에서 갑자기 소란스러운 소리가 들렸다. 겁에 질린 울음소리에 이어서 숨겨진 문을 주먹으로 쉴 새 없이 두드려대는 소리였다. 틈새로 밖을 내다보자 눈을 휘둥그레 뜬 클라렌스 부인이 보였다. 전날 하루 종일 불길한 기운에 짓눌려 있었던 탓에 예기치 못한 클라렌스 부인의 방문에도 그다지 놀라지 않았다. 하지만 클라렌스 부인의 위압적인 태도에는 여전히 놀라지 않을 수가 없었다.

"넬라!" 클라렌스 부인이 양손을 사납게 휘저으면서 소리쳤다. "대답해! 거기 안에 있지?"

나는 재빨리 문을 열어서 클라렌스 부인을 안으로 안내했다. 흠 하나 없는 신발 버클 장식과 호박단 드레스의 물결치는 가장자리가 눈에 들어왔다. 그런데 맨발로 걸어오기라도 한 것처럼 클라렌스 부인의 치마 아랫단 가장자리에 얼룩이 묻어있었다.

"10분밖에 시간이 없어." 울먹거리며 말하는 클라렌스 부인은 거의 내 팔에 안겨 쓰러질 것만 같았다. "토지에 관한 일이 있다는 핑계를 대고 나왔는데."

클라렌스 부인의 뜬금없는 이야기에 인상이 찌푸려졌다. 뭐가 뭔지 모르겠다고 내 얼굴에 써있을 게 분명했다.

"아, 뭔가가 아주 끔찍하게 잘못됐어. 맙소사, 난 절대……."

클라렌스 부인이 목이 메여 말을 잊지 못한 채 눈두덩을 톡톡 두드려 눈물을 찍어낼 때 나는 여러 가지 가능성을 마음속으로 떠올려보았다. 딱정벌레 가루를 실수로 잘못 건드렸을까? 눈이나 입술에 딱정벌레 가루가 묻었나? 클라렌스 부인의 얼굴에 물집이나 고름이 있는지 살펴보았지만 그런 것은 보이지 않았다.

"쉬, 쉬, 진정해요. 무슨 일이 있었나요?" 내가 클라렌스 부인을 달래며 물었다.

"딱정벌레 가루가……." 클라렌스 부인이 뭔가 쓴 것을 막 삼킨 것처럼 딸꾹질을 했다. "그 가루가 잘못됐어. 일이 완전히 틀어졌다고."

들고도 내 귀를 믿을 수가 없었다. 딱정벌레 가루가 효과가 없었다는 걸까? 엘리자와 함께 정확하게 그 들판을 찾아가서 물집딱정벌레를 분명히 잡아왔는데. 하지만 너무 어두웠기에, 내가 제대로 했는지 의문이 생겼다. 딱정벌레를 굽기 전에 몇 개를 꺼내서 피부에 대어보고 화상 상처가 나는지 확인해 봤어야 했는데.

"그 여자가 아직 살아있어요?" 내가 목에 손을 댄 채 물었다. "사람의 목숨을 앗아갈 거라고 제가 장담했었죠."

"아." 클라렌스 부인의 얼굴에 비틀린 웃음이 떠올랐고, 굵은 눈물방울이 뺨을 타고 흘러내렸다. 나는 도대체 뭐가 어떻게 된 것인지 이해할 수가 없었다. "그 여자는 아주 생생하게 살아있어."

순간 심장이 철렁 내려앉았다. 내 독약이 실패했다는 실망감과 여자가 내 손에 죽지 않았다는 크나큰 안도감이 뒤섞였다. 어쩌면 이것이 클라렌스 부인의 마음을 돌릴 수 있는 또 다른 기회인지도 몰랐다. 하지만 문득 다른 생각이 들어서 불안감에 뱃속이 뒤틀렸다. 내가 가짜 독약을 줬다고 생각하면 어쩌지? 클라렌스 부인이 처음에 협박했던 대로 내 약방을 고발해 버린다면?

나는 본능적으로 장부를 향해 한 걸음 물러섰다. 하지만 클라렌스 부인은 계속 이야기했다. "그이야. 내 남편." 클라렌스 부인이 두 손에 얼굴을 파묻고 통곡했다. "내 남편이 죽었어. 클라렌스 경이 죽었다고."

내 입이 떡 벌어졌다. "어, 어쩌다가?" 내가 더듬거렸다. "하녀가 정부에게 독약을 주는 걸 지켜보지 않았어요?"

"내 탓이라고 하지 마." 클라렌스 부인이 쏘아붙였다. "하녀는 계획대로 디저트용 무화과주에 독약을 넣었어." 클라렌스 부인은 의자에 털썩 주저앉아 천천히 숨을 가다듬고 사건의 전말을 풀어놓기 시작했다.

"저녁 식사 후였어. 비크웰 양은 나와 좀 떨어진 곳에 앉아있었고, 내 남편 클라렌스 경은 내 오른쪽에 앉아있었지. 버크웰 양이 예쁜 크리스털 유리잔을 들어서 무화과주를 딱 한 모금 마시는 모습을 지켜봤어. 몇 초 후에 그 여자가 도발적인 미소를 짓고는 목에 손을 대는 거야. 그러더니 다리를 꼬았다 풀었다 했지. 내 두 눈으로 다 볼 수 있었어! 그 여자한테 무슨 일이 일어나는지 똑똑하게 볼 수 있었다고! 하지만 너무 뚫어지게 쳐다보면 누가 이상하게 볼까 봐 두려워서 왼쪽으로 고개를 돌려 친한 친구 마리엘과 이야기를 나누었어. 마리엘은 최근에 리용에 갔던 이야기를 계속 주절주절 늘어놓았지. 난 잠시 후에 틈을 봐서 버크웰 양을 다시 쳐다봤어."

클라렌스 부인이 숨을 헉 들이키는 바람에 갈라진 목소리가 흘러나왔다. "그런데 그 여자가 사라지고 없었어. 내 남편도 보이지 않았고. 크리스털 유리잔도 사라졌어. 그 두 사람을 놓쳤다니 믿을 수가 없었어. 그 짧은 시간에 남편이 그 여자와 함께 나갔는데 그걸 못 봤다니. 그래도 그때는 그 여자 얼굴을 다시는 볼 일이 없을 거라고 확신했어. 두 사람이 남편 서재나 마차 차고 뒤쪽으로 숨어 들어가서 마지막 시간을 즐기겠거니 했지. 그렇게 생각하니 마음이 좀 편해지더라고."

클라렌스 부인의 이야기를 들으면서 그 광경을 눈앞에 그려보았다. 푸딩이 차려진 저녁 식탁과 야회복 차림의 사람들, 무화과주와 그 끈적끈적한 액체 속에 숨겨진 아주 고운 초록색 딱정벌레 가루.

"그런데 좀 지나니까 불안해졌어. 모든 일이 너무 빠르게 일어나고 있는 것 같았거든. 그 여자가 욕정에 휩싸이는 바람에 술 따위는 까맣게 잊어버리고 필요한 만큼 술을 마시지 않은 게 아닐까 하는 걱정이 들기 시작했지." 클라렌스 부인이 말을 멈추고 주위를 둘러보았다. "신경을 가라앉게 와인 한 잔 마실 수 있을까?"

나는 수납장으로 달려가 와인 한 잔을 부어서 클라렌스 부인 앞에 내려놓았다.

"난 당황해서 그 둘을 찾으러 갈까 생각했어. 하지만 생각만 하고 자리에서 얼어붙은 채 꼼짝도 못했지. 마리엘은 계속 리용 여행 이야기를 떠들어댔고, 난 속으로 계속 빌었어. 당장이라도 남편이 나타나서 사랑스러운 자기 사촌에게 뭔가 끔찍한 일이 생겼다고 말해달라고 말이야." 클라렌스 부인이 바닥을 내려다보더니 갑자기 부르르 떨면서 양팔로 자신을 감싸 안았다.

"그때 복도에서 걸어 나오는 유령을 봤어. 버크웰 양의 유령이었어. 맙소사, 하마터면 비명을 지를 뻔했어! 간신히 비명을 삼켜서 다행이지 안 그랬으면 손님들이 얼마나 이상하게 생각했겠냐고. 그런데 잘 보니까 유령이 아닌 거야. 피와 살로 된 육신이 있는 그 여자였어. 목에 난 자국을 보고 알아봤지. 남편의 입술이 닿은 것처럼 붉게 변해 있었어."

클라렌스 부인의 목구멍에서 작은 신음소리가 새어나왔다. "그 여자는 잔뜩 겁에 질린 표정이었어. 그런데 그 여자가 처음 마주친 내 남편의 동생 팔에 안겨 쓰러질 것처럼 비틀기리는 거야. 남편 동생은 의사인데 곧장 여자가 방금 나왔던 복도로 뛰쳐나갔어. 사방에서 사람들이 달려오는 바람에 완전 난장판이 됐지. 복도 아래쪽, 서재 근처에서는 외침소리와 비명소리가 들렸어. 그러다가 그이의 심장이 멈췄다는 소리가 들린 것 같아서 정신없이 그쪽으로 달려갔지. 그이는 다행히 옷을 입고 있었어. 긴 의자 옆 작은 탁자 위에는 내 짐작대로 텅 빈 크리스털 유리잔이 있었고. 그이가 그걸 다 마신 게 분명했어. 아, 넬라, 그게 그렇게 빨리 효과가 나타날지는 몰랐어!"

"반 병을 마시면 1시간 안에 죽는다고 말했잖아요. 유리잔에 얼마나 넣었어요?"

클라렌스 부인의 얼굴에 서렸던 고통 어린 표정이 죄책감 비슷한 것으로 변해갔다. "하녀가 그 병에 있던 걸 전부 다 사용했을 거야." 의자에 앉아있던 클라렌스 부인이 앞으로 몸을 숙이면서 울음을 토해냈다. 나는 믿을 수가 없어서 숨을 헉 들이마셨다. 그 약을 몽땅 썼다니 클라렌스 경이 몇 분 만에 죽은 게 이상한 일도 아니었다.

하지만 클라렌스 부인은 남편이 죽었다는 사실 못지않게 버크웰 양의 그 이후 행동에도 크게 당황한 것 같았다. "내가 거기 앉아서 죽은 남편을 내려다보고 있는데 그 여자가 다가와서는 두 팔로 날 껴안더니 울기 시작하는 거야. 하, 기가 막혀서. '아, 클라렌스 부인, 클라렌스 경은 제게 아버지 같은 분이셨어요!' 하고 흐느끼는데 그 여자의 숨결에서 무화과 냄새가 났어. 이런 말하기는 역겹지만 아버지를 갖고 싶어서 그렇게 안달했냐고 묻고 싶은 마음이 들었지!"

클라렌스 부인이 마지막으로 소름끼치는 웃음을 터뜨렸다. 두 눈은 자기 이야기를 털어놓느라 진이 빠졌다는 듯 푹 꺼져있었다. "난 이제 돈 많은 남자의 과부가 됐어. 내가 가장 간절하게 바라는 건 하나뿐이었어. 아이만 있으면 됐는데, 이제 아이를 가질 수가 없어! 절대 가질 수가 없다고!"

내가 해줄 수 있는 답은 그렇겠죠, 라는 말뿐이었다. 그런데 클라렌스 부인의 이야기 중에서 뭔가 걸리는 것이 있어 걱정스러웠다. "클라렌스 경의 동생이 의사라고요? 그 사람이 클라렌스 경을 처음 살펴봤다고요?"

클라렌스 부인이 고개를 끄덕였다. "그래, 친절한 사람이지. 버크웰 양이 정신 나간 사람처럼 겁에 질려 식당에 들어오고 나서 5분도 지나지 않아 남편이 죽었다고 했어."

"의자 옆의 빈 유리잔에 신경 쓰지 않던가요?"

클라렌스 부인은 그렇지 않다고 확신한다는 듯 고개를 가로저었다. "남편 동생이 그 유리잔에 대해 물어봤는데 버크웰 양이 즉각 자기 거라고 했어. 버크웰 양은 최근에 섬유 예술에 관심이 생겼는데 우리 남편이 새로 산 태피스트리를 보여주겠다고 해서 그와 함께 서재에 갔다는 거야. 그이와 술을 나눠 마셨다고 말할 수는 없었겠지, 안 그래? 그랬다가는 그이의 예술 작품을 감상하는 데서 그치지 않았다는 게 분명해질 테니까."

"약병은요? 어딘가에 숨겨놨거나 없앴겠죠?"

"물론이지. 내 하녀가 지하 저장고 안쪽 선반에 올려놨어. 거기까지 찾아가 볼 사람은 요리사밖에 없어. 거기에 몰래 내려갈 기회가 생기는 대로 곧장 처리할 거야. 아마도 오늘밤에."

독약 용기를 숨겨놓았다는 사실에 마음이 놓여서 작게 안도의 한숨을 내쉬었다. 하지만 그 병이 발견된다 해도 끝장나는 것은 아니었다. 내 약방에서 쓰는 약병에는 작은 곰 그림 외에 아무것도 새겨 넣지 않았으니까. "그걸로 절 추적하지는 못하겠지만 그래도 빨리 없애는 게 좋아요." 내가 단호하게 말했다.

"당연히 그래야지. 그건 그렇고 병에 뭘 새겨 넣었는데 그게 뭔지 궁금하더군." 클라렌스 부인이 마음을 가라앉히며 우아하게 코를 닦았다. 평생 동안 몸에 밴 뻣뻣한 태도는 쉽게 버릴 수 없는 모양이었다.

"그냥 작은 곰이에요." 내가 근처 선반에 있는 작은 용기를 가리키며 말했다. "저것처럼요. 비슷하게 생긴 병들이 아주 많아요. 누군가가 엉뚱한 병에 든 약물을 엉뚱한 사람에게 먹인다면……." 나는 무슨 말 실수를 할 뻔했는지 깨닫고는 다급하게 말을 멈췄다. 방금 그런 이야기를 들어놓고 할 소리는 아닌 것 같았다.

하지만 클라렌스 부인은 내 실수를 알아차리지 못했다. 그녀는 인상을 찌푸린 채 선반으로 다가가더니 고개를 가로저었다. "내 병에는 이 그림 말고 다른 것도 있었는데." 클라렌스 부인이 선반 위의 병을 들어 올려 옆으로 돌려보았다. "아냐, 이것과 똑같은 게 아냐. 내 병에는 다른 쪽 면에 뭔가가 있었어. 분명히 글자가 적혀 있었어."

내 뱃속에서 미약하게 꾸르륵 하는 소리가 들렸다. 초조한 웃음도 새어나왔다. "아뇨, 잘못 보셨을 거예요. 어떻게 독약 병에 글자를 새겨 넣겠어요?"

"분명히 봤어. 뭔가가 적혀있었다고. 손으로 진흙에 새겨 넣은 것처럼 비뚤비뚤한 글자였어."

"긁힌 자국 아닐까요? 아니면 먼지나 쓰레기가 묻은 거겠죠." 이렇게 말하는 동안 내 뱃속에서 묵직한 덩어리가 가슴까지 치밀어 올라오는 것 같았다.

"아니." 클라렌스 부인이 이제는 짜증스럽다는 듯 고집스럽게 말했다. "난 분명히 글자를 봤어." 클라렌스 부인이 화난 눈초리로 날 쏘아보고는 병을 선반에 돌려놓았다.

나는 클라렌스 부인의 말에 귀를 기울이고 있었지만 제대로 생각할 수가 없었다. 내 두개골을 톡, 톡, 톡 두드리는 소리가 너무 시끄럽게 들린 탓이었다. 그러다가 내가 직접 그 유리잔을 들어 칸타리스를 마시기라도 한 것처럼 내 입에서 이름 하나가 튀어나왔다. "엘리자."

기억이 선명하게 떠오르기 시작했다. 어제 오후, 클라렌스 부인이 독약을 가지러 오기 직전이었다. 엘리자가 딱정벌레 가루를 넣을 병을 골랐다. 어떤 병을 고르는지 주의 깊게 지켜보지는 않았지만 손이 닿기 쉬운 곳에는 곰 그림이 새겨진 병 밖에 없었다. 오직 엄마의 수납장 안쪽 깊숙한 곳에만 다른 표시가 있는 병들이 있었다.

"그래, 엘리자. 그 애는 어디 있지?" 클라렌스 부인이 내 속에서 어떤 폭풍이 몰아치고 있는지 전혀 눈치 채지 못한 채 물었다.

"당장 엘리자를 찾아야 해요." 숨이 가빠왔다. "그 수납장……." 하지만 클라렌스 부인에게 어떻게 된 일인지 설명하기는커녕 단한 마디도 더 내뱉을 수가 없었다. 지금 당장 암웰 저택이 있는 워익가로 서둘러 가야 한다는 생각밖에 나지 않았다. 아, 제발 엘리자가 거기 있기를! "부인, 부인도 지금 떠나세요! 당장 그 병을 가져와서……." 내가 클라렌스 부인에게 말했다.

"지금 당신 눈빛이 무슨 짐승 같아." 클라렌스 부인이 소리쳤다. "대체 무슨 일이야?"

하지만 난 이미 문을 나서고 있었다. 클라렌스 부인이 뒤를 바짝 따라왔다. 밖으로 나왔을 때 피부에 닿는 차가운 기운도, 부풀어 오른 발목을 꽉 조이는 신발의 감촉도 느껴지지 않았다. 앞쪽에서 검은 새 한 무리가 푸드득 날아올랐다. 새들도 내가 무서운 모양이었다.

어느 순간 보니 클라렌스 부인이 저만치 멀어져 가고 있었다. 약병을 가지러 가는 길이기를 간절히 바랐다. 나는 계속 앞으로 나아가 러드게이트 언덕을 달려 올라갔다. 머리 위쪽으로 대성당이 우뚝 솟아있었다. 암웰 저택이 아주 가까이 있었다. 몇 블록만 더 가면 암웰 저택이었다.

워익가에 거의 다다랐을 때 성당 묘지 근처의 벤치에 앉아있는 작은 형체를 발견했다. 지금 내 눈이 날 속이고 있는 걸까? 그 작고 신비한 형체가 무릎 위에 놓인 책장을 넘기는 가볍고 장난스러운 몸짓을 지켜보자 심장이 날뛰기 시작했다. 암웰 저택에서 아주 가까운 곳이었다. 언제라도 엘리자와 마주칠 가능성이 아예 없는 것은 아니었다.

희망은 곧 확신이 되었다. 엘리자가 분명했다. 엘리자가 두려움에 사로잡혀서 침울해하고 있지 않을까 걱정했던 것이 1시간도 지나지 않았다. 지금 보니 전혀 쓸데없는 걱정이었나 보다. 가까이 다가가자 엘리자가 꽃송이처럼 상큼하고 환한 미소를 지은 채 책을 읽고 있었다.

"엘리자!" 겨우 몇 미터 남짓 남은 거리를 두고 내가 소리쳤다.

엘리자가 고개를 홱 들어 날 쳐다보았다. 미소를 지워버린 엘리자가 책을 가슴에 꼭 끌어안았다. 그런데 내가 줬던 그 책이 아니었다. 그보다 훨씬 작고 표지 색깔이 좀 더 밝았다. "엘리자, 할 말이 있어. 아주 급한 일이야."

내가 손을 뻗어 엘리자를 끌어안았다. 주저하며 내 팔에 안긴 엘리자는 온몸이 뻣뻣하게 굳어있었다.

"지금 당장 나랑 약방으로 돌아가야 해. 너한테 물어볼 게 있어." 엘리자가 그 약병을 수납장 어디에서 꺼냈는지 확인해야만 했다.

엘리자의 눈빛은 전혀 읽을 수 없었지만 말은 그렇지 않았다. "절 쫓아냈잖아요. 기억하시죠?"

"그래, 기억해. 뭔가 끔찍한 일이 일어날까 봐 두렵다고 너한테 말했던 것도 기억하고 있어. 근데 실제로 그런 일이 벌어졌구나. 그 일에 대해 말하고 싶은데……." 나는 지나가는 남자를 힐끗 쳐다보고는 목소리를 낮췄다. "여기서는 안 돼. 지금 나랑 같이 가자. 네 도움이 필요해."

엘리자가 책을 가슴에 더욱 바짝 끌어당겨 안았다. "네, 알겠어요." 엘리자가 머리 위쪽으로 몰려드는 먹구름을 힐끗 올려다보면서 웅얼거렸다.

약방으로 돌아가는 내내 엘리자는 말이 없었다. 난데없이 내 손에 끌려가는 게 당황스러울 뿐만 아니라 조금 전에 몰두했던 일을 방해받아서 짜증이 난 모양이었다. 약방에 가까워졌을 때 클라렌스 부인이 그 저주 받은 약병을 찾아 이곳에 와 있으면 좋겠다고 생각했다. 그러면 엘리자에게 질문을 할 필요도 없을 테니까. 하지만 한편으로는 엘리자를 또다시 그렇게 빨리 떠나보낼 수 있을까 하는 생각도 들었다.

그러나 다 쓸데없는 생각이었다. 약방은 텅 비어있었고 클라렌스 부인은 아직 돌아오지 않았다. 나는 태연한 척 탁자에 앉아 조금도 시간을 낭비하지 않고 본론부터 꺼냈다. "클라렌스 부인의 딱정벌레 가루를 병에 넣었던 거 기억하니?"

"네, 부인." 엘리자가 마치 낯선 사람을 대하는 양 양손을 단정하게 무릎 위에 포개놓고 빠르게 대답했다. "지시하신 대로 수납장에서 적절한 크기의 병을 꺼냈어요."

"어디서 꺼냈는지 보여줘." 내 목소리가 살짝 떨렸다. 엘리자를 따라 약방을 가로질러서 한 발, 두 발, 세 발자국을 내딛었다. 엘리자는 무릎을 꿇고 앉아 아래쪽 수납장을 열고 작은 몸을 안쪽으로 기울였다. 엘리자가 수납장 안쪽 끝까지 손을 뻗는 모습에 욕지기가 치밀어 오를 것 같아 배를 움켜쥐었다.

"저 안쪽에서요." 엘리자의 목소리가 나무 수납장 안쪽에 부딪혀 울려서 기괴하게 들렸다. "그것과 똑같은 병이 저기 하나 더 있는데……."

눈을 질끈 감았다. 엘리자가 몸을 반쯤 들이밀고 있는 그 수납장은 엄마의 물건들이 가득한 곳이었다. 내가 차마 버리지 못한 것들과 나한테는 필요 없는 오래된 치료약들, 그리고 생각만 해도 살 떨리게 끔찍하지만 엄마의 옛날 용기들도 몇 개 있었다. 한때 이름 높았던 이 약방의 주소가 새겨져 있는 용기였다.

그랬다. 엄마의 약병들에는 이 약방의 주소가 적혀있었다.

엘리자의 작은 몸이 수납장에서 미끄러져 나왔다. 손에는 크림색 병이 들려있었다. 높이가 10센티미터쯤 되는 병은 한 쌍 중 한 쪽이었는데 옆면에 '백 앨리 3번지'라고 손으로 새겨져 있었다. 엘리자가 아무 말 하지 않아도 알 수 있었다. 나머지 하나는 분명 클라렌스 부인의 웅장한 저택 지하 저장고에 있을 터였다. 목구멍에서 타는 것 같은 익숙한 통증이 일었다. 나는 균형을 잡으려고 한 손으로 수납장을 짚었다.

"이런 거였어요." 두 눈을 내려뜬 엘리자의 목소리가 거의 속삭임에 가까웠다. "제가 뭘 잘못했나요?"

순간적이지만, 붉어진 엘리자의 얼굴을 철썩 내리치고 싶은 충동이 일었다. 하지만 저 아이가 뭘 알고 그랬겠는가? 끔찍한 실수였을 뿐이다. 선반이 가득한 가게에서 엘리자에게 병을 고르라고 한 내 잘못이다. 애초에 저 아이를 약방에 끌어들인 내 잘못이다. 그래서 나는 그녀를 안아주며 말했다. "그 병에 적힌 글자를 읽어보지 않았니? 그 글자들을 보지 못했어?"

엘리자가 울음을 터트렸다. 콧물과 눈물을 훌쩍이는 소리가 이어졌다. "글자처럼 보이지 않았어요." 엘리자가 딸꾹질을 했다. "여기 보세요. 그냥 지저분하게 긁힌 자국 같잖아요. 무슨 글자인지 제대로 읽을 수도 없어요." 엘리자의 말대로 병에 새겨진 글자는 오래 돼서 읽기가 어려웠다. 그렇다 해도 엘리자가 끔찍한 실수를 한 것은 부인할 수 없는 사실이었다.

"하지만 그림과 글자는 구분할 수 있잖니, 그렇지?" 내가 말했다.

엘리자가 가볍게 고개를 끄덕였다. "정말 죄송해요, 넬라! 여기에 뭐라고 적혀있는 거예요?" 엘리자가 약병에 적힌 글자를 읽으려고 눈을 가늘게 떴다. 나는 백 앨리 3번지라는 짙은 글씨를 손가락으로 훑으면서 희미해진 윤곽선을 천천히 따라 그렸다.

"백 앨리……." 엘리자가 말을 멈추고 생각에 잠겼다. "백 앨리 3번지." 엘리자가 병을 내려놓으며 내 팔에 쓰러지듯 안겼다. "절 용서해 주세요!" 엘리자는 어깨를 들썩거리면서 걷잡을 수 없이 터져 나오는 눈물을 바닥에 뚝뚝 떨어뜨렸다. "넬라가 체포되면 다 제 잘못이에요!" 엘리자가 딸꾹질 사이사이로 울먹이며 말했다.

"쉬, 쉬, 쉬, 괜찮아." 내가 속삭였다. 나는 엘리자를 안고 눈을 감은 채 그녀의 머리에 턱을 살짝 걸쳤다. 그 순간 떠오른 건 돌아가신 엄마였다. 병세가 짙어진 이후에도 엄마는 지금 내가 엘리자를 달래듯 날 달래주었다. 나는 엄마의 목에 얼굴을 파묻고 하염없이 눈물을 흘렸었다. "난 체포되지 않을 거야." 엘리자에게 이렇게 속삭였지만 실제로는 확신할 수 없었다. 클라렌스 경이 죽었고, 내 약방 주소가 적힌 살인 도구가 클라렌스 경의 지하 저장고에 있었다.

두개골 안쪽을 톡, 톡, 톡, 두드리는 소리가 사라지지 않았다. 내 머릿속의 악마가 아직 잠들지 않았다. 계속해서 엘리자를 앞뒤로 흔들어주면서 그만 울라고 달랬다. 엄마가 그렇게 많이 아프면서도 별거 아니라고 했던 거짓말들이 생각났다. 엄마는 오래오래 살거니까 걱정 말라고 했다.

하지만 그래놓고 겨우 6일 만에 돌아가셨다. 결국 나는 갑작스럽게 닥친 슬픔, 제대로 끝맺지 못한 이별의 아픔에 허우적거리며 평생을 보내게 되었다. 왜 엄마는 진실을 말해주지 않았을까? 마지막 남은 며칠 동안 왜 내게 평생 혼자 살아갈 마음의 준비를 시켜주지 않았을까?

엘리자의 이슬 같은 눈물이 마르기 시작했다. 내가 계속 앞뒤로 흔들어주자 엘리자가 한 번, 두 번 딸꾹질을 하더니 숨소리가 느려졌다. "나 괜찮아질 거야." 내기 속삭였다. 너무 조용히 말해서 내 귀에도 잘 들리지 않을 정도였다. "다 괜찮아질 거야."

엄마가 돌아가신 지 20년 만에, 엄마가 날 달래듯 나도 한 아이를 달래주고 있었다. 하지만 내가 왜 이러는지는 알 수가 없었다. 그게 다 무슨 소용이 있다고. 엄마도 나도, 대체 왜 아이들의 여린 마음을 보호해 주려고 그렇게 애를 쓰는 걸까? 그래봤자 진실을 알 수 있는 기회를 빼앗아 버릴 뿐인데. 진실이 도착해 문을 세게 두드리기 전에 그 진실에 무감각해질 수 있는 기회를 앗아갈 뿐인데.

21

캐롤라인
현재, 수요일

낡은 건물 지하에 파묻힌 백 앨리, 거기서 더 깊숙이 들어간 곳에 숨겨진 문이 활짝 열리며 허물어져 가는 선반 뒤쪽의 작은 공간이 드러났다. 나는 휴대폰을 들어 올려 주변을 비춰보다가, 갑자기 균형을 잃는 바람에 손으로 벽을 짚어야 했다. 방 안에 숨겨진 이 방은 너무 어두웠다. 이렇게 어두운 곳에는 와본 적이 없었다.

불빛 한 줄기가 주변을 자세하게 비추었다. 우유 빛깔의 불투명한 유리병들 무게에 짓눌려 축 처진 선반 몇 개, 다리 하나가 비스듬하게 휘어진 방 중앙의 나무 탁자 하나, 그리고 내 오른쪽에 있는 카운터 하나. 편편한 카운터 위에는 금속 저울 하나와 상자나 책처럼 보이는 것들이 놓여있었다. 전체적으로 오래된 약방처럼 보였다. 정확하게 약제사가 꾸며놓았을 법한 그런 약방이었다.

휴대폰에서 삑삑 소리가 났다. 무슨 소리인가 싶어 이맛살을 찌푸린 채 화면을 들여다보았다. 젠장, 배터리가 14퍼센트밖에 남지 않았다. 두려움과 기쁨이 뒤섞인 나머지 온몸이 떨려서 제대로 생각을 하기가 힘들었다. 하지만 하나만은 분명했다. 이곳에서 의지할 불빛마저 사라져 버리면 끝장이라는 거.

재빨리 둘러봐야 했다.

떨리는 두 손으로 손전등을 끄고 휴대폰 카메라를 눌러 플래시를 켠 다음 사진을 찍기 시작했다. 그것이 그 순간 논리적으로 취할 수 있는 유일한 행동인 것 같았다. 국제 뉴스에 나올만한 뭔가를 발견한 순간일지도 몰랐다. '런던을 찾은 관광객, 200년 된 미스터리 살인사건을 해결하다' 같은 헤드라인이 실릴지도. 나는 고개를 가로저었다. 지금은 이성적으로 생각할 타이밍이다. 게다가 아직 아무것도 해결하지 못했다.

사진을 최대한 많이 찍었다. 플래시가 터질 때마다 밝은 불빛 아래서 방 안이 폭발하듯 살아났다. 한쪽 구석에 벽난로 하나, 탁자 아래에 머그 잔 하나가 있는 듯했다. 하지만 처음 몇 번만 방 안 모습이 보였을 뿐, 카메라 플래시가 자꾸 터지자 눈앞에 떠다니는 하얀 점들밖에 보이지 않았다. 그 바람에 어디가 어딘지도 알 수 없었고, 머지않아 똑바로 서있기도 힘들었다.

9퍼센트. 배터리가 3퍼센트 남았을 때 나가겠다고 마음먹고는 어떻게 하면 남은 배터리를 최대한 오래 사용할 수 있을지 고민했다. 다시 오른쪽으로 시선을 돌려 카운터 사진을 찰칵 찍었다. 플래시 불빛 덕분에 몇 분 전에 봤던 것이 상자가 아니라 책이라는 걸 알아볼 수 있었다. 카운터 위에 납작하게 놓여있는 책들 중에서 가장 큰 책을 펼쳐보았다. 몇몇 글자는 손으로 직접 쓴 것처럼 보였지만 확신할 수는 없었다. 칠흑 같은 어둠 속에서 아무 쪽이나 펼쳐 사진을 찍기 시작했다. 차라리 눈을 가리는 게 낫지 않을까? 눈을 뜨고 있어도 대체 뭘 찍고 있는지 전혀 알 수 없었으니까. 우리말로 적혀있기는 할까?

양피지로 된 내지는 휴지처럼 얇아서 최대한 조심스럽게 넘겼다. 그럼에도 책장 한쪽 구석이 완전히 떨어져 나가는 느낌에 절로 욕설이 튀어나왔다. 책 마지막 부분을 펼쳐서 사진을 몇 장 더 찍고는 옆으로 밀쳐놓고 다른 책을 집었다. 또 다른 책을 펼쳐 카메라 촬영 버튼을 누르는데 젠장, 3퍼센트라니!

눈으로 보고도 믿을 수 없는 대발견의 순간이건만 둘러볼 시간이 너무나 짧아서 좌절감에 신음이 새어나왔다. 하지만 손전등과 카메라를 사용했을 때 배터리가 얼마나 빨리 닳을지 감안해 보면, 빠져나갈 시간은 60초, 어쩌면 그보다 더 적게 남았을지도 몰랐다. 다시 손전등을 켜고 왔던 길을 돌아나갔다. 나가는 길에, 숨겨진 문을 최대한 꼼꼼하게 잘 닫아놓았다. 그리고 뒤로 물러나와 재빨리 첫 번째 방을 가로질러 통로로 들어섰다. 세 번째이자 마지막 문에서 희미한 달빛이 새어 나왔다.

예상했던 대로 밖으로 나온 지 몇 초도 되지 않아 휴대폰이 꺼졌다. 가시덤불 뒤에 가려져 있는 바깥쪽 문을 원래대로 돌려놓으려고 애를 썼지만 제대로 된 것 같지가 않았다. 사람이 다녀간 흔적을 지우려고 흙과 나뭇잎을 두 손으로 퍼 올려 문 아래쪽에 아무렇게나 뿌렸다. 그러고는 덤불을 헤치고 나가 돌아서서 어떤지 살펴보았다. 내가 처음 발견했을 때만큼 비밀스러운 문처럼 보이지는 않았지만 그래도 여전히 눈에 잘 띄지 않았다. 나처럼 이곳을 유심히 살펴보는 사람이 없기만 바랐다.

잠긴 철문으로 빠르게 달려가 기둥 위로 몸을 끌어올렸다. 온몸이 비명을 지르고 숨이 거칠어졌지만 그 정도면 봐줄 만했다. 두 다리를 기둥 너머로 넘기고 반대쪽으로 뛰어내렸다. 두 손을 바지에 문질러 닦고는 위쪽의 창문들을 올려다보았다. 여전히 움직이는 형체는 보이지 않았다. 내가 이 밤에 여기서 무엇을 했는지는 고사하고 여기 왔다는 사실조차 아는 사람이 없을 것이다.

내가 찾는 약제사가 신비에 싸여있었던 것도 이상할 게 없었다. 그녀의 약방 문이 선반 뒤쪽에 숨겨져 있었으니까. 그 문은 두 세기라는 세월을 버텨오다 허물어져 내 눈앞에 드러났다. 물론 약간의 무모함과 위법 행위도 필요했지만 그 약제사가 실재했을까 하는 의심은 이제 완전히 사라졌다.

베어 앨리를 빠져나오고 나서야 내 평생 처음으로 범죄를 저질렀다는 사실이 사무치게 실감났다. 손톱 밑에 낀 흙, 범죄행위를 입증해 주는 사진들이 가득한 꺼져버린 휴대폰이 그 증거였다. 하지만 죄책감은 들지 않았다. 그보다는 흥분이 치솟아 한시라도 빨리 호텔로 돌아가서 휴대폰을 충전해 사진들을 살펴보고 싶었다.

하지만 제임스가 있었다. 제임스를 깨우지 않으려고 조용히 호텔방으로 들어가다가 심장이 철렁 내려앉았다. 제임스가 이미 깨어나 소파에서 책을 읽고 있었다.

나는 한 마디 말도 없이 그냥 침대에 올라가 휴대폰을 충전했다. 치솟았던 아드레날린이 노곤한 피로감으로 녹아내리며 하품이 나왔다. 제임스를 흘끗 쳐다보니 책에 푹 빠져있는 것 같았다. 어젯밤 잠들 시간에 내가 말똥말똥했던 것처럼.

빌어먹을 시차.

좌절감에 제임스한테 등을 돌리고 누웠다. 사진은 내일 아침까지 기다려야 했다.

샤워기 소리와 함께 커튼을 뚫고 들어온 좁다란 햇살 한 줄기에 잠에서 깼다. 살짝 열린 욕실 문틈으로 김이 새어나왔고, 소파 위에는 여분의 베개와 제임스가 깔끔하게 개서 그 옆에 가지런히 놓아둔 이불이 있었다.

나는 충전이 다 된 휴대폰을 집어 들었다. 당장 사진들을 찾아보고 싶었지만 꾹 참았다. 대신 꽉 차오른 방광을 무시한 채 얼굴을 베개에 파묻고 속으로 숫자를 헤아리면서 제임스가 호텔을 나가기만을 기다렸다. 그래야 오늘 하루를 평화롭게 시작할 수 있다.

마침내 제임스가 허리에 베이지색 수건 하나만 걸친 채 욕실 밖으로 나왔다. 반쯤 벗은 남편 몸이야 일상다반사로 보는 것인데도 어딘지 모르게 긴장이 됐다. 지금은 '일상'으로 돌아갈 준비가 되지 않았다. 아니, 당분간은 그렇게 될 것 같지도 않았다. 나는 고개를 돌렸다.

"어젯밤 늦게 저녁 먹으러 나갔던데 뭐 맛있는 거 먹었어?" 제임스가 방을 가로질러오며 물었다.

난 고개를 가로저었다. "그냥 샌드위치 하나 먹고 산책 좀 했어." 사소한 거짓말은 나답지 않은 짓이었지만 제임스에게든 다른 누구에게든 어젯밤에 뭘 했는지 털어놓을 생각은 전혀 없었다. 게다가 제임스는 이보다 더 끔찍한 일에 대해 몇 달 동안 나한테 거짓말을 하지 않았던가?

그때 제임스가 거친 기침을 토해냈다. 제임스는 소파로 다가가 허리를 숙여서 바닥에 있는 휴지 갑을 집어 들었다. 전에는 보지 못한 휴지 갑이었는데 제임스가 밤새 옆에 놓아두었던 것이 분명했다. "몸이 좋지 않아." 제임스가 휴지를 입에 대고 다시 기침을 했다. "목도 아프고. 비행기 내부 공기가 건조해서 그런 것 같아." 제임스가 가방을 열어 티셔츠와 청바지를 꺼내더니 수건을 바닥에 떨어뜨리고 옷을 갈아입기 시작했다.

그의 나체에서 시선을 돌려 문 근처 탁자에 놓인 꽃병을 바라보았다. 꽃 몇 송이가 조금씩 시들어가기 시작했다. 이불 위에 양손을 올려놓고 있어서 어젯밤에 묻은 손톱 밑의 흙이 보였다. 나는 두 손을 이불 아래로 슬며시 밀어 넣었다. "오늘은 뭐할 거야?" 나는 속으로 간절히 빌었다. 제발 제임스가 도시를 구경하거나 박물관에 가거나 아니면 그냥 떠났으면 좋겠다고. '방해하지 마시오'라는 팻말을 문에 걸어놓고 혼자 남아서 휴대폰을 보고 싶은 마음밖에 없었다.

"런던탑." 제임스가 허리 벨트를 매면서 말했다. 그 오래된 성은내가 꼭 보고 싶어 했던 것 중 하나였다. 왕실 보석들이 가득한 곳이었다. 하지만 어젯밤에 베어 앨리 뒤쪽에서 발견한 것에 비하면어린아이들의 박물관에 지나지 않아 보였다.

제임스가 또다시 기침을 하면서 손바닥으로 가슴을 두드렸다. "혹시 데이퀼 감기약 있어?" 제임스가 물었다.

욕실에 있는 내 세면도구 가방에는 화장품과 치간 칫솔, 데오도란트, 에센셜 오일 몇 개가 들어있었다. 타이레놀 몇 개는 여분으로 챙겨왔지만 구급용 약을 전부 다 챙겨올 필요는 없다고 생각했었다. "미안하지만 없어. 유칼립투스 오일은 있는데." 나는 오래전부터 감기 기운이 있다 싶을 때마다 유칼립투스 오일을 발랐다. 유칼립투스는 바르는 기침약 빅스 베이포럽의 성분 중 하나였고, 충혈과 기침에 아주 효과적이었다. "세면대 위에 있는 하얀색 가방에 있어." 내가 욕실을 가리키며 말했다.

제임스가 안으로 들어갔을 때 작게 띠링 하는 소리에 시선이 돌아갔다. 별 쓸데없는 사소한 휴대폰 알림이었지만 어젯밤의 발견이 바로 눈앞에 있음을 상기시켜 주었다. 가슴 속 심장이 세차게쿵쾅거리기 시작했다. 제임스가 욕실 안에서 부스럭거리는 소리가 들렸다.

잠시 후 제임스가 잔뜩 인상을 쓰고 나왔다. "꽤 강한데."

나는 그렇다고 고개를 끄덕였다. 좀 떨어진 거리에 있는데도 톡쏘는 약 냄새를 맡을 수 있었다.

제임스가 옷을 차려입고 나갈 것 같아서 더 이상의 대화를 피하려고 애썼다. "난 좀 누워 있을 거야." 내가 이불 아래로 발을 차면서 말했다. "구경 잘 해."

제임스가 슬픈 표정으로 천천히 고개를 끄덕이고, 하고 싶은 말이 있는 것처럼 머뭇거렸다. 하지만 아무 말 없이 지갑과 휴대폰을 집어 들고 밖으로 나갔다.

나는 문이 찰칵하고 닫히자마자 휴대폰을 향해 달려들었다.

잠금 비밀번호를 누르고 어젯밤 찍었던 사진들을 찾아보았다. 스물 몇 장 되는 사진들이 얌전히 들어있었다. 처음 몇 장은 탁자와 벽난로가 있는 방 사진이었다. 그런데 전부 너무 흐릿하게 찍혀서 실망스러웠다. 나머지 사진들도 모두 그 모양일까 봐 두려워서 욕이 튀어나왔다. 하지만 책 사진 몇 장을 확대해 보자마자 마음을 놓았다. 그것들은 선명하게 찍혀있었다. 그 비밀의 방에는 먼지가 가득했었다. 아마도 카메라 플래시가 그 작은 입자들을 뚫고 나가지 못해서 근접 촬영한 사진들만 선명하게 나온 모양이었다.

그때 호텔방 바깥에서 무슨 소리가 들려 벌떡 일어났다. 휴대폰을 끄고 문구멍으로 바깥을 내다보았다. 때마침 클립보드를 든 호텔 직원이 스쳐 지나갔다. 내 방으로 오는 길이 아니었다. 그제야 '

방해하지 마시오' 팻말을 걸어둬야겠다는 생각이 났다.

침대로 돌아가자마자 다시 사진들을 찾아서 첫 번째 책 사진을 살펴보았다. 숨을 참은 채 손가락으로 사진을 확대해서 이리저리 움직여보았다. 눈앞에 펼쳐지는 광경에 도저히 믿을 수가 없었다.

책 속의 글자들은 손으로 직접 쓴 것이었다. 짙은 잉크 얼룩들이 군데군데 흩어져 있었다. 글자들은 한 줄로 단정하게 적혀있었고, 각 항목이 서로 비슷한 형식으로 쓰여있었다. 이름과 날짜 같았다. 무슨 일지나 장부일까? 다음 사진으로 넘어갔다. 앞의 것과 비슷해 보였지만 다른 사람이 쓴 것처럼 잉크가 더 짙고 선명했다. 다음, 다음으로 사진을 넘기는 두 손이 점점 더 심하게 떨렸다. 대체 무슨 책인지 알 수가 없었다. 하지만 역사적 가치가 있는 책이 분명하다는 감이 왔다.

책 사진은 대부분 선명하게 찍혔다. 사진 몇 장만 가장자리가 빛에 과하게 노출되는 바람에 하얀색으로 변해 알아보기 힘들었다. 대부분의 사진이 선명했지만 또 다른 좌절감이 온몸을 휘감았다. 내용 대부분이 이해하기 어려웠던 것이다. 약어로 쓰인 것도 같았고, 기울어진 글씨체로 군데군데 급하게 휘갈겨 쓴 것들도 있었다. 일부분은 외국어로도 보였다. 그러다 사진 한 장의 맨 위쪽 한 줄을 간신히 읽을 수 있었다.

가르트 채□윅 마르본, ○편, 마르모꼴 □과, 1789년 8월 17일, 아내 ㅊ드윅 부인에게 인□

261

머리를 굴려서 빠진 글자를 채워 넣어 보려고 애썼다. 무슨 내용인지 알아내려고 고심하다 보니 빠진 글자 찾기 게임을 하는 기분이었다. 하지만 몇 분 동안 골똘히 생각하고 나니, 처음에는 구분하지 못했던 몇 개의 글자가 특정한 모양으로 구부러져 있음을 알아차릴 수 있었다. 그 몇 글자를 구분해 내기 시작한 이후부터는 글자들을 좀 더 잘 알아볼 수 있었다.

프레레 씨, 사우스워크, 담배이, 오일, 1790년 5월 3일, ㅁ스필드 씨의 친구이자 여동생인 아므르 씨에게 인도

벨 씨, 라즈ㅂ리 잎, 으깬 고약, 1790년 5월 12일

찰리 터너, 메이ㅍ어, NV 팅크, 1790년 6월 6일, 요리사 하인 애플 씨에게 인도

한 손에 턱을 괸 채 한 줄 한 줄 다시 읽어봤지만 불만만 가득 차올랐다. 라즈베리 잎? 담배? 니코틴을 대량으로 섭취하면 위험하다고 듣기야 했지만 라즈베리 잎과 담배라니, 근본적으로는 전혀 위험하지 않은 것들이었다. 독성이 없는 것도 많이 복용하면 치명적인 약물이 되는 걸까? 게다가 NV 팅크 같은 것들은 뭔지도 알 수 없었다.

나는 그 항목들이 어떤 형식으로 적혀있는지 알아내려고 애썼

다. 각 항목은 이름으로 시작했고, 그 다음에는 위험하거나 그렇지 않은 재료가 나왔다. 뒤이어서 날짜가 적혀있었다. 몇몇 항목에는 두 번째 이름 끝에 인도라는 글자가 따라 나왔다. 아무래도 첫 번째 이름은 그 재료를 복용할 사람이고 두 번째 이름은 실제로 그 재료를 구입한 사람인 것 같았다. 그러니까 찰리 터너는 뭔지 모르는 NV 팅크라는 것을 복용할 사람이었다. 그것을 구입한 사람은 애플 씨일 가능성이 높았다.

침대 옆 탁자에서 펜과 수첩을 집어 들고 나중에 조사해 볼 것들을 몇 가지 적었다.

무독성 물질의 치사량

아편-마름모꼴 당과?

담배-오일?

NV 팅크-NV가 뭐지?

그렇게 15분여쯤 침대에 양반다리를 하고 앉아 머릿속에 떠오르는 의문들과 익숙한 듯하면서도 그렇지 않은 단어들을 정신없이 적어 내려갔다. 가지속 식물. 식물 이름 아닌가? 흰독말풀. 한번도 들어본 적 없는 이름이다. 투구꽃. 뭔지 전혀 모르겠다. 드램, 거환, 밀랍고약, 주목, 엘릭시르. 이 모든 단어들을 전부 다 적었다.

다음 사진으로 넘어갔을 때 딱 봐도 치명적인 약물 이름이 눈에 들어와 숨이 헉 막혔다. 비소. 그 단어도 수첩에 적어놓고 옆에 별

표를 그려놓았다. 나머지 단어들도 읽어보려고 사진을 확대했을 때 바깥에서 또 다른 소리가 들렸다.

순간 나는 얼어붙었다. 누군가가 문 바로 앞에 멈춰서는 소리 같았다. 누군지 모르는 그 사람에게 속으로 욕을 퍼부었다. 방해하지 말라는 팻말을 보지 못했나? 그런데 그때 카드식 열쇠가 미끄러져 들어가는 소리가 들렸다. 제임스가 벌써 돌아왔나? 나는 휴대폰을 베개 아래로 밀어 넣었다.

잠시 후, 제임스가 들어왔다. 그 즉시 뭔가가 아주, 아주 잘못됐다는 걸 알아차렸다. 제임스의 얼굴이 창백했고 축축하게 젖어있었다. 이마에서 땀방울이 뚝뚝 떨어졌고 두 손은 심하게 떨렸다.

나는 본능적으로 침대에서 일어나 제임스에게 달려갔다. "아니, 왜 이래?" 제임스에게 다가가면서 소리쳤다. 제임스의 땀 냄새와 달큼하면서도 시큼한 다른 냄새가 났다. "무슨 일이야?"

"난 괜찮아." 제임스가 욕실로 달려가면서 말했다. 제임스는 세면대에 기대어 몇 차례 심호흡을 했다. "어제 먹은 이탈리아 음식 때문인가 봐." 제임스가 세면대 앞의 거울을 올려다보고 뒤쪽에 서있는 나와 시선을 맞추었다. "지금 내 상태가 완전 엉망이야, 캐롤라인. 당신하고의 문제도 있는데 이제는 이런 일까지 겹쳤어. 밖에 나갔는데 거리에서 아프기 시작했어. 당장 다 토해내야 할 것 같아. 몸 상태가 괜찮아지려면……." 제임스가 말을 멈추고 뭔가를 꿀꺽 삼켰다. "다 토해야 할 것 같아. 잠시 혼자 있고 싶은데 괜찮겠어?"

나는 잠시도 머뭇거리지 않았다. "그래, 알겠어." 제임스가 다른 사람들 앞에서 아픈 모습을 보이기 싫어한다는 사실은 잘 알고 있었다. 솔직히 말해 나도 혼자 있고 싶었다. "그런데 혼자 있어도 괜찮겠어? 주스나 뭐 필요한 거 있어?"

제임스가 욕실 문을 닫으면서 고개를 가로저었다. "괜찮아질 거야. 약속해. 잠시만 혼자 있게 해줘."

나는 고개를 끄덕이고는 신발을 신고 가방을 낚아채면서 수첩을 가방 안에 던져 넣었다. 욕실 문 바로 바깥에 있는 물도 한 병 챙겨 넣고 제임스에게 곧 돌아오겠다고 말했다.

한 블록 아래쪽에 있는 카페가 생각나서 휴대폰 사진을 마저 보려고 그쪽으로 향했다. 하지만 바깥으로 나오자마자 휴대폰이 울렸다. 모르는 번호였다. 제임스가 호텔에서 전화를 걸었나 싶어서 빠르게 받았다. "여보세요?"

"캐롤라인, 저 게이너예요!"

"어머나, 세상에, 안녕하세요?" 나는 인도 한가운데 멈춰 섰다. 지나가던 행인 한 명이 짜증스러운 눈길을 던졌다.

"너무 일찍 전화해서 죄송해요. 하지만 어젯밤에 문자로 얘기했던 필사본이 도착했어요. 최대한 빨리 도서관으로 와줄 수 있어요? 원래 오늘은 근무하는 날이 아닌데 그 문서들을 확인하려고 좀 전에 나왔거든요. 직접 와서 보면 보고도 믿기 힘들 거예요."

게이너가 어제 그 문서들에 대해서 뭐라고 했는지 기억해 내려고 눈을 질끈 감았다. 지난 24시간 동안 너무나 많은 일이 일어난 탓에 게이너의 문자 메시지는 머릿속 저 안쪽에 묻혀버리고 말았다. 어젯밤에 그런 모험을 한 데다 이제는 제임스가 아프기까지 하니.

"죄송해요, 게이너. 지금은 갈 수 없어요. 이쪽에 일이 있어서 떠날 수가 없는데……." 나는 말을 멈췄다. 게이너와 함께 며칠간 조사를 했지만 바람피운 남편이 지금 호텔방에서 구토를 하고 있다는 이야기를 털어놓을 정도로 게이너를 잘 알지는 못했다. 사실 남편이 있다는 이야기도 하지 않았다. "지금 당장은 호텔에서 멀리 나가기가 애매해서요. 하지만 잠깐 커피를 마시러 가는 길인데 이쪽으로 올 수 있어요? 문서들도 가져올 수 있다면 좋고요."

전화기 저편에서 게이너의 웃음소리가 들렸다. "그 문서들을 건물 밖으로 가지고 나가는 건 해고감이죠. 하지만 복사는 할 수 있어요. 커피도 마실 수 있고요."

우리는 30분 후에 내 호텔 근처 카페에서 만나기로 했다. 나는 카페 구석의 작은 테이블에 앉아 라즈베리 크루아상을 먹으면서 약제사의 책 사진들을 최대한 분석해 보았다.

게이너가 카페 정면의 유리문으로 걸어 들어왔을 때 휴대폰 화면을 끄고 수첩을 닫아 가방 속에 안전하게 밀어 넣었다. 흥분한 기색을 내비치지 말자고 속으로 다짐했다. 어제 도서관에 갔을 때보다 약제사에 관한 정보를 더 많이 알아냈다는 사실을 지금 들키고 싶지는 않았다. 아직은 게이너를 잘 몰랐고, 그 이야기를 했다가는 법을 위반했을 뿐만 아니라 가치 있는 역사 현장일지도 모르는 곳에 침입했다는 사실이 드러날 테니까. 게이너는 대영도서관 직원이니, 직업상 어쩔 수 없이 날 신고해야 할 수도 있었다.

마지막 남은 크루아상을 한 입 베어 물었다. 생각해 보면 아이러니했다. 누군가가 숨겨온 비밀에 상처받아서 런던에 왔는데 지금은 내가 뭔가를 숨기고 있었다.

게이너가 내 옆 의자에 미끄러지듯 앉아 흥분한 몸짓으로 얼굴을 가까이 들이댔다. "이건……진짜 믿을 수가 없어요." 게이너가 커다란 가방에서 서류 폴더를 꺼내며 이야기를 시작했다. 게이너가 꺼낸 흑백 문서 두 장은 오래된 신문 기사처럼 보였다. 맨 위쪽의 헤드라인 아래로 본문이 다단으로 나뉘어져 있었다. "겨우 며칠 간격으로 실린 기사예요." 게이너가 문서 한 장의 맨 위쪽을 가리켰다. "첫 번째는 1791년 2월 10일, 두 번째는 1791년 2월 12일에 실린 거죠." 게이너는 2월 10일 자 기사를 위로 올려놓고 의자에 기대 앉아 날 쳐다보았다.

그 기사를 자세히 들여다보는 순간 숨이 멎는 것 같았다.

"어제 기억나요? 제가 문서 하나에 이미지가 실려있다고 문자 보낸 거요? 그 이미지예요." 게이너가 인쇄물 중앙을 가리켰다. 하지만 내 시선은 이미 거기에 박혀 떨어질 줄 몰랐기 때문에 굳이 알려줄 필요도 없었다. 동물 그림이었다. 너무 조잡해서 아기가 모래에 긁적인 것처럼 보였지만 분명 본 적 있는 그림이었다.

그 이미지는 곰이었다. 내가 템스강의 진흙에서 꺼냈던 연한 하늘색 유리병에 새겨져 있던 작은 곰과 똑같았다.

22

엘리자
1791년 2월 10일

저녁 8시가 지난 시각이었다. 넬라는 몇 시간 전부터 쉼 없이 일
했지만 내게 도와달라고는 하지 않았다. 그냥 혼자서 코르크 마개
를 최대한 깊숙이 박아 넣고, 빈 상자들을 빈틈없이 쌓아올리고,
온힘을 다해 약단지를 문질러 닦았다. 영원히는 아니라도 적어도
한참 동안 떠나 있으려는 사람처럼 물건들을 정리했다. 그 모든 것
이 부주의한 내 실수 탓이었다.

수납장 아래쪽에서 그 약병을 꺼낸 것은 내가 12년 동안 저질
렀던 크고 작은 모든 실수들 중에서 가장 끔찍한 것이었다. 병에
새겨진 주소를 도대체 왜 못 봤던 걸까? 내 평생 그런 실수는 저지
른 적이 없었다.

아, 시간을 되돌릴 수 있다면 얼마나 좋을까? 한때는 내가 그냥 넬라에게 쓸모없는 사람이라고만 생각했었는데. 지금은 그마저도 꿈처럼 느껴졌다. 내 실수 때문에 넬라뿐만 아니라 그 장부 속의 모든 사람들이 위험해졌다. 며칠 전에 장부에서 봤던 수많은 이름들이 생각났다. 넬라의 말처럼, 그 여자들의 이름을 남기고 지켜주려고, 그들에게 역사 속의 한 자리를 마련해 주려고 잉크를 짙게 묻혀 그 이름들을 덧썼는데. 오히려 그 약병을 고른 내 실수 탓에 장부 속에 기록된 수없이 많은 여성들이 만천하에 노출될지도 몰랐다. 내가 그들의 인생을 망쳐놓을 수도 있었다.

내 잘못을 되돌릴 수 있는 좋은 방법이 있는지 생각해 봤지만 하나도 떠오르지 않았다. 시간을 되돌려야만 해결할 수 있는 문제였다. 하지만 그건 마법의 힘을 빌려도 힘들 것 같았다.

하지만 넬라는 날 돌려보내지 않았다. 날 죽이려는 걸까? 나보고 책임지고 해결하라고 시킬까? 우린 서로 한마디도 주고받지 않았고, 방 안은 넬라의 좌절감으로 짙게 물들었다. 나는 넬라의 기분을 건드리지 않으려고 가능한 조용히 있었다. 그 저주받은 수납장 근처에서 수치심에 잔뜩 웅크린 내 눈 앞에 보이는 것이라고는 세 가지뿐이었다. 내 무릎 위에 놓여있는 톰 페퍼한테서 받은 가정용 마법 책, 한쪽에 치워놓은 넬라한테서 받은 산파용 마법 책, 거의 다 타버린 양초 하나. 넬라에게 새 양초가 있는지 물어볼 용기가 없었다. 곧 책을 치워야겠지? 그러고 나서 뭘 하지? 돌 벽에 머리를 대고 잠들어? 넬라가 벌을 내릴 때까지 기다려?

나는 다 꺼져가는 양초를 무릎 위에 펼쳐놓은 책장 위로 들어올렸다. 톰 페퍼한테서 받은 책의 인쇄된 글자들이 희미한 불빛 아래서 이리저리 움직이며 춤추는 것 같았다. 그 바람에 단 한 줄도 집중해서 읽기가 어려웠다. 좌절감이 끝도 없이 깊어졌다. 사산아로 태어났던 톰에게 숨을 다시 불어넣어 주었던 그 마법에 의지할 때가 있다면 바로 지금이었다. 이 모든 일을 바로잡아 줄 묘약을 너무 늦지 않게 때맞춰 찾아야 했다. 오늘 오후에만 해도 한 남자의 영혼이라는 짐을 벗겨줄 약물을 찾으려고 했는데 지금은 나 자신과 넬라, 그밖에 많은 사람들에게 나도 모르게 지워준 짐을 덜어주고 싶었다. 체포되어 유죄판결을 받고 어쩌면 처형될지도 모른다는 위협을 없애주고 싶었다.

손가락으로 한 문장 한 문장을 훑어 내리면서 책 속의 묘약들을 계속 살펴봤다.

카드놀이에서 거짓말을 꿰뚫어 보게 해주는 오일
오래된 봄 작물에 활기를 불어넣어 주는 묘약
불운을 되돌리는 묘약

넬라가 나무 상자에 못을 박아 넣는 시끄러운 소리가 울려 퍼지는 가운데 두 눈이 확 뜨였다. 불운을 되돌리는 묘약. 최근 들어서 행운이라고는 찾아볼 수도 없는 나날을 보냈다. 두 손이 떨리기 시작했고, 촛불도 덩달아 흔들렸다. '그 어떤 무기나 궁전, 왕'

보다 더 강력하다고 주장하는 그 묘약 조리법을 읽어나갔다. 필요한 재료는 독액과 장미수, 깃털, 양치식물 뿌리 등이었다. 나는 침을 꿀꺽 삼켰다. 몸에 열이 올랐다. 전부 다 이상한 것들이었지만 넬라의 약방에는 이상한 것들이 가득했다. 심지어 장미수와 양치식물 뿌리는 어디 있는지도 이미 알고 있었다. 넬라의 선반이었다.

하지만 다른 것들은 어떻게 구할지 막막해졌다. 넬라 몰래 약방 안을 둘러볼 수는 없었다. 책에 적힌 대로 조제하는 건 둘째치고 먼저 필요한 재료들을 구해야 하는데 어떻게 하는 게 좋을까? 일단 넬라한테 내 생각을 말해야 했다. 다른 방법이 없었다.

또다시 시끄러운 소리가 들렸다. 조금 전까지만 해도 넬라의 망치질 소리라고 생각했는데 지금 보니 넬라가 망치를 내려놓고 있었다. 그제야 무슨 일인지 깨닫고는 촛불을 떨어뜨릴 뻔했다. 누군가가 문 앞에 있었다.

벽난로 옆에서 부지런히 일하던 넬라가 차분하게 문을 쳐다보았다. 넬라는 한 치의 두려움도, 일말의 긴장도 내비치지 않았다. 하지만 나는 두려움에 얼어붙었다. 경찰이 넬라를 잡으러 왔다면 나도 잡히는 걸까? 내가 암웰 주인님에게 무슨 짓을 했는지 넬라가 말할까? 다시는 엄마나 주인마님을 보지 못할 거야. 톰 페퍼에게 내가 찾아낸 묘약의 효과가 어땠는지 말할 기회도 없을 거야.

아니면 경찰보다 더 끔찍한 뭔가가 찾아온 건 아닐까? 암웰 주인님의 움푹 꺼진 눈, 우유 빛깔의 흐릿한 형체가 날 사로잡아 내 심장을 움켜쥐는 것 같았다. 어쩌면 암웰 주인님의 유령이 기다리다 지쳐서 마침내 날 잡으러 왔는지도 몰랐다. "넬라, 잠깐만……." 내가 소리쳤다.

하지만 넬라는 조금도 주저하지 않고 앞으로 나아가 문을 열었다. 난 톰 페퍼의 책을 한쪽으로 치워놓고 잔뜩 긴장했다. 누가 들어오는지 더 자세히 보려고 허리를 앞으로 숙였다. 그림자 속에 보이는 형체는 하나뿐이었다. 경찰이 동료 없이 혼자 올 리는 없었다. 절로 안도의 한숨이 새어나왔다.

헐렁한 검정색 천으로 감싸인 방문객은 얼굴에 모자를 덮어쓰고 있었다. 신발은 진흙투성이었다. 그 즉시 말오줌 냄새와 갈아엎은 흙냄새가 뒤섞인 악취가 밀려들었다. 그때 검은색 장갑을 낀 두 손이 앞으로 뻗어 나왔다. 그 손에는 약병이 들려있었다. 바로 어제 내가 독 딱정벌레 가루를 채워 넣었던 그 약병이었다. 잠깐의 시간이 지나고 나서야, 눈앞에서 무슨 일이 일어나고 있는지 알아차렸다. 그 약병이야! 이제 넬라가 사형당할 일은 없어!

손님이 얼굴을 덮었던 검정색 모자를 벗었다. 누군지 알아본 순간 숨이 멎는 것 같았다. 클라렌스 부인이었다. 아, 내 평생 누군가를 보고 그렇게 안도한 적은 없었다.

넬라가 균형을 잡으려고 벽에 손을 짚었다. "약병을 가져왔군요." 속삭임이나 다름없는 넬라의 목소리였다. "아, 얼마나 걱정했는지 몰라요. 이걸 찾지 못했다면……." 넬라가 다른 한 손을 가슴에 올린 채 허리를 앞으로 숙였다. 나는 넬라가 쓰러질 것 같아 걱정스러워서 바로 일어나서 넬라를 향해 다가갔다.

"최대한 빨리 왔어." 클라렌스 부인이 말했다. 그녀의 목덜미에 느슨하게 매달린 머리핀이 금방이라도 떨어질 것 같았다. "지금 저택이 얼마나 부산스러운지 몰라. 한곳에 그렇게 많은 사람들이 모여있는 건 처음 봤어. 무슨 디너파티라도 열릴 것 같다니까. 물론 좀 더 엄숙한 디너파티지만. 게다가 질문은 또 얼마나 끝없이 해대는지! 변호사들이 제일 끔찍해. 그 모든 일을 감당하기가 힘들었는지 내 전담 하녀가 떠나버렸어. 오늘 아침 동도 뜨기 전에 말도 없이 말이야. 마부에게 일을 그만두고 도시를 떠나겠다고 말했다더군. 버크웰 양의 유리잔에 딱정벌레 가루를 탔던 하녀였는데. 어쨌든 믿을만한 하녀가 없어져서 엄청 불편해졌어."

"딱하네요." 넬라가 말은 이렇게 했지만 성의 없이 들렸다. 클라렌스 부인에게 하녀가 있든 없든 아무 관심도 없다는 말투였다. 넬라는 약병을 잡아 돌려보고 한숨을 내쉬었다. "맞아요. 이거예요. 아, 당신이 날 구해준 거예요, 클라렌스 부인. 이게 없었다면⋯⋯."

"그래, 그래, 내가 처리하겠다고 했잖아. 이걸 돌려주는 게 상당히 번거롭지만 오후에 당신 얼굴을 보고 나도 너무 두려웠어. 이제 다 괜찮아질 거야, 날 믿어. 더 이상 여기 있을 필요가 없으니까 바로 가야겠어. 아직 눈물 한 방울 제대로 흘릴 틈도 없었단 말이야."

넬라가 차 한 잔 마시고 가라고 했지만 클라렌스 부인이 거절했다.

"참, 하나 더 있어." 클라렌스 부인이 날 흘낏 쳐다봤다. 그러고는 작은 약방 안을 훑어보았다. "당신이 저 애에게 무슨 일을 맡겼는지는 모르겠지만 지금 내가 새 하녀를 구하고 있단 걸 알아줬으면 좋겠어." 클라렌스 부인은 내가 무슨 가구의 일부라도 되는 양 몸짓으로 날 가리켰다. "나이가 좀 어리기는 하지만 터무니없이 어리지는 않으니까. 저 정도면 유순한 편이고. 입을 다물 줄도 알겠지? 이번 주 말까지는 새 전담 하녀를 고용하고 싶어. 어떡할 건지 가능한 빨리 알려줘. 앞서도 말했지만 난 카터가에 살고 있어."

"가, 감사합니다." 넬라가 더듬거렸다. "엘리자와 상의해 볼게요. 그런 변화도 괜찮을 것 같네요."

클라렌스 부인이 고개를 끄덕이고 떠나자 넬라와 단 둘이 남았다.

넬라가 약병을 탁자에 올려놓고 의자에 털썩 주저앉았다. 이제 짐을 정리 정돈할 필요가 없어졌다. 나는 바닥에 놓여있는 톰의 마법 책을 흘낏거렸다. 그 옆의 촛불은 다 타버렸다. "아, 당장 위험한 일은 없겠어." 넬라가 말을 꺼냈다. "운이 좋았어. 덕분에 너도 오늘밤은 여기 머물러도 될 것 같아. 내일 아침에는 클라렌스 부인을 찾아가는 게 어떨지 한 번 생각해 보렴. 너한테 좋은 일자리가 될지도 모르니까. 여전히 암웰 저택에 가는 게 무섭다면 말이야."

암웰 저택. 그 말을 듣자마자 약병이 돌아왔다고 저주가 사라진 게 아니라는 사실이 떠올랐다. 넬라를 위험 속으로 몰아넣었던 내 실수는 무마됐을지 몰라도 또 다른 문제는 여전히 남아있었다. 게다가 클라렌스 부인의 하녀가 될 마음도 전혀 없었다. 일단 그 여자를 믿을 수가 없었고, 그 여자의 태도도 너무 냉담했다. 암웰 부인에게 다시 돌아가고 싶은 마음뿐이었다. 그러자면 암웰 저택으로 돌아가야 했다. 그렇기 때문에 불운을 되돌리는 묘약은 여전히 중요했다. 내가 살펴봤던 수백 개의 묘약들 가운데서 암웰 주인님의 영혼을 없애줄 수 있는 묘약은 그것 하나뿐인 것 같았다.

잠시라도 머리를 누일 곳이 있어 감사했다. 불운을 되돌리는 묘약을 생각하자 마음속에 희망이 차올랐다. 하지만 그 묘약을 만들려면 넬라에게 내 생각을 말해야 했다. 그럼 넬라가 약재들을 사용해도 좋다고 허락할지도 모르니까. 아니면 넬라 몰래 재료들을 모을 수 있는 방법을 생각해 내야 했다. 오래전에 프레데릭이 그랬던 것처럼.

하지만 첫 번째 방법을 택한다 해도 지금은 그런 이야기를 할 때가 아닌 것 같았다. 우리 둘 다 너무 피곤했다. 넬라는 너무 지쳐서 두 눈이 벌겋게 충혈될 정도였다. 지금은 몇 시간이나마 자야 했다.

곧 내일이 밝아오면, 마법이라는 것을 시험해 볼 방법을 찾아낼 수 있을 것이다. 나는 마법 책을 머리 아래로 밀어 넣어 베개로 삼았다. 그리고 마치 당연한 수순인 듯, 그 책을 선물해 주었던 남자가 나오는 평온한 꿈속으로 빠져들었다.

23

넬라

1791년 2월 11일

클라렌스 부인이 그 저주받을 약병을 갖고 와서 당장 교수형에
처할 위기는 넘겼지만, 내 속은 여전히 썩어 들어가고 있었다. 목
구멍에서 진득한 핏덩이가 새어나와 괴로웠다. 내 뼈마디와 두개
골을 갉아먹는 정체모를 뭔가가 폐까지 침입한 모양이다. 지난 며
칠 동안 한밤중의 들판에서 딱정벌레를 잡은 탓이라고 생각하고
싶었지만, 한편으론 더 끔찍한 뭔가가 있을까 봐 두려웠다.

더 이상 돌멩이처럼 약방에 앉아있을 수가 없었다. 게다가 돼지
비계 한 덩이도 필요했다. 클라렌스 부인이 떠난 직후에는 엘리자
를 내보낼 기운이 없었지만, 날이 밝은 지금은 선택의 여지가 없

었다. 시장에 나갈 준비를 하면서 엘리자에게 이제 떠날 시간임을 알렸다.

그러자 엘리자가 얼마나 오래 나갔다 올 거냐고 물었다. "1시간도 안 걸릴 거야." 내가 이렇게 말하자, 엘리자는 어제 걱정을 너무 많이 했더니 머리가 무척 아프다면서 30분만 더 쉬었다 가게 해달라고 했다. 솔직히 나도 머리가 지독하게 아팠다. 그래서 엘리자에게 관자놀이에 대고 문지르라며 프루넬라 오일을 건네주었다. 잠시만 더 쉬었다 나가라고 덧붙이면서. 우리는 작별인사를 했고, 엘리자는 내가 돌아왔을 때는 떠나고 없을 거라고 단호하게 말했다.

나는 남은 힘을 가닥가닥 모아서 플리트 거리로 향했다. 고개를 푹 숙인 채였다. 언제나 그랬던 것처럼 누군가가 내 눈을 들여다보고 내가 숨겨놓은 비밀들을 알아차릴까 봐 두려웠기 때문이었다. 모든 살인행각이 클라렌스 경이 마셨던 크리스털 유리잔처럼 선명하게 드러날까 봐 두려웠다. 하지만 나한테 신경 쓰는 사람은 아무도 없었다. 길가에서는 여자 행상인이 레몬 사탕과자를 팔았고, 화가가 가볍게 캐리커처를 그렸다. 태양이 구름 사이로 빼꼼히 얼굴을 내밀어 뜨거운 열기가 지치고 쓰라린 내 목을 감쌌다. 주변에서는 위험할 것 하나 없는 느긋한 대화가 둥둥 떠돌아다녔다. 그런 분위기에 휩쓸려 좋은 날이라는, 아니 적어도 어제보다는 더 나은 날이라는 생각이 차츰 들기 시작했다.

신문가판대를 지나가는 길이었다. 방금 신문 하나를 산 아이 엄마가 놀이인 양 빙글빙글 도는 아이에게 외투를 입혀주려고 애쓰던 모양이었다. 나는 고개를 숙이고 있어서 그 요란스러운 현장을 제대로 보지 못했고, 그 바람에 어린 남자아이와 부딪히고 말았다.

"아이쿠!" 내가 소리쳤다. 내 시장 가방이 앞으로 날아올라 남자아이의 머리에 딱 부딪혔다. 아이 뒤쪽에서 엄마가 신문을 들어 올려 아이의 엉덩이를 세게 내리쳤다.

낯선 여자까지 합세한 두 여자의 공격에 아이는 그제야 얌전해졌다. "알았어요, 엄마." 남자아이가 깃털 빠진 새처럼 풀이 죽어서 옷을 입혀달라는 듯 두 팔을 쭉 뻗고 기다렸다. 승리를 거머쥔 아이 엄마는 아이 옷을 입혀주려고 가까이 있는 사람에게 신문을 건넸는데 그 사람이 나였다.

〈목요 신문〉이라는 어제 저녁 신문이 내 손에 떨어졌다. 〈크로니컬〉이나 〈포스트〉와는 달리 얇은 신문이었다. 나는 무심한 눈길로 신문을 흘깃 내려다보면서 여자가 아이 옷을 다 입혀주기를 기다렸다. 그런데 급하게 인쇄해서 끼워 넣은 삽입광고 아래쪽의 글자 몇 개가 시선을 끌었다.

시커먼 잉크 괴물 같은 그 글자들은 이러했다. '경찰이 클라렌스 경의 살인범을 찾고 있다.'

나는 그 자리에 얼어붙은 채 다시 읽어보았다. 깨끗한 신문에 토할까 봐 손으로 입을 틀어막았다. 클라렌스 부인이 약병을 가져왔고, 모든 일이 완벽하게 처리됐다. 살인사건이라고 의심할 만한 여지가 전혀 없었다. 그런데 왜? 내가 기사를 잘못 읽은 게 분명했다. 신문에서 억지로 시선을 떼어내고 뭔가 새로운 것을 쳐다보았다.

길 저편에 있는 여자의 리본 장식 모자나 그 뒤쪽 모자 가게 창문에 반사되어 눈부시게 빛나는 햇살로 눈을 돌렸다. 그러고 나서야 다시 신문을 내려다보았다.

하지만 글자는 달라지지 않았다.

"저기요." 부드러운 목소리가 들렸다. "신문 주세요." 고개를 들자 아이 엄마가 두툼한 외투를 얌전히 입고 있는 아이의 손을 잡고서 신문을 돌려받으려고 했다.

"아, 네. 여, 여기 있어요." 내가 더듬더듬 말하며 신문을 건네주었다. 내 손가락에서 아이 엄마의 손가락으로 넘어가는 신문이 바르르 떨렸다. 아이 엄마는 고맙다고 인사하고 떠났다. 그 즉시 나는 신문가판대로 달려갔다. "〈목요 신문〉 더 있어요?"

"몇 부 있어요." 신문 한 부가 가판대 위로 올라왔다.

나는 동전 하나를 떨어뜨리고 신문을 가방에 넣었다. 그러고는 얼굴에 두려운 기색이 드러날까 봐 서둘러 자리를 떠났다. 최악의 상황이 벌어질 것 같아 두려워졌다. 이미 경찰들이 내 약방에 들이닥쳤으면 어떡하지? 어린 엘리자가 그곳에 혼자 남아있는데! 나는 건물 옆쪽의 쓰레기통 사이에 웅크리고 앉아 신문을 펼쳐서 최대한 빠르게 읽었다. 밤사이에 인쇄된 것이라 잉크가 아직 선명했다.

처음에는 기사를 보고도 믿을 수가 없었다. 나도 모르게 무슨 연극의 연기자가 되어 소품을 받은 건가 싶었다. 세세한 내용들이 그렇게 딱딱 맞아 떨어지지 않았다면 단순한 연극에 불과하다고 확신했을지도 모른다.

클라렌스 부인의 말대로 하녀가 갑자기 일을 그만뒀다. 그 하녀는 클라렌스 경의 갑작스러운 죽음에 관한 사실들을 이것저것 짜맞춰본 게 분명했다. 엄마의 약방 주소가 새겨진 약병을 밀랍으로 본떠서 경찰에게 가져다줬기 때문이다. 눈앞의 신문 기사 내용에 비명을 지를 뻔했다. 지금 그 약병이 내 약방에 안전하게 있어도 아무 소용이 없었다. 클라렌스 부인의 하녀가 빌어먹게도 본을 떠 갔으니까! 클라렌스 부인이 지하 지장고에서 약병을 가져오기 전에 본을 떠놓은 모양이었다. 어쩌면 들켜서 도둑으로 몰릴까 봐 두려워서 그 약병을 가져가지 못했는지도 몰랐다.

기사에서는 밀랍 본에 'ㅂㅇ리'라는 글자의 일부분이 찍혀있었고, 엄지손가락 지문 크기의 네발 달린 곰 그림 같은 것이 있다고 했다. 하녀는 클라렌스 부인의 지시를 받아 클라렌스 경의 디저트용 술에 병 속의 내용물을 넣었다고 증언했다. 처음에는 그것이 감미료라고 생각했는데 나중에야 독약이라는 사실을 깨달았다고 했다.

나는 기사를 계속 읽어나가면서 한 손으로 목을 꽉 움켜쥐었다. 어제 저녁 늦게 경찰들이 클라렌스 부인의 집에 들이닥쳤다. 급하게 넣은 삽입 광고가 몇 시간 전에 인쇄된 걸로 봐서 클라렌스 부인이 약병을 돌려주고 간 직후에 일어난 일이 분명했다. 클라렌스 부인은 독약이나 약병 같은 건 전혀 모른다고 잡아떼면서 하녀의 주장을 강력하게 부인했다.

다음 장에서는 독약의 출처를 밝혀내는 것이 무척 중요하다는 내용이 나왔다. 독약 '판매자'(이 단어를 읽는 순간 내 입에서 또다시 작게 비명소리가 새어나왔다)가 클라렌스 부인과 하녀의 상반되는 주장의 진위를 가려줄 수 있기 때문이라고 했다. 경찰은 관대한 처분을 조건으로 내걸면서 독약 판매자가 클라렌스 경을 죽이기 위해 독을 산 사람이 누구인지 밝혀주기를 바란다고 했다.

참 이상하기도 하지! 클라렌스 경은 원래 그렇게 갑작스럽게 죽을 사람이 아니었다. 본래는 버크웰 양이 칸타리스를 마시고 죽었어야 했다. 그런데 그 여자는 멀쩡하게 살아있었고, 연인을 죽인 용의자 선상에 오르지도 않았다. 그 여자의 이름도 기사에 나오지 않았다. 지금까지 내내 버크웰 양이 죽을지도 모른다고 안타까워했는데, 맙소사, 이렇게 모든 일이 그 여자에게 유리하게 돌아가다니!

마지막에는 조잡한 그림이 실려있었다. 하녀가 제출한 밀랍 본을 손으로 그린 사본이었다. 약병을 직접 봐도 글자를 알아보기 힘든데 본 뜬 것을 그린 그림은 오죽할까? 덕분에 조금이나마 마음이 편해졌다.

나는 신문 기사에서 시선을 떼어냈다. 축축하고 뜨거운 손가락들이 닿았던 몇 군데의 잉크가 뭉개졌다. 양팔 안쪽과 사타구니도 땀으로 축축해졌다. 쓰레기통 사이에 웅크렸던 몸을 일으켰다. 숨을 깊이 들이쉬자 썩은 냄새가 콧속으로 들어왔다.

눈앞에 두 가지 가능성이 보였다. 그중 하나는 경찰들이 백 앨리 3번지를 찾지 못하게 지금 당장 약방으로 돌아가서 촛불을 모두

끄는 것이었다. 그러고는 가벽이라는 마지막 위장에 의지한 채 나 자신과 그 안쪽에 숨겨진 비밀들을 보호해야 했다. 하지만 그렇게 나 자신을 지킨다 해도 이 수그러들지 않는 질병을 안고 얼마나 오래 살아갈 수 있을까 싶었다. 겨우 며칠 밖에 버티지 못할까 봐 두려웠다. 아, 엄마의 약방 안에 갇힌 채로 죽는 것은 절대 사절이었다! 이미 나의 살인으로 충분히 망쳐놓은 약방에 내 시체 썩는 냄새까지 더하고 싶지 않았다.

다른 한 가지 가능성은 당연히 가벽으로도 날 지키지 못하는 것이었다. 내 약방 주소가 이렇게 만천하에 노출된 적은 없었다. 경찰들이 개들을 데리고 들이닥칠지도 몰랐다. 개들은 당연히 벽 뒤쪽에서 나를 짓누르는 공포의 냄새를 놓치지 않을 것이다. 벽을 뚫고 들어온 경찰들에게 체포되어 감옥에 갇힌다면 그곳에서 무슨 유산을 지킬 수 있겠는가? 엄마의 흔적은 금방이라도 사라질 것처럼 흐릿했다. 내 약방 안에서 돌아다닐 때야 엄마의 추억이 쉽게 떠올랐지만 그 귀중한 기억들이 교도소까지 따라오지는 않을 것이다.

나 혼자로 끝날 일이 아니었다. 경찰들은 머지않아 내 장부에 적힌 수많은 다른 여자들도 잡아들일 것이다. 내가 도와주고 위로해 주려고 했던 여자들이 나와 함께 창살 뒤에 갇히게 된다. 우리 곁에 남는 것이라고는 우리의 몸을 더듬어대는 간수들의 달갑지 않은 손길뿐이겠지.

아니, 그건 싫었다. 둘 다 싫었다. 한 가지 대안이 더 있었다.

마지막으로 내가 선택할 수 있는 길은 장부를 가벽 뒤에 안전하게 넣어둔 채 약방을 폐쇄하고 내 죽음을 앞당기는 것이었다. 템스강의 얼음처럼 차갑고 깊은 물속으로 뛰어들어 블랙프라이어스 다리의 그림자들과 하나가 되는 것이다. 수천 번이나 했던 생각이었다. 가장 최근에는 아기 베아트리체를 안고 강을 건넜을 때였다. 크림 같은 하얀색 돌기둥에 부딪히는 파도를 바라보고 코끝에 닿는 안개를 느끼면서 그런 생각을 했었다.

하지만 그 아이가 있었다. 엘리자가 약방에 남아있었다. 그 아이 혼자서 백 앨리 3번지로 쳐들어올지도 모르는 경찰의 심문을 받게 놔둘 수는 없었다. 엘리자가 소란스러운 소리를 듣고 문 밖을 엿보다가 실수로 가벽 뒤에 숨어있는 걸 들킬지도 몰랐다.

아직 엘리자를 두고 떠나온 지 얼마 되지 않았다. 나는 신문을 가방에 쑤셔 넣고 골목길을 빠져나가 내 독약 약방으로 돌아가기 시작했다. 이대로 죽을 수는 없었다. 아직은 아니었다.

엘리자에게 돌아가야 했다. 어린 엘리자에게.

가벽 뒤에서 시끄러운 소리가 들렸다. 순간적으로 화가 치밀어 올랐다. 신문에 실린 그림이 아니더라도 엘리자가 조심성 없이 내는 소리 때문에 모든 게 들통 날 정도였다.

"엘리자." 내가 등 뒤로 문을 닫으면서 나지막하게 말했다. "너무 시끄러워서 밖에서도 다 들려. 왜 그렇게 생각 없이……."

그러다 눈앞에 펼쳐진 광경에 숨이 턱 막혔다. 엘리자가 중앙 탁자에 엄청나게 많은 약병과 각각 다른 그릇에 담긴 온갖 색깔의 으깬 잎사귀를 늘어놓고 앉아있었다. 다 합쳐서 스무 개는 넘는 게 분명했다.

엘리자가 손에 막자를 들고서 날 올려다보았다. 잔뜩 집중해서 이마를 찡그린 표정이었다. 뺨에는 붉은 색소가 묻어있었다. 제발 비트 가루이기를 간절히 빌었다. 이마 위쪽의 머리카락 몇 가닥은 물이라도 끊었는지 사방으로 뻗쳐있었다. 순간 30년 전에 보았던 똑같은 장면이 떠올랐다. 그때 탁자 앞에는 내가 있었다. 엄마는 전혀 화내지 않고 차분한 눈빛으로 날 내려다보고 서있었다.

하지만 그 기억은 금방 사라졌다. "이게 다 뭐니?" 나는 탁자와 바닥, 조제 도구들에 어지럽게 떨어져 있는 빨은 잎사귀들이 치명적인 것일까 봐 두려웠다. 만약 그렇다면 저 난장판을 치우는 데 목숨을 걸어야 할지도 몰랐다.

"그, 그냥 따뜻한 차를 만들고 있어요." 엘리자가 더듬거렸다. "제가 처음 왔을 때 기억나죠? 그때 주셨던 차가, 어, 뭐더라, 쥐오줌풀 같은데. 여기 봐요, 몇 개 찾았어요." 엘리자가 검붉은 병을 끌어당겼다. 나는 반사적으로 뒤쪽 벽 아래쪽에서 세 번째 선반을 흘끗거렸다. 쥐오줌풀이 있어야 하는 자리가 진짜로 텅 비어있었다. "그리고 여기에, 장미수와 박하도 있어요." 엘리자가 약병을 앞으로 밀었다.

아무것도 모르는 저 아이에게 어디서부터 설명해야 할까? 저렇게 생각이 없었던 말인가?

"엘리자, 다른 건 만지지 마. 그렇게 아무거나 만지다가 죽을 수도 있다는 거 모르니?" 나는 탁자로 달려가 눈으로 약병과 약단지를 훑어보았다. "이것들이 뭔지도 모르면서 선반에서 꺼낸 거야? 맙소사, 어떤 걸 맛본 거니?"

속에서 불안이 뭉글뭉글 피어오르는 가운데 치명적인 독약들을 해독할 방법을 생각하기 시작했다. 빠르게 혼합해서 복용할 수 있는 치료제가 뭐가 있더라?

"얼마 전에 잘 들어둬서 알고 있는 것들이니까 걱정 마세요." 엘리자가 말했다. 하지만 장미수와 독액, 양치식물 뿌리 같은 것들은 최근에 사용하지 않았던 것 같아서 나는 인상을 찌푸렸다. 게다가 양치식물 뿌리라고 확실하게 표기되어 있는 나무 상자는 탁자 가장자리에 아슬아슬하게 걸려있었다. "저기 있는 책 몇 권도 읽어봤고요." 엘리자가 책을 가리켰지만 책은 전혀 손대지 않은 것 같았다. 엘리자가 거짓말을 하고 있거나 솜씨 좋은 도둑이거나 둘 중 하나였다. "차를 준비해 놓고 싶었어요." 엘리자가 용기를 내어 차두 잔을 내 쪽으로 밀었다. 짙은 남색 액체가 넘칠 듯 찰랑거리는 차 한 잔과 요강 안쪽 색깔을 닮은 옅은 갈색 차 한 잔이었다. "제가 영원히 이곳을 떠나기 전에요." 이렇게 덧붙이는 엘리자의 목소리가 떨렸다.

지금은 차나 마실 때가 아니라고 말하려다가 엘리자가 그 신문 기사를 읽지 않았다는 사실이 떠올랐다. 지금이야말로 신중하고 부지런히 움직여야 했다. 다시 약방을 완전히 정리하는 게 현명했다. 물론 다시 돌아올 생각은 없었지만 약방을 엉망진창으로 만들어놓은 채 떠날 수는 없었다.

"엘리자, 내 말 잘 들어." 나는 딸랑 신문 한 부만 들어있는 시장 가방을 내려놓았다. "넌 떠나야 해. 지금 당장. 한시도 머뭇거릴 틈이 없어."

엘리자의 손이 탁자 위에 뭉개진 잎사귀 더미 위로 떨어졌다. 풀이 죽어 시무룩해하는 엘리자는 지금껏 보아왔던 그 어느 때보다 더 어린아이처럼 보였다. 엘리자가 문제의 그 약병이 들어있는 수납장을 힐끗 쳐다보았다. 갑자기 서둘러 떠나야 한다는 강압적인 내 말에 당혹스러워하는 게 분명했다.

그럼에도 나는 이유를 말해주지 않았다. 결국 일이 잘못됐다는 걸 알면, 아이가 상처 받을 게 분명했다. 이 아이를 보호해야 했다. 우리 둘 다 가련하게 느껴져서 나는 고개를 돌렸다. 엘리자를 클라렌스 부인에게 보낼 수 있다면 얼마나 좋을까? 하지만 그곳에는 경찰들이 진을 치고 질문을 던져대고 있어서 마음이 놓이지 않았다.

"암웰 저택으로 돌아가렴. 그곳을 무서워하는 건 알지만 그래도 가야 해. 그게 안전할 거야."

뭉개진 잎사귀들과 색색 액체들에 둘러싸인 엘리자가 앞에 놓인 약단지와 약병을 응시했다. 내 제안을 생각해 보는 모양이었다. 마침내 엘리자가 고개를 끄덕였다. "갈게요." 이렇게 대답한 엘리자는 내 눈에 보이지 않는 뭔가를 손가락으로 움켜쥐고 옷 속에 집어넣었다. 나는 그게 뭐냐고 물어보지 않았다. 갖고 싶은 게 있다면 가져가렴. 지금은 그보다 더 큰 걱정거리들이 기다리고 있었다.

우리 목숨이 위험한 상황이었다.

24

캐롤라인
현재, 수요일

나는 게이너와 가까이 붙어 앉았다. 테이블 위에는 약제사에 관한 기사 두 개가 펼쳐져 있었다. 〈목요 신문〉에 실린 기사였다. 1778년에서 1792년 사이에 정기적으로 유통되던 신문이라고 했다. 게이너가 오늘 아침에 간단하게 조사한 바에 따르면 〈목요 신문〉은 자금 부족으로 폐간되었고, 일부 몇 호만 도서관 보관소에 보관되어 있었다. 그중에서 전자화된 것은 하나도 없었다.

"그럼 이건 어떻게 찾았어요?" 내가 커피 한 모금을 마시면서 물었다.

게이너가 싱긋 웃었다. "날짜를 잘못 검색한 거였어요. 병원에

288

서 발견된 그 쪽지가 진짜 임종 고백이었다면 그 쪽지에 기록된 사건은 그보다 훨씬 일찍 발생했을 거예요. 그래서 1700년대 후반 자료까지 검색해 봤죠. '독약'이라는 키워드도 검색해 봤고요. 약제사가 독약으로 살인을 저질렀다고 보는 게 맞을 것 같더군요. 그러자 이 기사가 나왔어요. 당연히 곰 그림도 즉각 알아봤죠."

게이너가 1791년 2월 10일 자 신문을 들어올렸다. '경찰이 클라렌스 경의 살인범을 찾고 있다'는 헤드라인이 찍혀있었다.

이미 기사를 읽어봤던 게이너는 라테를 주문하러 카운터로 향했다. 그동안 나는 기사를 집어 들고 재빨리 훑어보았다. 게이너가 돌아왔을 때 충격으로 입을 딱 벌린 채 의자 끝에 걸터앉아 있었다. "이거 완전 충격적인 사건인데요!" 내가 소리쳤다. "클라렌스 경, 클라렌스 부인, 디너파티에서 디저트용 술을 내놓은 하녀…… 이게 다 진짜일까요?"

"진짜고 말고요. 클라렌스 경의 교구 기록을 확인해 봤어요. 사망 날짜가 확실하게 1791년 2월 9일로 기록되어 있더라고요."

나는 다시 기사 속 삽화를 가리켰다. "하녀가 병에 새겨진 곰 그림을 밀랍으로 본떠서……" 인쇄된 곰 그림을 손가락으로 훑어보았다. "제 유리병에 새겨진 곰 그림과 똑같아요."

"완전 똑같은 거죠." 게이너가 장담했다. "계속 생각해 봤는데 모든 게 딱 맞아떨어지는 것 같아요. 그 약제사가 진짜로 여자들에게 독약을 팔았다면 그 곰 그림은 자기 로고였을지도 몰라요. 자기가 쓰는 모든 병에 새겨놓은 로고요. 당신이 템스강에서 그 병을 찾은 건 정말 놀라운 일이지만 처음 생각했던 것처럼 완전한 우연은 아니었어요. 그럴만한 이유가 있었죠."

게이너가 신문 기사를 집어 들어서 일부분을 다시 읽었다. "여기 보면 그 약제사가 다소 불운한 일을 겪었다는 내용이 나와요. 그 밀랍 본에 곰 그림만 찍혀있는 게 아니었어요. 글자도 몇 개 새겨져 있었어요." 게이너는 경찰이 'ㅂㅇ리'라는 글자를 해독하려고 한다고 적힌 부분을 가리켰다.

"경찰은 그게 주소의 일부분이 아닐까 생각했어요. 우리는 그 병원 쪽지를 봐서 이게 베어 앨리라는 걸 알고 있죠. 하지만 이 신문이 나왔던 당시에 경찰은 그걸 몰랐어요." 게이너가 라테를 식히려고 뚜껑을 열어놓았다. 나는 어젯밤에 들어가 봤던 문을 생각하느라 숨 쉬는 것도 잊었다. 'ㅂㅇ리'는 '베어 앨리'가 아니었다. 아마도 그 약제사의 숨겨진 방으로 이어지는 골목길 '백 앨리'였을 것이다.

"독약을 팔면서 자기가 사용하는 모든 병에 주소를 새겨 넣는 건 좀 무모한 짓 같지 않아요?" 게이너가 어깨를 으쓱거렸다. "그 여자가 무슨 생각으로 그랬는지 누가 알겠어요? 어쩌면 부주의한 실수였는지도 모르죠." 게이너가 두 번째 기사로 손을 뻗었다. "다른 기사도 하나 가져왔어요. 이 기사를 보면 그 여자가 약제사라는 걸 알 수 있어요. 아니, 그냥 약제사가 아니라 약제사 살인마죠. 아마도 첫 번째 기사가 나온 직후에……." 게이너가 말끝을 흐렸다. "음, 그 여자에게는 종말이 시작되었다고 할 수 있겠네요."

절로 이맛살이 찌푸려졌다. "종말의 시작이요?"

게이너가 1791년 2월 12일 자 기사를 펼쳤다. 하지만 그 기사를 읽을 시간이 없었다. 제임스한테서 전화가 올까 봐 테이블에 올려두었던 휴대폰이 울렸기 때문이었다. 휴대폰 화면에서 제임스의 이름을 보는 순간 심장이 철렁 내려앉았다. "어, 좀 괜찮아졌어?"

제임스의 거친 숨소리가 먼저 들렸다. 쌕쌕거리며 끊어질 듯 말 듯 내쉬었다가 천천히 들이쉬는 숨소리였다. "여보." 제임스의 목소리가 너무 나지막해서 잘 들리지 않았다. "나 병원에 가야겠어." 한 손으로 입을 틀어막았다. 심장이 멈춘 것만 같았다. "911에 전화하려고 했는데 연결이 안 돼."

나는 눈을 감은 채 호텔 체크인 데스크에서 봤던 팸플릿을 어렴풋이 떠올렸다. 거기에 영국 긴급 전화번호가 적혀있었다. 하지만 두려움에 갈피를 잡기 어려워서 긴급 전화번호가 재깍 떠오르지 않았다.

속에서 두려움이 치밀어 오르면서 머리가 어지러웠다. 속닥거리는 사람들 소리와 치치 거리는 에스프레소 기계 소리로 웅성거리는 카페가 빙글빙글 돌아갔다. "바로 갈게." 나는 의자에서 미끄러지듯 빠져나와 내 소지품을 움켜쥐면서 간신히 이렇게 말했다.

"전 이만 가봐야 해요." 게이너에게 말했다. 두 손이 격하게 떨리고 있었다. "죄송해요. 남편 전화인데 남편이 아파서……." 이 말과 동시에 두 눈이 눈물로 젖어들었다. 요즘 제임스에게 좋지 않은 감정을 갖고 있긴 했지만 지금은 너무 무서워서 입이 바싹 말랐다.

침을 삼키지도 못했다. 휴대폰 너머로 들렸던 그 숨소리. 제임스는 숨도 제대로 못 쉬고 있는 것 같았다.

게이너가 당혹감과 걱정이 어린 표정으로 날 쳐다보았다. "남편이요? 아, 네, 알겠어요. 어서 가봐요. 그런데……." 게이너가 기사 두 개를 집어 들어서 건네주었다. "이것도 가져가요. 당신 주려고 가져온 복사본이에요."

나는 고맙다고 인사하고는 신문기사들을 반으로 접어 가방에 넣었다. 그러고는 마지막으로 죄송하다고 사과한 후 문 밖으로 뛰쳐나가 호텔로 달리기 시작했다. 런던에 도착한 후 처음으로 뜨거운 눈물이 터져 나와 내 뺨을 타고 흘러내렸다.

호텔방에 들어서자마자 제일 먼저 악취가 콧속으로 스며들었다. 전에 맡아봤던 달콤하면서도 시큼한 냄새. 구토 냄새였다.

가방을 바닥에 내던졌다. 물병과 수첩이 굴러 나왔지만 무시한 채 욕실로 달려 들어갔다. 백짓장처럼 하얗게 질린 제임스가 태아처럼 무릎을 가슴 앞으로 끌어당긴 채 옆으로 누워서 온몸을 무섭도록 떨고 있었다. 어느 순간 셔츠를 벗어던져 버렸는지 땀으로 흠뻑 젖어 구겨진 셔츠가 문 근처에 떨어져 있었다. 오늘 아침에만 해도 셔츠를 벗은 그의 모습을 차마 볼 수가 없었는데 지금은 그 옆에 무릎을 꿇고 앉아 맨 가슴에 손을 올렸다.

제임스가 움푹 꺼진 눈으로 날 쳐다봤다. 그 모습을 보자 목구멍에서 비명이 치솟아 올랐다. 제임스의 입가에 피가 묻어있었다.

"여보." 내가 소리쳤다. "아, 맙소사……."

그때였다. 내가 변기 속을 들여다본 것은. 토사물만 있는 것이 아니었다. 누군가가 진홍색 수채물감을 풀어놓은 것만 같았다. 비틀거리는 걸음걸이로 유선전화기를 향해 달려가 프런트데스크에 전화해서 구급차를 불러달라고 했다. 전화를 끊고는 다시 욕실로 달려갔다. 이탈리아 음식을 먹고 식중독에 걸리는 문제가 절대 아니었다. 하지만 의학적 지식이 전무했다. 오늘 아침만 해도 가벼운 기침만 했던 사람이 어떻게 곧 죽을 것처럼 피를 토하게 된 걸까? 뭔가가 이상했다.

"오늘 아침에 나갔다 와서 뭘 먹었어?" 내가 물었다.

제임스가 바닥에 누운 채로 고개를 약하게 저었다. "아무것도 안 먹었어. 아무것도."

"물도? 진짜 아무것도 안 먹었어?" 먹으면 안 되는 뭔가를 마셨거나 한 걸 아닐까?

"당신이 준 오일밖에 없어. 하도 많이 토해서 그건 한참 전에 다 나왔을 거야."

내가 인상을 찌푸렸다. "그건 나오고 말고 할 것도 없잖아. 예전에 했던 것처럼 그냥 목에 문질러 바르는 건데."

제임스가 다시 고개를 가로저었다. "당신한테 데이퀼이 있는지 물었을 때 없다고 했잖아. 대신 유카 오일인가 뭔가만 있다고."

얼굴에서 핏기가 빠져나가는 것 같았다. "유칼립투스?"

"그래, 그거." 제임스가 신음하면서 손으로 입을 닦았다. "그걸 데이퀼 먹듯이 마셨지."

세면대 옆에 유칼립투스 오일 병이 있었다. 그 병에 붙은 라벨에 명확하게 적혀있었다. 이 오일은 바르는 약품이므로 복용해서는 안 된다고. 그것만으로는 충분하지 않았는지 복용 시 발작이 일어나거나 아이는 사망할 수도 있다고 적혀있었다.

"이걸 마셨다고?" 믿을 수 없다는 어투로 묻자 제임스가 고개를 끄덕였다. "얼마나?" 하지만 나는 제임스의 대답을 듣기도 전에 오일병을 들어 올려 불빛에 비춰보았다. 다행히도 병이 완전히 비어 있지는 않았다. 반 이상은 남아있었다. 그래도 이걸 한 모금은 마셨다고? "제임스, 이건 독성 물질이야!"

제임스가 무릎을 가슴 쪽으로 더욱 바짝 잡아당겼다. "몰랐어." 제임스의 부드러운 목소리가 힘없이 흘러나왔다. 그 모습이 너무 애처로워 보여서 그 옆에 엎드려 미안하다고 속삭이고 싶었다. 내가 잘못한 게 아무것도 없었지만 말이다.

그때 갑자기 노크소리가 들렸다. 문 저편에서 누군가가 소리쳤다. "구급대원입니다." 굵직한 남자 목소리였다. 그 이후 몇 분은 어떻게 흘러갔는지도 모를 정도로 흐릿하게 지나갔다. 나는 지시에 따라 옆으로 물러섰고, 구급대원들이 제임스의 상태를 살펴보았다. 방금 나타난 호텔 매니저 몇 명까지 합치면 방안에 열 명은 있는 것 같았다. 걱정 어린 사람들의 얼굴이 회전목마처럼 빙글빙글 돌아갔다.

말끔한 감청색 유니폼 차림의 젊은 여자가 내 근처에 서있었다.

'라 그랑데'라는 글자가 여자의 셔츠에 수놓여 있었다. 여자는 차와 비스킷, 심지어는 샌드위치까지 준비된 쟁반을 내게 내밀었다. 나는 전부 다 거절한 채 남편을 치료하려고 애쓰는 가운데 공기 중에 떠돌아다니는 강한 영국식 억양의 말소리에 귀를 기울였다. 구급대원들이 남편에게 연달아 질문을 퍼부었다. 그중 몇 개만 겨우 알아들을 수 있었다.

구급대원들이 묵직한 캔버스 가방에서 장비들을 꺼냈다. 산소 마스크, 혈압 측정기, 청진기. 호텔 욕실은 순식간에 응급처치실로 변했다. 온갖 장비들을 보자 뺨을 한 대 얻어맞은 것만 같았다. 그제야 처음으로 지금이 제임스의 생사가 달린 순간이 아닌가 하는 의구심이 들었다. 아냐. 그런 생각은 하지 마. 그럴 리는 없어. 구급대원이 그렇게 놔두지 않을 거야. 나는 고개를 가로저었다.

제임스 없이 '결혼기념일' 여행을 떠나왔을 때 감정적으로 힘들 거라고 예상하기는 했지만 이런 일이 벌어질 줄은 몰랐다. 아직 내 상처가 아문 것은 아니지만 제임스가 지금 내 눈앞의 욕실 바닥에서 죽지 않기를 간절하게 바랐다. 제임스의 불륜 사실을 알고 난 직후에는 누군가를 죽이고 싶은 어두운 생각에 잠깐 빠져들었지만 말이다.

제임스가 유칼립투스 오일에 대해 구급대원들에게 말했다. 구급대원 한 명이 내가 그랬던 것처럼 유칼립투스 오일 병을 집어 들어 살펴보았다. "40밀리리터 병인데 아직 반은 남아있네요." 구급대원이 권위적인 목소리로 말했다. "얼마나 마셨나요?"

"그냥 한 모금이요." 누군가가 작은 손전등으로 제임스의 눈을 비춰볼 때 제임스가 우물거리며 말했다.

구급대원 한 명이 휴대폰을 귀에 댄 채 이렇게 말했다. "저혈압에 심각한 구토 증상, 각혈이 있고, 알코올과 다른 약물은 섭취하지 않았어." 모든 사람들이 잠시 말을 멈췄다. 전화기 저편에서 누군가가 긴급치료 방법을 결정하려고 데이터베이스에 정보를 입력하는 모양이었다.

"이걸 먹은 지 얼마나 됐나요?" 구급대원이 산소마스크를 제임스의 얼굴에 갖다 댄 채 물었다. 제임스는 어깨만 으쓱거렸다. 하지만 겁에 질려 혼란스러워하는 빛이 눈동자에 다 드러났다. 이제는 숨쉬기도 버거운 모양이었다.

"2시간 반이나 3시간쯤 됐을 거예요." 내가 대신 대답했다.

모두가 나를 돌아보았다. 내가 있다는 사실을 그제야 깨달은 모양이었다.

"환자가 이걸 마셨을 때 같이 있었나요?"

나는 고개를 끄덕였다.

"유칼립투스 오일은 부인 것인가요?"

나는 다시 고개를 끄덕였다.

"그럼." 구급대원이 제임스를 돌아보았다. "같이 가셔야겠습니다."

"벼, 병원에요?" 제임스가 바닥에서 머리를 살짝 들어 올리며 더듬더듬 물었다. 제임스를 아는 사람이면 알겠지만 제임스는 지금 상황에 맞서 싸우고 싶어 했다. 몸 상태가 마법처럼 나아지기를 바랐다. 몇 분만 지나면 괜찮아질 거라고 고집피우고 싶어 했다.

"네, 병원에요." 구급대원이 확실하게 말했다. "지금은 발작 위험이 사라진 것 같지만 이 약물 복용 후 몇 시간까지는 중추신경억제가 발생할 가능성이 높아요. 더 심각한 증상들이 아직 나타나지 않는 것도 이상하고요." 구급대원이 나를 돌아보았다. "이건 아주 위험한 약물입니다." 구급대원이 약병을 치켜들면서 말했다. "아이가 있다면 버리는 게 좋을 거예요. 이 약물을 실수로 복용한 사건이 자주 있었거든요."

나를 비난하는 게 분명했다.

"제임스 파스웰 씨." 욕실에서 구급대원 한 명이 제임스의 어깨를 움켜쥐었다. "파스웰 씨, 정신 차리세요." 구급대원이 다시 소리쳤다. 긴급한 목소리였다.

나는 욕실로 달려갔다. 제임스의 머리가 한쪽으로 축 늘어졌고, 눈동자가 뒤집혀 있었다. 의식을 잃은 것이다. 제임스를 향해 허리를 숙였지만 어디선가 나타난 두 손에 뒤로 밀려났다.

즉시 상황이 급박하게 돌아갔다. 무전기에서 이해할 수 없는 말소리가 흘러나왔고, 강철 들것이 복도에서 굴러들어오는 소리가 났다. 몇몇 사람들이 제임스를 바닥에서 들어올렸다. 제임스의 두 팔이 양옆으로 축 늘어졌다. 내 입에서 흐느낌이 새어나왔다. 호텔 직원들이 복도로 물러났다. 다들 공포에 질린 표정이었다. 감청색 유니폼 차림의 여직원은 살짝 떨면서 초조하게 유니폼 매무새를 다듬었다. 능숙한 구급대원들이 재빠르게 제임스를 들것에 실어 욕실을 빠져나오는 동안 엄숙한 고요가 방 안에 내려앉았다.

구급대원들이 제임스를 복도로 데리고 나가 엘리베이터로 향했다. 순식간에 방 안이 텅 비었다. 나와 구급대원 한 명만 남았다. 좀 전에 호텔 방 가장자리 창문 근처에서 휴대폰으로 전화통화를 했던 구급대원이었다. 지금은 탁자 근처 바닥에 무릎을 꿇은 채 커다란 캔버스 가방의 앞쪽 주머니 지퍼를 열고 있었다.

"저도 같이 구급차를 타고 갈 수 있나요?" 나는 이미 방문으로 걸어가면서 울먹이며 말했다.

"네, 저희와 함께 갈 수 있어요." 구급대원의 서늘한 어조가 마음에 걸렸지만 그래도 어느 정도 마음이 놓였다. 구급대원은 내 눈을 똑바로 쳐다보지 못하는 것 같았다. 그때 숨이 턱 막혔다. 구급대원의 가방 옆에 내 수첩이 활짝 펼쳐져 있었기 때문이다. 오늘 아침에 메모한 수첩이었다. "이것도 가져갈게요." 구급대원이 바닥에서 내 수첩을 집어 들며 말했다. "경찰관 두 명이 병원에서 기다리고 있어요. 부인한테 몇 가지 물어볼 게 있대요."

"겨, 경찰관이요?" 내가 더듬거렸다. "그게 무슨 말인지……."

구급대원이 매섭게 날 노려보았다. 그러고는 천천히 한 손으로 수첩 페이지 맨 위쪽에 적힌 글씨를 가리켰다.

무독성 물질의 치사량

25

엘리자

1791년 2월 11일

넬라가 1시간은 걸릴 거라고 했다. 그런데 30분도 지나지 않아 돌아와서 깜짝 놀랐다. 불운을 되돌리는 묘약에 필요한 재료는 모두 찾아서 섞었지만 엉망진창이 된 난장판을 치우고 약병들을 선반에 돌려놓을 시간이 없었다.

넬라는 약방에 들어서자마자 두 손이 더러워진 나와 뜨거운 차 두 잔을 발견했다. 차 두 잔은 넬라한테 배운 대로 위장용으로 만들어놓은 것이었다. 넬라의 약병들을 사용해 묘약을 만들었다는 사실을 들키고 싶지 않아서 혹시라도 넬라가 일찍 돌아오면 보여주려고 차 두 잔을 준비했었다. 넬라를 속이려고 차를 끓여놓다니 내가 마치 넬라 몰래 팅크를 만들었던 프레데릭이 된 것만 같았다. 하지만 넬라를 해치려고 했던 프레데릭과는 달리 나는 그럴 생각이 없었다.

넬라는 뭔가 걱정되는 일이 있는 것 같았다. 엉망진창이 된 약방을 보고도 내가 생각했던 만큼 크게 화를 내지 않았다. 숨 가쁜 목소리로 내게 당장 떠나야 한다고, 제발 암웰 저택으로 돌아가라고 간절하게 말했다.

아무래도 상관없었다. 내 볼일은 거의 끝났으니까. 넬라가 들어오기 직전에 새로 만든 약물을 두 개의 병에 넣었다. 혹시나 깨뜨릴까 싶어 두 개를 준비했는데, 이 병들은 넬라의 작업대에 위에 놓여있던 다른 빈 용기들 사이에 있던 것이었다. 높이가 겨우 10센티미터쯤 되는 두 개의 병은 색깔만 다를 뿐 똑같았다. 하나는 반투명한 옅은 파란색으로 부드러운 한낮의 색깔이었고, 다른 하나는 파스텔톤의 장밋빛 분홍색이었다.

약병에 곰 그림만 있고 글자는 없는 게 맞는지 두 번, 세 번 확인했다. 이제 이 약병들은 내 옷 속, 가슴께에 얌전히 들어가 있었다.

내가 넬라의 소원대로 약방을 떠나겠다고 하자 넬라는 마음이 놓이는 모양이었다. 하지만 나는 넬라 생각대로 당장 암웰 저택에 돌아갈 생각은 없었다. 마법 책에서는 불운을 되돌리는 묘약이 66분 후에 효력을 발휘한다고 했다. 나는 겨우 4분 전, 정확하게 1시에 묘약을 완성했다. 그렇기 때문에 암웰 저택으로 돌아갈 수 없었다. 아직은 아니었다.

내가 약방을 치우겠다고 했지만 넬라가 지금 상황에서는 다 소용 없는 짓이라며 고개를 가로저었다. 그게 무슨 말인지 알 수 없었다. 나는 한 손을 가슴에 얹어 약병이 안전하게 들어있는지 확인했다. 곧 모든 일이 원래대로 돌아가기를 바랐다. 몇 주 후면 주인마님이 노리치에서 돌아온다. 그때는 어떤 형태로든 암웰 주인님의 유령이 없는 응접실에서 오랫동안 안락한 나날을 보낼 수 있을 것이다.

이틀 만에 두 번째로 넬라와 헤어졌다. 오늘 이후로 다시는 넬라를 만나지 못할 게 분명했다. 넬라는 내가 여기 있는 걸 싫어하니, 마법 묘약이 효과가 있든 없든 이곳으로 돌아오는 것은 현명하지 못한 짓이었다. 하지만 새 친구와 작별하는데도 마음이 가벼웠다. 피부에 닿는 약병의 서늘한 감촉과 그 안에 가득 담긴 가능성 덕분일지도 몰랐다. 지난번에 넬라와 헤어졌을 때만큼 슬프지 않았다. 나는 울지 않았다. 넬라도 다른 데 정신이 팔린 것 같았다.

마지막으로 넬라와 포옹하면서 넬라 뒤쪽의 시계를 확인했다. 8분이 지났다. 톰 페퍼의 마법 책은 안주머니에 넣어두었다. 묘약을 이미 만들어서 책은 더 이상 필요 없었지만 톰의 선물을 놓고 갈 수는 없었다. 조만간 톰의 책방에 들를 생각이었다. 톰과 함께 그 마법 책을 펼쳐놓고 다른 묘약을 한두 개를 더 시험해 볼 수 있을지도 몰랐다.

앞으로 1시간 동안은 암웰 저택에 돌아갈 수가 없었지만 그래도 서쪽으로 향했다. 암웰 저택으로 가는 길에서 가까운 거리에 가

보고 싶은 곳이 있었기 때문이다. 그곳엔 클라렌스 부인의 저택이 있었다. 클라렌스 부인의 하녀 자리에 들어가고 싶은 마음은 전혀 없었지만 클라렌스 경이 죽음을 맞이한 장소에는 호기심이 일었다. 세인트 폴 대성당의 숨 막히게 아름다운 돔을 향해 걸어가다가 카터가로 들어섰다. 클라렌스 부인이 자기가 살고 있다고 말했던 그 거리였다.

눈앞에 테라스 주택 대여섯 개가 보였다. 하나같이 똑같이 생겨서 다른 날 왔다면 클라렌스 부인의 저택이 어느 것인지 전혀 몰랐을 것이다. 하지만 오늘은 그렇지 않았다. 벌들이 꼬이는 꿀단지처럼 사람들로 북적거리는 저택이 저 끝에 있었다. 어수선한 대화 소리가 윙윙거리며 그 주변을 떠돌았다. 그곳이 바로 클라렌스 부인의 저택임을 직감적으로 알아차렸다. 뭔가가 잘못된 모양이었다. 나는 온몸이 뻣뻣하게 굳어버렸고, 더 가까이 다가가기가 무서웠다.

덤불 뒤쪽에 서서 앞쪽 상황을 살펴보았다. 돌아다니는 사람들이 족히 스무 명은 넘어보였다. 그중 절반은 짙은 파란색 제복 차림의 경찰들이었다. 클라렌스 부인은 어디에도 보이지 않았다. 왜 저렇게 시끌벅적한지 이해할 수가 없어서 고개를 가로저었다. 어젯밤에 클라렌스 부인이 넬라에게 약병을 돌려주었다. 그때 클라렌스 부인은 전혀 다급한 기색이 없었고, 전담 하녀가 갑자기 떠나서 불편하다는 이야기만 했다. 만약 범죄자로 의심받고 있었다면 어젯밤에 말했을 것이다. 뭔가 다른 일이 일어난 걸까?

용기가 샘솟았고, 덩달아 좋은 생각이 떠올랐다. 클라렌스 부인의 저택에 다가가 하녀로 일하고 싶다고 말하는 것이다. 그럼 왜 저렇게 많은 사람들과 경찰들이 몰려들었는지 알 수 있을지도 몰랐다. 덤불 뒤에서 나와 자연스럽게 클라렌스 부인의 저택을 향해 걸어갔다.

남자 몇 명이 저택 출입구 근처에 서있었다. 나는 앞쪽 계단으로 다가가면서 쉬쉬하며 급하게 나누는 대화를 엿들었다.

"남자가 응접실에 있다가……곧장……."

"약병의 그림이 하녀의 밀랍본과 정확하게 일치해서……."

갑자기 살갗이 땀으로 젖어 축축해졌다. 품속의 약병 하나가 안쪽으로 더 깊숙이 미끄러져 들어갔다. 나는 클라렌스 저택을 찾아온 가짜 핑계를 되새기면서 천천히 계단을 올라갔다. 무엇을 보고 무엇을 듣든 넋을 놓고 있을 수는 없었다. 정문으로 다가갔다. 남자들은 자기들끼리 이야기하느라 나한테는 신경도 쓰지 않았다.

"다른 사망 사건들도 있는데 이번 사건과 비슷해서……."

"연쇄살인범일지도 모른다는데……."

발이 엇갈려서 앞으로 넘어지려는 찰나였다. 어디선가 두 팔이 튀어나와 날 잡아주었다. 왼쪽 뺨에 흉터가 있는 경찰이었다.

"클라렌스 부인을 만나러 왔어요." 내가 숨 가쁜 목소리로 말했다.

경찰이 인상을 찌푸렸다. "무슨 일이지?"

순간 말이 나오지 않았다. 머릿속이 넬라의 장부처럼 약초와 이름, 날짜로 뒤엉켜 엉망진창이었다. 연쇄살인범. 누군가가 바로 뒤에서 속삭이는 것처럼 그 단어가 머릿속에 울렸다. 눈 안쪽에서 밝은 불빛이 번쩍거렸다. 바닥에 쓰러질 것 같아 두려웠지만 경찰이 계속 날 붙들고 있었다. "하녀……" 내가 더듬거렸다. "하녀를 찾는다고 해서 클라렌스 부인을 만나러 왔어요."

경찰이 여전히 찌푸린 얼굴로 날 향해 고개를 갸웃거렸다. "그 하녀는 어제 떠났는데 클라렌스 부인이 벌써 하녀 모집 공고를 냈나?" 경찰은 클라렌스 부인에게 직접 물어보고 싶은 것처럼 뒤를 돌아보았다. "이쪽으로 오도록. 클라렌스 부인은 응접실에 있다."

앞장서는 경찰을 따라 사람들로 북적거리는 현관에 들어서자 땀 냄새와 시큼한 입 냄새가 밀려들었다. 경찰들 몇 명이 둥글게 모여 서서 신문에 실린 그림에 관해 이야기하고 있었다. 하지만 나는 그게 무슨 그림인지 알아볼 수 없었다. 사이드테이블 위쪽은 검정색과 금색으로 칠해져 있었고, 큼직한 거울에는 내 눈 속에 어린 공포가 비쳤다. 나는 재빨리 얼굴을 돌렸다. 흥분해서 얼굴이 벌겋게 달아오른 남자들이 버글거리는 이곳에서 빨리 벗어나고 싶었다. 애초에 이곳에 오지 말았어야 했다.

클라렌스 부인은 경찰관 두 명과 함께 응접실에 앉아있었다. 부인은 날 알아보자마자 벌떡 일어나서 안도의 한숨을 내쉬었다. "세상에, 하녀 일 때문에 온 거니? 이리 와서 나랑……."

경찰 한 명이 손을 들어올렸다. "클라렌스 부인, 아직 이야기가 끝나지 않았습니다."

"오래 걸리지 않을 거예요." 클라렌스 부인은 그 말을 끝으로 한 팔을 내게 두른 채 응접실을 나섰다. 클라렌스 부인의 살갗이 축 축하고 끈적거렸다. 이마에는 땀방울이 맺혀있었다. 클라렌스 부 인은 재빨리 계단을 올라 이층으로 향하더니 방 안으로 날 데리고 들어갔다. 깨끗하게 정돈된 방 안에 한 번도 사용하지 않은 것처 럼 딱딱한 사주식 침대가 하나 있었다. 윤이 나게 닦아놓은 서랍 장에 창문에서 새어 들어온 버터크림색 햇살이 비쳐 반짝거렸다.

"상황이 아주 안 좋아, 엘리자." 클라렌스 부인이 문을 닫고 나서 속삭였다. "당장 넬라한테 돌아가서 떠나라고 말해야 해. 너희 두 사람 다 가능한 빨리 떠나는 게 좋아. 넬라가 잡히면 교수형을 당 할 거야. 너도 그럴 수 있고. 네 나이가 어리다고 봐주지 않을 거야. 아, 어쩌다 일이 이렇게 됐을까."

"무슨 말인지 모르겠어요." 떨리는 입술로 말을 뱉어냈다. "약병 을 돌려줬으니까 모든 게 다 잘될 거라고 하셨는데……."

"아, 그런데 어젯밤에 일이 다 틀어졌어! 어제 떠났던 하녀가 경 찰한테 많은 걸 털어놨던 거야. 난 그걸 전혀 몰랐고. 그 하녀는 내 가 그 약병 속의 내용물을 술잔에 넣으라고 했다고 말했어. 그 약 병에 밀랍을 발라 본도 떴고. 그 밀랍본에 작은 곰 그림과 주소가 찍혔어. 맙소사, 그 주소는 아직 아무도 알아보지 못했지만 조만간 밝혀질 거야. 하녀가 이미 약병을 본떠 갔으니 그 약병을 넬라에게 돌려준들 무슨 소용이 있겠어? 그렇게 비겁하고 끔찍한 하녀가 다 있다니! 머리가 좀 돌아가는 하녀였다면 그 약병을 훔쳐서 경찰에게 갖다 줬겠지. 하지만 그 약병을 옷 속에 숨겼다가 들킬까 봐 무서웠던 모양이야."

클라렌스 부인이 침대에 앉아 치마를 매만졌다. "그 그림이 하룻밤 사이에 신문에 실렸고, 그 신문이 오늘 아침에 배포됐어. 그 직후에 세인트 제임스 광장에 사는 한 남자가 경찰을 찾아왔대. 몇 주 전에 자기 아들이 갑자기 죽었는데 처음에는 감옥 열병인 줄 알았다는 거야. 그런데 아들이 죽었던 침대 밑에서 약병을 발견한 거지. 그때는 그 약병이 별거 아니라고 생각했는데 신문에 난 그림을 본 거고. 그 남자가 발견한 약병에도 신문에 난 것과 똑같은 곰 그림이 있었어!"

클라렌스 부인이 숨을 고르려고 말을 멈추고는 힘없이 창문을 바라보았다. "그 남자의 약병에는 주소가 적혀있지 않았어. 천만다행이지. 내가 아는 건 이것뿐이야, 엘리자. 하지만 경찰관들이 속삭이는 소리를 들었어. 또 다른 사람, 어쩌면 두 사람이 똑같은 곰 그림이 새겨진 비슷한 용기를 갖고 왔다는 거야. 그들 모두가 가까운 사람들 중에서 갑작스럽게 죽은 사람이 있다고 말했고. 그런 사람들이 얼마나 많이 나올지 누가 알겠어! 지금은 연쇄살인범 이야기가 나오고 있고, 다들 그 주소를 알아내려고 혈안이 돼있어. 벌써 글자 몇 개는 알아냈다고. 그러니까 조만간 지도 제작자를 불러서 모든 거리를 다 조사할 거야."

클라렌스 부인이 옆에 있는 화장대 표면을 손으로 쓸자 흠 하나 없던 화장대 위에 클라렌스 부인의 기름진 지문이 남았다. "이건 나한테도 아주 중요한 문제야." 클라렌스 부인이 목소리를 한 층 더 낮췄다. "어젯밤 늦게 경찰이 나한테 남편을 독으로 죽인 게 아니냐고 물었어. 내가 뭐라고 할 수 있었겠니? 당연히 절대 아니라고 잡아떼는 수밖에 없었지. 그래서 그 주소가 더욱 중요해진 거야. 그 약병을 판 사람에게 누가 그 병을 사갔는지 물어보려는 거지. 네가 와줘서 정말 다행이야. 지금 이 상황에서 내가 어떻게 감시하는 사람들의 시선을 피해서 넬라에게 이 이야기를 전할 수 있었겠어. 넬라가 내 이름을 밝히지는 않겠지? 지금 당장 넬라한테 가서 어서 떠나라고 전해줘. 그러지 않으면 잡히고 말 거야. 일단 잡혔다 하면 경찰이 무슨 수를 써서라도 비밀을 다 토해내게 만들 거라고."

클라렌스 부인이 떨리는 자신의 몸을 두 팔로 꽉 끌어안았다. "넬라가 딱정벌레 가루를 불 속에 던졌을 때 그녀를 신고하겠다고 위협했다니. 맙소사, 어떻게 그런 생각을 했을까! 그랬다가는 나도 말려들 게 뻔한데. 어서 가. 안 그러면 해 질 녘에 우리 목이 밧줄에 걸릴 거야."

나는 더 이상 물어볼 게 없었다. 우리 것과 똑같은 약병을 들고 왔다는 남자가 누군지, 그 교활한 하녀가 어디로 도망갔는지, 클라렌스 경이 땅에 묻혔는지 하는 것들은 더 이상 알고 싶지 않았다. 알아야 할 것들은 전부 다 알았다. 암웰 주인님의 영혼보다 더 끔찍한 일이 터졌다. 내 실수의 그림자가, 몇 시간 전에 걷혔던 그 그림자가 다시 돌아와 복수의 칼날을 휘둘렀다. 당장 넬라한테 가야 했다. 하지만 그 전에……

"지금 몇 시예요?" 내가 물었다. 불운을 되돌리는 묘약이 그 어느 때보다 더 중요해졌다. 그 외에는 넬라와 나를 이 곤경에 구해 줄 수 있는 게 없었다.

클라렌스 부인이 깜짝 놀란 표정을 지었다. "복도에 시계가 있어." 나는 밖으로 나가는 길에 시계를 확인하고는 좌절의 한숨을 내쉬었다. 아직 1시간도 지나지 않았다. 내가 약병의 마개를 닫은 후로 28분밖에 지나지 않았다.

현관에서 서성거리는 제복 차림의 남자들을 지나쳐 집 밖으로 내달렸다. 몇몇 사람들이 날 쳐다보았다. 클라렌스 부인이 하녀 일자리를 찾아온 날 돌려보냈다고 말하는 소리가 들렸다. 딘즈 코트에 다다르고 나서야 뒤를 돌아볼 수 있었다. 따라오는 사람이 아무도 없어서 마음이 한결 놓였다. 그래도 확실하게 내 종적을 숨기려고 복잡한 골목길을 이리저리 돌아서 약방으로 향했다. 백 앨리 3번지에 도착하자마자 약방 문을 열었다. 선반 뒤쪽의 숨겨진 벽에 노크하는 예의도 차리지 않았다. 그냥 숨겨진 손잡이를 잡고 문을 스르르 열었다.

넬라가 장부가 있는 탁자 앞에 서있었다. 넬라는 장부 중간쯤을 펼쳐놓고, 오래전 내용을 읽으려는 것처럼 허리를 숙이고 있었다. 내가 갑자기 들어서자 넬라가 날 쳐다보았다.

"넬라, 어서 떠나야 해요." 내가 소리쳤다. "끔찍한 일이 벌어졌어요. 클라렌스 부인의 하녀가 경찰에게 다 말해서……"

"너도 신문을 봤구나." 넬라가 끼어들었다. 넬라의 목소리가 묵직하게 가라앉아 있어서 아편 팅크를 잔뜩 먹은 게 아닌가 하는 생각이 들었다. "그 하녀가 약병 밀랍본을 경찰에게 줬다는 거지? 나도 다 알아."

나는 깜짝 놀라서 넬라를 노려보았다. 넬라가 이미 알고 있다고? 그럼 왜 아직 떠나지 않았지?

나는 문 옆의 시계를 확인했다. 37분이 지났다. 나는 탁자 위쪽의 선반으로 달려갔다. 그곳에는 내가 잘 아는 것들이 있었다. 눈물방울 모양의 환이 가득한 유향 약병을 꺼냈다. 넬라가 부풀어 오른 손가락을 문지르다가 그걸 가져가서 먹는 걸 본 적이 있었다.

"여기 더 있어요. 제가 이야기하는 동안 좀 드세요." 나는 클라렌스 부인의 저택에 갔다가 클라렌스 부인한테서 직접 들었던 모든 이야기를 털어놓았다. 신문이 나오고 나서 두세 명 어쩌면 그보다 더 많은 사람들이 똑같은 곰 그림이 새겨진 약병을 갖고 나타났다고 했다. 그 약병들은 모두 누군가가 갑자기 죽은 지 며칠이나 몇 주 사이에 발견되었고, 경찰은 지금 그 약병이 연쇄살인범과 관련이 있을 거라고 생각한다고 말했다.

"그 이야기는 못 들었어." 넬라가 차분한 표정으로 말했다. 넬라가 정신을 놓은 걸까? 지금이 얼마나 위급한 상황인지 모르는 걸까? 이게 다 무엇을 의미하는지 모른다고? 몇 분 전만 해도 내게 서둘러 떠나라고 했던 사람이었다. 그런데 왜 자신은 서두르지 않는 걸까?

"넬라, 제 말 좀 들어봐요." 내가 간청했다. "여기 머물 수 없어요. 저랑 같이 딱정벌레를 잡았던 그날 밤 기억나요? 어떻게든 힘을 냈잖아요. 지금 당장 그렇게 해야 해요. 제발요!" 그때 좋은 생각이 떠올랐다. "앞으로 어떻게 할지 결정할 때까지 암웰 저택에 있으면 돼요. 거기가 완벽한 장소예요. 거기서는 아무도 우릴 괴롭히지 않을 거예요." 넬라와 함께 간다면 묘약이 완성되길 기다리는 동안 암웰 서택에서 버틸 수 있을 것 같았다. 넬라가 가까이 있으면 암웰 주인님의 영혼도 날 해치지 못할 것이다.

"애야, 진정하렴." 넬라가 유향 환 한줌을 입에 넣으면서 말했다. "나도 여기 있지는 않을 거야." 넬라가 유향 병을 옆으로 밀쳐놓았다. "갈 곳도 정했어. 막 떠나려던 참이었단다. 하지만 너랑 같이 갈 수는 없어. 난 혼자 떠날 거야."

넬라가 내 동의를 기다리는 것 같아서 나는 고개를 끄덕여 주었다. 넬라에게 미소 짓고는 외투 입는 걸 도와주었다. 그러자 이 약방에 왔던 첫날이 기억났다. 겨우 일주일 전이었다. 그동안 얼마나 많은 일이 일어났던가? 좋은 일은 하나도 없었다. 넬라의 맞은편에 앉아 머뭇대며 따뜻한 쥐오줌풀 차를 마셨던 일주일 전만 해도 암웰 주인님과 클라렌스 경은 어떤 음모가 기다리고 있는지 전혀 모른 채 아직 살아있었다. 두 번째 방문도 기억났다. 독이 든 달걀을 성공적으로 요리해서 계획을 성공시켰다는 즐거움에 젖어있으면서도 배에서 피가 흘러나오는 고통에 웅크린 채 새롭게 밀려든 공포에 질려있던 때였다.

그 순간 또 다른 기억이 떠올랐다. "넬라, 딱정벌레를 잡고 나서 프레데릭 이야기를 해줬을 때요. 다시 피를 흘렸다면 오래전에 이 일을 그만뒀을 거라고 했잖아요."

넬라가 내 질문에 한쪽 뺨을 맞기라도 한 것처럼 고개를 홱 돌렸다. "그랬지." 넬라가 앙다문 잇새로 말했다. "아마 그랬을 거야. 하지만 넌 너무 어려서 내 말을 이해하지 못할 테지. 내가 했던 모든 말들을 잊어버릴지도 모르고."

"언제쯤이면 이해할 수 있을까요?"

"네 자궁이 아이를 품을 준비가 됐을 때. 그때는 달이 하늘을 가로지르는 것처럼 자연스럽게 한 달에 한 번 피를 흘리기 시작할 거란다. 그게 어른이 되는 과정이지."

나는 인상을 찌푸렸다. 달이 하늘을 가로지르는 것처럼? 내가 피를 흘리기 시작했던 그날 밤, 암웰 주인님을 죽였던 그날 밤에 암웰 부인도 그와 비슷한 말을 했던 것 같은데? "피가 얼마 동안 흐르는데요?" 내가 물었다.

넬라가 눈을 가늘게 뜨고 이상하다는 듯 날 쳐다봤다. "삼사일 정도. 가끔씩 더 길어지기도 하고." 넬라가 목소리를 낮췄다. "엄마나 암웰 부인이 말해주지 않았니?"

나는 고개를 가로저었다.

"지금 피가 나오니?" 넬라가 물었다.

갑작스러운 질문에 당황스러웠다. "아뇨. 하지만 며칠 전에 피가 나왔어요. 아주 아팠고요. 배가 부풀어 오르고 욱신거렸죠."

"그게 처음이었니?"

내가 고개를 끄덕였다. "암웰 주인님이 죽고 나서 바로 그랬어요. 암웰 주인님이 그런 게 아닌가 싶어서……."

넬라가 한 손을 들어 올리고는 부드럽게 미소 지었다. "그냥 우연이란다. 넌 축복받은 거야. 더 일찍 말해줬다면 좋았을 텐데. 통증을 줄여주는 약을 만들 수 있거든."

나도 더 일찍 말하지 못한 걸 후회했다. 암웰 주인님의 죽음 이후 처음으로 주인님의 사악한 영혼에 사로잡혀서 피를 흘리는 게 아닐지도 모른다는 생각이 들었다. 넬라가 말한 대로 매달 피를 흘리는 게 자연스러운 일이라면, 어른이 되는 과정이라면……. 내가 여자가 됐다는 생각은 해본 적이 없었다. 그냥 아이, 여자아이라고 생각했을 뿐이었다.

좀 더 그 문제에 대해 생각해 보고 싶었지만 시간이 없었다. 우리는 이미 떠났어야 했다.

넬라의 장부가 아직 탁자 위에 펼쳐져 있었다. 장부를 흘낏 내려다보자 20여 년 전인 1770년 날짜가 보였다. 종이 상태는 엉망이었다. 와인 자국 같은 짙은 붉은색 얼룩이 한쪽에 번져있었다.

넬라가 왜 저 오래된 기록을 펼쳐놨을까? 자신의 삶을 되돌려 보고 싶었는지도 모르겠다. 이 모든 일이 시작되기 전의 옛 기억을 떠올려보고 싶었을지도. 1770년이면 아직 넬라가 마음의 상처를 입지 않았을 때였다. 관절도 부풀지 않았고, 뻣뻣하게 굳지도 않았다. 엄마가 되고 싶다는 꿈도 빼앗기지 않았을 때였다. 아직은 존경할 만한 일을 했던 시절, 존경할 만한 약제사가 될 수 있었던 시절, 엄마의 바람대로 덕망 높은 여자가 될 수 있었던 그 시절을 떠올려보고 싶어 장부를 펼쳐놓았는지도 모른다.

넬라의 그 모든 것들이 프레데릭의 쓰라린 배신으로 시궁창에 던져졌다.

넬라가 내 시선을 알아차리고는 탁 하고 큰소리 나게 장부를 덮었다. 그러고는 각자의 길을 떠나기 위해 날 데리고 문으로 향했다.

26

캐롤라인
현재, 수요일

　세인트 바살러뮤 병원 3층, 창문 하나 없는 우중중한 방이었다. 나는 내 수첩을 사이에 둔 채 남자 경찰관 두 명과 마주보고 앉아있었다. 공기 한 점 안 통하는 방 안에 역한 소독제와 바닥세정제 냄새가 가득했다. 머리 위에서는 형광등 불빛이 반짝거렸다.

　경장이 내 수첩을 펼쳐보고는 범죄행위를 입증해 주는 부분을 손가락으로 톡톡 두드렸다. 무독성 물질의 치사량. 나는 경찰들이 내가 급하게 갈겨쓴 메모에서 또 다른 뭔가를 발견할까 봐 두려워서 마음을 단단히 먹었다. 맙소사, 비소라는 단어에는 별표가 쳐져 있었다.

기다란 복도를 따라서 중환자실로 급하게 옮겨진 제임스한테 가고 싶은 마음이 간절했다. 하지만 본능적으로 그게 현명한 행동이 아님을 알아차렸다. 내가 복도로 나가기도 전에 내 앞쪽에 앉아 있는 수염이 덥수룩한 경찰관에게 잡혀 수갑이 채워질 테니까. 내 맘대로 떠날 수도 없는 상황이었다.

갑자기 많은 것을 설명해야만 했다.

나는 숨을 참은 채 경찰관이 수첩을 더 자세히 살펴보지 않기를 바랐다. 이미 읽어봤다면 어떻게 설명을 해야 할까? 어디서부터 어디까지 말해야 하지? 불륜을 저지른 남편이 예고 없이 런던에 도착했다는 이야기부터? 아니면 연쇄살인범의 약방에 무단 침입한 이야기도 해야 할까? 그것도 아니면 세면도구 가방에 유칼립투스 오일을 넣어온 이유를 설명해야 할까? 하나같이 나한테 불리한 이야기였다. 뭐라고 설명해도 다 너무 터무니없게 들릴 것 같았다. 아니면 우연이 너무 남발하는 것 같거나.

내 설명이 오히려 해가 될까 봐 두려웠다. 게다가 감정적으로 지친 상태라서 조리 있는 설명은커녕 생각도 명확하게 할 수가 없었다. 하지만 좀 전의 제임스 상태로 봐서는 한시가 급했다. 여기서 빠져나갈 방법을 찾아야 했다. 그것도 빨리.

다른 경찰관이 전화를 하러 나갔을 때 남아있던 경장이 목청을 가다듬고 말했다. "파스웰 부인, 이 수첩에 적힌 게 뭔지 설명해 주시겠습니까?"

나는 애써 정신을 집중했다. "역사적 조사 프로젝트에 관한 메모예요." 내가 단호하게 말했다. "다른 의미는 없어요."

"조사 프로젝트요?" 경장은 의심스러운 표정을 숨기지도 않은 채 의자에 등을 기대고 다리를 쩍 벌렸다. 나는 갑자기 토하고 싶은 충동을 꾹 눌러 참았다.

"네, 풀리지 않은 미스터리에 관한 조사예요." 적어도 이 말만큼은 사실이었다. 모든 이야기를 다 털어놓을 필요는 없겠다는 생각이 들었다. 어쩌면 진실의 일부만 밝혀도 충분히 이 곤경에서 벗어날 수 있을지 몰랐다. "전 역사를 전공했어요. 몇 백 년 전에 사람들을 살해한 약제사에 관해서 조사하려고 대영도서관에도 두 번이나 갔죠. 그 약제사의 독약에 관해 조사한 내용을 수첩에 적었어요. 그게 전부예요."

"흠." 경장이 다리를 꼬면서 생각에 잠겼다. "그럴 듯한 이야기 같네요."

정확하게 내가 우려했던 반응이었다. 나는 말문이 막혀서 경장을 노려봤다. 당장 두 손을 들어올려 '좋아요, 재수 없는 경찰 양반. 당장 따라와요. 몇 가지 보여줄 게 있으니까'라고 큰소리치고 싶은 격한 충동을 간신히 억눌렀다. 경장은 주머니에서 수첩과 연필을 꺼내 뭔가를 긁적거리기 시작했다. 몇 군데에는 거칠게 밑줄을 쫙쫙 그었다. "이 조사를 언제부터 시작했나요?" 경장이 날 쳐다보지도 않고 물었다.

"며칠 전에요."

"어디서 오셨나요?"

"미국, 오하이오주에서요."

"전과가 있나요?"

나는 터무니없는 소리라는 듯 양손을 활짝 펼쳤다. "아뇨, 없어요. 전혀 없어요." 목덜미가 간질거리기 시작했다.

바로 그때 좀 전에 나갔던 경찰관이 돌아와서는 벽에 기대서서 부츠로 바닥을 툭툭 두드렸다. "남편 분과 사이가 좀…… 안 좋다고 들었습니다."

내 턱이 쩍 벌어졌다. "대체 누가……." 하지만 곧 목소리를 가다듬었다. 내가 방어적으로 굴수록 더 불리해질 게 뻔했다. "누가 그렇게 말하던가요?" 내가 차분한 척하면서 물었다.

"남편 분 의식이 오락가락할 때 수간호사가……."

"남편은 괜찮아요?" 나는 의자에서 벌떡 일어나 문으로 달려가려는 몸뚱이를 억지로 눌러 앉혔다.

"수간호사가 남편 분에게 IV를 연결하면서 몇 가지 물어봤어요." 경찰관이 다시 말했다.

얼굴에 열이 올랐다. 제임스가 간호사에게 우리 사이가 좀 안 좋다고 말했다고? 내가 체포되기를 바란 걸까?

하지만 다시 생각해 보니 제임스는 내가 지금 어떤 곤경에 처했는지 전혀 모르고 있을 터였다. 경찰이 제임스에게 날 심문 중이라고 말하지 않는 한 제임스는 내가 어떤 우여곡절 끝에 경찰들을 마주하고 앉아있게 됐는지 전혀 모를 것이다.

경장은 연필로 탁자를 톡톡 두드리면서 제임스의 주장에 대한 내 반응을 기다리고 있었다. 제임스의 주장을 부인하고, 그가 거짓말을 했다고 하면 내 상황이 나아질 것인지 잠시 생각했다. 하지만 경찰관들은 의심스러운 수첩을 갖고 있는 건강한 아내가 아니라 중환자실에 있는 환자를 믿고 있었다. 그러므로 결혼생활에 문제가 있다는 제임스의 말을 부인할 수는 없었다. 현 상황의 현실이 감옥의 강철 철창처럼 날 옥죄어 왔다. 변호사를 불러야 할지도 모르겠다.

"네, 맞아요." 날 지켜줄 수 있는 유일한 사실, 제임스의 불륜 사실까지도 털어놓을 작정으로 이렇게 말했다. 제임스에게는 미안한 일이지만 그에게 불리한 사실을 이용해서라도 지금 내가 처한현실을 헤쳐 나가고 싶었다. "지난주에 남편이……." 나는 하던 말을 멈췄다. 눈앞의 경찰관들에게 제임스가 바람을 피웠다고 털어놓아봤자 소용없다는 걸 뒤늦게 깨달았다. 그래도 상황이 제임스에게 불리해지지는 않을 테니까. 그건 확실했다. 오히려 나만 복수심에 가득 찬 여자처럼 보일 것이다. 어쩌면 감정적으로 불안정한여자처럼 보일지도 모른다.

"지난주에 남편과 전 몇 가지 문제가 있다는 걸 알았어요. 전 며칠 동안 떠나 있으려고 런던에 왔어요. 여기에 혼자 있으려고요. 호텔에 전화해서 안내 데스크에 물어보세요. 체크인도 혼자 했어요." 나는 허리를 꼿꼿이 세우고 경찰관의 눈을 똑바로 쳐다보았다. "사실 남편은 거의 예고도 없이 나타났어요. 간호사한테 물어보세요. 남편도 부인하지 못할걸요."

경찰관 두 명이 서로 조심스럽게 시선을 마주쳤다.

"경찰서에 가서 이야기하시죠." 맞은편에 있는 경장이 문을 힐끗거리며 말했다. "뭔가 숨기는 게 있는 것 같군요. 아마 경사님 앞에서는 술술 털어놓으실 겁니다."

뱃속이 꽉 죄어들었다. 목구멍으로 신맛이 치밀어 올라 입안을 가득 채웠다. "제가……." 나는 말을 멈추고 숨을 몰아쉬었다. "제가 체포되는 건가요?" 토할지도 몰라서 힘없이 주변을 둘러보며 쓰레기통을 찾았다.

벽에 기대 서있던 경찰관이 한 손을 엉덩이에 올렸다. 그 근처에서 수갑이 달랑거렸다. "부인과의 결혼생활에 문제가 있는 남편 분이 지금 생사를 다투고 있어요. 부인이 준 해로운 약물을 먹고 나서 말이죠. 부인의 그 '조사 메모'에는 '치사량'이라는 단어도 적혀있었고요." 경찰관이 엉덩이에서 수갑을 풀어내면서 치사량이라는 세 글자를 힘주어 말했다. "그건 제가 아니라 부인이 쓴 글입니다."

27

넬라

1791년 2월 11일

잠시 동안만 약방을 떠나는 거라면 옆쪽 벽을 따라 늘어선 엄마의 수납장부터 훑기 시작해서 간직하고 싶은 감상적인 물건들을 꺼냈을 것이다.

하지만 죽으면 영원히 돌아올 수 없다. 그러니 세속적인 물건들이 무슨 필요가 있을까? 물론 엘리자에게는 그런 이야기를 할 수 없었다. 엘리자의 도움을 받아 외투를 입고 나자 자비롭게도 유향 덕분에 순간적으로 힘이 솟아났다. 우리는 문간에 나란히 서서 떠날 준비를 했다. 나는 위기가 지나간 후에 다시 돌아올 거라는 인상을 남기려고 애썼다.

엘리자가 처음 왔던 날에 검댕에 그어놓았던 선 하나가 눈에 들어왔다. 그 더러운 벽 아래에 흠 하나 없이 깨끗한 돌이 숨겨져 있었다. 숨이 턱 막혔다. 저 아이는 이곳에 도착한 순간부터 자기도 모르게 날 속속들이 파헤쳐 놓기 시작했다. 내 안에 있는 뭔가를 끄집어냈다.

"가져가고 싶은 거 없어요? 장부는요?" 엘리자가 탁자 중앙에 있는 장부를 가리켰다. 내가 방금 탁 덮어놓았던 장부였다. 그 안에는 내가 수년 동안 판매했던 수천 가지 약물들이 적혀있었다. 치명적인 비소가 들어간 푸딩에서 전혀 해롭지 않은 라벤더 물약에 이르기까지 전부 다. 하지만 그보다 더 중요한 것은 그 안에 기록된 여자들 이름이었다. 어느 장을 펼치든 그 안에 적힌 여자에 관한 기억을 쉽게 떠올릴 수 있었다. 그 여자를 괴롭혔던 질병이나 배신, 분노의 정체가 무엇이었든 상관없이 전부 다.

장부는 내 인생을 말해주는 증거였다. 내가 도와주었던 사람들과 내가 해쳤던 사람들이 누구인지, 내가 어떤 팅크나 고약, 혹은 물약을 사용했는지, 누구에게 무엇을 언제 얼마나 주었는지를 말해주었다. 그 장부를 가져가는 게 현명할 것이다. 그래야 그 모든 비밀이 나와 함께 템스강 바닥으로 가라앉을 테니까. 글자들이 번지고 종이가 녹아내려서 이 장소에 관한 비밀이 묻혀버릴 것이다.

하지만 그렇게 하면 그들 모두가 지워져 버린다.

그 여자들은 여왕도, 대단한 상속인도 아니었다. 도금된 가계도에서는 찾아볼 수 없는 평범한 여자들이다. 엄마는 병을 완화시켜

주는 약을 제조했고 그 모든 여자들을 장부에 기록해서 남겨두고 자 했다. 이 세상에서 단 하나뿐인 지울 수 없는 흔적을 남겨주려고 했다.

그 까닭에 나는 그 여자들을 지워버릴 수가 없었다. 딱정벌레 가루를 불속에 던져버렸던 것처럼 쉽게 그들을 없애버릴 수는 없었다. 역사가 그들을 지워버릴지라도 나는 그럴 수 없었다.

"아니, 장부는 여기 두는 게 안전해. 이곳은 발견되지 않을 거야. 아무도 이곳을 찾지 못할 거야." 내가 마침내 대답했다.

몇 분 후, 우리는 앞쪽 약방에 서있었다. 비밀 방으로 들어가는 숨겨진 문은 닫아서 잠가놓았다. 나는 엘리자의 머리에 한 손을 올렸다. 내 손가락에 닿는 엘리자의 머리카락이 부드럽고 따스했다. 유향 덕분에 내 속에서 들끓던 소란도 누그러졌다. 더 이상 숨이 가쁘지도, 허망하지도 않았다. 두려움이 폭포수처럼 밀려들지도 않았다.

이 결정적인 순간에 이토록 편안해진 것은 유향 덕분만이 아니었다. 어린 엘리자와 함께 있기 때문이기도 했다. 엘리자의 실수 때문에 이 모든 일이 일어났음에도 이 아이에게는 나쁜 생각이 들지 않았다. 다만 클라렌스 부인의 편지가 도착했던 그날은 되돌리고 싶었다. 클라렌스 부인의 지위만 아니었다면, 그녀의 그 교활한 하녀만 아니었다면 지금 내가 이런 곤경에 처하지 않았을 테니까.

하지만 지금 와서 후회해 봤자 아무 소용없었다. 이 힘겨운 작별의 순간에, 조만간 내 생명과도 작별해야 하는 이 순간에 엘리자의 호기심 많은 영혼과 젊은 에너지는 내 가슴을 달래주는 연고와 같았다. 내가 품었던 딸은 만나보지 못했지만 그 아이가 살아남았다면 지금 내 옆에 서있는 저 아이와 많이 닮았을 것 같았다. 나는 엘리자의 어깨에 한 팔을 둘러 가까이 끌어당겼다.

마지막으로 뒤를 한 번 돌아보고는 약방 문 밖으로 엘리자를 이끌었다. 골목길에 들어서자 차가운 공기가 우리를 감싸왔다. 우리는 걷기 시작했다. "저 위쪽으로……." 나는 베어 앨리가 큰길로 이어지는 곳을 가리켰다. "암웰 저택을 향해 쭉 걸어가. 아니면 네가 가고 싶은 곳으로 가거나. 난 내 길을 갈 거야." 곁눈질로 보니 엘리자가 고개를 끄덕이고 있었다. 나는 마지막 작별의 몸짓으로 눈에 띄지 않게 엘리자 쪽으로 한 발 내딛었다.

하지만 각자의 길을 찾아 스무 발걸음도 채 내딛기 전에 그들을 발견했다. 짙은 파란색 외투를 걸친 경찰 세 명이 엄숙한 표정으로 우리를 향해 곧장 걸어오고 있었다. 그중 한 명은 골목길 그림자에 겁이라도 집어먹은 것처럼 한 손에 곤봉을 들고 있었다. 그 경찰관의 왼쪽 뺨에 난 흉터가 어렴풋이 보였다.

엘리자도 동시에 경찰들을 알아본 모양이었다. 우리 둘 다 한 마디 말도 없이, 곁눈질 한 번 주고받지 않고 달리기 시작했다. 우리는 본능적으로 경찰을 피해서 강을 향해 남쪽으로 향했다. 두 사람의 거친 숨소리가 어우러져 화음이 만들어졌다.

28

캐롤라인
현재, 수요일

경찰관이 벨트에서 수갑을 풀어냈을 때 작은 방 어딘가에서 전화벨 소리가 울렸다. 나는 얼어붙은 채로 경찰관들 중 누구 한 사람이 전화를 받기를 기다렸다. 하지만 혼미했던 머릿속이 깨끗해지자 그것이 내 휴대폰 소리임을 깨달았다.

"남편에 관한 전화일지도 몰라요." 내가 가방으로 손을 뻗으며 말했다. "제발, 전화는 받게 해줘요." 나는 최악의 상황을 염두에 두고 휴대폰을 귀에 갖다 댔다. "여보세요?"

전화기 저편에서 쾌활한 목소리가 흘러나왔다. "캐롤라인, 저 게이너예요. 몇 가지 확인할 게 있어서 전화했어요. 남편은 괜찮아요?"

맙소사, 하필이면 이럴 때 전화가 올 게 뭐람! 경장이 무릎 위에 올려놓은 한쪽 발을 가볍게 까닥거리면서 나를 유심히 쳐다보았다. "안녕하세요, 게이너?" 내가 딱딱하게 굳은 목소리로 인사했다. "네, 괜찮아요. 전 지금……." 나는 말을 하다 말고 멈췄다. 내가 하는 모든 말이 면밀하게 감시당하고, 심지어는 녹음되고 있을지도 모른다는 사실을 깨달았기 때문이었다. "지금은 전화 받기 좀 곤란해요. 가능한 빨리 다시 전화할게요."

나는 가장 가까운 곳에서 수갑을 꺼내 들고 있는 경찰관을 쳐다봤다. 그의 왼쪽 엉덩이에 달려있는 배지가 눈에 들어왔다. 경찰관의 직위, 권위를 말해주는 표식이었다. 갑자기 신선한 공기가 방안에 밀려드는 것처럼 한 가지 생각이 번뜩 떠올랐다. 게이너의 도서관 직위가 나한테 도움이 될지도 모른다는 생각이었다.

"게이너, 사실은요……." 나는 휴대폰을 귀에 더 바짝 갖다 댔다. "어쩌면 당신 도움이 더 필요할지도 모르겠어요."

"네, 괜찮아요. 뭐든지 도와드릴게요." 게이너가 말했다.

"전 지금 세인트 바살러뮤 병원에 있어요." 내가 이렇게 말하자 경찰관들이 이상하다는 표정을 지었다.

"병원이요? 어디 아파요?"

"아뇨, 전 괜찮아요. 3층 중환자실 근처에 있어요. 혹시 이쪽으로 와줄 수 있겠어요? 말하자면 이야기가 긴데 할 수 있는 데까지 다 설명할게요."

"알겠어요. 금방 그쪽으로 갈게요." 게이너가 말했다.

긴장이 풀리면서 내 어깨가 축 늘어졌다. "방금 통화했던 여자는 제 친구이자 동료예요." 내가 전화를 끊고 나서 경찰관들에게 말했다. "대영도서관에서 일하는 친구인데 제 조사를 도와주고 있어요. 절 체포하든 말든 그 친구가 하는 이야기를 먼저 들어봐 주면 좋겠어요."

경찰관들이 서로를 힐끗거렸다. 내 맞은편의 경장은 또다시 수첩에 메모를 했다. 몇 분 후, 경장이 손목시계를 확인하고는 세 손가락으로 탁자를 두드렸다.

이곳을 벗어나기 위한 최후의 노력이었다. 게이너는 내가 그 약제사의 약방에 무단 침입해 들어갔다는 사실이나 약제사의 장부를 촬영해 왔다는 사실을 전혀 몰랐다. 게이너와 함께 조사를 하면서 아편과 담배, 비소 같은 것들을 기록한 적도 없었다. 경찰관들이 게이너에게 내 수첩을 보여주지 않기를 바랐지만 그 위험도 감수해야 했다. 내가 하지도 않은 짓으로 체포되느니 차라리 게이너에게 그 모든 사실을 다 털어놓는 게 나았다.

마침내 경찰관 한 명이 대기실에서 기다리는 게이너를 발견했다. 게이너가 공포에 질린 표정으로 작은 방에 들어왔다. 경찰관들을 보고 제임스에게 뭔가 끔찍한 일이 일어났다고 생각하는 모양이었다. 게이너를 겁줄 생각은 전혀 없었다. 하지만 게이너와 둘이서 사적인 이야기를 나눌 수가 없는 상황이었다.

"안녕하세요?" 게이너가 날 보자마자 인사했다. "무슨 일이에요? 괜찮은 거예요? 남편은 괜찮나요?"

"먼저 의자에 앉는 게 어떨까요?" 경장이 말했다.

경장은 여분의 의자를 가리켰고, 게이너가 가방을 옆구리에 바짝 끌어당긴 채 의자에 앉았다. 게이너의 시선이 내 수첩에 떨어졌다. 하지만 수첩은 탁자 저편에 멀찍이 떨어져 있어서 게이너가 그 내용을 읽을 수 있을 것 같지는 않았다.

"파스웰 부인을 좀 더 조사하기 위해서 경찰서로 모셔가려던 참이었습니다." 경장이 설명했다. "좀 전에 파스웰 부인의 남편이 해로운 물질을 섭취했고, 파스웰 부인의 수첩에서 그 사건과 관련됐을지도 모르는 좀 특이한 메모를 발견했죠."

나는 고개를 가로저었다. 이제는 바로 옆에 게이너가 앉아있어서 용기가 났다. "아뇨, 아까도 말씀드렸듯이 그건 그 일과 아무런 관련이 없어요."

게이너가 내 손을 만지려는 듯 내 쪽으로 손을 내밀었다. 그녀 자신과 나 둘 중 누구를 위로하려는 몸짓인지는 확실히 알 수 없었다.

경장이 게이너 쪽으로 허리를 숙였다. 경장의 담배 냄새가 섞인 뜨끈한 숨결이 탁자 위로 퍼져나갔다. "파스웰 부인은 당신이 그에 대한 설명을 해줄 수 있을 거라고 했어요." 이 말에 게이너의 태도가 순식간에 달라졌다. 좀 전까지만 해도 날 동정하는 것 같았는데 지금은 게이너의 어깨가 뻣뻣하게 굳었다. "대영도서관에서 일하신다고요?"

게이너의 시선이 내게 날아들어 꽂혔다. "이게 내 직업과 무슨 상관이 있나요?"

그녀와 눈이 마주친 순간, 죄책감에 목구멍이 꽉 조여들었다. 게이너에게 도움이 필요하다고, 날 구해달라고 병원에 와달라고 했다. 그런데 방금 그게 얼마나 어리석은 짓이었는지 깨달았다. 엉망진창이 된 내 인생에 다른 사람을 끌어들이다니. 제발 게이너가 속았다고 생각하지 않기를 바랐다. 게이너는 무엇도 잘못한 것이 없었다. 그런데도 내가 경찰관 두 명에게 심문받는 이 자리에 그녀를 끌어들였다. 하지만 이미 저질러진 일이었다. 이제 와서 내가 할 수 있는 것은 최대한 게이너를 멀찍이 떨어뜨리기 위해, 객관적으로 상황 전달을 하는 것뿐이었다.

나는 숨을 깊이 들이쉬었다. "내가 약제사를 조사하고 있다는 걸 안 믿어줘요. 그래서 당신이 도서관에서 일한다고 말했어요." 나는 경장을 마주보았다. "전 도서관에 두 번 갔어요. 거기서 지도를 살펴봤고, 온라인 검색도……."

벽에 걸린 시계가 째깍째깍 앞으로 움직이는 동안 숨을 내쉬었다. 또 1분이 흘러갔다. 제임스가 생사를 다투는 동안 이곳에 또 1분 동안 갇혀서 해명을 하려고 애쓰고 있었다. "여기 이 경찰관들은 남편이 아프게 된 게 저랑 연관이 있다고 생각하는 것 같아요. 남편은 감기 기운이 있었는데 제가 유칼립투스 오일을 써보라고 했거든요. 유칼립투스 오일은 목에 발라야 하는데 남편이 그걸 먹었어요. 공교롭게도 그게 아주 독한 물질이고요." 나는 조심스럽게 수첩을 힐끗거렸다. 저 수첩이 공기 중으로 녹아 사라지면 얼마나 좋을까?

나는 앞쪽 탁자 위에 두 손을 올려놓은 채 게이너가 확인해 줬으면 하는 것들을 말했다. "구급대원들이 제 조사 메모를 발견하고 경찰에 연락했어요. 당신이 도서관에서 근무하고, 제가 약제사를 조사하러 두 차례 도서관에 갔다고 증언해 줄 수 있나요? 그게 제가 즉석에서 지어낸 거짓말이 아니라는 거 아시죠?"

순간 나는 게이너의 반응을 보고 안심했다. 어쩌다 그 타이밍에 그런 우연이 겹쳤는지 알겠다는 표정이 게이너의 얼굴에 떠올랐다. 모두가 게이너의 대답을 기다리는 동안 머리 위쪽의 형광등이 계속 깜박거렸다.

게이너가 말을 꺼내려고 숨을 들이쉬었다. 하지만 게이너가 뭔가 말을 하기도 전에 맞은편의 경장이 내 수첩을 집어서 홱 돌려놓았다. 게이너의 눈앞에 활짝 펼쳐진 수첩에 나는 소름이 쫙 끼쳤다. 경장은 게이너가 거의 내 편으로 돌아섰다는 사실을 알아차린 게 분명했다. 내 눈에도 보였듯이 경장도 상황을 직감하고는 마지막까지 아껴두었던 최후의 한 수를 내놓은 것이었다.

피할 수 없는 상황이라면 받아들이는 수밖에 없었다. 게이너의 시선이 수첩 위를 오락가락하는 모습을 조심스럽게 지켜봤다. 마침내 진실이 밝혀지는 순간이었다. 약제사의 장부에서 베껴 쓴 뭔지 알 수 없는 독약 이름들, 종이 여백에 마구잡이로 갈겨 써놓은 날짜들과 이름들, 그중 무엇도 도서관에서 게이너와 함께 조사했던 것은 아니었다. 그중에서도 범죄 가능성을 보여주는 가장 유력한 증거는 '무독성 물질의 치사량'이었다.

이렇게 우리 우정이 끝나겠구나 하는 생각이 들었다. 게이너는 그런 조사를 도와준 적이 없다고 부인할 것이다. 게이너가 혼란스러운 표정만 지어도 경찰들 눈에는 내 주장이 더욱더 의심스러워 보일 것이다.

게이너가 떨리는 숨을 길게 내뱉고 날 쳐다보았다. 그냥 눈빛만으로 말을 전하려는 것만 같았다. 하지만 내 눈은 빠르게 눈물로 차오르고 있었다. 죄책감은 더욱 깊어져 차라리 수갑을 찬 채 끌려 갔으면 좋겠다는 생각마저 들었다. 이 끔찍한 방에서 나가 새 친구의 실망 어린 표정을 외면하고 싶었다.

게이너가 가방에 손을 넣었다. "네, 제가 그 모든 조사가 진짜라고 확증해 드릴 수 있어요." 게이너가 지갑에서 카드를 꺼내 경찰관 한 명에게 건네주었다. "제 사원증이에요. 최근에 캐롤라인은 약제사에 관한 조사를 하려고 도서관에 두 차례 왔어요. 조사가 필요하다면 보안카메라 영상을 요청할 수 있고요."

믿을 수가 없었다. 내가 말하지 않은 것이 있다는 걸 알면서도 게이너는 내 편을 들어주었다. 나는 입을 딱 벌린 채 게이너를 쳐다봤다. 온몸이 힘없이 축 처졌다. 하지만 아직은 설명을 할 수가 없었다. 아니, 고맙다는 말조차 할 수 없었다. 그랬다가는 더욱더 의심스러워 보일 것 같았다.

탁자에 앉아있는 경장이 게이너의 사원증을 엄지손가락으로 쓸 었다. 그 사원증이 진짜인지, 유효기간이 만료되지는 않았는지 확인해 보는 것 같았다. 경장은 확인 결과가 만족스러웠는지 사원증을 탁자 위로 던졌다. 사원증은 몇 센티미터 주르륵 미끄러졌다. 그때 경장의 주머니에서 진동 소리가 났고, 경장이 휴대폰을 꺼냈다.

"네." 경장이 짤막하게 전화를 받았다. 전화기 저편에서 여자 목소리가 희미하게 들렸고, 경장의 얼굴이 딱딱하게 굳었다. 경장이 전화를 끊었을 때 나는 무슨 일인가 싶어 잔뜩 긴장했다. "파스웰 씨가 부인을 만나고 싶다네요." 경장이 의자에서 일어서며 말했다. "남편 분이 계신 곳으로 안내해 드리겠습니다."

"그, 그이는 괜찮나요?" 내가 더듬거렸다.

게이너가 또다시 손을 뻗더니 이번에는 부드럽게 내 손을 잡아 주었다.

"아직은 그렇다고 확답드릴 수 없습니다. 하지만 적어도 의식은 찾았습니다." 경장이 대답했다.

경찰관들은 게이너를 방 안에 홀로 남겨둔 채 날 바깥으로 안내했다. 경찰관 한 명의 손이 등 아래쪽 근처에 닿자 나는 뻣뻣하게 굳어져서 이렇게 말했다. "고맙지만 저 혼자서도 남편을 찾아갈 수 있어요."

경찰관이 히죽 웃었다. "그럴 수는 없죠. 저희랑 아직 이야기가 끝나지 않았으니까요."

나는 멈칫 했다. 나의 불안감을 잠재우는 것과는 거리가 먼 말이었다.

병원 복도를 따라 걸어가는 내내 경찰관들의 묵직한 부츠 소리만 울려 퍼질 뿐 사방이 조용했다. 내 마음은 더없이 낮게 가라앉았다. 제임스의 병실이 바로 앞에 있었다. 제임스가 내게, 그리고 내 양옆을 지키고 선 경찰관들에게 무슨 말을 할지 기다리는 이 순간이 끔찍하게 두려웠다.

29

엘리자

1791년 2월 11일

골목길을 빠져나오니 두 다리가 타는 것만 같았다. 왼쪽 발에는
물집이 잡히기 시작했고, 걸을 때마다 부풀어 오른 살갗이 해진 신
발에 닿아 쓰렸다. 공기를 마시려고 헐떡이는데 얼음 깨는 송곳에
찔린 것처럼 아파서 가슴을 움켜잡았다. 온몸이 멈춰, 제발 멈춰,
라고 애원했다.

경찰들은 스무 걸음 떨어진 곳에 있었다. 어쩌면 그보다 더 가
까이 와 있을지도 몰랐다. 어떻게 우리를 찾았을까? 클라렌스 저
택에서부터 날 따라왔을까? 일부러 복잡한 길을 구불구불 돌아서
갔는데도? 경찰은 두 명뿐이었다. 세 번째 경찰은 뒤에 남은 게 분

명했다. 아니면 힘에 부쳐서 뒤쫓아 오지 못했거나. 경찰이 우리를 쫓고 있었다. 그들은 저녁감을 쫓는 한 쌍의 늑대들이었다.

그래도 우리가 앞서 있었다. 우리는 수갑을 달지도 않았고, 맥주로 배가 묵직한 상태도 아니었다. 넬라는 몸이 약한데도 경찰들보다 훨씬 빨랐다. 경찰들과의 거리가 세 걸음, 다섯 걸음, 여섯 걸음씩 점점 더 멀어졌다.

나는 먹잇감의 본능으로 급하게 왼쪽으로 틀어 작은 골목길로 들어섰고 넬라에게 따라오라고 몸짓했다. 우리는 골목길 깊숙이 달려 들어갔다. 경찰들은 아직 모퉁이를 돌지 않아서 우리가 어디로 갔는지 보지 못했다. 골목길 끝에 다다르자 다른 골목길로 이어지는 자갈 깔린 길이 나타났다. 나는 넬라의 손을 꽉 움켜쥐고 당겼다. 넬라가 아파서 움찔했지만 무시했다. 공포에 사로잡힌 내 심장은 연민을 품을 여지가 없었다.

경찰들이 골목길로 들어와 우리를 바짝 뒤쫓아 오는 건 아닌지 돌아보고 싶었지만 지독하게 유혹적인 그 충동을 억눌렀다. 앞으로, 무조건 앞으로 가야 했다. 쇄골 근처에서 뭔가가 따끔거렸다. 나는 발걸음을 늦추지 않은 채 아래를 흘낏 내려다보았다. 벌이나 뭔가 다른 벌레에 물린 것이 아닐까 했다. 그런데 약병 하나가 살갗을 누르고 있었다. 시간이 너무 느리게 흘러서 묘약의 효력이 생길 때가 아직 아니라고 알려주는 것만 같았다.

저 앞쪽으로 보이는 마차 차고 뒤쪽에 마구간이 있었다. 그곳은 내 키보다 두 배나 높은 건초더미에 뒤덮여 어두컴컴했다. 나는 곧장 그쪽으로 향했다. 다시 한번 넬라를 끌어당겼는데 넬라의 표정을 보니 진짜로 아픈 모양이었다. 좀 전까지만 해도 벌겋게 달아올라 있었던 얼굴이 이제는 하얗게 질려있었다.

나는 넬라와 함께 마차 차고를 지나쳐서 나무 문을 열고 마구간으로 들어갔다. 마구간 중앙에 말 한 마리가 있었다. 우리가 다가가자 말은 위험을 감지하기라도 한 것처럼 신경질적으로 콧김을 내뿜었다. 우리는 마차 차고에 반쯤 가려진 왼쪽 끝으로 향했다.

그곳에 도착하고 나서야 비로소 바닥에 주저앉았다. 바닥은 거의 건초 찌꺼기로 뒤덮여 있었다. 허드렛일을 빼먹고 마구간에서 잠들곤 했던 스윈든으로 다시 돌아간 느낌이었다. 나는 말똥이 무더기로 쌓여있는 중앙 쪽을 피해 앉았지만 넬라는 그런 데 신경 쓰지 않았다.

"괜찮아요?" 내가 숨을 몰아쉬면서 물었다. 넬라가 힘없이 고개를 끄덕였다.

나는 몸을 웅크린 채 바깥을 엿볼 수 있는 구멍이 있는지 찾아보다가 바닥 근처에서 동전 크기만 한 구멍을 발견했다. 바닥에 배를 깔고 엎드려서 더러운 건초더미를 치워야 볼 수 있는 구멍이었다. 구멍 너머로 바깥을 살펴보고는 이상한 점을 발견하지 못해서 마음을 놓았다. 주변 지역을 수색하는 경찰도, 코를 킁킁거리며 낯선 사람 냄새를 찾는 개도 없었다. 허드렛일을 하는 마구간 일꾼조차 없었다.

그렇다고 완전히 안전해졌다고 안심할 정도로 순진하지는 않았다. 그래서 계속 축축한 바닥에 몸을 붙이고 있었다. 이후 몇 분 동안 숨을 깊이 들이마시다가 바깥에 누가 있는지 구멍으로 확인하고, 넬라를 힐끗거리기도 했다. 넬라는 꼼짝도 하지 않았고, 약방을 떠난 이후로 말 한마디 하지 않았다.

바닥에 엎드린 자세로 넬라가 천천히 숨을 내쉬고 제멋대로 뻗쳐 나온 곱슬한 머리카락을 얼굴에서 걷어내는 모습을 지켜보았다. 그리지 이 사단을 만든 그날 밤이 떠올랐다. 그날 밤, 우리는 딱정벌레를 잡고 나서 낯선 헛간에서 잠을 청했다. 그날 밤, 넬라는 내게 많은 이야기를 털어놓았다. 넬라가 누군가의 오빠와 동생, 남편, 주인, 아들을 독살하는 삶을 살게 만들었던 프레더릭과, 그 외에 다른 모든 일들을 이야기해 주었다.

다시 바깥을 살펴봤을 때 뭔가 움직이는 것이 눈에 들어왔다. 하지만 구멍이 작다 보니 시야가 좁아져서 아무리 눈을 이리저리 굴려도 소용이 없었다. 그냥 가만히 기다리는 수밖에 없었다. 가슴속에서 심장이 방망이질 쳤다.

"우린 잡힐지도 몰라, 엘리자." 뒤쪽에서 거친 속삭임 소리가 들렸다. "잡히면 넌 날 모른다고 해야 해. 내 약방에 발을 들인 적도 없다고 해야 해. 알겠니? 이건 네가 겪을 일이 아냐. 내가 널 위협했다고 말해. 널 억지로 이 마구간에 끌고 들어왔고……."

"이런, 진정해요." 내가 넬라를 달랬다. 맙소사, 넬라는 기운이 없어 보였다. 유향의 효력이 빠르게 사라지고 있었다. 그때 저 앞쪽, 마차 차고 근처에 몇몇 사람들이 나타났다. 그곳에 모인 사람들을 다 알아볼 수는 없었지만 몇 명은 젊은 남자들이었다. 그들은 활기차게 수다를 떨면서 양손을 휘저어 지금 우리가 숨죽인 채 숨어있는 마구간 주변을 가리켰다. 한참동안 양팔로 상체를 지탱한 채 엎드리고 있었더니 팔이 떨리기 시작했다. 하지만 벽에 난 구멍에서 눈을 뗄 수가 없어서 어떻게든 버티는 수밖에 없었다.

남자들이 마구간을 수색한다면 몇 초 안에 발각되고 말 것이다. 나는 마구간 뒤쪽을 살펴보았다. 뒤쪽 벽은 높이가 대략 1미터 30센티미터 정도였다. 여차하면 그 벽을 넘어가서 도망칠 자신이 있었다. 하지만 넬라가 그렇게 할 수 있을 것 같지는 않았다. 넬라만 남겨둔 채 나 혼자 도망칠 수도 있었다. 하지만 나 때문에 이런 일이 벌어졌다. 어떻게든 내 실수를 바로잡아야 했다.

"넬라." 내가 거의 속삭이는 목소리로 넬라를 불렀다. "저 뒤쪽 벽을 넘어 도망쳐야 해요. 할 수 있겠어요?" 넬라는 대꾸도 없이 일어서기 시작했다. "잠깐만요. 몸을 낮춰요. 마차 차고 바로 옆에 사람들이 있어요." 내가 말했다.

하지만 넬라는 내 말을 못 들었는지 벽을 기어 올라가기 시작했다. 내가 말리기도 전에 넬라는 벽을 넘어가 반대쪽 바닥에 털썩 떨어졌다. 그러고는 있는 힘껏 달리기 시작했다.

뒤쪽에서 남자의 외침 소리가 들렸다. 무모하게 달려 나가 남자들의 주의를 끈 넬라에게 화가 났다. 나는 뒤도 돌아보지 않고 손쉽게 벽을 타 넘어 두 발로 착지한 후 넬라를 쫓아 달려갔다. 넬라는 이미 몇 걸음 앞서 있었다. 집 두 채 사이의 짧은 길을 따라 남쪽으로 내달리는 넬라의 온몸이 축 늘어져 있었다. 앞쪽으로는 반짝거리는 서늘하고 시커먼 템스강이 보였다. 넬라는 템스강을 향해 곧장 달렸다.

몇 분 전까지만 해도 내가 넬라를 끌고 다녔어야 했는데 지금은 넬라가 새로운 힘을 얻은 것처럼 앞장섰고, 내가 그 뒤를 따르고 있었다. 템스강이 점점 더 가까워졌다. 넬라가 워터가로 들어섰을 때 블랙프라이어스 다리로 향한다는 확신이 들었다.

"안 돼요!" 넬라가 건물 그림자 가장자리를 빙 둘러 나왔을 때 내가 소리쳤다. "그럼 훤히 다 보여요!" 하지만 내 생각을 설명할 여력이 없었다. 남자들이 뒤를 바짝 쫓아오고 있는 지금 상황에서는 그늘진 곳과 골목길로 숨어 들어가는 게 가장 좋았다. 그곳에서 잠기지 않은 문을 찾아 들어갈 수 있을지도 몰랐다. 런던은 많은 범죄자를 숨겨줄 수 있을 만큼 컸고, 넬라도 비밀스러운 삶을 살아온 만큼 잘 아는 사실이었다. "넬라!" 넬라를 소리쳐 부르는데 갑자기 옆구리에 경련이 일었다. "거긴 너무 탁 트인 곳이에요!"

넬라는 내 말을 무시한 채 블랙프라이어스 다리 가까이 접근했다. 블랙프라이어스 다리는 아이들과 가족들, 손에 손을 잡고 걸어가는 연인들로 북적거렸다. 넬라가 정신을 놓은 걸까? 몇몇 남자들은 우리를 쫓는 경찰들을 보고서 우릴 덮쳐 힘으로 제압하려고 할 게 분명했다. 넬라가 그걸 모를 리 없을 텐데. 넬라는 뒤 한 번 돌아보지 않고 달리고 또 달렸다.

어디로 가려는 거지? 뭘 하려는 걸까?

다리 중앙 부근의 시계탑이 시야에 들어왔다. 나는 눈을 가늘게 뜨고 시계의 작은 바늘 끝을 유심히 보았다. 2시 10분이었다. 70분이 지났다! 시간이 다 되고도 남았다. 이제 묘약을 사용할 수 있었다.

뒤를 돌아보자 다리까지 쫓아온 경찰들이 보였다. 나는 보디스 앞섶으로 손을 넣어 가슴 근처에 있는 부드러운 약병 두 개를 손가락으로 감쌌다. 하나가 미끄러져 깨질까 봐 두 병을 준비했는데 정말이지 지금 상황에 딱 맞는 현명한 결정이었다. 넬라와 함께 절박한 상황에 처해 있었으니까.

첫 번째 병을 옷 속에서 조심스럽게 꺼내려고 하다가 잠시 넬라를 놓쳤다. 그 사이에 넬라는 다리 중간쯤에 완전히 멈춰서 두 손으로 난간을 붙잡은 채 숨을 몰아쉬고 있었다. 넬라를 거의 따라잡았던 나도 발걸음을 늦췄다. 주변에는 검정과 회색 옷차림의 사람들 수십 명이 아무것도 눈치 채지 못한 채 저마다 갈 길을 바쁘게 재촉했다.

곧 체포될 것 같았다. 경찰들에게 따라잡히기까지 15초, 어쩌면 20초쯤 남았다.

나는 연한 하늘색 약병 마개를 뽑았다. "이거 마셔요." 넬라에게 가까이 다가선 나는 묘약을 내밀면서 간청했다. "모든 일을 다 바로잡아줄 거예요." 묘약 덕분에 넬라가 경찰들에게 설명을 잘하거나 매끄럽게 거짓말을 잘하게 되기를 바랐다. 어떤 강력한 마법이든 좋았다. 갓난아기였던 톰 페퍼의 폐에 숨을 불어넣어 주었던 그런 마법이면 족했다.

넬라가 내 손에 있는 병을 쳐다보았다. 약병을 보고도 전혀 놀라지 않았다. 넬라는 아마 시장에 갔다가 왔을 때 내가 차를 만들고 있었다는 말을 믿지 않았을지 모른다. 어쩌면 그 차가 뭔가를 숨기기 위한 위장에 불과했음을 내내 알고 있었는지도 모른다.

넬라의 양 어깨가 격하게 떨렸다. "지금 헤어져야 해. 엘리자, 넌 사람들 속으로 들어가. 지나다니는 사람들 속에 섞여 들어가 사라지는 거야. 어서 달려." 넬라가 숨을 내쉬었다. "경찰들은 내가 강으로 유인할게."

강으로?

지금까지 내내 왜 넬라가 템스강으로 곧장 향하는지 궁금했었다. 어떻게 그걸 모를 수가 있었지? 이제는 넬라가 뭘 하려는 건지 정확하게 알아차렸다.

경찰들이 우리 주변 사람들을 헤치고 점점 가까이 다가왔다. 그 중 한 명은 아주 가까이 접근해서 몇 초 거리에 있었다. 경찰관의 갈라진 입술과 왼쪽 뺨의 벌건 흉터가 보였다. 그 즉시 알아차렸다. 클라렌스 부인의 저택에서 봤던 경찰관이었다.

그 경찰관이 우리를 똑바로 노려보면서 다가왔다. 그 두 눈에 어린 복수의 눈빛이 이렇게 말했다. 이제 너희는 끝났어.

30

캐롤라인

현재, 수요일

경찰관 두 명과 함께 닫혀있는 제임스의 병실 문으로 다가갔을 때 문밖에서 서류를 훑어보던 수간호사가 제임스의 상태가 안정되었다고 알려주었다. 제임스를 중환자실에서 다른 곳으로 옮기려고 했는데 제임스가 먼저 날 만나야 한다고 고집했다고 했다.

나는 저 문 반대편에 무엇이 기다리고 있을지 확신하지 못한 채 천천히 문을 열었다. 경찰관들이 내 뒤를 따라 들어왔다. 제임스를 보자마자 숨이 터져 나왔다. 병원 침대에 베개 몇 개를 쌓아올려 놓고 기대앉은 제임스는 지쳐보였지만 얼굴색이 돌아와 있었다. 하지만 많이 좋아진 제임스를 보고 내가 놀란 것은 아무것도 아니었다. 내 뒤를 따라 들어오는 제복 차림의 경찰들을 발견한 제임스는 그보다 훨씬 더 깜짝 놀랐다.

"어, 무슨 문제가 있나요?" 제임스가 가장 가까이 있는 경찰관을 쳐다봤다.

"내가 당신에게 독약을 먹였다고 생각해." 경찰관이 대답하기 전에 내가 먼저 말했다. 나는 병원 침대 가장자리로 걸어가 엉덩이를 기대고 섰다. "당신이 의료진에게 우리 결혼생활에 문제가 있다고 말했잖아." 나는 제임스의 팔에 꽂혀있는 링거액과 주사바늘을 고정시켜 놓은 거즈를 살펴보았다. "그 병에 붙어있는 라벨 못 봤어? 대체 그걸 왜 마신 거야?"

제임스가 길게 숨을 내쉬었다. "못 봤어. 그걸 먹으면 좋아질 줄 알았지." 이렇게 말하고는 경찰관들을 돌아보았다. "캐롤라인은 이 일과 아무런 관련이 없어요. 그냥 사고였습니다."

그 순간 안도감에 무릎이 꺾일 것만 같았다. 이제는 절대 날 체포할 수 없을 것이다. 경찰관 한 명이 이맛살을 찌푸렸다. 자신의 따끈따끈한 단서가 미적지근하게 식어버렸다는 듯 따분한 표정이 그의 얼굴에 내려앉았다.

"그럼 이제 끝났나요? 아니면 진술서에 서명을 해야 하나요?" 제임스가 물었다. 제임스의 얼굴에 좌절감과 피로가 짙게 피어올랐다.

경장은 셔츠 주머니에 손을 넣어 작은 명함 한 장을 꺼내더니 보란 듯이 병실 앞쪽 탁자에 대고 탁탁 두드렸다. 그러고는 문으로 향했다. "파스웰 씨, 상황이 달라지거나 저희한테 할 이야기가 있다면 저 명함의 전화번호로 연락주세요."

"알겠습니다." 제임스가 짜증스럽다는 듯 눈을 굴리면서 말했다.

앞서 1시간 동안 겪었던 고통이 그제야 사라지자, 나는 고마운 마음에 제임스의 침대 가장자리에 걸터앉았다. "고마워." 내가 나지막하게 중얼거렸다. "타이밍이 좋았어. 조금만 더 늦었다면 난 감옥에서 전화했을지도 몰라." 나는 제임스 옆의 모니터를 흘끗 쳐다보았다. 내가 이해할 수 없는 들쭉날쭉한 선들과 숫자들이 가득한 모니터 화면이 깜박거리고 있었다. 하지만 제임스의 심장박동은 안정되어 있는 것 같았고, 경고 알람이 번쩍거리지도 않았다. 나는 내 속마음을 선뜻 인정하기 싫었지만 자존심은 접어두고 솔직하게 말했다. "당신을 잃을지도 모른다고 생각했어. 진짜로 당신을 잃어버리는 줄 알았어."

제임스의 입꼬리가 위로 올라가며 부드러운 미소가 떠올랐다. "우린 헤어져서는 안 돼, 캐롤라인." 제임스가 기대어린 표정으로 내 손을 꼭 움켜쥐었다.

우리 둘 다 숨죽인 가운데 긴 침묵이 흘렀다. 서로 마주친 시선은 떨어질 줄 몰랐다. 우리의 미래 전체가 내 대답에 달려있는 것만 같았다. 나도 당신과 같은 생각이라고 대답해야만 할 것 같았다.

"바람 좀 쐬고 와야겠어." 결국은 내가 시선을 피하며 말했다. "곧 돌아올게." 그러고는 조심스럽게 손을 잡아 빼고 물러나 병실을 나왔다.

그 길로 복도를 따라 비어있는 대기실로 들어가 제일 구석진 곳의 소파에 털썩 앉았다. 탁자 위에는 신선한 꽃들이 특대형 휴지갑 옆 꽃병에 꽂혀있었다. 휴지가 필요한 상황이었다. 눈물이 흘러내려 바늘처럼 눈을 콕콕 찌르기 시작했다.

나는 쿠션에 기대어 작게 흐느끼면서 눈물뿐만 아니라 속에서 터져 나오는 다른 모든 것들을 닦아냈다. 제임스가 건강을 되찾았다는 안도감이, 바람을 피운 제임스에게 줄곧 느꼈던 배신감이, 부당하게 경찰의 심문을 받았던 아픔이, 진실을 다 말하지 않았다는 죄책감이 뒤섞여 터져 나왔다.

백 앨리 깊숙이 들어갔던 게 겨우 어젯밤이었는데, 마치 그로부터 평생이 흐른 것만 같았다. 제임스는 어떻게 불륜 사실을 몇 달 동안이나 숨겼을까? 나는 제임스와 게이너, 경찰 두 명한테 겨우 2시간 동안 내 비밀을 밝히지 않았을 뿐이었다. 그런데도 비밀을 지키는 것이 사실상 불가능했다. 왜 힘들게 비밀을 지키려는 건지는 나도 몰랐다. 그 약제사는 오래전에, 200여 년 전에 죽은 사람이었으니까. 내가 그런 사람을 지켜줄 이유는 없었다.

죄지은 아이들처럼 제임스의 비밀과 내 비밀이 나란히 붙어있었다. 눈물이 계속 흘러 휴지를 흠뻑 적셨다. 그제야 내 슬픔이 겉으로 보이는 것보다 훨씬 깊고 복잡 미묘했음을 깨달았다.

약제사 조사에 대한 부담 때문만도, 제임스의 불륜 때문만도 아니었다. 좀 더 미묘한 또 다른 비밀, 제임스와 내가 수년 동안 서로에게 숨겨왔던 비밀, 우리가 행복하긴 했지만 성취감을 느끼지는 못했다는 비밀이 이 진창 속에 뒤섞여 있었다.

나는 안정적인 내 가정에서 행복을 누렸지만 직업적 성취를 느끼지 못했고, 내가 포기했던 것들 때문에 마음이 무거웠다. 언젠가는 아이를 가지고 싶어 하며 행복을 느꼈지만 가정생활과는 별개로 내 개인적인 성취를 이루지 못했다. 행복과 성취가 완전히 다르다는 사실을 왜 진작 깨닫지 못했을까?

갑자기 어깨를 부드럽게 잡는 손길이 느껴졌다. 깜짝 놀라서 흠뻑 젖은 휴지를 내려놓고 고개를 들었다. 게이너였다. 게이너를 작은 방에 혼자 내버려 두고 왔다는 사실을 까맣게 잊어버리고 있었다. 나는 마음을 가라앉힌 후 애써 미소 짓고는 몇 차례 심호흡을 했다.

게이너가 갈색 종이봉투를 건네주었다. "뭐 좀 먹어야죠." 게이너가 내 옆에 앉아 속삭였다. "비스킷이라도 한 입 먹어봐요. 아주 맛있어요." 종이봉투 속을 흘깃 들여다보니 깔끔하게 포장된 칠면조햄이 들어간 터키 샌드위치와 시저 샐러드, 접시 크기만 한 초콜릿칩 쿠키 하나가 있었다.

나는 고마운 마음에 고개를 끄덕였다. 다시 눈물이 흘러내릴 것 같았다. 낯선 사람들의 바다 속에서 게이너는 진정한 친구의 모습을 보여주었다.

다 먹고 나니 부스러기 하나 남아있지 않았다. 나는 마음을 다잡으면서 물 반 병을 들이키고 휴지 한 장을 더 꺼내 코를 풀었다. 이런 식으로, 이런 곳에서 게이너에게 모든 사실을 밝히고 싶지는 않왔다. 하지만 지금은 다른 수가 없었다.

"정말 미안해요." 내가 말을 꺼냈다. "당신을 이런 일에 끌어들이고 싶지 않았어요. 하지만 경찰들과 같이 있다가 당신 전화를 받았을 때 날 도와줄 수 있는 사람이 당신뿐이라는 생각이 들었어요."

게이너가 두 손을 무릎 위에 포갰다. "사과하지 말아요. 나라도 그렇게 했을 거예요." 게이너기 숨을 들이쉬면서 할 말을 조심스럽게 골랐다. "지난 며칠 동안 남편은 어디에 있었어요? 남편 이야기는 한 번도 안 했잖아요."

나는 바닥을 내려다보았다. 좀 전까지만 해도 제임스의 건강을 걱정하느라 정신이 없었는데 지금은 게이너에게 숨겼던 모든 사실들이 떠올라 부끄러웠다. "제임스와는 결혼한 지 10년 됐어요. 런던 여행은 원래 결혼기념일 여행이었는데 지난주에 제임스의 불륜 사실을 알게 됐죠. 그래서 혼자 온 거예요." 나는 한바탕 눈물을 쏟아내서 쓰라린 두 눈을 감았다. "제가 처한 현실에서 도망쳐 온 거죠. 그런데 제임스가 어제 예고도 없이 나타났어요." 게이너의 놀란 표정을 보고 내가 고개를 끄덕였다. "그리고 오늘 갑자기 제임스가 아프기 시작한 거예요."

"경찰이 의심할 만도 하네요." 게이너는 잠시 머뭇거리다가 다시 말을 이었다. "기대했던 결혼기념일 축하 여행은 아니었겠군요. 제가 도울 수 있는 게 있다면……." 게이너가 내가 그랬던 것처럼 할 말을 찾지 못해 말꼬리를 흐렸다. 어쨌든 모든 상황이 해결된 것은 아니었다. 제임스는 회복 중이었지만 우리 관계는 그렇지 않았다. 제임스가 꼬아놓은 우리 인생의 매듭을 신시내티에서 그와 함께 풀어내려고 애쓰는 모습을 상상해 보았다. 하지만 재미있던 영화의 터무니없는 결말을 본 것처럼 찜찜하고 마음에 차지 않았다.

게이너가 가방 속으로 손을 넣어 내 수첩을 꺼냈다. 경찰들과 함께 조사실에서 나왔을 때 수첩을 미처 챙기지 못했다는 사실이 떠올랐다. "펼쳐보지는 않았어요. 먼저……당신 설명을 듣고 싶어서요." 진실을 듣고 싶지 않은 것처럼 게이너의 얼굴 표정이 뒤틀렸다. 차라리 아무것도 모르는 게 안전할지도 모른다고 생각하는 것 같았다.

아직 남은 우정의 찌꺼기라도 건질 수 있는 마지막 기회였다. 여기서 거짓말로 둘러댄다면 무단침입이라는 범죄를 털어놓지 않아도 된다. 한편으론 모든 사실을 털어놓았다가 게이너가 어떻게 나올지 두려웠다. 어쩌면 게이너는 경찰관들을 쫓아가서 나의 범죄 사실을 신고할지도 몰랐다. 아니면 역사적 현장을 발견한 내 공로를 이용하려고 할 수도 있었다. 혹은 도움을 받으면서도 비밀을 만든 나에게 화를 내며 다시는 연락하지 말라고 할지도 모른다.

하지만 게이너가 어떻게 반응할지는 전혀 중요하지 않았다. 어떤 선택을 하고 어떤 결과가 나오든 다 내가 짊어져야 하는 짐이었다. 최근에 배운 것이 있다면 비밀은 삶을 망쳐놓는다는 것이다. 무단침입 사실을 털어놓아야 했다. 방금 전에 살인죄로 몰릴 뻔했는데 그에 비하면 무단침입 죄는 사소해 보였다. 내가 발견한 미스터리한 것들에 관한 진실을 밝혀야 했다.

"보여줄 게 있어요." 대기실에 다른 사람이 없는지 확인하고 나서 마침내 이렇게 말했다. 나는 휴대폰을 꺼내 그 비밀스러운 약제사의 장부 사진들을 찾아냈다. 게이너가 내 어깨 너머로 사진들을 유심히 살펴보는 동안 나는 진실을 털어놓기 시작했다.

제임스의 병실로 돌아갔을 때는 오후가 반쯤 지났을 때였다. 달라진 것은 거의 없었다. 다만 제임스가 곤히 잠들어 있을 뿐이었다. 나중에 제임스가 깨어나면 할 이야기가 몇 가지 있었다.

창가 의자에 자리 잡고 앉기 전에 화장실로 향했다. 그러다 갑자기 얼어붙은 듯 멈춰 서서 크게 뜬 눈으로 아래를 내려다보았다. 틀림없이 다리 사이에서 뭔가 흐르는 느낌이 났다.

맙소사, 드디어 기다리던 답이 나왔다. 임신이 아니었다. 확실히 아니었다.

화장실에는 생리대와 탐폰이 모두 구비되어 있어서 나는 탐폰을 꺼내 포장을 찢었다. 다 끝낸 후 세면대에서 손을 씻고 나서 거울에 비친 내 모습을 바라보았다. 손가락을 유리에 대고 거울 속의 나를 어루만지며 미소를 지었다. 내 결혼생활이 어떻게 되든 상황을 더 복잡하게 만들 아이는 생기지 않았다. 제임스와 내가 한 사람으로서, 그리고 부부로서 우리 자신을 되돌아보는 동안 무고한 아이가 그 과정을 무력하게 지켜볼 일은 없었다.

다시 제임스 옆 자리로 돌아가 벽에 머리를 기대고 생각에 잠겼다. 잠시나마 마음이 편안하고 따뜻해지자 한 가지 기억이 떠올랐다. 오늘 아침, 게이너와 함께 카페에 있었을 때였다. 게이너한테서 약제사에 관한 기사 두 가지를 받았지만 두 번째 기사는 아직 읽어보지 못했다.

가방 속으로 손을 넣어 기사를 꺼내면서 인상을 찌푸렸다. 좀 전에 내 주장을 의심하던 경찰관들에게 왜 이걸 보여줄 생각을 못했을까? 당장 눈앞에 닥친 걱정거리에 사로잡혀 약제사에 관한 기사는 완전히 잊어버리고 있었다.

신문기사를 펼치자 1791년 2월 10일 자 기사가 맨 위에 있었다. 클라렌스 경의 죽음과 곰 로고 밀랍본에 관한 기사였다. 그 기사는 이미 읽어봤기 때문에 다른 기사로 넘어갔다. 1791년 2월 12일 자 기사에 내 시선이 떨어졌다.

헤드라인을 읽는 순간 숨이 턱 막혔다. 이제야 게이너가 카페에서 했던 말이 이해가 갔다. 그때 게이너는 클라렌스 경의 죽음이 그 약제사에게는 종말의 시작이었다고 말했다.

헤드라인은 이러했다. "약제사 살인마가 다리에서 뛰어내려 자살하다."

내가 아주 잘 아는 사람의 부고 소식을 방금 읽기라도 한 것처럼 내 손에 들린 기사가 덜덜 떨리기 시작했다.

31

넬라

1791년 2월 11일

나는 엘리자와 함께 다리 위에 서 있었고, 경찰들은 겨우 세 걸음 뒤에 있었다. 죽음이 가까이 다가왔다. 어찌나 가까이 느껴지는지 죽음이 내뻗은 두 팔의 서늘한 기운이 느껴지는 것 같았다.

죽음을 목전에 둔 순간은 내가 기대했던 것과 달랐다. 엄마나 잃어버린 내 아이, 심지어는 프레데릭에 관한 기억도 떠오르지 않았다. 갓 형성되어 제대로 자리 잡지도 않은 기억 하나만 떠올랐다. 어린 엘리자가 올이 다 해진 망토에 모자라고 부르기도 민망한 것을 쓰고 내 약방에 처음 발을 들여놓았던 그날, 엘리자의 두 뺨은 갓난아기의 뺨처럼 여리고 촉촉했다. 그 모습은 말 그대로 위장이었다. 완벽한 살인자의 위장. 런던이라는 이 도시에서는 많은 하인들이 주인을 살해했지만 열두 살짜리 아이가 아침식탁에 독이 든 달걀을 내놓았다고 하면 아무도 믿지 않을 것이다. 나조차도 믿기 어려웠다.

그랬는데 또다시 보고도 믿지 못할 광경을 목격했다. 엘리자와 함께 다리 위에 서있다가 내가 뛰어내릴 준비를 하고 있었을 때, '달아나'라는 말이 내 혀끝을 떠났을 때, 그 어린 여자아이가 가는 두 다리를 블랙프라이어스 다리 난간 너머로 걸쳤다. 엘리자는 부드러운 눈빛으로 날 흘낏 돌아보았다. 엘리자의 치마 가장자리가 아래쪽 템스강에서 불어올라 오는 미풍에 날려 펄럭거렸다.

장난인가? 아니면 내 눈이 날 속이는 걸까? 나는 엘리자를 잡으려고 몸을 앞으로 던졌지만 엘리자는 날 피해서 난간을 따라 미끄러져 내려갔다. 내 재주로는 엘리자의 재빠른 움직임을 따라잡을 수가 없었다. 경찰에게 잡히기 전에 어떻게든 힘을 내서 금속 난간 너머로 내 뼈마디를 들어 올려야 했다.

한 손으로 난간을 부여잡은 엘리자가 다른 손으로 방금 전에 내게 내밀었던 작은 하늘색 병을 움켜쥐었다. 그러고는 배고픈 갓난아기처럼 병을 입에 대고 들이마신 후 아래쪽 강물로 던져버렸다.

"이게 절 구해줄 거예요." 엘리자가 속삭였다. 이어서 엘리자의 손가락들이 리본 풀리듯 난간에서 하나씩 하나씩 떨어져 나갔다.

'몸에 들어가는 모든 것은 몸 안에서 뭔가를 없애거나 불러내거나 억누른다.' 땅에서 난 치료제의 효력을 말해주는 이 간단한 교훈은 어렸을 때 엄마한테 배운 것으로, 잘 알려지지 않은 철학자 아울루스가 한 말이었다. 사실 몇몇 사람들은 이 주장을 믿기는커녕 아울루스의 존재 자체도 의심했다.

엘리자가 다리 아래로 떨어지는 모습을 지켜보는 동안 아울루스의 말이 물밀 듯 날 덮쳐왔다. 누군가가 내 아래쪽으로 곧장 떨어지는 모습을 지켜보는 이토록 기이한 경험은, 지금껏 한 번도 해본 적이 없었다. 엘리자의 머리카락이 보이지 않는 내 손에 잡혀있기라도 한 것처럼 위로 치솟아 올랐다. 가슴 위로 교차한 두 팔은 품속의 뭔가를 지키려는 것 같았다. 엘리자는 눈앞에 펼쳐진 강물을 똑바로 쳐다보고 있었다.

공포에 질려 빠르게 뛰는 내 심장이 눈앞에 무슨 일이 벌어졌는지 파악하고 말해줄 무렵, 엘리자는 강물 속으로 사라지고 없었다. 내가 꿈꿨던 그런 죽음을 맞이했다. 그럼에도 동물적인 본능이 눈앞에 닥친 더 급박한 위험을 경고했다. 아주 가까운 곳에서 경찰 한 명이 떨어지는 여자아이를 움켜잡고 싶은 것처럼 두 팔을 뻗고 있었다. 엘리자는 다리에서 뛰어내렸으니 죄가 있다고 인정한 셈이었다. 경찰은 엘리자가 클라렌스 경을 죽음으로 몰고 간 술에 누가 독을 탔는지 밝혀줄 수 있는 유일한 사람이라고 믿었을 게 분명했다.

사방에서 사람들이 몰려들었다. 굴 바구니를 든 채 넋을 놓은 것 같은 여자, 양 몇 마리를 남쪽으로 몰고 가던 남자, 생쥐처럼 다다다 달려가는 몇몇 아이들. 이 모든 사람들이 어둡고 병적인 호기심에 사로잡혀 다가왔다.

엘리자를 잡으려던 경찰이 시선을 돌려 나를 쳐다봤다. "저 사람과 같이 있었나?" 경찰이 몸짓으로 강물을 가리켰다.

나는 여전히 빠르게 뛰는 심장이 산산 조각나는 것 같아서 경찰의 질문에 답할 수가 없었다. 다리 아래 강물이 새로운 희생자를 받아들이고는 분노하는 것처럼 거칠게 출렁였다. 엘리자가 죽어서는 안 됐다. 내가 죽었어야 했다. 내가 죽고 싶어서 이 다리까지 왔다.

경찰이 내 발치에 침을 뱉었다. "이거 재수 없는 벙어리 아냐?"

좀 더 건장한 또 다른 경찰이 뒤에서 나타났다. 두 뺨은 벌겋게 달아올랐고 가슴이 벌떡거리고 있었다. "뛰어내렸어요?" 두 번째 경찰은 믿을 수 없다는 듯 주변을 둘러보다가 마침내 날 발견하고는 이리저리 뜯어보았다. "이 여자가 한패일 리는 없어요, 풋남." 두 번째 경찰이 소리쳤다. "제대로 서있지도 못하잖아요. 도망치던 두 사람은 특별할 게 없어서……." 경찰은 주변 사람들을 둘러보았다. 나보다 좀 더 생기가 도는, 망토를 걸친 사람을 찾고 있는 것 같았다.

"젠장, 크로우, 그렇지 않아!" 풋남이라 불린 그 경찰은 귀한 물고기를 곧 놓칠 것 같은 어부처럼 소리를 꽥 질렀다. "이 여자는 잘 서있을 수 있어. 그냥 친구를 잃어서 충격 받았을 뿐이야."

실제로 그랬다. 풋남은 최대한 깊숙이 낚싯바늘을 내 살 속에 박아 넣으려는 것 같았다.

크로우가 풋남에게 좀 더 가까이 다가가 몸을 숙이고 목소리를 낮췄다. "그럼 저 여자가 그냥 지나가던 행인이 아니라고 확신하세요?" 크로우가 몸짓으로 주변 사람들을 가리켰다. 나와 비슷한 짙은 색 외투를 걸친 사람들이 점점 더 많이 모여들었다. 나는 겉모습이 비슷한 사람들 사이에 섞여있었다. "저 여자를 교수형 시켜도 될까요? 독살범은 죽었잖아요." 크로우가 다리 난간 너머를 힐끗거렸다. "지금쯤 저 아래에 가라앉았을걸요."

풋남의 얼굴에 의혹의 빛이 스쳐 지나갔다. 크로우는 떨어진 동전 줍듯 그 기회를 놓치지 않았다. "생쥐 같은 여자들을 쥐구멍에서 몰아냈고, 여자가 여기서 뛰어내리는 것도 목격했어요. 모든게 여기서 끝난 거죠. 이 정도면 서류도 충분히 작성할 수 있을 거예요."

"클라렌스 경의 죽음은?" 풋남이 벌게진 얼굴로 소리쳤다. 그러고는 날 돌아보았다. "클라렌스 경에 대해 알고 있나? 클라렌스 경을 죽인 독약을 누가 샀는지 알아?"

나는 고개를 가로젓고 토하듯이 말을 뱉어냈다. "아뇨, 저는 전혀 몰라요."

갑자기 또 다른 경찰이 요란하게 다리 위로 달려와서 나머지 경찰들이 입을 다물었다. 세 번째 경찰은 골목길에서 봤던 사람이었다. "가게 안에는 아무것도 없었습니다." 세 번째 경찰이 말했다.

"대체 그게 무슨 소리야?" 풋남이 물었다.

"여자들이 나왔던 가게 문을 부수고 들어갔지만 안에는 아무것도 없었어요. 썩은 곡식이 가득한 곡물통 하나뿐이었어요."

그 고통스러운 순간에도 나는 한 줄기 자부심을 느꼈다. 내 장부와 그 안에 기록된 수많은 이름들은 안전했다. 그 모든 여자들이 안전했다.

풋남이 한 손으로 나를 가리켰다. "이 여자 어디서 본 것 같아? 우리가 봤던 여자야?"

세 번째 경찰이 머뭇거렸다. "잘 모르겠습니다. 워낙 먼 거리에서 봐서요."

풋남이 인정하기는 싫지만 어쩔 수 없다는 듯 고개를 끄덕였고, 크로우가 풋남의 등을 어색하게 토닥거렸다. 곧이어 풋남이 내 발치에 침을 뱉으며 이렇게 말했다. "내 앞에서 꺼져." 경찰 세 명은 마지막으로 난간 너머를 힐끗거리고는 서로를 향해 고개를 끄덕인 뒤 다리 너머로 되돌아갔다.

경찰들이 사라진 후, 나는 난간 너머를 내려다보았다. 흠뻑 젖어서 소용돌이치는 옷자락이나 크림처럼 새하얀 피부가 보이지 않는지 필사적으로 찾아보았다. 아무것도 보이지 않았다. 진흙투성이 강물만 거칠게 출렁거리고 있었다.

엘리자가 그렇게까지 할 필요는 없었다. 그 어린아이는 자기가 실수해서 이런 일이 생겼기 때문에 자기가 책임을 져야 한다고 생각한 게 분명했다. 어쩌면 그것뿐만이 아니라 유령이 무섭다거나 하는 다른 이유가 있었을지도 모르겠다. 내가 죽고 나면 내 유령이

자신을 괴롭히고, 이 모든 일의 원흉이라고 저주할까 봐 무서웠을
지도 모르겠다. 아, 암웰 씨의 유령을 두려워하는 그 아이를 좀 더
부드럽게 대했다면 좋았을 텐데! 좀 더 부드러운 어조로 그 아이의
신뢰를 얻어 무엇이 진짜이고 가짜인지를 잘 알려줬다면 얼마나
좋았을까! 무엇보다 간절하게 시간을 되돌려서 그 아이를 내 앞에
두고 싶었다. 질식할 듯한 후회에 짓눌려 무릎이 후들거려서 비틀
거리며 한 발작 물러섰다.

후회와 더불어 불만도 피어올랐다.

저 아래로 뛰어내리려고 한 건 나였다. 죽으려고 한 건 나였다.
이 새로운 고통을 안고서 또다시 하루를 살아갈 수 있을지 자신
이 없었다.

사람들이 대부분 흩어졌다. 더 이상 호기심에 사로잡혀 밀려들
지 않았다. 추락한 엘리자의 모습을 기억 저편으로 밀어놓는다 해
도 달라지는 것은 없다고 거의 확신할 수 있다. 여전히 나 홀로 남
았다. 항상 꿈꿨던 생의 마지막을 가슴속에 품은 채.

나는 두 눈을 꼭 감고 내가 잃어버린 모든 것들을 생각했다. 그
러고는 다리 난간으로 다가가 굶주린 검은 물결을 내려다보았다.

32

캐롤라인
현재, 수요일

제임스는 여전히 내 옆에 누워있었다. 숨소리가 고르고 느릿했다. 나는 병실 침대 헤드 옆 의자에 앉아있었다. 내 무릎 위에는 신문기사가 놓여있었다. 좀 전에 그 기사를 읽고 난 후, 몸을 앞으로 숙여 두 손에 머리를 파묻을 수밖에 없었다. 그 여자의 이름도 몰랐고 약제사라는 사실만 알고 있었지만 자살 소식에 마음이 불편해지면서 조금씩 머리가 아파왔다.

물론 200년 전에 살았던 여자였다. 그 여자 약제사의 존재를 처음 알게 됐을 때도 그 여자가 오래전에 죽은 사람임을 알고 있었다. 하지만 그런 식으로 자살했다니 충격이었다.

어쩌면 내가 그 여자가 뛰어내렸던 템스강에 가봤고, 그 여자의 추락 장면을 마음속으로 떠올려 볼 수 있어서 그런지도 모르겠다. 아니면 그 약제사가 살아 숨 쉬며 독약을 만들었던 은밀하고 어두 컴컴한 숨겨진 약방에 들어가 봤기 때문일 수도 있었다. 그렇게 나는 그 여자와 외로이 연결되어 있는 것 같았다.

두 눈을 감은 채 두 번째 기사에서 묘사된 사건들을 그려보았다. 클라렌스 경 이전에 죽었던 희생자들의 가족과 친구들이 첫 번째 기사를 보고는 갖고 있던 약병을 들고 나타났다. 모두 똑같은 작은 곰 로고가 새겨진 것들이었다.

그 즉시 경찰은 연쇄살인범이 나타났음을 깨달았다.

지도제작자들이 밤늦게 호출되었고, 런던에서 'ㅂㅇ리'라는 글자가 들어가는 곳을 모두 조사하고 뒤지기 시작했다.

2월 11일에 베어 앨리를 돌던 경찰 세 명은 자신들을 발견하고 갑자기 달아나는 여자를 발견했다. 여자는 블랙프라이어스 다리 중앙에 다다를 때까지 멈추지 않았다.

백 앨리는 잠깐 언급되었을 뿐이었다. 여자가 도망치기 시작한 후, 직책이 가장 낮은 경찰 하나가 남아서 여자가 나왔던 가게 문을 조사했다. 그 가게 문은 백 앨리 3번지에 있었다. 하지만 가게 안에는 썩은 곡식이 든 나무 곡물통과 벽 끝에 자리한 빈 선반들밖에 없었다.

나는 그 가게가 바로 내가 어젯밤에 들어갔던 곳임을 알아차렸다. 뒤쪽에 무너져 내린 선반들이 있는 그 방이었다. 그곳은 약제사의 위장이자 허울이었고, 가장 무도회에서 얼굴에 쓰는 가면과 같았다. 진실은 그 방 뒤쪽에 숨어있었다. 독약 약방, 그것이 진실이었다. 200년 된 그 기사에서는 경찰이 약제사의 이름과 작업장을 밝혀낼 때까지 계속 조사할 것이라고 했지만 어젯밤에 내가 가봤던 그곳은 누가 손댄 흔적이 없었다. 그렇다는 것은 경찰이 끝까지 조사하지 않았다는 뜻이다. 그 약제사의 위장은 견고해서 아무도 깨뜨리지 못한 것이다.

하지만 이상한 점이 있었다. 그 기사가 신문의 상당 부분을 차지하고 있었는데도 사건의 가장 중요한 부분이 정확하게 밝혀져 있지 않았다. 다름 아니라 다리 아래로 뛰어내린 여자에 관한 정보가 없었다. 여자의 인상착의가 묘사되어 있지 않았고, 머리카락 색조차도 기록되어 있지 않았다. 여자가 묵직하고 짙은 옷을 입고 있었다는 설명뿐이었다. 그 여자와 오고 간 말이 있는지도 밝혀지지 않았고, 사건 전체가 상당히 어수선했다고만 했다. 많은 구경꾼들이 사건 현장 근처로 몰려드는 바람에 너무 혼잡하고 혼란스러워서 경찰들이 그 여자를 잠시 시야에서 놓쳤는데, 그 사이에 여자가 다리 난간을 넘어갔다는 것이다.

기사 내용에 따르면 그 여자가 클라렌스 경의 죽음에 일조한 사람이 분명했다. 경찰은 약제사 살인범이라고 불린 그 여자의 살인 행각이 끝났다고 했다. 그날, 템스강은 얼음으로 뒤덮여 유난히 차갑고 사납고 거칠었다. 그 여자가 다리에서 뛰어내린 후, 경찰이 한참 동안 그 지역을 수색했지만 시신은 떠오르지 않았다. 물론,

그 여자 역시 다시 나타나지 않았다.

기사에서는 그 여자의 신원이 밝혀지지 않았다고 했다.

런던에 땅거미가 내려앉고 밤이 가까워졌을 때 제임스가 뒤척이기 시작했다. 제임스는 병실 침대에서 내 쪽으로 돌아눕더니 천천히 눈을 떴다. "안녕." 제임스가 입꼬리를 당겨 미소 지으며 속삭였다.

대기실에서 한바탕 울었던 덕분에 생각보다 마음이 훨씬 편해졌다. 오늘 아침에 제임스를 잃을까 봐 두려워했던 이후로 내 안의 뭔가가 부드러워졌다. 제임스에게 지독하게 화가 나는 건 여전했다. 하지만 지금 이 순간에는 적어도 제임스 곁에 가까이 있을 수 있었다. 나는 손을 뻗어 제임스의 손을 잡으면서 이렇게 서로의 손을 잡는 것이 마지막이 아닐까 생각했다. 앞으로 오랫동안, 어쩌면 영원히 서로 손을 잡을 일이 없을지도 몰랐다.

"안녕." 나도 속삭이듯 인사했다.

나는 제임스가 좀 더 편하게 일어나 앉을 수 있게 등 뒤에 베개 몇 개를 받쳐주었다. 그러고는 병원 구내식당의 메뉴판을 건네주었다. 바깥에 나가서 진짜 먹을만한 음식도 사올 수 있지만 병원 구내식당 메뉴도 나쁘지 않다고 말했다.

제임스가 식사를 주문한 후 잠시 침묵이 찾아왔다. 나는 그가 경찰에 관한 얘기를 더 이상 하지 않기를 바랐다. 경찰이 왜 내가 남편을 독살했다고 생각했을까 하는 질문들은 사절이었다. 애초에 내가 심문을 받게 된 이유를 알게 된다면 제임스는 내 수첩을 직접 보고 싶어 할 것이다. 하지만 지금은 그 비밀을 게이너와 나만의 것으로 간직하고 싶었다.

게이너에게 내가 촬영한 사진들을 보여주자 그녀는 다른 사람들에게는 말하지 않겠다고 약속해 주었다. 지금 내 인생이 제임스와의 문제만으로도 혼란스럽다는 사실을 이해해 준 덕분이었다. 게다가 게이너는 약제사의 약방 발견에 자신이 직접 관여하지 않았기 때문에 내게 어떻게 하라고 지시할 수 없다고 했다. 그럼에도 귀중한 역사적 현장을 발견했다는 점을 감안해서 그 정보를 어떻게 사용할지 아주 신중하게 생각해 보라고 충고했다. 나는 그녀의 말에 고개를 끄덕거릴 수밖에 없었다. 어쨌든 게이너는 대영도서관 직원이었으니까.

이제 게이너와 나 이렇게 두 사람만이 진실을 알고 있다. 200년 전에 살았던 약제사 살인마의 작업실과 그 약제사가 낡은 작업실 안에 깊숙이 숨겨둔 믿기 어려운 정보의 출처에 대해서 말이다. 현재의 이 위기를 넘기고 나면 무엇을 어떻게 누구에게 밝힐지에 관한 몇 가지 어려운 결정을 내려야 했다. 이 발견이 최근에 새롭게 불붙은 역사에 대한 내 열정에 어떤 영향을 미치는지도 생각해 봐야 했다.

다행히 제임스는 몇 시간 전에 일어났던 일을 다시 끄집어낼 생각이 없는 것 같았다. "이제 돌아가야겠어." 제임스가 물 한 모금을 마시면서 말했다. 그동안 나는 그의 침대 옆에 걸터앉아 있었다.

내가 눈썹을 치켜올렸다. "겨우 어젯밤에 입원했잖아. 미국행 비행기는 8일 후에나 출발하고."

"여행 보험 때문에 그래." 제임스가 설명했다. "병원 입원 내력이 있으니까 돌아가는 비행기 비용을 청구할 수 있어. 퇴원하자마자 돌아가는 비행기를 다시 예약할 거야." 제임스가 침대시트 가장자리를 만지작거리고는 날 쳐다봤다. "당신 자리도 예약할까?"

나는 한숨을 내쉬었다. "아니. 난 원래 예정대로 돌아갈 거야." 내가 부드럽게 말했다.

제임스의 눈에 실망의 빛이 스쳐 지나갔지만 재빨리 평정을 되찾았다. "그래, 그렇게 해. 당신한테 시간이 필요한 거 나도 알아. 애초에 여기 오지 말았어야 했는데. 이제야 깨달았어." 몇 분 후, 병원 직원이 쟁반을 갖고 나타나 제임스 앞에 식사를 내려놓았다. "8일밖에 안 되니까." 제임스가 게걸스럽게 식사를 하면서 이렇게 덧붙였다.

숨이 가빠졌다. 지금이 기회야. 나는 이렇게 생각했다. 제임스의 침대 끝에 책상다리를 하고 앉아 그의 침대시트 한 귀퉁이로 내 무릎을 덮고 있는 지금, 우리는 오하이오로 돌아간 것만 같았다. 하지만 예전의 '일상'은 절대 되찾지 못할 것이다.

"농장 일을 그만둘 거야." 내가 말했다.

제임스가 감자를 입에 갖다 대다가 멈칫했다. 제임스는 포크를 내려놓았다. "캐롤라인, 많은 일이 있었어. 진짜로 그만두고 싶은 건······."

나는 병실 침대 가장자리에서 일어나 똑바로 섰다. 또다시 이성의 목소리에 무릎 꿇을 수는 없었다.

"내 말 끝까지 들어줘." 내가 차분하게 말했다. 바깥으로 시선을 돌려 런던의 스카이라인을 바라보았다. 오래된 것들과 새로운 것이 대비되는 전경이 눈앞에 펼쳐졌다. 유행을 선도하는 가게 정면 유리창들에 세인트 폴 대성당의 진주 빛깔 돔이 비쳤고, 빨간 관광버스들이 털털거리며 역사적 명소들을 지나쳤다. 지난 며칠 동안 배운 것이 있다면 어두운 곳에 숨겨진 오래된 진실들에 새로운 빛을 비추는 것이 중요하다는 사실이었다.

나는 창가에서 시선을 돌려 제임스를 마주보았다. "이제는 나를 선택하고 싶어. 나 자신을 우선시하고 싶다고." 나는 양손을 잡아 비틀면서 말을 멈추었다. "당신 일도, 우리 아이도, 안정도, 다른 사람들이 나한테 바라는 그밖에 다른 어떤 것도 아니라 나 자신을 말이야."

제임스가 뻣뻣하게 굳었다. "무슨 말인지 모르겠어."

나는 약제사에 관한 기사 두 가지가 들어있는 내 가방을 흘낏 쳐다보았다. "어느 순간, 난 나 자신의 일부를 잃어버렸어. 10년 전에는 지금과 완전히 다른 나 자신을 꿈꿨었지. 그 꿈을 완전히 버리게 될까 봐 두려워."

"하지만 사람들은 변해, 캐롤라인. 당신은 지난 10년 동안 성숙한 거야. 옳은 것들을 우선시했고. 변해도 괜찮아. 당신은……."

"그래, 변해도 괜찮아." 내가 끼어들었다. "하지만 나 자신의 일부를 숨기고 파묻어 버리는 건 괜찮지 않아." 제임스도 자신에 관한 몇 가지 사실들을 숨겨왔다는 이야기는 하고 싶지 않았다. 지금이 순간에 다른 여자 이야기를 꺼내고 싶지도 않았다. 제임스의 실수가 아니라 오직 나의 꿈에 관해 이야기하고 싶었다.

"알겠어, 일을 그만두고 싶고 아이도 좀 있다 가지고 싶다는 거지?" 제임스가 떨리는 숨을 토해냈다. "그럼 뭘 할 계획이야?" 나는 제임스가 내 직장 문제뿐만 아니라 우리 결혼생활에 대해서도 묻고 있다는 사실을 직감했다. 그의 말투에는 거들먹거리는 기색은 없지만 회의가 가득했다. 10년 전, 역사 학위로 어떻게 직장을 구할 거냐고 내게 물었을 때와 똑같은 말투였다.

"더 이상 진실을 외면하지 않을 거야. 난 지금 내가 바라는 인생을 살고 있지 않아. 이 진실을 마주하기 위해서……" 나는 잠시 머뭇거렸다. 이 다음 말은 일단 내뱉었다 하면 되돌릴 수 없었기 때문이었다. "그러기 위해서 혼자 있을 시간이 필요해. 런던에서 8일을 더 보내겠다는 말이 아냐. 당분간 혼자 지내겠다는 거야. 별거를 신청하려고 해."

제임스의 얼굴이 구겨졌다. 제임스는 식사 쟁반을 천천히 옆으로 밀쳤다.

나는 다시 제임스 옆에 앉아서 따뜻한 하얀 침대시트를 한 손으로 짚었다. "우리 결혼생활은 너무 위선적이었어." 내가 속삭였다. "당신도 생각할 게 많을 테고, 나도 마찬가지야. 우리가 함께 이 문제를 해결할 수는 없어. 그럼 결국 똑같은 전철을 밟을 거고, 애초에 우릴 이렇게 만든 똑같은 실수를 하게 될 거야."

제임스는 두 손에 얼굴을 파묻은 채 머리를 앞뒤로 흔들기 시작했다. "믿을 수가 없어." 제임스가 손가락 사이로 말했다. 링거액은 여전히 그의 손등에 연결되어 있었다.

나는 소독 냄새 가득한 어둑한 병실을 몸짓으로 가리켰다. "당신이 입원했든 안 했든 당신이 바람피운 사실은 잊을 수가 없어."

제임스가 여전히 두 손에 얼굴을 파묻은 채 대답해서 잘 들리지 않았다. "내가 죽어가도 말이지." 제임스가 이렇게 웅얼거리고는 잠시 후에 다시 말을 이었다. "내가 무슨 짓을 해도⋯⋯." 제임스의 목소리가 끊겨서 나머지 말은 알아들을 수가 없었다.

나는 인상을 찌푸렸다. "무슨 짓을 해도, 라니? 그게 무슨 말이야?"

제임스가 드디어 얼굴에서 손을 떼어내고 창문을 바라보았다. "아무것도 아냐. 그냥 나도⋯⋯시간이 필요해. 생각할 게 많아." 하지만 제임스는 날 똑바로 쳐다보지 못하는 것 같았다. 내 안의 차분한 목소리가 좀 더 다그쳐 보라고 했다. 물론 제임스는 순순히 털어놓으려고 하지 않을 것이다.

그때 불현듯 유칼립투스 오일 병이 생각났다. 그 병 겉면에는 독성의 위험을 경고하는 라벨이 붙어있었다. 병실 안에 차가운 바람이 불어닥친 것처럼 의문 하나가 떠올랐다. 내 생각이 틀렸다면 부당한 비난이 되겠지만 방금 떠오른 질문을 던지지 않을 수가 없었다.

"제임스, 설마 일부러 유칼립투스 오일을 마셨어?"

단 한 번도 해보지 않은 생각이었지만 일단 떠오르자 경악하지 않을 수 없었다. 제임스가 위험한 줄 알고도 그 독성물질을 마셨다고? 그 때문에 내가 경찰한테 심문을 받았다고? 제임스가 금방이라도 죽을까 봐 그렇게 걱정했던 게 다 그 사람이 자초한 일이었다고? 그게 가능하단 말이야?

제임스가 나를 향해 고개를 돌렸다. 그의 눈빛이 죄책감과 실망감으로 흐려져 있었다. 얼마 전에도 봤던 눈빛이었다. 내가 그의 죄상을 증명해 주는 문자 메시지를 내밀었을 때 그가 보였던 그 눈빛이었다. "당신은 자기가 지금 뭘 버리려고 하는지 몰라. 이 모든 일은 다 바로잡을 수 있어. 당신이 날 밀어내지만 않으면 돼. 날 다시 받아줘, 캐롤라인." 제임스가 말했다.

"내 질문에 대답 안 했잖아."

제임스가 양손을 번쩍 들어 올리는 바람에 나는 깜짝 놀랐다. "지금 그게 뭐가 중요해? 내가 뭘 해도 당신은 화를 내잖아. 거기다 한 가지 더 보태는 게 뭐 어때서? 그냥 하나 더 추가해." 제임스가 손가락 하나를 들어 V자를 그리며 체크 표시를 했다. 이건 인정하는 것과 다를 바 없는 말이었다.

"그런 짓을 하다니!" 속에서는 분노가 치밀어 올랐지만 목소리는 나지막하게 흘러나왔다. 잠시 후 며칠 동안 계속 곱씹었던 질문을 던졌다. "왜 그랬어?"

하지만 나는 이미 답을 알고 있었다. 그것은 제임스의 또 다른 책략이자 전략에 불과했다. 제임스는 위험을 회피하는 계산적인 사람이었다. 위험한 줄 알면서도 유칼립투스 오일을 삼켰다면 그게 내 마음을 돌릴 수 있는 최후의 방법이라고 생각했기 때문이다. 그게 아니면 왜 바람피운 남편이 자기 자신을 해치는 짓을 했겠는가? 제임스는 내가 그의 건강을 걱정하는 마음에 비통한 심정을 억누를 것이라고, 그를 가엽게 생각해 빨리 용서할 거라고 생각했을 것이다.

그 계략은 거의 성공할 뻔했지만 결국은 실패했다. 그와 물리적으로나 감정적으로 거리를 둔 지금, 나는 그의 진정한 본성을 꿰뚫어볼 수 있었다. 기만과 부당한 책략을 일삼는 그의 본성이 보였다.

"내가 당신을 동정하길 바란 거야." 나는 다시 일어서면서 조용히 말했다.

"내가 가장 원치 않은 게 당신의 동정이야." 제임스의 목소리가 차가웠다. "난 그냥 당신이 상황을 똑바로 직시하기를 바랐어. 언젠가는 후회하게 될 거라는 걸 깨닫게 해주고 싶었다고."

"아니, 절대 그럴 일 없어." 나는 두 손이 떨렸지만 말을 돌리지 않고 직설적으로 말했다. "당신은 너무 많은 일을 내 탓으로 돌렸어. 당신이 행복하지 않은 것도, 바람을 피운 것도, 이제는 이렇게 아픈 것도 전부 다." 내 목소리가 높아지자 제임스의 얼굴이 창백해졌다. "며칠 전에는 이 결혼기념일 여행에서 좋은 일이 하나도 없을 거라고 생각했어. 하지만 그렇지 않았어. 이제야 알게 됐거든. 당신이 바람을 피운 것도, 행복하지 않은 것도 내 탓이 아니라는 걸 말이야. 당신과 같은 지붕 아래 살 때보다 당신과 떨어져 지내는 동안 우리 결혼생활에 관한 진실을 더욱 많이 알게 됐어."

가벼운 노크 소리에 대화가 끊어졌다. 오히려 다행이었다. 더 오랫동안 말을 계속했다가는 끈적거리는 타일 바닥에 쓰러졌을지도 몰랐다.

젊은 간호사가 병실로 들어와 아무것도 모른 채 우리에게 미소를 지었다. "새 병실이 거의 다 준비됐어요. 갈 준비 됐나요?" 간호사가 제임스에게 물었다.

제임스가 뻣뻣하게 고개를 끄덕였다. 제임스는 갑자기 유난스레 피곤해 보였다. 아드레날린이 가라앉자 나도 피로를 느꼈다. 병원에 도착했던 어젯밤처럼 내 잠옷과 테이크아웃 음식, 어두운 조명의 내 호텔방이 간절하게 그리워졌다.

간호사가 모니터에 연결된 전선들을 떼는 동안 제임스와 나는 어색하게 작별인사를 주고받았다. 간호사는 내일 퇴원 수속이 잡혀있다고 했고, 나는 아침 일찍 오겠다고 했다. 그러고는 병실을 나와 등 뒤로 묵직한 문을 받았다.

호텔방에 돌아와서 침대 중앙에 자리를 잡고 앉아 무릎에 치킨 팟타이를 올려놓는 순간, 마음이 탁 풀려서 눈물을 흘릴 뻔했다. 주변에는 사람들도, 경찰도, 삑삑거리는 의료기기도 없었다. 그리고……제임스도 없었다. 텔레비전도 켜지 않았다. 면을 후루룩 삼키는 사이사이 눈을 감고 고개를 뒤로 젖혀 주변의 정적을 음미했다.

탄수화물이 들어가자 힘이 좀 나는 것 같았다. 하지만 아직 8시도 되지 않았다. 식사를 끝낸 후, 바닥에서 가방을 집어 들고 휴대폰을 움켜쥐었다. 그러고는 게이너한테서 받은 기사 두 가지와 내 수첩을 꺼내 쫙 펼쳐놓았다. 약제사에 관한 기사들을 다시 읽어보고 휴대폰 사진들을 좀 더 자세히 살펴보려고 침대 옆의 전등을 켰다.

처음 나오는 약방 내부 사진 몇 장을 먼저 살펴보았다. 사진들이 모두 너무 흐릿하고 빛 노출이 심했다. 노출과 밝기를 조절해도 전경 외에는 보이는 게 없었다. 카메라 플래시가 터지면서 방 안에 떠다니는 먼지들만 선명하게 찍힌 것 같았다. 이게 바로 일생일대의 사건을 휴대폰으로 촬영할 때 생기는 단점이었다. 자책감에 내 머리통을 후려갈길 뻔했다. 대체 왜 쓸만한 손전등을 챙겨가지 않았단 말인가?

다음 사진 몇 장을 넘겨보았다. 약제사의 장부 사진들이었다. 장부 사진은 모두 8장이었는데 급하게 마구잡이로 찍은 것들이었다. 장부 앞쪽에서 몇 장, 중간에서 몇 장을 촬영했고, 나머지는 장부 뒤쪽 사진들이었다. 이 사진들 때문에 내가 곤경에 처했다. 선명하게 찍힌 사진들이라서 그 내용을 베껴 쓸 수 있었고, 그 메모들 때문에 감옥에 들어갈 뻔했다.

마지막 사진은 선반에 있던 다른 책 표지 안쪽의 그림을 촬영한 것이었다. '약전'이라는 단어 하나만 간신히 알아볼 수 있었다. 인터넷 검색창에 '약전'을 쳐 넣자 약물 안내 책자라는 검색결과가 나왔다. 다시 말해 약품 참고서였다. 참고서도 흥미롭기는 했지만 약제사의 육필 장부만큼 흥미롭지는 않았다.

장부 마지막 부분을 촬영한 사진들을 다시 찾아보았다. 사진을 확대하자 모든 항목들이 비슷한 형식으로 작성되어 있는 게 눈에 들어왔다. 날짜와 처방약, 수령자가 적혀있는 항목들이었다. 그 항목들을 자세히 살펴보니 장부 마지막 장에 적혀있는, 그러니까 약제사가 죽기 며칠이나 몇 주 전에 작성한 것들이었다.

'클라렌스 경'이라는 이름이 바로 눈에 들어왔다. 그 항목 전체를 읽다가 숨이 넘어갈 뻔했다.

버크웰 양, 클라렌스 경의 정부이자 사촌
칸타리스, 1791년 2월 9일, 클라렌스 경의 아내 클라렌스 부인에게 인도

게이너한테서 받은 1791년 2월 10일 자 신문기사를 찾아서 침대 위로 몸을 숙였다. 심장이 방망질치기 시작했다. 방금 본 장부 항목과 클라렌스 경의 죽음을 다룬 기사를 비교해 보면서 이름과 날짜를 확인했다. 내가 발견한 약방이 약제사 살인마의 것이라고 내내 믿고는 있었지만 그 증거가 실제로 눈앞에 나타날 줄은 몰랐다. 약제사의 장부를 촬영한 이 사진이 약제사가 클라렌스 경을 살

해한 독약을 만들었다는 증거였다.

하지만 그 항목들의 의미를 깨닫게 되자 절로 인상이 찌푸려졌다. 처음 나오는 이름, 그러니까 독약을 먹게 되는 사람 이름이 버크웰 양이었기 때문이다. 버크웰 양은 클라렌스 경의 사촌이었다. 그리고 마지막에 나오는 이름, 독약 구매자 이름은 클라렌스 경의 아내 클라렌스 부인이었다.

첫 번째 신문 기사의 마지막 부분을 다시 읽어보았다. 버크웰 양이라는 이름은 언급되어 있지 않았다. 클라렌스 경은 사망했다고 확실하게 나와 있었고, 그의 아내나 다른 누군가가 클라렌스 경의 술에 독약을 탔다는 의혹이 남아있다고 했다. 하지만 약제사의 장부를 보면 클라렌스 경은 죽을 사람이 아니었다. 원래 희생자는 버크웰 양이었다.

내 앞에 놓인 자료들로 봤을 때, 엉뚱한 사람이 죽은 것이었다. 클라렌스 부인과 약제사, 현재의 나 말고 그 사실을 아는 사람이 있을까? 역사학 석박사 학위는 없지만 내가 이 기념비적인 발견을 했다는 사실에 자부심이 솟구쳐 올랐다.

살해 동기는 장부 항목에 확실하게 드러나 있었다. 장부 항목에 따르면 버크웰 양은 클라렌스 부인의 사촌일 뿐만 아니라 정부였다. 클라렌스 부인이 버크웰 양을 죽이고 싶어 할만도 했다. 버크웰 양은 남편의 다른 여자였으니까. 제임스의 불륜 사실을 알았을 때 나도 그의 다른 여자에게 복수하고 싶은 즉각적인 충동에 사로잡혔던 게 기억났다. 그렇다보니 클라렌스 부인을 비난할 수가 없었다. 클라렌스 부인은 자신의 계획이 틀어져 남편이 대신 죽었다는 사실을 알았을 때 기분이 어땠을까? 클라렌스 부인의 계획대로 일이 진행되지 않은 게 분명했다.

갑자기 병원에서 발견된 쪽지가 생각났다. 거기에 그 비슷한 말이 적혀있지 않았던가? 나는 떨리는 두 손으로 세인트 토마스 병원에서 발견된 쪽지의 디지털 이미지를 찾아보기 시작했다. 1816년 10월 22일 자 쪽지였다. 내 기억 속에 남아있는 그 문구를 다시 읽어보았다.

다만 그 일은 내 계획대로 진행되지 않았다.

이 쪽지를 쓴 사람이 클라렌스 부인이었을까? 나는 깜짝 놀라서 두 손으로 입을 막았다. "아냐, 그럴 리 없어." 내가 큰소리로 중얼거렸다.

하지만 그 쪽지의 마지막 문장도 쪽지의 주인이 클라렌스 부인일 가능성을 다분히 보여주고 있었다. 다 내 남편 탓이었다. 자신에게 허락되지 않은 걸 탐한 남편 탓이었다. 이 문장은 문자 그대로의 뜻과 비유적인 뜻이 모두 담긴 실마리가 아닐까? 클라렌스 경이 버크웰 양의 것인 독주를 탐했고, 자신의 아내가 아닌 다른 여자를 탐했다는 뜻이 아닐까?

나는 두 번 생각해 보지도 않고 게이너에게 문자를 보냈다. 카페에서 게이너는 교구기록에서 클라렌스 경의 사망 날짜를 확인해 봤다고 했다. 어쩌면 클라렌스 부인의 사망 날짜도 확인할 수 있을지도 몰랐다. 사망 날짜만 확인되면 병원에서 발견된 쪽지의 주인이 클라렌스 부인인지 알 수 있었다. 또, 저예요, 캐롤라인! 사망 기록을 한 번 더 확인해 줄 수 있어요? 이번에는 클라렌스 부인이요. 1816년 10월 경에 사망 기록이 있나요?

게이너의 답장이 오기 전에는 그 문제를 계속 고민해 봤자 시간 낭비였다. 나는 물 한 잔을 길게 들이마시고, 두 다리를 끌어당긴 채 장부의 마지막 항목을 보다 더 자세하게 읽어보려고 사진을 확대했다.

그런데 그 항목을 읽기도 전에 살갗에 소름이 돋았다. 그 항목은 약제사가 경찰을 피해 달아나다가 다리 아래로 뛰어내리기 직전에 작성한 마지막 기록이었다.

나는 그 항목을 한 번 읽어보고는 이맛살을 찌푸렸다. 마지막 항목은 필체가 별로 안정적이지 못했다. 글쓴이가 떨리는 손으로 쓴 것만 같았다. 어쩌면 약제사가 아팠거나 감기에 걸렸을지도 모른다. 아니면 서둘러 작성했던가. 아니면⋯⋯갑자기 떠오른 생각에 온몸이 떨려왔다. 다른 누군가가 마지막 항목을 작성했던가.

창문의 묵직한 커튼이 활짝 열려있었다. 거리 맞은편의 다른 건물에서 누군가 전등을 켰다. 갑자기 무대 위에 올라온 것만 같았다. 그래서 커튼을 닫으려고 침대에서 일어났다. 아래쪽의 런던 거리는 왔다 갔다 하는 사람들의 물결로 출렁거렸다. 술집으로 향하는 친구 무리들, 정장 차림으로 야근을 마치고 나오는 남자들, 유모차를 밀고 템스강을 향해 천천히 걸어가는 젊은 부부가 보였다.

나는 다시 침대로 돌아갔다. 뭔가가 이상하다는 느낌이 들었지만 뭐가 이상한지 꼬집어 말할 수가 없었다. 마지막 항목을 다시 읽어보았다. 혀를 차면서 단어 하나하나를 떼어내 생각하던 중에 날짜가 눈에 들어왔다.

마지막 항목의 날짜는 1791년 2월 12일이었다.

나는 두 번째 기사를 집어 들었다. 다리에서 뛰어내려 죽은 약제사에 관한 기사였다. 그 기사에서는 약제사가 2월 11일에 다리에서 뛰어내렸다고 했다.

순간 손에 들고 있던 휴대폰이 굴러 떨어졌다. 나는 침대에 등을 기대고 앉았다. 으스스한 기운이 온몸을 덮쳐왔다. 드러난 진실에 나 못지않게 흥분한 유령이 막 호텔방에 들어와 숨죽인 채 지켜보고 기다리고 있는 것 같았다. 2월 11일에 누가 다리에서 뛰어내렸든, 누군가는 멀쩡하게 살아서 약방으로 돌아갔다.

33

넬라

1791년 2월 11일

난간 너머로 한쪽 다리를 들어 올리려다가 멈췄다.

내가 잃어버린 모든 것들, 그 평생의 고통이 무덤에 쓸어 넣는 흙더미처럼 날 짓눌러 왔다. 하지만 숨을 쉬고 있는 바로 이 순간, 목덜미를 스치는 가벼운 미풍, 저 멀리 강 위에서 들리는 굶주린 물새들의 울음소리, 혀끝에 와 닿는 짭짤한 소금 맛은 내가 잃어버리지 않은 것들이었다.

난간에서 물러서 눈을 떴다.

내가 잃어버린 모든 것들, 내가 잃어버리지 않은 모든 것들, 둘 중 무엇을 선택해야 할까?

엘리자가 내 대신 뛰어내렸다. 경찰들을 속이고 독약 판매자인 척 하려고 자신의 목숨을 내게 바쳤다. 그 귀한 목숨을 선물로 받았는데 어떻게 나도 그 아이를 따라 강 속으로 뛰어들 수 있을까?

다리 위에 서서 템스강 너머 동쪽을 바라보는데 또 다른 사람이 생각났다. 엘리자가 사랑하는 주인마님, 암웰 부인. 암웰 부인은 며칠 내로 돌아와 엘리자를 찾을 것이다. 하지만 엘리자는……떠나고 없다. 사라져 버렸다. 암웰 부인이 그 사실을 알게 된다면 더 이상 가짜 눈물을 흘리지 못할 것이다. 그 아이가 자신을 버리고 떠났다고 믿는다면 암웰 부인은 평생 괴로워할지도 모른다.

암웰 부인에게 진실을 말해줘야 했다. 엘리자가 죽었다고 전해 줘야 했다. 그 여인을 위해 내가 해줄 수 있는 것은 하나뿐이었다. 어린 엘리자가 더 이상 편지를 대신 써줄 수 없다는 사실과 함께 통증을 달래줄 골무꽃 팅크를 만들어주는 것이다.

그리하여 나는 다리 난간에서 돌아섰다. 목구멍까지 치밀어 오르는 흐느낌을 억눌러 참았다. 혼자 남을 때까지, 다시는 보지 못할 거라고 생각했던 내 독약 약방으로 돌아갈 때까지.

엘리자가 뛰어내린 후로 22시간이 흘렀다. 낮과 밤이 지나는 동안 나는 암웰 저택에 갖다 줄 골무꽃 팅크를 준비해서 병에 넣었다. 손을 뻗어 엘리자를 찾았지만 텅 빈 공기의 서늘한 감촉만 손에 와 닿았다. 그 아이가 풍덩 떨어지는 소리, 강물이 그 아이를 집어 삼키는 소리가 아직도 귓가에 울렸다.

다리를 떠나 백 앨리 3번지로 돌아왔을 때 약방에 다녀갔던 경찰관들의 냄새를 맡을 수 있었다. 약방 안을 이리저리 돌아다니며 뭔가를 찾아다녔던 남자의 지독한 땀내였다. 경찰은 곡물통 속의 새 편지도 찾아내지 못했다. 최근에 내가 시장에 가고 엘리자가 한창 팅크를 만들고 있었을 때 누군가 놓고 간 것이 분명했다.

새 편지는 이제 내 손 안에 있었다. 종이에서 라벤더나 장미향은 나지 않았다. 필체가 특별히 멋지거나 깔끔하지도 않았다. 편지 주인은 자세한 사정을 밝히지 않았고, 그냥 남편에게 배신당한 아내라고만 했다.

이 마지막 의뢰는 그 오래전의 첫 의뢰와 거의 똑같았다.

조제하기 복잡한 것은 아니었다. 사실 청산은 손닿는 곳에 있었다. 1분도 안 돼서 손쉽게 조제할 수 있는 약이었다. 어쩌면 이 마지막 독약은 프레더릭의 손에 아이를 잃었던 그날 이후로 바라고 바랐던 평화를 내게 안겨줄 수 있을지도 몰랐다.

하지만 그것은 불가능한 일이었다. 내가 원한 건 복수로 상처를 치유하는 것이었지만, 그런 일은 절대 일어나지 않았다. 다른 사람들을 해치자 내 상처가 더욱더 깊어만 갔다. 나는 편지를 집어 들어 한 손가락으로 글자들을 쓸어 보고 의자에서 일어났다. 앞으로 몸을 숙여 약한 한쪽 다리를 다른 쪽 다리 앞으로 내디뎠다. 거칠게 숨을 내쉬면서 그렇게 벽난로를 향해 다가갔다. 나지막하게 타오르는 불길이 장작 한 조각을 먹어치웠다. 나는 춤추는 불꽃 속으로 편지를 조심스럽게 던져 넣었다. 종이가 순식간에 불붙어 타올랐다.

아니, 이 여자가 원하는 것을 주지 않을 것이다.

이 약방에서 더 이상은 죽음을 부르지 않을 것이다.

이제 내 독약 약방은 더 이상 존재하지 않는다. 벽난로의 한 줄기 불길이 꺼지면서 마지막 편지는 재로 사라졌다. 더 이상은 향유를 끓일 일도, 강장제를 섞을 일도, 팅크를 휘저을 일도, 식물을 뽑을 일도 없다.

기침이 나오기 시작해서 허리를 숙였다. 핏덩어리가 폐에서부터 올라와 혀끝에 닿았다. 어제 오후부터 피를 토하기 시작했다. 경찰들을 피해 마구간 뒤쪽 벽을 타넘어 도망쳤다가 내 어린 친구가 떨어져 죽는 모습을 지켜본 그 순간부터였다. 1년은 버틸 수 있는 힘을 그날 단 몇 분도 안 되는 그 시간 동안 다 써버렸다. 경찰과 추격전을 벌인 탓에 내 생각보다 훨씬 더 죽음에 가까워졌다.

핏덩어리를 잿더미 속에 뱉어냈다. 혀끝에 끈적끈적하게 달라붙은 찌꺼기를 씻어내고 싶은 마음도 없었다. 갈증도, 허기도 느끼지 못했다. 거의 하루 종일 소변도 보지 않았다. 좋은 징조가 아니었다. 목구멍이 뭐라도 달라고 보채지 않고, 방광이 차오르지 않을 때는 끝이 거의 다가온 것이다. 겪어봤기 때문에, 예전에 한 번 본 적이 있기 때문에 잘 아는 사실이다.

엄마가 그렇게 돌아가셨다.

암웰 저택에 가야 했다. 최대한 빨리. 엘리자가 주인마님은 몇 주 후에야 돌아올 거라고 했으니 암웰 부인이 저택에 있을 리는 없었다. 편지와 팅크는 하인에게 전해줄 생각이었다. 그러고는 강으로 가서 조용한 강둑에 앉아 죽음이 찾아오기를 기다릴 것이다. 기다림은 길지 않을 것이다.

하지만 약방을 영원히 떠나기 전에 한 가지 할 일이 있었다.

나는 깃펜을 잡고 펼쳐져 있는 장부를 끌어당겨와 마지막 항목을 부지런히 기록하기 시작했다. 내가 조제한 약물도 아니었고 그 약물의 재료가 뭔지도 몰랐지만 그 아이의 삶과 죽음을 기록하지 않고는 떠날 수 없었다.

엘리자 패닝, 런던, 재료 미상, 1791년 2월 12일

펜촉이 슥슥거리며 종이를 스쳐 지나갈 때 내 손이 무섭게 떨렸다. 글자가 너무 엉망이라서 필체가 내 것 같지 않았다.

정체를 알 수 없는 영혼이 내가 글을 쓰지 못하게 막는 것만 같았다. 어린 엘리자의 죽음을 기록하지 못하게 방해하는 것 같았다.

34

캐롤라인
현재, 수요일

마지막 항목을 다시 읽다가 한 손으로 입술을 틀어막았다.

엘리자 패닝, 런던, 재료 미상, 1791년 2월 12일

2월 12일이라고? 말이 되지 않았다. 약제사는 2월 11일에 다리에서 뛰어내렸고, 기사에서 템스강은 '얼음으로 뒤덮여' 있었다고 했다. 강에 떨어지는 순간에 죽지 않았다 해도 그 차가운 강물에서 일이 분이라도 버틸 수 있었을 것 같지는 않았다.

게다가 이름이 하나밖에 없었다. 엘리자 패닝. 마지막 항목에 약

물을 '인도' 받은 다른 누군가의 이름이 없었다. 엘리자는 혼자서 그 약방을 찾아갔던 게 분명했다. 자신이 마지막 손님이라는 사실을 알았을까? 약제사의 죽음에 어떤 식으로든 연루된 사람이었을까?

나는 이불을 다리 위로 끌어당겼다. 솔직히 마지막 항목을 읽고서 살짝 무서워졌기 때문이었다. 뭔가 실수가 있었다는 가능성도 생각해 보았다. 어쩌면 약제사가 날짜를 잘못 기록했을지도 모른다.

마지막 항목의 '재료 미상'이라는 부분도 이상했다. 재료를 모른다니! 있을 수 없는 일이었다. 약제사가 어떻게 자기도 모르는 것을 만들 수 있단 말인가?

어쩌면 약제사의 기록이 아닐지도 모른다. 다른 누군가가 마지막 항목을 기록했을 수도 있었다. 하지만 약제사의 약방은 잘 숨겨져 있었다. 게다가 약제사가 다리에서 뛰어내린 후에 누군가가 그 수수께끼 같은 마지막 항목을 기록하려고 약방에 들어갔을 것 같지는 않았다. 정황상 약제사가 직접 기록한 것이 분명했다.

하지만 약제사가 그 기록을 남겼다면 누가 다리에서 뛰어내렸을까?

지난 몇 분 동안 답보다는 의문이 더욱 많이 떠올랐다. 결국 호기심은 좌절감으로 녹아내렸다. 일치하는 것이 하나도 없었다. 첫 번째 기사의 희생자는 클라렌스 경이 언급된 항목의 희생자와 일치하지 않았다. 마지막 항목은 필체도 이상하고, 재료 미상이라고 적혀있는 데다가 가장 중요한 날짜도 약제사가 죽은 다음날이라서 온통 수수께끼 같았다.

나는 완전히 진이 빠져서 양손을 활짝 펼쳤다. 대체 이 약제사는 얼마나 많은 비밀을 무덤에 갖고 들어간 거람.

소형 냉장고로 다가가 호텔에서 준비해 놓은 샴페인 한 병을 꺼냈다. 술잔에 따를 생각도 들지 않아서, 서늘한 샴페인의 코르크 마개를 뽑자마자 병째로 입에 대고 길게 들이켰다.

그런데 기운이 솟기는커녕 피로만 깊어졌고, 눈앞도 어지러워지는 것 같았다. 오늘 하루치 호기심을 다 써버린 모양이다. 더 이상 조사를 하고 싶지 않았다.

그래, 내일이 있잖아.

나는 오늘 알아낸 사실들에 관한 의문점들을 모두 기록해 놓기로 했다. 내일 아침이나 제임스가 떠난 후에 다시 살펴볼 수 있을 것이다. 펜을 잡고 수첩을 꺼내 빈 페이지를 찾아 펼쳤다.

그런데 펜을 들고 무엇을 먼저 써야 할지 고민하다가 가장 알고 싶은 의문이 하나 있다는 것을 깨달았다. 여러 가지가 미스터리했지만 그중에서 가장 마음에 거슬리고, 가장 끈질기게 떠오르는 의문이었다. 그 의문만 풀리면 다른 것들도 술술 풀릴 것 같았다. 마지막 항목의 날짜가 왜 2월 12일인지도 밝혀질 것이다.

나는 펜 끝을 종이에 대고 써내려 가기 시작했다.

엘리자 패닝은 누구인가?

다음날 제임스가 퇴원한 후, 우리는 호텔방의 작은 탁자에 앉아 있었다. 내가 연한 차 한 잔을 두 손으로 꼭 움켜쥐고 있는 동안 제임스는 휴대폰을 들고 돌아가는 비행기 표를 검색했다. 객실 청소부가 아직 오지 않아서 반쯤 마시다 만 샴페인 병이 커피포트 근처에 있었다. 간밤에 술을 마신 후유증으로 머리가 아팠다.

제임스가 주머니에서 지갑을 꺼냈다. "4시에 개트윅 공항을 출발하는 비행기 표를 찾았어. 짐 쌀 시간은 충분해. 거기까지 기차를 타고 가면 돼. 여기서 1시 전에는 출발해야 해."

연한 파란색 수국이 탁자 중앙의 꽃병에 꽂혀있었다. 대부분 시들어서 꽃병 가장자리로 축 늘어져 있었다. 나는 꽃병을 옆으로 치우고 제임스를 더욱 자세히 살펴보았다. "몸은 괜찮은 것 같아? 어지럽거나 하지는 않고?"

제임스가 지갑을 내려놓았다. "그런 거 전혀 없어. 난 집에 돌아갈 준비가 됐어."

잠시 후, 제임스는 짐을 싼 가방을 옆에 둔 채 창가에 서 있었다. 시간을 되감아서 제임스가 방금 도착한 것만 같았다. 나는 약제사의 책 사진들을 건성으로 살펴보면서 탁자에 앉아있었다. 시간이 재깍재깍 흐르고 있었다.

"몸 상태는 괜찮은 것 같아." 제임스가 청바지를 툭툭 두드려 여권이 들어있는지 확인하면서 말했다. 지난 며칠 밤 동안 내가 혼자 잠들었던 흐트러진 침대가 우리 사이에 덩그러니 있었다. 굽이치는 파도 같은 그 하얀색 침대는 우리가 이 여행에서 서로 나누려고 했지만 그러지 못했던 모든 것들을 상기시켜 주는 것 같았다.

시간을 확인했다. 1시까지 5분이 남았다. "잠깐만." 내가 휴대폰을 내려놓고 의자에서 일어서며 말했다. 제임스는 가방 손잡이를 움켜쥐면서 인상을 찌푸렸다. 나는 허리를 숙여서 내 가방을 뒤지기 시작했다. 진흙 뒤지기 체험을 할 때 신었던 스니커즈를 한쪽으로 밀치고 맨 아래쪽에 숨겨져 있는 뭔가를 찾아 더듬거렸다. 아주 작은 것이어서 손바닥 안에 쏙 들어왔다.

나는 그 서늘하고 딱딱한 물건을 꽉 움켜쥐고 꺼냈다. 빈티지 명함 케이스였다. 침실 드레스룸에서 맞이했던 그 운명적인 오후부터 줄곧 간직하고 있었던, 제임스에게 줄 10주년 결혼기념일 선물이었다.

나는 방을 가로질러갔다. "이건 용서의 징표가 아냐. 앞으로 갈 길을 의미하는 것도 아냐. 하지만 이건 당신 거야. 처음 이걸 샀을 때 내가 생각했던 상황보다 지금 상황에 더 적절한 선물 같아." 내가 차분하게 말했다.

선물을 제임스에게 건네주자 제임스가 떨리는 손으로 받았다. "주석으로 만든 거야. 전형적인 10주년 결혼기념일 선물이지. 주석이 상징하는 게 강함……." 나는 미래를 꿰뚫어볼 수 있기를 바라면서 숨을 깊이 들이쉬었다. 5년이나 10년 후에 우린 어떤 삶을 살고 있을까? "강함과 상처를 견뎌낼 수 있는 힘이거든. 우리 관계가 오래 지속되길 바라는 마음에서 샀어. 하지만 그런 건 더 이상 중요하지 않아. 우리 자신의 힘이 더 중요하지. 우리 둘 다 앞으로 헤쳐 나가야 하는 힘든 일들이 많잖아."

제임스가 나를 단단히 껴안아주었다. 그렇게 우리는 한참 동안
서있었다. 시곗바늘이 1시를 지나쳐 몇 칸 더 간 게 분명했다. 마침
내 제임스가 날 풀어주고 떨리는 목소리로 말했다. "잘 있어, 또 보
자." 제임스가 여전히 선물을 움켜쥔 채 속삭였다.

"그래, 잘 가." 내가 대답했다. 뜻밖에도 떨리는 말소리가 새어나
왔다. 나는 제임스를 문까지 바래다주었다. 거기서 우린 서로를 마
지막으로 바라보았다. 그렇게 시선을 교환한 후, 제임스가 방을 나
가 등 뒤로 문을 닫았다.

다시 혼자가 됐다. 순간 날카롭게 밀려드는 자유가 너무나 생생
하게 느껴져서 경악하다시피 한 채 꼼짝도 하지 못했다. 나는 바닥
을 내려다보며 기다렸다. 피할 수 없는 외로움의 파도가 무섭게 덮
쳐오거나 후회가 가슴을 찌르듯 밀려드는지 말이다.

한참 동안 문 앞에 서서 기다렸다. 하지만 그 어떤 것도 날 괴
롭히지 않았다. 곪은 곳도 없었고, 가라앉혀야 할 상처도 없었다.

마침내 돌아섰을 때 휴대폰이 울렸다. 게이너한테서 문자 메시
지가 온 것이었다. 늦어서 미안해요! 교구 기록을 보니까 비아 클라렌
스 부인은 1816년 10월 23일에 세인트 토마스 병원에서 부종으로 사
망했어요. 아이는 없었고요.

나는 넋 놓고 휴대폰을 바라보다가 침대에 내려놓았다. 병원에
서 발견된 그 쪽지는 진짜로 임종 고백이었다. 클라렌스 경이 죽은

지 25년 후에 클라렌스 경의 미망인이 아마도 양심의 가책을 느껴서 쓴 쪽지였다.

나는 게이너에게 내가 알아낸 사실을 말해주려고 휴대폰을 집어 들었다.

내가 클라렌스 경의 정부인 버크웰 양에 대해 설명하자 게이너는 한동안 침묵했다. 사실 버크웰 양의 존재는 게이너한테서 받은 기사들이 아니라 약제사의 장부에서 알아낸 사실이었다.

하지만 한 가지 사실은 게이너에게 말하지 않았다. 약제사가 죽었다고 알려진 그 다음날에 작성된 항목, 엘리자 패닝이라는 이름이 기록된 그 항목은 나 혼자만의 비밀로 간직했다.

"정말 놀라운데요." 마침내 게이너가 전화기 저편에서 말했다. 내가 발견한 이 모든 사실들이 얼마나 놀라운지, 얼마나 대단한지 생각하자 게이너가 감탄해서 고개를 절레 흔드는 모습을 상상할 수 있었다. "강에서 발견한 작은 유리병 하나로 이 모든 걸 알아내다니. 당신이 그 모든 조각들을 다 짜 맞추었다니 믿을 수가 없어요. 수사관 뺨치는데요, 캐롤라인. 당신이라면 연구원 팀의 자산이 될 거예요."

게이너의 칭찬에 나는 고맙다고 인사했다. 그러고는 내가 최근에 경찰과 너무 가까웠다는 사실도 잊지 말라고 덧붙였다.

"뭐, 연구원 팀은 아니더라도 도서관 조사팀에는 들어갈 수 있을 거예요." 게이너가 대답했다. 나는 게이너가 농담으로 하는 소리라고 생각했는데 내 약한 마음을 건드리는 소리를 했다. "당신 마음속에서 빛나는 불꽃을 봤어요."

며칠 내로 오하이오에 돌아가지 않아도 된다면 얼마나 좋을까? "저도 그럴 수 있다면 좋겠어요. 하지만 지금은 집에 돌아가서 정리해야 할 일이 있어서……남편과의 문제부터 해결해야죠."

게이너가 한숨을 내쉬었다. "당신과 알게 된 지 얼마 안 돼서 결혼 문제에 조언까지 해주지는 못하겠네요. 하지만 같이 칵테일이라도 마시러 가면 허물없이 술술 이야기해 볼 수 있죠." 게이너가 껄껄 웃었다. "한 가지 확실한 건 꿈은 중요하다는 거예요. 뭔가 다른 걸 하고 싶은데 못한다고요? 그걸 못하게 막는 사람은 바로 당신이에요. 지금 뭘 하고 싶나요?"

나는 곧장 대답했다. "과거를 파헤치고, 실제 사람들의 삶을 들여다보고 싶어요. 그들의 비밀과 경험을요. 실은 졸업하고 나서 역사를 공부하려고 케임브리지에 지원하려고 했는데……."

"케임브리지요? 여기서 1시간 거리에 있는 그 대학교요?" 게이너가 헉하고 숨을 들이마셨다.

"바로 거기요."

"지원하려다가 안 했다고요? 왜요?" 호기심 가득한 부드러운 목소리였다.

나는 이를 앙다물고 억지로 짜내듯 대답했다. "결혼을 했거든요. 남편은 오하이오에 직장이 있었고요."

게이너가 혀를 쯧쯧 찼다. "당신은 몰라도 전 알겠어요. 당신은 능력 있고 재능 있는 똑똑한 사람이에요. 런던에 사는 나 같은 새 친구도 있고요." 게이너가 말을 멈췄다. 팔짱을 낀 채 단호한 표정을 짓고 있는 게이너의 표정이 눈에 선히 보였다. "이런 일에 당신보다 더 적합한 사람은 없어요. 당신도 잘 알걸요."

35

넬라

1791년 2월 12일

암웰 저택에 가까워졌을 때 눈앞이 뒤틀리면서 빙글빙글 돌아가기 시작했다. 아이들 장난감처럼 밝은 색깔들이 눈앞에 번쩍였고, 주변의 런던 시가가 휘청거렸다. 나는 피 묻은 천을 치마 주머니 속에 넣고 지나가는 사람들을 쳐다보았다. 내 입술에 말라붙은 핏자국을 걱정스러운 표정으로 바라보는 몇몇 사람들이 선명하게 보였지만, 다른 사람들은 형체가 흐릿하니 잘 보이지 않았다. 어쩌면 내가 유령들의 왕국에 들어왔는지도 모른다. 아니면 죽은 자와 산 자가 뒤섞여 돌아다니는 이도저도 아닌 중간세계에 있거나.

치마의 다른 쪽 주머니 속에는 꾸러미가 있었다. 골무꽃 팅크와 짧은 편지가 든 꾸러미였다. 암웰 부인에게 보내는 그 편지에는 엘리자가 돌아오지 않을 거라고 적었다. 애정이 식어서가 아니라 용감하고 이타적인 마음에서 영웅적인 행동을 하다가 돌아오지 못하게 됐다고. 오래전에 손 떨림 치료를 위해 내 약방을 찾아왔을 때 내가 처방해 주었던 골무꽃 팅크도 넣었으니 권장 복용량만큼 먹으라고도 설명했다. 시간만 있었다면 더 많은 이야기를 썼을 텐데. 할 이야기가 정말 많았지만 시간이 허락하지 않았다. 편지 모퉁이에 묻은 핏자국이 그 증거였다. 내 마지막 처방인 골무꽃 팅크를 장부에 기록할 시간조차 없었다.

암웰 저택이 눈앞에 나타났다. 피처럼 붉은색으로 얼룩덜룩한 3층짜리 벽돌 저택이었다. 내리닫이 창문들에는 판유리가 각각 열두 개, 아니면 열여섯 개까지 끼워져 있었다. 하지만 죽음이 임박한 이 마지막 순간에는 무엇 하나 확신할 수가 없었다. 모든 것이 흐릿했다. 발걸음을 재촉했다. 정문 계단을 올라가 검정색 문 앞까지는 가서 꾸러미를 내려놓아야 했다.

구름 아래로 기울어지고 구부러진 박공지붕을 힐끗 올려다보았다. 굴뚝에서는 연기가 나오지 않았다. 예상대로 암웰 부인은 집에 없었다. 그 사실을 확인하고 나자 마음이 한결 편해졌다. 지금은 암웰 부인과 이야기를 나눌 힘이 없었다. 꾸러미만 내려놓고 떠날 것이다. 남쪽으로, 가장 가까운 강둑 계단으로 느릿느릿 걸어갈 것이다. 그렇게 멀리까지 갈 수만 있다면.

아이 한 명이 웃으면서 종종걸음으로 달려오다가 내 치맛자락에 엉켜 꽁꽁 묶일 뻔했다. 아이는 놀이삼아 내 주위를 두 번, 세 번 돌았다. 그 아이를 보자 내가 잃어버렸던 아이가 생각났다. 아이는 나타났을 때처럼 빠르게 사라졌다. 시야가 눈물로 흐릿해져서 아이의 얼굴이 녹아내려 흐릿하고 희미한 유령으로 변하는 것 같았다. 유령들이 주변에 돌아다닌다고 했던 엘리자의 말을 의심했던 게 미안해졌다. 그때 나는 유령들은 기억의 잔재이자 과한 상상력의 창조물이라고 했는데, 어쩌면 내 생각이 틀렸는지도 모르겠다. 유령들은 모두 형체가 있는 생기 넘치는 존재들 같았다.

꾸러미. 꾸러미를 놓고 와야 했다.

마지막으로 지붕창을 힐끗 올려다보았다. 그곳에 하인이 한 명이라도 나타나서 내가 종이로 포장한 꾸러미를 몇 발자국 앞에 있는 현관에 떨어뜨리는 모습을 발견하기를 바랐다. 그러고는 그 꾸러미를 챙겨가서 암윌 부인이 돌아올 때까지 안전하게 보관해 준다면 좋을 것 같았다.

그런데 정말로 누군가가 날 발견했다. 창문 뒤쪽에 있는 하녀가 대낮처럼 선명하게 보였다. 굵은 검은 머리에 턱을 높이 치켜든 하녀였다.

서둘러 문 쪽을 향해 걸어가다가 나는 우뚝 멈춰 설 수밖에 없었다. 손가락이 느슨해지더니 손에 쥐었던 꾸러미가 부드럽게 쿵하는 소리를 내며 땅에 떨어졌다. 창문 뒤에 나타난 것은 하녀가 아니었다. 그건 어린 엘리자의 유령이었다.

나는 움직일 수가 없었다. 숨도 쉴 수 없었다.

하지만 그때 번쩍하고 뭔가 움직이더니 그림자가 창문에서 사라졌다. 나는 털썩 무릎을 꿇었다. 또다시 기침이 터져 나오려고 했고, 런던의 화려한 빛깔들이 시커멓게 변했다. 모든 것이 까맣게 변해갔다. 내 마지막 숨이 끊어질 순간이 지척에 다가오고 있었다.

그때 마지막으로 온전한 정신이 돌아오면서 주변의 색도 제 색을 찾기 시작했다. 내가 아주 잘 아는 생기 넘치는 밝은 눈동자의 어린 엘리자가 암웰 저택에서 둥둥 떠다니듯 나와 내 쪽으로 다가왔다. 좀 더 자세히 보려고 눈살을 찌푸렸다. 엘리자는 작은 약병을 손에 꽉 움켜쥐고 있었다. 다리 위에서 내게 내밀었던 것과 크기와 모양이 아주 비슷했다. 다만 그때 그 약병은 하늘색이었고, 지금 엘리자의 손에 있는 것은 조개껍데기 같은 분홍빛이었다. 엘리자가 내게 달려오면서 그 약병 마개를 뽑았다.

나는 엘리자의 밝은 그림자를 향해 손을 뻗었다. 볼그스레한 두 뺨, 호기심 가득한 미소, 그 모든 것들은 전혀 기대하지 않았던 낯선 모습이었다. 그 모든 것이 전혀 유령 같지 않았다.

엘리자의 모든 것이 생생하게 살아있는 실체 같았다.

모든 것이 내가 기억하고 있는 죽기 전 엘리자의 모습과 똑같았다.

36

캐롤라인
현재, 금요일

다음날 아침, 나는 세 번째로 대영도서관에 발을 들였다. 익숙한 길을 따라 안내데스크를 지나고 계단을 올라 3층으로 향했다.

이제는 지도 전담실이 지하철역처럼 익숙하고 편안하게 느껴졌다. 지도 전담실 중앙 쪽 책 더미 근처에서 게이너를 발견했다. 그녀는 발치에 쌓인 책들을 정리하고 있었다.

"저기요." 내가 게이너 뒤로 소리 없이 다가가 속삭였다.

게이너가 펄쩍 뛰면서 돌아보았다. "안녕하세요? 한시도 떨어져 있을 수 없어서 절 찾아온 건가요?"

내가 싱긋 웃었다. "새로운 소식이 있어서요."

"또 있어요?" 게이너가 목소리를 낮췄다. "제발 또 다른 문을 부수고 들어갔다고 말하지는 말아줘요." 게이너는 여전히 내 얼굴에 걸려있는 미소를 보고 안심했는지 한숨을 내쉬었다. "아, 다행이에요. 그게 아니면 무슨 소식이에요? 약제사에 관해서 더 많은 걸 알아냈어요?" 게이너가 바닥에서 책 한 권을 집어 들어 책장에 꽂아 넣었다.

"실은 저에 관한 소식이에요."

게이너가 또 다른 책을 집어든 채로 우뚝 멈춰 서서 날 쳐다보았다. "뭔데요?"

나는 아직도 내가 한 일을 믿을 수가 없어서 숨을 깊이 들이마셨다. 내가 그 일을 했다니! 이번 주에 런던에서 별의별 짓을 다 했지만 그중에서 제일 놀라운 일을 저질렀다. "어젯밤에 케임브리지 대학원에 입학 신청을 했어요."

순간 게이너의 두 눈이 머리 위쪽의 전등 불빛을 받아 반짝거렸다. 게이너는 들고 있던 책을 내려놓고 내 어깨에 손을 올렸다. "캐롤라인, 당신이 정말 자랑스러워요!"

나는 목구멍에 뭔가가 걸린 것 같아 기침을 했다. 좀 전에 로즈에게도 전화해서 그 소식을 알렸다. 로즈는 행복에 겨운 눈물을 터트리며 자기가 아는 사람들 중에서 내가 제일 용감하다고 말했다. 용감하다라……. 오하이오에서는 내게 붙일 수 없는 형용사였지만 지금은 로즈의 말이 옳다고 생각했다. 내가 한 일은 용감한 일이었다. 어쩌면 살짝 미친 짓이었는지도 모르겠다.

나는 게이너를 바라보았다. 게이너와 뜻밖의 우정을 나눌 수 있어 감사했다. 지도 전담실에 처음 들어왔던 날이 생각났다. 비에 흠뻑 젖고 슬픔에 흠뻑 젖어서 방향을 잃은 채 게이너에게 다가갔었다. 주머니 속에 유리병 하나만 넣은 채 완전 낯선 사람이었던 게이너를 만났다. 지금 다시 게이너 앞에 서있는 나는 그때 그 사람과 닮은 점이 거의 없었다. 물론 아직도 슬픔에 젖어있지만 나 자신에 관한 많은 것을 발견했고 또 다른 길로 나를 이끌고 있다.

"역사학 학위 과정은 아니지만 영문학 석사 과정이에요. 18세기와 낭만주의 문학이요. 다양한 고문서들과 문학 작품들을 다루고, 조사 방법도 연구하는 과정이죠." 나는 영문학 학위 과정으로 역사와 문학, 조사에 관한 내 호기심을 채울 수 있을 것 같았다. "석사 과정 마지막에 논문을 제출할 거예요." 이렇게 덧붙이는데 논문이라는 단어를 내뱉을 때 목소리가 떨렸다. 게이너가 눈썹을 치켜 올려서 나는 설명을 이어나갔다. "비밀에 휩싸인 약제사의 약방과 그녀의 장부, 그녀가 사용했던 잘 알려지지 않은 재료들을 제 조사 대상으로 삼고 싶어요. 제가 발견한 것들을 공유할 수 있는 학계 차원이자 사적 보존 차원의 방법이죠."

"와아, 이미 학자가 된 것 같은데요." 게이너가 싱긋 웃고는 이렇게 덧붙였다. "완전 대단한 것 같아요. 게다가 이제는 멀리 가지도 않겠네요! 주말여행 계획을 짜야겠는걸요. 기차 타고 파리로 넘어가 볼래요?"

게이너와의 여행을 생각하자 가슴이 콩콩 뛰었다. "당연히 가야죠. 석사 과정은 연초에 시작하니까 여행갈 시간은 충분해요."

마음 같아서야 당장이라도 석사 과정을 시작하고 싶었지만 현실적으로는 6개월 후로 미루는 것이 가장 좋았다. 몇몇 사람들과 거북한 대화를 나누어야 했기 때문이다. 먼저 부모님 그리고 제임스와 이야기를 나누어야 했다. 가족 농장에서 나 대신 일할 사람에게 인수인계도 해야 했고, 케임브리지에서 지낼 학생 숙소도 찾아보고, 별거 신청서도 작성해야 했다. 사실 별거 신청서는 어젯밤에 이미 작성하기 시작했지만.

게이너가 내 생각을 읽었는지 두 손을 잡아 비틀면서 머뭇대며 물었다. "제가 상관할 일은 아니지만 남편한테도 말했어요?"

"그이한테는 한동안 떨어져 지내자고 했어요. 하지만 제가 우리 문제를 정리한 뒤 영국에 머물기로 한 건 몰라요. 오늘밤에 전화해서 대학원에 지원했다고 말할 거예요."

부모님에게도 전화해서 제임스에 관한 진실을 밝히기로 마음먹었다. 며칠 전만 해도 부모님께 그 소식을 숨기려고 했지만 이제는 그게 얼마나 어리석은 짓이었는지 깨달았다. 게이너와 로즈는 나와 내 열정을 지지하고 격려해 주는 사람들을 곁에 두는 것이 얼마나 중요한지를 일깨워 주었다. 지금까지 너무나 오랫동안 그런 격려를 받지 못했다. 이제는 되찾아 와야 할 때였다.

게이너가 다시 책들을 책장에 꽂기 시작하면서 날 쳐다보았다. "석사 과정은 어느 정도 기간이에요?" 게이너가 물었다.

"9개월이요."

9개월이면 내가 간절하게 아이를 갖고 싶어 했던 기간이기도 했다. 참으로 아이러니한 그 사실에 나는 미소를 지었다.

게이너에게 작별인사를 한 후, 2층으로 내려갔다. 게이너가 뒤를 돌아봤다가 인문학실로 들어가는 날 발견하지 않기를 바랐다. 솔직히 말해서 지금 이 순간에는 게이너를 피하고 싶었다. 지금 하려는 일만큼은 호기심 어린 시선을 피해 나 혼자 처리하고 싶었다.

인문학실 뒤쪽에 늘어선 도서관 컴퓨터로 다가갔다. 며칠 전만 해도 위층에서 그와 똑같은 컴퓨터 앞에 게이너와 함께 앉아있었다. 다행히 도서관 검색 도구의 기본 사용법은 잊어버리지 않았다. 나는 대영도서관 메인 페이지에 들어가서 자료 검색을 눌렀다. 그러고는 디지털 신문 기록으로 들어갔다. 게이너와 함께 약제사 살인범에 관한 자료를 검색하다가 실패했던 곳이었다.

하루 종일 시간이 비어있어서 나는 한참동안 이곳에 머물 계획이었다. 의자에 앉아 한쪽 다리를 끌어당기고 내 수첩을 펼쳤다. 엘리자 패닝이 누구지?

단 하나의 유일한 의문이었다. 이틀 밤 전에 기록했던 메모였다.

영국 신문 아카이브 검색 창에 두 단어를 쳐 넣었다. 엘리자 패닝. 그러고는 엔터키를 눌렀다.

즉각 몇 개의 검색 결과가 나왔다. 나는 검색 결과들을 재빨리 훑어보았다. 그중 단 하나, 페이지 맨 위쪽에 있는 기록이 내가 찾는 것과 일치하는 것 같았다. 그 기사를 클릭하자 디지털화된 기사라서 순식간에 전문이 나타났다.

1802년 여름에 〈브라이튼 프레스〉라는 신문에 실린 기사였다. 인터넷 브라우저에서 다른 탭을 하나 더 열어 브라이튼을 검색해 보았다. 브라이튼은 런던에서 남쪽으로 2시간 떨어진 영국 남쪽 해안가의 도시였다. 신문기사 헤드라인은 이러했다. '남편의 마법 책방을 물려받은 유일한 상속자, 엘리자 페퍼, 결혼 전 성은 패닝'

그 기사에서는 스윈든에서 태어났지만 1791년부터 브라이튼 교외 지역에 살았던 스물두 살의 엘리자 페퍼가 브라이튼 북쪽 끝에 자리한 책방을 포함해서 남편의 전 재산을 상속받았다고 했다. 페퍼의 마법 책방은 마법과 주술에 관한 서적들을 광범위하게 구비해 놓았고, 전국 각지에서 특이한 질병의 치료법을 찾는 손님들이 그곳으로 몰려들어 성공을 거뒀다고 했다.

하지만 불행하게도 톰 페퍼는 자신의 병을 치료할 묘약을 찾아내지 못했다. 톰 페퍼는 흉막염으로 의심되는 병을 앓기 시작했고, 아내 엘리자는 죽음이 닥칠 때까지 남편을 돌봤다. 톰 페퍼의 사망 후에는 그의 삶을 기리기 위해 마법 책방에서 기념행사를 열었는데, 수백 명이 존경을 표하기 위해 그 행사에 참석했다.

그 행사 이후, 소수의 기자들이 페퍼 부인과의 인터뷰에서 마법 책방을 계속 운영해 나갈 것인지 물었다. 페퍼 부인은 마법 책방을 계속 열 거라고 답하며 이렇게 말했다.

"톰과 저는 마법 덕분에 생명을 건졌어요." 페퍼 부인이 이렇게 대답하고는 오래전 런던에서 자신이 만든 묘약으로 목숨을 건졌던 이야기를 했다. "그때 전 어린아이였죠. 그게 제가 처음 만든 팅크였어요. 그때 전 특별한 친구를 위해 제 목숨을 걸었고, 그 친구는 지금 이 순간까지도 제게 격려와 조언을 해주고 있어요." 그러고 나서 페퍼 부인은 이렇게 덧붙였다. "아마도 제가 어려서 그랬겠지만 죽음의 순간이 눈앞에 닥쳤을 때 조금도 두렵지 않았어요. 사실 제 살갗에 닿은 그 옅은 하늘색 묘약 병은 아주 뜨겁게 느껴졌어요. 그 묘약을 삼키고 나자 어찌나 강렬한 열기가 온몸에 퍼지던지, 그 차갑고 깊숙한 곳이 편안하게 느껴졌다니까요."

기사에서는 기자들이 페퍼 부인에게 좀 더 자세하게 이야기해 달라고 요청했다고 했다. "차갑고 깊숙한 곳이요? 자세히 설명해 주시겠습니까, 페퍼 부인?" 기자 한 명이 이렇게 물었다. 하지만 페퍼 부인은 시간을 내줘서 감사하다고 인사하고는 그만 돌아가 봐야 한다고 돌아섰다.

페퍼 부인은 양팔을 좌우로 뻗어 어린 두 아이의 손을 잡았다. 남녀 쌍둥이 아이는 네 살이었다. 그렇게 페퍼 부인은 두 아이와 함께 고인이 된 남편의 블랙프라이어스 마법 책방 겸 잡화점으로 사라졌다.

나는 도착한 지 1시간도 채 되지 않아 대영도서관을 떠났다. 머리 위에서 오후의 햇살이 뜨겁고 밝게 내리쬐었다. 거리 가판대에서 물 한 병을 사서 느릅나무 그늘 아래 벤치에 앉아 남은 하루를 어떻게 보내는 게 제일 좋을지 생각했다. 원래는 오후 내내 도서관에서 보내려고 했지만 거의 순식간에 궁금한 것을 찾아내 버렸다.

이제는 다리에서 뛰어내렸던 사람이 약제사가 아니었다는 사실을 안다. 약제사가 아니라 약제사의 어린 친구 엘리자 패닝이었다. 그래서 약제사가 장부에 2월 12일 자 항목을 작성한 것이다. 경찰들의 생각과는 달리 그날 약제사는 죽지 않았다. 엘리자도 죽지 않았다. 엘리자가 직접 만들었다는 묘약 덕분인지, 아니면 순전히 운이 좋아서인지 그 어린 소녀는 다리 아래로 추락하고도 살아남았다.

하지만 엘리자에 관한 그 기사에는 모든 것이 설명되어 있지 않았다. 약제사가 왜 엘리자의 묘약 재료들을 몰랐는지, 경찰이 엘리자의 존재를 알고 있었는지는 나와 있지 않았다. 뿐만 아니라 약제사가 엘리자처럼 마법의 효력을 믿었는지, 엘리자와 약제사가 어떤 관계였는지도 설명되어 있지 않았다.

약제사의 이름도 모른다.

어린 엘리자가 그 일에 연루된 가슴 아픈 사연이 있을 것만 같았다. 엘리자가 약제사의 삶과 죽음에 어떤 영향을 미쳤는지도 여전히 의문이었다. 엘리자는 특별한 친구를 위해 자신의 목숨을 걸었고, 그 친구가 지금까지도 여전히 자신에게 조언을 해주고 있다고 신문에 밝혔다. 그렇다면 약제사가 그날 이후로 10년을 더 살았고, 런던을 떠나 브라이튼으로 가서 엘리자와 함께 살았다는 뜻일까? 아니면 다른 뭔가, 어쩌면 약제사의 영혼이 자기 곁에 있다는 의미로 그렇게 말한 걸까?

어쩌면 언젠가는 제대로 된 손전등을 들고서 역사학자들이나 학계 사람들과 함께 약제사의 약방을 다시 조사하기 시작할지도 모른다. 그때는 빠진 세부사항들에 관한 정보를 더욱 많이 얻을 수 있을 것이다. 약제사의 그 작은 방 안에는 아직 탐구해 보지 않은 가능성이 풍부하게 잠들어 있었다. 하지만 약제사와 엘리자라는 두 여인의 미묘하고도 미스터리한 관계에 관한 의문은 오래된 신문이나 서류를 찾아봐도 풀리지 않을 가능성이 컸다. 역사는 여자들의 복잡한 관계를 기록하지 않는다. 그것들은 밝혀져서는 안 된다.

엘리자에 관한 진실을 알고 나서도, 나는 곧장 위층의 게이너를 찾아가지 않았다. 나는 1791년 2월 11일에 진짜로 다리에서 뛰어내린 사람이 누구였는지, 그 사람이 죽지 않고 살아남았다는 사실도 말해주지 않았다. 여전히 게이너는 약제사가 다리에서 뛰어내려 자살했다고 알고 있다.

엘리자의 이야기를 게이너한테 숨겨야겠다는 의도는 아니었다. 그저 아무도 모르게 지켜주고 싶다는 마음이 더 컸다. 약제사의 약방과 약제사 평생의 작업을 더욱 자세히 조사해 볼 작정이었지만, 엘리자의 이야기만큼은 비밀로 하고 싶었다. 나만의 외로운 비밀로 간직하고 싶었다.

약제사가 아니라 엘리자가 다리에서 뛰어내렸다는 사실을 밝히면 내 논문이 학계 저널 1면에 실릴 가능성이 높았다. 하지만 나는 유명세를 원치 않았다. 엘리자는 어린아이에 불과했다. 그럼에도 나처럼 인생의 전환점에 서있었다. 나처럼 옅은 하늘색 약병을 손가락으로 움켜쥐었다. 그러고는 누구도 반기지 않는 차갑고 깊숙한 그곳으로……뛰어내렸다.

나는 도서관 바깥 벤치 아래에 앉아있는 동안, 가방에서 수첩을 꺼내 약제사에 관한 메모를 지나쳐 첫 장으로 넘겼다. 제임스와 함께하려고 했던 원래 관광 일정을 다시 읽어보았다. 몇 주 전에 내가 썼던 글자들은 구불구불하고 변덕스러웠으며, 작은 하트 그림들과 뒤섞여 있었다. 며칠 전만 해도 그 일정을 보자마자 욕지기가 치밀어 올랐고 그 관광지들을 둘러볼 마음이 없었다. 하지만 지금은 내가 오랫동안 꿈꿨던 그 모든 곳을 전부 가보고 싶었다. 런던 타워와 빅토리아앤드앨버트 박물관, 웨스트민스터. 이 모든 곳들을 혼자 방문하는 게 며칠 전만큼 끔찍하게 느껴지지 않았다. 어서 빨리 가서 둘러보고 싶었다. 게다가 게이너는 몇 차례 나들이에 기꺼이 동참해 줄 것이다.

하지만 박물관 방문은 내일까지 기다려야 했다. 오늘은 달리 할 일이 있었다. 블랙프라이어스 역으로 가는 지하철을 탔다. 지하철에서 내린 후, 좁은 강변길을 거닐면서 밀레니엄 다리를 향해 동쪽으로 향했다. 오른편의 강물이 사람들의 발길로 반들반들해진 길을 따라 조용히 흘렀다.

나는 한동안 무릎 높이의 돌담을 따라 걸었다. 그러다가 강가로 이어지는 콘크리트 계단을 발견했다. 며칠 전, 진흙 뒤지기 체험에 참가하기 직전에 밟았던 그 계단이었다. 나는 계단을 내려가 강을 따라 늘어선 부드럽고 둥그스름한 돌들을 조심스럽게 밟고 나갔다. 바위 주변을 돌아다니는 사람들도, 관광객들도, 아이들도, 체험객들도 없어서 기뻤다.

나는 가방을 열어 옅은 하늘색 약병을 꺼냈다. 이제는 이 병이 엘리자의 묘약이 들어있었던 병이라는 사실을 안다. 이 약병이 엘리자의 목숨을 구해주었다. 그리고 참으로 기이하게도 내 인생도 구해주었다. 200년 전의 약제사 장부에는 이 약병 속 내용물에 대해 재료 미상이라고 적혀있었다. 한때 나는 미상이라는 개념을 마땅치 않게 여겼지만 지금은 그 안에 기회가 있음을 깨달았다. 그 안에는 흥분의 열기가 있었다. 엘리자도 분명 그렇게 느꼈을 것이다.

이 약병은 우리 두 사람 모두에게 어느 한 탐구의 종말과 또 다른 탐구의 시작을 가져다주었다. 이 약병은 갈림길에 서서 진실 혹은 마법을 받아들이는 대신, 고통과 비밀을 던져버리는 것을 의미했다. 동화처럼 저항할 수 없는 매혹적인 마법을 받아들이기 위해서.

약병은 약간의 세정제와 내 지문으로 얼룩지기는 했지만 처음 발견했을 때 그대로였다. 엄지손톱으로 곰 그림을 따라 그리면서 약병이 가르쳐준 모든 교훈을 떠올렸다. 가장 괴로운 진실은 절대 표면에 드러나지 않는다. 저 깊숙한 곳에서 끄집어내어 빛 속으로 들어 올리고 깨끗하게 씻어내야 한다.

그때 곁눈질로 뭔가 움직이는 것이 잡혔다. 여자 두 명이 강 상류에서 내 쪽으로 다가오고 있었다. 다른 계단으로 내려온 모양이었다. 나는 그들을 무시한 채 마지막으로 할 일에 집중했다.

약병을 가슴에 꼭 끌어안았다. 엘리자도 여기서 멀지 않은 블랙 프라이어스 다리 위에 섰을 때 나처럼 약병을 꼭 끌어안았을 것이다. 나는 약병을 머리 위로 들어 올리고는 있는 힘을 다해 강물을 향해 던졌다. 약병이 호선을 그리며 강물 위로 날아가 부드럽게 퐁당 빠지는 모습을 지켜보았다. 나지막한 파도가 약병을 집어삼키더니 한 줄기 잔물결이 바깥쪽으로 퍼져 나갔다.

엘리자의 약병. 나의 약병. 우리의 약병. 이 약병에 얽힌 진실은 내가 밝히지 않을 단 하나의 비밀로 남았다.

진흙 뒤지기 체험에서 알프 총각이 했던 말이 떠올랐다. 강에서 뭔가를 찾는다면 그건 운명이라고 했다. 그때는 그 말을 믿지 않았다. 하지만 지금은 그 작은 하늘색 약병을 발견한 것이 운명임을 알고 있다. 그 약병이 내 인생의 방향을 틀어주었다.

강바닥에서 벗어나 콘크리트 계단을 올라가면서 강 상류의 두 여자를 한 번 더 흘낏 돌아보았다. 이 강가는 아주 길고 곧게 뻗어 있어서 지금쯤이면 두 여자가 좀 더 가까이 다가왔어야 했다. 하지만 그곳을 살펴보던 나는 인상을 찌푸렸다. 그러다가 상상력이 너무 지나쳤나 싶어 미소를 지었다.

내 눈이 어딘가 잘못됐었나 보다. 좀 전에 봤던 두 여자는 그 어디에도 보이지 않았다.

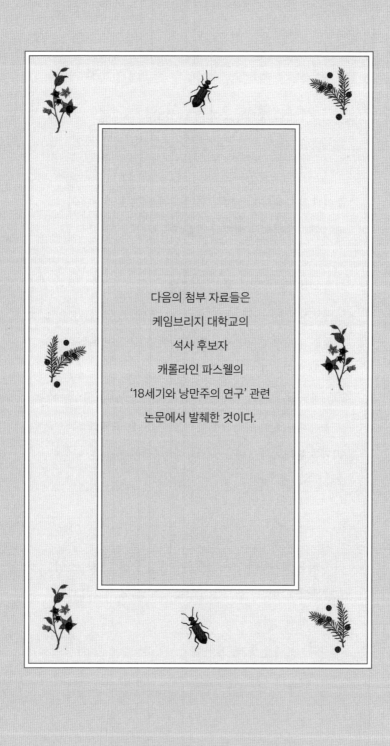

다음의 첨부 자료들은

케임브리지 대학교의

석사 후보자

캐롤라인 파스웰의

'18세기와 낭만주의 연구' 관련

논문에서 발췌한 것이다.

넬라 클라빈저의 독약 약방에 대하여

주석과 갖가지 약물은 영국, 런던EC 4A 4HH, 파링던 거리 베어 앨리에서 나온 일지에서 찾아낸 것이다.

독미나리 줄렙

남다르게 똑똑하고 말솜씨가 좋은 남자에게 사용한다. 이 약물은 마지막 순간까지 효력이 남아있으므로, 자백을 받거나 사건 경위를 알아내야 할 때 유용하다.

: 치사량은 잎사귀 6개. 유독 덩치가 큰 남자일 경우에는 잎사귀 8개. 초기 증상은 현기증과 오한. 추천 조리법은 흰독말풀과 유사하며, 달이거나 줄렙으로 만들 수 있다. 으깨서 물을 뺀 신선한 잎사귀에서 즙을 추출한다.

노란색 석유황

이 약물은 밀가루나 고운 설탕의 농도를 띠고 있어서 스위트레몬이나 바나나 푸딩을 좋아할 듯한 유독 식탐이 많은 남성에게 적합하다.

: 매우 특이한 광물. 뜨거운 물에 잘 녹는다. 마늘 같은 냄새가 나므

로 따뜻하게 내놓지 않는다. 집안의 많은 해충들과 사람 혹은 동물을 죽일 때 사용한다. 치사량은 세 알.

칸타리스(물집딱정벌레)

사창가나 침실 같은 곳에서 신체불능 상태 직전에 성욕을 자극하고자 할 때 사용한다.

: 이 곤충은 서늘한 계절에 저지대 들판의 뿌리 작물 근처에서 찾을 수 있다. 초승달이 뜰 때 제일 잡기 쉽다. 외양은 비슷하지만 독이 없는 딱정벌레와 혼동하지 않도록 수컷 한 마리를 으스러뜨려서(이때 우유 같은 하얀 액이 나옴) 살갗에 대어보고 화상 자국이 남는지 확인해야 한다. 구워서 넓은 그릇에 넣고 곱게 빻는다. 와인과 꿀, 시럽 같은 진하고 걸쭉한 음료에 넣어 사용한다.

헬레보레(검은 미나리아재비)

술이나 아편 팅크를 지나치게 많이 섭취해서 광기나 환각에 시달리기 쉬운 남자에게 사용한다. 헬레보레를 섭취한 남자는 헬레보레 중독 증상이 악마의 짓이라고 믿을 것이다.

: 씨앗과 수액, 뿌리에 모두 독이 있다. 다른 미나리아재비와 혼동하지 않도록 검은 꽃과 뿌리를 찾아야 한다. 초기 증상은 어지럼증, 의식불명, 갈증, 질식.

투구꽃

독실한 사람은 생의 마지막 순간에 신의 분노를 가장해 발작적인 행동을 할 수 있다. 투구꽃은 사지의 신경을 가라앉혀 주기 때문에 그런 연극적인 행동을 저지할 수 있다.

: 투구꽃을 재배하려면 토양의 물이 잘 빠져야 한다. 식물 아랫부분의 뿌리가 1.27센티미터가 됐을 때 수확한다. 장갑을 꼭 착용한다. 뽑은 뿌리를 3일 동안 말린다. 날카로운 칼 2개로 뿌리를 자른다. 서양고추냉이 같은 머스터드소스를 뿌린다. 개별적 코스 요리로 저녁 식사를 준비할 때 유용하다(뷔페는 피한다).

마전자

가장 믿을만한 약물로 효과가 빠르게 나타나고 되돌릴 수 없다. 나이와 체형, 혹은 지적 능력에 상관없이 모든 남성에게 적합하다.

: 까마귀 무화과라고도 하는 갈색 콩 모양의 마전자 씨앗을 곱게 갈아서 즙을 추출한다. 아주 소량 복용하면 열병과 역병, 병적 흥분 상태를 치료할 수 있다. 경고하는데 아주 쓰다! 끓이면 노란 빛깔이 나온다. 이 독약을 섭취한 희생자는 첫 증상으로 심한 갈증을 느낀다. 달걀노른자에 넣어 사용하는 것이 좋다.

흰독말풀

정신착란 증상이 즉각적으로 나타나기 때문에 변호사와 유산 집행인에게 이상적이다.

: 달걀 모양의 씨앗은 말리거나 열을 가해도 독성이 사라지지 않는다. 흰독말풀은 다른 어떤 가지속 식물들보다 더 강력한 정신착란 증세를 일으킨다. 남자들보다 현명한 동물들은 맛과 불쾌한 향을 감지해서 흰독말풀을 피한다. 사람의 발길이 닿지 않는 곳에서 찾을 수 있다.

주목

주목은 시체에 굶주려 있다고 한다. 이미 병들었거나 나이 든 남자의 죽음을 빨리 앞당기는 데 이상적이다.

: 독성물질은 씨앗과 바늘잎, 껍질에 있다(바늘잎은 섬유질이 많아서 거의 선호되지 않는다). 중세 마을 묘지에서 400~600년 된 주목들을 자주 발견할 수 있지만, 가장 좋은 씨앗을 얻기 위해서 어린 나무를 찾아야 한다. 나무껍질 덩어리나 좌약으로 준비한다. 장의사나 묘지 관리인에게 사용해서는 안 된다. 이들은 상록수의 향을 잘 알아서 독물 주입을 의심할 수 있다.

말뚝버섯

5일이나 그 이상 죽음을 지연시킬 수 있다. 유언장이나 최후의 유언을 수정해야 할 경우, 증인이나 가족이 희생자의 병상에 도착할 시간을 벌고자 할 때 유용하게 사용한다.

: 이 치명적인 버섯은 하반기에 특정한 나무 아래에 자라난다. 요리

를 해도 독성이 사라지지 않는다. 손에 넣기가 매우 어렵지만 믿을 만한 독성물질이다. 이 버섯을 복용한 희생자는 자신이 회복되고 있다고 믿지만 사실 이는 죽음이 임박했다는 증거다. 그렇기 때문에 희생자를 교묘하게 속일 수 있는 독물이다.

독살사건에 대한 역사적 고찰

독살은 그 성격상 친밀한 사이에서 일어나는 사건이다. 일반적으로 희생자와 범죄자 사이에 신뢰라는 요소가 깔려있을 때 독살이 발생한다.

18세기와 19세기 영국에서는 기소된 독살범들의 대다수가 스물에서 스물두 살 사이의 엄마와 아내, 하녀였다. 살해 동기는 고용주에 대한 불만, 거슬리는 배우자나 연인 제거, 사망보험금, 아이를 부양할 재정적 능력 부족 등 다양했다. 19세기 중반에 들어서야 초창기 법의학자들이 인간의 조직 내에서 확실하게 독물을 감지해 낼 수 있었다. 따라서 50년이 지난 후였다면 넬라의 교묘한 독물은 부검에서 곧장 발견되었을지도 모른다.

조지 왕조 시대의 런던에서 (모든 사회 계층을 통틀어서) 독살당한 사람들의 수는 밝혀낼 수 없다. 당시에 법의학자는 아직 존재하지 않았고, 독극물 중독 사망은 사고사든 살인이든 18세기 사망신고서의 각주에 지나지 않았다. 독극물을 아주 쉽게 위장해서 복용시킬 수 있었다는 사실을 감안하면, 독극물 중독 사망자 수는 기록된 것보다 훨씬 더 많을 것이다.

1750년에서 1915년까지 범죄사건에서 가장 자주 언급된 독약은 비소와 아편, 마전자였다. 투구꽃이라고 알려진 식물에서 나오는 아코니틴 같은 알칼로이드뿐만 아니라 특정 딱정벌레 종에서 나오는 최음제 칸타리스 같은 동물성 유기 독극물로 인한 사망도 아주 흔했다.

쥐약과 같은 몇몇 독극물은 쉽게 손에 넣을 수 있었다. 다른 독극물들은 쉽게 구할 수 없었고, 그런 독극물들을 구입할 수 있는 가게의 출처는 밝혀지지 않았다.

몇 가지 유용한 조리법

톰 페퍼의 따뜻한 차

목을 가라앉혀 주거나 긴 하루의 피로를 풀어주는 차

지방산 생꿀 1.4드램(찻숟가락 1숟가락)

스카치나 버번 16드램(1온스)

뜨거운 물 1/2 파인트(1컵)

신선한 백리향 잔가지 3개

머그잔 바닥에 깔린 꿀과 버번을 휘저어 섞는다. 뜨거운 물과 백리향 잔가지를 넣는다. 5분 동안 우려낸다. 따뜻할 때 마신다.

벌레 물린 곳과 종기에 좋은 블랙프라이어스 연고

곤충에 물려서 가렵고 벌겋게 곪은 상처를 가라앉혀 주는 연고

피마자유 1 드램(찻숟가락 0.79숟가락)

아몬드유 1드램(찻숟가락 0.79숟가락)

차나무 오일 10방울

라벤더 오일 5방울

2.7드램(10밀리리터)짜리 롤러볼 용기에 오일 4개를 모두 넣는다. 용기 가득 물을 채워 넣고 마개를 닫는다. 잘 흔들어서 사용한다. 가렵고 불편한 피부에 바른다.

로즈메리 버터 쿠키

전통적인 쇼트브레드. 고소하면서도 달콤하고 전혀 해롭지 않은 쿠키

신선한 로즈메리 잔가지 1개

소금을 첨가한 버터 1과 1/2컵

백설탕 2/3컵

중력분 밀가루 2와 3/4컵

로즈메리에서 잎을 제거하고 곱게 썬다(대략 테이블스푼 1숟가락이나 입맛에 따라 원하는 만큼 양을 조절한다).

버터를 녹이고 설탕과 잘 섞는다. 로즈메리와 밀가루를 넣고, 반죽이 잘 뭉쳐질 때까지 치댄다. 양피지 종이를 깐 쿠키 팬 2개를 준비한다. 반죽을 3.1 센티미터 크기로 동그랗

게 뭉쳐서 쿠키 팬에 올려놓고 두께가 1.27센티미터가 될 때까지 부드럽게 누른다. 적어도 1시간 동안 냉장고에 넣어둔다.

오븐을 190도로 예열한다. 쿠키 아래쪽 가장자리가 황금색이 될 때까지 10~12분 동안 굽고 10분 정도 식힌다.

감사의 말

나의 열정적인 에이전트이자 지지자인 스테파니 리베르만이 없었다면 이 책도 내 손 안에 들어오지 않았을 것이다. 스테파니는 돌려 말하는 법도 없고 약속도 해주지 않지만, 장막 뒤에서 마법을 부린다. 스테파니의 뛰어난 팀원 아담 호빈스와 몰리 스타인블랫에게도 감사한다.

파크 로우 북스의 에디터 나탈리 할라크에게도 감사 인사를 전한다. 나탈리는 출판은 좋은 책을 즐기는 좋은 사람들을 위한 것임을 일깨워 준다. 나탈리의 온기와 낙관주의, 비전을 매우 감사하게 여긴다. 파크 로우 북스와 할리퀸/하퍼콜린스의 경이로운 팀원들인 에리카 임라니, 에머르 플라운더스, 랜디 찬, 헤더 코너, 헤더 포이, 레이철 할러, 에이미 존스, 리네트 김, 마거릿 오닐 마버리, 린지 리더, 레카 루빈, 저스틴 샤, 크리스틴 차이는 모두 록스타들이다! 이 기이한 시대에 서적을 판매하고 홍보하기 위해 지칠 줄 모르고 일하는 캐슬린 카터뿐만 아니라 모든 이들에게 감사한다.

내 창작 경력에 있어서 중요한 시기에 선입견 없는 귀중한 조언을 제공해 준 피오나 데이비스와 헤더 웹에게도 진정한 감사를 전한다. 사실 작가들은 가장 친절한 사람들이다. 피오나와 헤더는 내가 선행을 베풀 수 있도록 격려해 주었다.

초고에 대한 피드백을 해준 안나 베넷과 로렌 콘라드, 수전 스토크스 채프먼, 크리스틴 더피에게도 감사한다. 우정을 나눠주고 항상 내 이야기에 귀를 기울여 준 브룩 앨런에게도 감사한다.

끝없는 지지와 사랑을 보여준 나의 자매 켈리와 시어머니 재키에게도 감사 인사를 전한다. '작가의 글막힘'을 막아주고 끝없는 격려를 보내준 팻과 멜리사 티켈에게도 고마움을 전한다.

내 인터넷 검색 기록을 보고도 눈 하나 깜짝 하지 않는 유일한 여자이자 내 평생의 동료 에미미 웨스터하우스에게도 감사한다. 에이미는 나와 함께 인생을 헤쳐와 주었다. 아름다운 네 여성이자 나의 플로리다 친구요, 초창기 독자인 레이철 라프레니에르와 록시 밀러, 샤논 산타나, 로렐 우발레즈에게도 감사한다.

역사소설 창작에 관심이 있는 모든 사람들에게도 감사 인사를 전한다. 내가 조사를 하고 이 책의 초안을 쓰는 동안 날 매혹시킨 작가 캐서린 왓슨과 작가 린다 스트라트먼에게도 감사를 전한다.

오래전에 내 소설의 첫 장을 읽고 나서 계속 써보라고 격려해 주었던 마린 데브뢰와 카밀라 스지마노프스카, 크리스틴 웹, 웬디 루이스, 앨리슨 베켐, 아만다 칼라간을 비롯한 많은 진흙 뒤지기 체험객들에게 감사한다. 매우 열정적이라서 이 책의 등장인물로 되살려 놓은 게이너 핵워스에게도 감사하는 마음을 전한다. 그리고 2019년 여름에 템스강에서 진흙 뒤지기 체험을 하다가 만났던 플로리 에반스에게도 감사한다. 에반스는 진짜 델프트 도기를 찾아내는 방법을 가르쳐 주었다. 에반스의 인스타그램 @flo_finds를 방문해 보기 바란다.

서적 판매자들과 사서들, 검토자들, 독자들에게 감사의 마음을 전한다. 이들 모두는 이 책을 살려주는 사람들이다. 그 어느 때보다 우리에게 필요한 사람들이다. 모든 작가들을 대신해서 감사 인사를 전한다.

나의 남편 마르크에게도 고마운 마음을 전한다. 내가 몽상에 젖어 타자를 치는 동안 남편은 다른 방에서 인내심 있게 수많은 시간을 기다려주었다. 남편은 그 누구보다도 이 여정을 잘 아는 사람이다. 항상 나를 믿어준 남편에게 감사한다. 남편 없이는 이 일이 조금도 즐겁지 않았을 것이다.

마지막으로 부모님께 바치는 말로 끝맺고자 한다.

어머니에게 바치는 말: 부모만이 줄 수 있는 기쁨과 열정이 있는 법이죠. 이 거친 여정에서 제 곁에 있어주셔서 항상 감사해요. 우리가 그 어느 때보다 친밀해져서 행복해요.

2015년에 돌아가신 아버지에게 바치는 말: 끈기와 고집, 언어 감상력 등 제 작품에 녹아 들어간 수많은 자질들은 아버지가 제게 물려주신 선물이에요. 그 선물을 영원히 간직할게요. 두 분 모두 감사합니다.

넬라의 비밀 약방

1판 1쇄 발행	2022년 5월 17일
1판 5쇄 발행	2023년 1월 10일

지은이	사라 페너
옮긴이	이미정

발행인	황민호
본부장	박정훈
책임편집	김순란
기획편집	강경양 한지은 김사라
마케팅	조안나 이유진 이나경
국제판권	이주은 한진아
제작	심상운

발행처	대원씨아이㈜
주소	서울특별시 용산구 한강대로15길 9-12
전화	(02)2071-2017
팩스	(02)749-2105
등록	제3-563호
등록일자	1992년 5월 11일

ISBN	979-11-6894-975-1 03840